NICOLE
NEUBAUER

SCHERBEN NACHT

KRIMINALROMAN

blanvalet

Der Text aus dem Eingangszitat stammt aus dem Lied »Kalte Sterne«, Text Copyright Blixa Bargeld; Erstveröffentlichung: Einstürzende Neubauten – Kalte Sterne, Early Recordings, ZickZack 1981.

Dieses Buch ist auch als E-Book erhältlich.

Verlagsgruppe Random House FSC® N001967

1. Auflage

Dieses Werk wurde vermittelt durch die
Literarische Agentur Thomas Schlück GmbH, 30827 Garbsen.
Redaktion: Angela Troni
Unter gleichem Titel erschien im Rimbaud Verlag folgendes Buch: Julia Weiteder-Varga., Scherbennacht: Gedichte. 68 Seiten. Erschienen im Jahr 2004
Umschlaggestaltung und -abbildung: © Johannes Wiebel | punchdesign,
unter Verwendung von Motiven von Shutterstock.com
LH · Herstellung: sam
Satz: Buch-Werkstatt GmbH, Bad Aibling
Druck und Bindung: GGP Media GmbH, Pößneck
Printed in Germany
ISBN: 978-3-7341-0451-0

www.blanvalet.de

Wir sind kalte Sterne.
Kalte Sterne.
Kalte Sterne.
Nach uns kommt nichts mehr.
Einstürzende Neubauten, »Kalte Sterne«

Twitter, 24. August 2017

Santiago *@scheissediebullen – 28 Min.*
1920 rauchwolke an der münchner freiheit.
#blockupyschwabing

Santiago *@scheissediebullen – 20 Min.*
1928 cops versuchen mit zu wenigen leuten zu kesseln, knüppel und pfeffer, sirenen am busbahnhof.
#blockupyschwabing

Santiago *@scheissediebullen – 10 Sek.*
#blockupyschwabing 1948
ich glaub heute knallt es noch.

SZ.de, 24. August 2017

Großdemonstration endet mit Ausschreitungen
direkt aus dem dpa-Newskanal
München (dpa) – Bei der Kundgebung gegen den Abriss des Kulturzentrums Mandlstraße kam es zu Ausschreitungen an der Münchner Freiheit. Randalierer durchbrachen die Absperrung und drangen zum Busbahnhof vor. Dabei kam es zu gewalttätigen Auseinandersetzungen, die Scheiben zahlreicher Autos wurden beschädigt, ein Mannschaftsbus der Polizei wurde in Brand gesetzt.
Die Polizei München rechnet die Ausschreitungen der autonomen Szene zu. Sechs Beamte wurden bei dem Einsatz verletzt, zwölf Demonstranten vorläufig festgenommen. Circa 1200 Menschen demonstrierten friedlich mit einer Lichterkette und einem Benefizkonzert gegen Gentrifizierung.

Zehn

Der Boden unter Sunnys Füßen bewegte sich. Ameisen wuselten zwischen den Steinen herum und brachten den Kies zum Flimmern, wie Wellen in bewegter See. Sunny trat von einem Bein auf das andere. Sie hatte schon vorher gewusst, dass ihr Kollege sie versetzen würde. Das Warten fühlte sich anders an, wenn man versetzt wurde. Aussichtsloser.

»Du Vollidiot«, sagte sie zu niemandem, außer den Ameisen.

Eine feine Staubschicht bedeckte ihre Laufschuhe. Nur ein Auto parkte noch auf dem Kiesplatz. Fühlte sich komisch an, das Alleinsein. In der Kaserne war sie nie allein.

Sie schaute sich um. Der ehemalige Sportplatz lag direkt am Englischen Garten, hinter dem Schwabinger Bach. Die brütende Stille der Mittagshitze hatte sich schon über die Kiesfläche gesenkt, von der nahen Stadt war kein Laut zu hören. Kaum zu glauben, dass gestern wenige Straßen von hier entfernt ein Wasserwerfer gedonnert hatte.

Einige Ameisen eroberten ihren nackten Knöchel, sie schüttelte die Tiere ab. Glänzende, gepanzerte Leiber, genau wie Sunny in ihrer Ausrüstung. Der Einsatz war aus dem Ruder gelaufen. Sie hatten nur noch reagieren können, als die Demonstranten die Absperrung durchbrachen. Von wegen offensives Auftreten. Sie waren das Unterstützungskommando, sie durften nie diejenigen sein, die reagierten. Sie hatten die Falschen in die enge Straßenschlucht zurückgeknüppelt, gehetzte Gesichter, gezeichnet von Platzangst. Sie hatten versucht, mit viel zu wenigen Beamten eine Gruppe Menschen zu kesseln. »Was sollen wir machen?«, hatte Nils gerufen. Patrick hatte einen Demonstranten am Sweatshirt herausgezerrt. Mit hochrotem Kopf hatte er zugeschlagen und zugeschlagen, immer wieder, sodass sie ihm mit Gewalt in den Arm fallen musste. Wie er sie angeschaut hatte mit seinen hellen, starren Augen, wie Scheiben aus Metall. Sie würde seine Augen auch trotz Sturmhaube erkennen, überall. Sein Gruppenführer hatte ihn schließlich weggezogen, und der Demonstrant war in der Nacht verschwunden.

Plötzlich hatte Sunny allein in der Masse gestanden, hatte niemanden von ihren Leuten mehr gesehen, etwas, das nie passieren durfte. Unverzeihlich. Sie mussten in der Überzahl sein, sie personifizierten Überzahl. Ohne ihre Kollegen war Sunny eine Ameise ohne Schwarm, die mit ihrem kiloschweren Panzer nicht einmal richtig rennen konnte.

Mit einer ärgerlichen Kopfbewegung vertrieb sie die Erinnerung.

Die Sonne hatte schon genug Kraft, um die Steine aufzuheizen, die Luft flimmerte. Der Kies knirschte unter Sunnys Sohlen, eine Fliege brummte an ihrem Ohr vorbei. Sie musste aufs Klo. Am Rand des Sportplatzes stand ein Vereinsheim mit geschlossenen Rollläden. Von den Türen blätterte die blaue Farbe ab, ein Mountainbike mit eingesunkenen Reifen lehnte an der Wand. Gestrüpp und Bäume hatten die Reste einer Mauer überwuchert. Ein paar Baumstümpfe zeugten davon, dass jemand vergeblich versucht hatte, die Natur aufzuhalten.

Sunny rüttelte an den Türen. Zugesperrt. Hätte sie sich denken können. Sie ging um die verrammelten Fenster des Clubhauses herum. Dahinter standen weitere Klohäuschen, ebenfalls versperrt. Sunny entschied sich für Plan B und duckte sich zwischen die Büsche. Gräser kitzelten ihre nackte Haut, hoffentlich interessierten sich keine Zecken für ihre Heiligtümer. Zwei grünlich schimmernde Fliegen summten ihr um den Kopf. Um ihre Schuhe herum wimmelte es von Ameisen. Sunny zog die Shorts wieder hoch und beobachtete die Tiere. Sie formierten sich zu einem dunklen Band, das sich schnurgerade über den Boden zog. Es bewegte sich und flirrte in der Morgensonne. Eine Ameisenstraße, die im Gebüsch verschwand.

Sunny trat zurück auf die freie Fläche. Er war nicht gekommen, hatte sie ihren freien Vormittag gekostet. Warum ließ er sich nicht helfen, der sture Teufel? Sie ballte die Fäuste. Er würde sie alle in die Scheiße reiten.

Die Ameisenstraße bewegte sich über die Kiesel. Zielstrebig wie kleine Computer, in die jemand 1 und 0 einprogrammiert hatte. Sunny folgte ihnen mit den Augen, bis sie ihr Ziel erkennen konnte. Die Ameisen liefen direkt auf den geparkten Wagen zu. Ein dunkelblauer BMW. Das Fahrerfenster stand einen Spaltbreit offen, leise Musik drang heraus. Sie war also doch nicht alleine gewesen. Ein fremdes Auto, hoffentlich kein Spanner.

Hinter der Scheibe konnte sie keinen Kopf erkennen, es war dunkel im Innenraum, als wäre das Beifahrerfenster verhängt. Die Ameisen nahmen den Wagen in Besitz. In einer ordentlichen Kolonne kletterten sie an der Fahrertür hoch, über den Rand der Scheibe und verschwanden in dem geöffneten Spalt. Ihre Kameraden strömten auf demselben Weg wieder heraus. Offenbar suchten sie etwas da drin. Nahrung.

Im Autoradio lief ein Werbejingle.

Irgendwas war hier falsch. Total falsch.

Zögernd kam Sunny näher, trat mit ihren Laufschuhen auf die Ameisenstraße, die Tiere rannten ihr über die Füße. Sie schirmte ihre Augen mit den Händen ab und spähte durch die Scheibe. Eine dicke grüne Fliege krabbelte auf den Fensterrand, putzte sich mit ihren Beinchen die Flügel und flog träge davon, einen Zentimeter von Sunnys Gesicht entfernt.

Sunny riss die Autotür auf.

Ein einziger Schuss. Der musste sitzen. Waechter machte einen weiteren Schritt nach vorn und hob die Pistole. Seine Finger schwitzten. Die Waffe hatte seine Körperwärme gespeichert, schmiegte sich in seine Hand wie ein kleines eigensinniges Stahlgeschöpf.

Alle Geräusche waren gedämpft, bis auf ein fernes Wummern. Seine anderen Sinne sprangen ein, die Konturen traten scharf aus dem Halbdunkel, es roch nach Ruß, Metall, Schweiß, dem verbrannten Geruch vergangener Explosionen. Waechter stabilisierte seinen Griff, bereit für den Moment, wenn das Ziel vor ihm auftauchte. Ein Schweißtropfen lief ihm über den Nacken, und er schlug mit der freien Hand danach wie nach einer Fliege. Der Lauf zitterte.

Konzentrier dich, Waechter!

Er hob die Waffe und zielte. Sein Jackett spannte, der Gürtel war zu eng, die Hitze und die schlechte Luft drückten ihn nieder wie Bleigewichte. Vor ein paar Monaten hatte er selbst in den Lauf von so einem Ding geblickt. Kein Wunder, dass das Teil nicht machte, was er wollte. Er und seine Heckler & Koch P7 waren nicht gut aufeinander zu sprechen.

Wir müssen reden.

Reiß dich zusammen, Waechter!

Er holte seine Aufmerksamkeit zurück in den gebärmutterartigen Keller. Sein Arm verkrampfte, der Schmerz pflanzte sich über das Genick fort bis zu einem Stechen in der linken Schulter. Waechter versuchte es zu ignorieren, er war Rechtshänder, doch der unangenehme Druck im linken Arm pulsierte im Rhythmus seines Herzschlags. Er hätte längst zum EKG antreten müssen. Dass ihm das auch immer in den ungünstigsten Momenten einfiel. Zumindest würde er mit dem Rauchen aufhören. Ja, noch heute würde er aufhören, und zwar sobald er hier rauskam.

Er stemmte die Beine in den Boden, stabilisierte erneut den Anschlag. Automatisch suchten seine Finger die Vertiefungen im Spannhebel, den richtigen Druckpunkt, und schoben ihn zurück, bis er fast lautlos einrastete.

Ein helles Rechteck leuchtete auf, an einer anderen Stelle als erwartet. Darin die dunkle Silhouette eines Menschen. In einem Sekundensplitter sah Waechter die Waffe in der Hand des Umrisses, drehte sich, legte an. Ein mörderischer Schmerz fuhr in seinen linken Arm wie ein Schwall Säure. Er drückte den Abzug.

Der Knall hallte durch den Keller, der Rückstoß zuckte durch seine Arme, durch die Wirbelsäule. Über der Schulter des menschlichen Umrisses blühte ein kleines Loch auf, wie Taubenscheiße kurz vor der Landung.

Waechter zog den Gehörschutz ab, das Rauschen der Klimaanlage brandete auf. Die Lichter gingen an und ließen die

Raumschießanlage klein und schäbig aussehen. Die schwarze Täterscheibe an der Wand hielt quicklebendig ihre Pistole hoch. Sie sah schadenfroh aus.

»Ging auch schon mal besser, Waechter«, sagte der Trainer durch die Sprechanlage.

»Kommt von der verreckten Hitz.« Waechter sagte nichts von dem Schmerz in seinem Arm und auch nichts von der Erinnerung an den kleinen schwarzen Punkt im Lauf der Pistole, in deren Lauf er damals geschaut hatte.

Er ging zurück in den Kontrollraum, hängte die Schallschützer an ihren Platz, drückte den Schieber am Griffstück der Pistole und ließ das Magazin in die flache Hand fallen. Der Trainer füllte ein Formular aus. Waechter warf die letzte Patrone aus, nahm den Schlitten ab und reinigte den Lauf der P7. Mit einem letzten Klick baute er die Pistole wieder zusammen, ließ das Magazin einrasten und lud durch. Schussbereit. Er steckte sie ins Holster in die Nähe seines Herzens. Schon jetzt war das Hemd darunter durchgeschwitzt. Waechter zog ein Papierhandtuch aus dem Spender und wischte sich die Hände ab, aber so sehr er auch rieb, die Flecken von Ruß und Öl gingen nicht weg.

Das Telefon im Kontrollraum klingelte, der Trainer hob ab.

»Ist für dich, Waechter. Die Chefin ist dran.« Er gab Waechter den Hörer.

»Habe die Ehre. Was gibt's?«

Die Stimme der Kriminalrätin war immer ruhig, aber heute klang sie geradezu heruntergedimmt, so als habe Die Chefin alle Emotionen herausgefiltert, bis sie sich anhörte wie ein Roboter. Waechter musste den Hörer ans Ohr pressen, um sie zu verstehen.

»Michael, wir brauchen dich auf der Stelle hier. Ein Kollege ist tot.«

Eine Wegbeschreibung hatte Waechter nicht nötig, er würde mit verbundenen Augen hinfinden. Der Tatort war nur zwanzig Minuten entfernt, in der Nähe seiner Wohnung, am Biederstein, direkt am Englischen Garten. Mit Vollgas erreichte er den ehemaligen Sportplatz, auf dem eine Baufirma Schutt ablud. Er hatte sich schon immer darüber gewundert, dass sich auf dem von hohen Hecken umstandenen Areal seit Jahren kaum etwas veränderte. Die Kollegen erkannten ihn und hoben das Absperrband, ohne dass er sich ausweisen musste. Der Kiesplatz war aufgeheizt wie ein Backofen.

Waechter hatte noch nie einen so ruhigen Tatort erlebt. Die Männer in Weiß arbeiteten fast schweigend, die Anspannung stand ihnen ins Gesicht geschrieben und knisterte in der Luft wie statische Elektrizität. Jede Bewegung wirbelte Staub aus dem knochentrockenen Kies auf, eine Wolke hing über dem Brachgelände wie Nebel, der alle Geräusche dämpfte.

»Leo Thalhammer. Neunundzwanzig Jahre alt. Kriminalhauptkommissar. Rauschgiftdezernat, K 83 Drogenhandel«, sagte Die Chefin, während ihre Fingernägel ungeduldig über das Display ihres Tablets klackerten.

»Täter noch unbekannt?«, fragte Waechter und schob sich den Rest von seinem Käsebrot in den Mund, die letzte Mahlzeit für unbestimmte Zeit. Er hatte keinen Appetit, aber der Wunsch nach einem Zigarillo war so übermächtig geworden, dass er nur durch Käsebrot zu lindern war.

»Unbekannt«, sagte Die Chefin.

Ein toter Drogenfahnder, das roch nach organisierter Kriminalität. Kompliziert und gefährlich. Nach einer aufgeblähten SOKO, in der Spezialeinheiten nach ihren eigenen Regeln arbeiteten. Waechter hatte gehofft, in seiner Laufbahn nie wegen des Todes eines Kollegen ermitteln zu müssen. Jetzt war es so weit, der Albtraum hatte ihn eingeholt.

»Todefurfache?«, fragte er mit vollem Mund.

»Kopfschuss, nicht aufgesetzt. Thalhammers Dienstwaffe ist abgängig«, sagte Die Chefin.

»Ist schon klar, was er hier verloren hatte?«

»Sein Kommissariat weiß von nichts. Offiziell hatte er Dienstschluss.«

Das roch nach einer Hinrichtung.

»Schau ihn dir an«, sagte Die Chefin.

Der innere Bereich des Tatorts verbarg sich hinter der Absperrung, nur die Schnauze eines BMWs schaute hervor. Waechter zog einen Schutzoverall über den schwarzen Anzug. Nach ein paar Schritten hatte er das Gefühl, den Schweiß aus seinen Schuhen schütten zu können.

Kommissar Tumblinger von der Spurensicherung winkte sie hinter den Sichtschutz. Ausnahmsweise fand er heute keinen Grund, sie anzublaffen. »Ich hab den Leo gekannt«, sagte er wie zur Erklärung und drehte sich weg.

Alle Türen des BMWs standen offen, am Beifahrerfenster klebten rostbraune Flecken. Leo Thalhammer lag vor dem Wagen auf einer Plane, seitlich, als hätte er sich zum Schlafen zusammengerollt. Der Leichengeruch hatte bereits eingesetzt, der Tote musste in dem sonnenbeschienenen Auto gelegen haben wie in einem Treibhaus. Sie würden ihn bald wegbringen müssen.

Waechter ging in die Hocke und machte Fotos mit seiner eigenen Digitalkamera. Die Bilder halfen seiner Erinnerung besser auf die Sprünge als die detailreichen Tatortfotos des Profis.

Thalhammer hatte ein Loch in der Stirn. Der Ausdruck in seinem Gesicht war festgefroren und durch die Leichenstarre zu einer Grimasse verzerrt. Er musste seinem Mörder ins Gesicht geblickt haben. Und in die kreisrunde schwarze Mündung der Pistole, die einem jeden Willen nahm und jede Würde. Totale Machtlosigkeit war vermutlich das Letzte gewesen, was er gespürt hatte.

»Er ist halb auf dem Beifahrersitz gelegen, auf dem Rücken, als hätte er nach hinten kriechen wollen.« Tumblinger hielt Waechter etwas Schwarzes unter Folie hin. »Das da hatte er in der Hand. Finger weg«, sagte er, bevor Waechter auch nur daran denken konnte, danach zu greifen. »Eine Luger neun Millimeter Baby Glock.«

Waechter schüttelte den Kopf. »Suizid? Warum sind wir dann hier?«

»Aus dem Ding ist nicht geschossen worden«, sagte Tumblinger. »Das Magazin ist voll, die Patrone ist drin, kein Schmauch an der Hand.«

Keine Dienstwaffe. Eine zweite, private Pistole. Sie mussten herausfinden, was ihm solche Angst eingejagt hatte, dass er zwei Waffen mit sich herumschleppte. Glück hatten sie ihm keins gebracht.

Und wo war Leos Dienstwaffe jetzt? Bei seinem Mörder, ganz klar.

»Wo bist du da nur reingeraten«, sagte Waechter mehr zu sich selbst als zu Leo.

Die Augen des Toten starrten mit einem fernen Echo von Todesangst ins Leere. Etwas bewegte sich darin. Ameisen wuselten in den Augenwinkeln, krabbelten durch die Wimpern, liefen über den Augapfel. Es sah aus, als blinzelte der Tote, als wollte er mit den Wimpernschlägen letzte Botschaften aussenden.

Nein. Ja. Nein. Nein. Hilfe.

»Michael, kommst du bitte mal?« Die Chefin zog ihn am Ärmel.

Waechter konnte sich von den Ameisenaugen nicht lösen.

Mit der sanften Autorität einer zweifachen Mutter setzte Die Chefin hinzu: »Wir holen uns jetzt alle etwas zu trinken.«

Vor der Absperrung ging Elli die Notizen durch, die ihr Die Chefin gegeben hatte. Die Zeugin hieß Sandra Benkow. Achtundzwanzig Jahre alt, Polizeiobermeisterin im Unterstützungskommando Bayern, Standort München. Das hatte ihnen gerade noch gefehlt. Die Polizistin einer Eliteeinheit trieb sich auf einem verlassenen Sportplatz herum und stolperte zufällig über einen ermordeten Kollegen.

»Sie hat den Toten gefunden?«, fragte Elli den Beamten, der mit der Zeugin gewartet hatte. »Warum hat man sie dann nicht von ihrem Kollegen getrennt?«

Der Polizist zuckte mit den Schultern. »Das sind doch alles Leute von uns.«

»Hatte sie eine Waffe dabei? Habt ihr die beschlagnahmt?«

Elli erntete einen verständnislosen Blick. Eine Krähe hackte der anderen kein Auge aus.

In einiger Entfernung wartete eine junge Frau in Trainingskleidung mit einem Polizeibeamten in Schwarz. Erst auf den zweiten Blick sah Elli, dass seine Uniform von einem tiefen Dunkelblau war. Der Mann stand so nah bei der Frau, dass er sie fast verdeckte, so als wollte er sie beschützen. Auf dem Ärmel des Polizisten prangte ein Greif.

Elli ging auf die beiden zu. »Grüß Gott, Elli Schuster. Hauptkommissarin.« Bei ihrem neuen Dienstrang straffte sie automatisch den Rücken.

Der Mann trat vor. »Milan Tabor, Polizeioberkommissar«, sagte er. »Ich bin der Gruppenführer. Ich würde die Frau Benkow jetzt gerne mitnehmen.«

»Vorher müsste ich noch ein paar Worte mit ihr reden.«

Tabor gab den Weg nicht frei. Seine Augen waren schwarze Spiegel. Soldatenaugen.

»Allein«, sagte Elli.

Provokativ langsam trat Tabor zur Seite.

Sandra Benkow erwiderte Ellis Händedruck. In ihrer Nase und der Unterlippe glitzerten winzige grüne Steine, ihre Haare hatten die Farbe eines Golden Retrievers.

»Wir können gerne Du sagen. Ich bin Sandra. Sunny.«

»In Ordnung … Sunny.« Elli hatte nicht vor, ihre beste Freundin zu werden. Aber sie konnte das Du nicht zurückweisen, sie brauchte einen Draht zu der jungen Beamtin. »Kannst du mir ein paar Fragen beantworten?«

Sunny lächelte, ein scharfer Zug umspielte ihren Mund, den Elli nicht deuten konnte. »Es ist ni der erste Tote, den ich gesehen habe.« Ein sächsischer Akzent schwang in der Sprachmelodie mit.

»Du kommst aber nicht von hier.«

»Nicht zu überhören, was? Ich komme aus der Nähe von Chemnitz.«

Elli signalisierte mit dem Kopf, dass Sunny ihr in den Schatten folgen sollte, möglichst weit weg von ihrem Aufpasser. Sunny berichtete von ihrem Vormittag, Elli schrieb mit.

»Das Auto stand in der prallen Sonne, das Radio lief. Und überall Ameisen.«

»Du hast die Tür aufgemacht?«

»Ja.«

»Hast du ihn angefasst?«

»Nein. Ich hab sofort gesehen, dass er tot ist.« Sunny stellte den linken Fuß auf einen Mauerrest und band ihren Turnschuh neu. Ellis geübter Blick erkannte es als Übersprungshandlung. Die junge Frau bewegte sich mit der mühelosen Anmut eines durchtrainierten Menschen, Muskeln zeichneten sich unter ihrer Haut ab.

»Ist dir sonst etwas auf dem Platz aufgefallen? Leute, Geräusche, irgendwas, das hier nicht hingehört?«

Sunny schüttelte den Kopf. »Ich war allein.«

»Was hattest du hier zu suchen?«

»Ich wollte im Englischen Garten laufen gehen.«

»Das ist aber nicht der Englische Garten, sondern das Privatgelände einer Baufirma. Warum hier?«

Sunny wechselte einen Blick mit ihrem Kollegen, der außer Hörweite stand, sie jedoch nicht aus den Augen ließ. »Ich musste auf die Toilette.«

»Hier gibt es keine funktionierenden Toiletten.«

»Nu, das hab ich dann och gemerkt.«

Elli kannte die Tücken des Außendienstes aus eigener Erfahrung, aber etwas an der Antwort passte nicht. Der ehemalige Sportplatz wirkte von außen so desolat, dass höchstens Urbex-Fotografen auf der Suche nach verlassenen Orten sich darauf verirren konnten. Sie kniff die Augen zusammen und versuchte sich für einen Moment vorzustellen, wie der Platz wohl früher ausgesehen hatte: Bierbänke voller Menschen, Lichterketten in den Bäumen, Gläserklirren und dazu das Grölen einer Siegesfeier. Die Vision verblasste. Dass es hier in Schwabing noch Brachgelände gab, wo jeder Quadratmeter Millionen wert war? Ein Filetgrundstück. War der Boden verseucht oder tobte ein langwieriger Erbstreit?

Sie standen nur wenige Meter vom Mittleren Ring und vom Englischen Garten entfernt. Trotzdem war ein Schuss gefallen, ohne dass es jemand gemerkt hatte. Keiner der Anwohner hatte etwas gehört oder gesehen. Bäume und Mauern umstanden den Platz blickdicht. Wenn Elli dunkle Geschäfte treiben oder jemanden um die Ecke bringen wollte, würde sie es hier tun.

»Sunny, zeig mir bitte, wo du dich überall aufgehalten hast. Damit wir deine Spuren ausschließen können.«

Die junge Frau ging mit ihr zu dem Sportheim an der hinteren Mauer des Platzes. Elli hob das Absperrband hoch und duckte sich hindurch. Bis hierher hatte es die Spurensicherung noch nicht geschafft, sie mussten sich vorsichtig bewegen. Eine Gruppe mannshoher Büsche schützte die Frauen vor den Blicken von Sunnys Gruppenführer.

»Wie ist es denn so im Unterstützungskommando?«

»Super«, sagte Sunny und tippte auf ihrem Fitnessarmband herum.

»Wart ihr gestern bei der Demonstration im Einsatz?« Als die Kollegin nicht antwortete, fügte Elli hinzu: »Ich habe gelesen, dass es Krawalle gegeben hat.«

»Über Einsatztaktiken dürfen wir nicht reden.«

Wusch, das war ein Eimer kaltes Wasser gewesen. »Und dann verbringst du deinen freien Vormittag keine zwei Blocks vom Gefahrengebiet entfernt?«

»Ich gehe eben gerne laufen.«

Zu viele Zufälle. War Leo in eine tödliche Falle gelockt worden?

Eines hatte die Erfahrung Elli gelehrt: Niemand taumelte ziellos in einen Mord. Immer gab es vorher ein Ereignis, welches das Tor zur Hölle öffnete. Ein Déjà-vu-Erlebnis durchlief sie kalt, trotz der gleißenden Mittagssonne. Die Ereignisse des letzten Frühlings wurden zurückgespult wie ein Videofilm. Ihr Kollege Hannes auf dem Boden, nach Luft ringend, halb wahnsinnig vor Entsetzen und Schmerz. Er hatte überlebt. Der Film wurde vorgespult. Ein anderer Polizist lag tot an Hannes' Stelle. Als habe ein bösartiger Gott beschlossen, sich einen der ihren zu holen.

»Als du den Toten gefunden hast, hast du da deine Leute angerufen?«

»Wen denn sonst?«

»Jeder andere würde die Eins-Eins-Null rufen.«

»Ich bin Beamtin des Unterstützungskommandos Bayern. Ich bin nicht jeder andere.«

Elli hob die Hand, damit Sunny kurz still war, und lauschte. Zwischen dem Toilettenhäuschen und der Grundstücksmauer war ein Hohlraum. Die Tür, die ihn normalerweise verschloss, klaffte einen Spaltbreit auf.

»Sunny, stand die Tür vorhin schon offen?«

»Keine Ahnung.«

Elli nahm einen Stock vom Boden und schob damit die Tür ein Stück weiter auf. Wasserleitungen glänzten im einfallenden Sonnenlicht. Auf dem Boden lag eine Jeansjacke, zusammengedrückt, als habe jemand darauf gesessen. Daneben Kippen, ein zusammengeknülltes Stück Alufolie. Der scharfe Geruch von Urin stieg ihr in die Nase. Sie legte die Hand an die Waffe und drückte die Tür mit dem Stock ganz auf. Der Verschlag war leer. Erleichtert stieß sie Luft aus und trat einen Schritt zurück. Neben ihrem Turnschuh glitzerte etwas. Sie bückte sich, ohne den Gegenstand anzufassen. Ein blauer Kristall funkelte in der Sonne, ein Plastikstein, von der Sorte, wie sie auf Kleidung genäht wurden. Elli brauchte nicht an sich herunterzuschauen, um zu wissen, dass sie ihn nicht verloren hatte. Sie würde lieber mit einem Huhn auf dem Kopf herumlaufen, als Klamotten mit Glitzersteinen anzuziehen.

Sie holte ihr Handy aus der Tasche und wählte die Nummer des Kollegen von der Spurensicherung. »Tumblinger, schick mir mal einen Schwung Leute rüber. Hier beim Toilettenhäuschen hat sich jemand aufgehalten, geraucht und gegessen.« Sie drückte ihn weg und rief Die Chefin an.

Endlich eine Spur, endlich etwas Neues. Die Maschine der Ermittlung setzte sich in Bewegung. Elli spürte es in den Eingeweiden.

Auf dem Rücksitz eines Streifenwagens las Waechter weiter in den Unterlagen über den Toten. Leo Thalhammer hatte keine Kinder, die Eltern waren früh verstorben. Etwas, das wir gemeinsam haben, dachte Waechter. Ein Übriggebliebener. Nicht ganz. Leo hatte mit einer Frau zusammengelebt. Jennifer Adams.

Leo und Jennifer.

Jemand hatte ihn vermisst. Seine Freundin hatte am Morgen auf seiner Dienststelle angerufen, weil er nicht heimgekommen war.

Waechter war zu Leos Haus unterwegs. Vielleicht würde er ja von Jennifer mehr über Leo erfahren, der sich ihnen immer noch entzog, unfassbar blieb.

Ein Schatten tauchte vor der Windschutzscheibe auf, und der Fahrer legte eine Vollbremsung hin, die alle Insassen in die Gurte drückte. Waechter klaubte die Papiere aus dem Fußraum und die Lesebrille vom Schoß. Eine Gruppe Männer blockierte die Straße und machte betont langsam Platz. Viele kahle Schädel, viele schwere Stiefel.

Waechter beugte sich vor. »Was ist denn da los?«

»Idioten.« Der Fahrer hupte.

Ein paar der Männer rückten dem Wagen so dicht auf die Pelle, dass Weiterfahren unmöglich war. Sie johlten, schlugen auf die Motorhaube. Zwei Hände klatschten gegen die Scheibe neben Waechters Kopf, für einen Moment sah er zu einem Grinsen gefletschte Zähne. Hellblaue Augen. Die Hände hinterließen einen schmierigen Fleck auf dem Glas.

»He!« Der andere Polizist schnallte sich ab, den Türgriff schon in der Hand.

»Nicht jetzt«, sagte Waechter. »Wir sind wegen dem Leo da. Für die haben wir keine Zeit.«

Der Fahrer startete durch und sprengte die Männer von der Straße. Die Wucht der Beschleunigung drückte Waechter in den Sitz. Im Rückspiegel sah er, wie sich die Männer hinter ihnen zusammenrotteten. Unwillkürlich tastete er nach seiner Pistole und fand sie an ihrem Platz.

Jennifer Adams wohnte in einem der Schachtelhäuser am Ackermannbogen, deren Bewohner sich gegenseitig in die

Fenster schauen konnten. Vor jedem Haus stand ein Bobbycar. Ob Leo Thalhammer sich Kinder gewünscht hatte? Zwei Seelsorger vom Kriseninterventionsteam warteten bereits auf sie. Einer von ihnen trug den Kollar eines katholischen Priesters.

Über der Haustür hing eine Überwachungskamera, ein rotes Licht blinkte. Waechter klingelte.

Die Gegensprechanlage knackte.

»Ja bitte?«

»Waechter, Kripo München, ich bin ein Kollege vom Leo.« Er hielt seinen Dienstausweis in die Kamera.

Hinter der Tür knackte ein Riegel, ein Schloss öffnete sich, dann das zweite. Eine junge Frau in einem schwingenden Sommerkleid öffnete ihnen, zierlich wie ein Kind und mit einer Ponyfrisur. Sie schaute von einem zum anderen, sah die Beamten, den Seelsorger und verstand sofort. Ein Schluchzer entfuhr ihr, nicht mehr als ein Husten.

»Nein«, sagte sie. Sie schüttelte den Kopf, immer heftiger, ihr Pferdeschwanz wippte. »Neinneinneinneinnein.« Es steigerte sich zu einem Schreien. Jennifer stemmte die Füße in den Boden, ballte die Fäuste und schrie und schrie und schrie. Es waren die Schreie eines Menschen, der aus dem achten Stock fiel. Jemand musste sie halten. Waechter schloss die Arme um sie. Für ein paar schreckliche Sekunden schrie sie weiter, es gellte in seinen Ohren, und seine Knochen vibrierten, bevor ihre Schreie in heftiges Schluchzen übergingen.

Jennifer wog fast nichts, in Waechters Armen lagen zuckende, schwache Vogelknochen. Jennifers Haar roch fremd und süß, nach Bonbons und Erdbeeren. Vorsichtig schob er sie ins Haus. Im Wohnzimmer drückte er sie sanft aufs Sofa, das mit seinen dünnen Füßchen nicht aussah, als könne es so viel Verzweiflung tragen. Sie hatte Leo geliebt. Ob er das gewusst hatte? Ob er in der letzten Millisekunde, als das Mündungsfeuer aufblitzte, an sie gedacht hatte?

Jennifer zitterte sichtbar. Waechter kniete vor ihr nieder und nahm ihre Hand, sie lag nass und warm in der seinen. Minutenlang holte sie immer wieder Luft, war aber nicht in der Lage zu sprechen. Der Seelsorger setzte sich dicht neben sie, als könne die Gravitation der zwei wuchtigen Männer die Worte in ihren Körper zurückholen.

»Tut mir leid«, sagte Waechter. »Der Leo ist tot.«

Ihr Schluchzen wurde nicht stärker. Sie hatte es von Anfang an gewusst, als sie die Gruppe vor ihrer Tür gesehen hatte. Minuten vergingen, bis das Zittern ihrer Hand nachließ.

»Hat er Angst gehabt? Hat er gewusst, dass er sterben wird?«, fragte sie.

Waechter senkte den Kopf. Eine altmodische Flohmarktuhr tickte den Tag davon.

»Er hat die ganze Zeit Angst gehabt«, sagte Jennifer.

Die Überwachungskamera. Das Sicherheitsschloss, der Riegel vor der Tür. Die Luger Baby Glock.

»Wovor?«, fragte Waechter.

»Ich weiß es nicht.« Jennifer zog ihre Hand aus der seinen und wischte sich über die Wangen. Unter ihren Augen verliefen dreieckige Schlieren aus Wimperntusche, sie sah aus wie eine Harlekinpuppe.

»War gestern irgendetwas anders als sonst? Hat Ihr Freund sich ungewöhnlich verhalten?«

Jennifer Adams schüttelte den Kopf. »Es war ein Tag wie

jeder andere. Leo war ganz normal. Als er gestern Abend nicht nach Hause kam, dachte ich, er macht Überstunden. Oder fährt wieder Umwege.«

»Umwege?«, hakte Waechter nach.

»Leo hat mal erwähnt, dass er von der Arbeit aus nicht auf direktem Weg heimfährt. Er hat mir nicht gesagt, warum. Nicht mal, als ich nachgefragt habe.«

»Hat er Ihnen von seinen Fällen erzählt?«

»Nie«, sagte Jennifer. »Hier gibt es nicht mal ein Arbeitszimmer. Er hat seine Fälle nie mit nach Hause mitgebracht. Das Thema war tabu. Zu Hause sollte alles nur schön sein.«

Ein dekoriertes Puppenhaus mit bunten Hutschachteln und Flohmarktmöbeln. Hier war Leo daheim gewesen, aber wenn Waechter sich umsah, fühlte er sich Leo Thalhammer kein bisschen näher als vorher.

Elli fächelte sich mit einem Schnellhefter Luft zu, wirbelte aber nur verschiedene Sorten Testosteron durcheinander. Im Besprechungsraum der Sonderkommission herrschte Männerüberschuss, und trotz der offenen Fenster menschelte es gewaltig. An einem der Nebentische saß Waechter in ein Gespräch vertieft. Sogar er hatte vor der Hitze kapituliert und sein schwarzes Sakko über die Stuhllehne gehängt. Unter seinem Hemdsärmel schaute eine Tätowierung hervor, Löwenfüße mit den Ziffern *1860*. Die Haare auf seiner Brust waren grau geworden, seit Elli mit ihm arbeitete. Silberrücken, dachte sie nicht ohne Zuneigung.

Er erwiderte ihren Blick, und sie schaute schnell wieder Martina Jordan an, Leos direkte Vorgesetzte, die ihn zuletzt lebend gesehen hatte. Leos Team musste zwar nicht selbst in dem Fall ermitteln, aber seine Kollegen waren die wichtigsten Zeugen.

»Es war ein Routineeinsatz. Ich habe selbst angeordnet, dass wir abbrechen und Feierabend machen«, sagte Martina Jordan. Sie war älter als Elli, ihre Haut war von winzigen Sommersprossen überzogen, sodass sie aussah wie Wüstensand. »Er hat mich gefragt, ob er den Wagen haben kann. Ich hatte den Eindruck, dass er zu einer Verabredung wollte und spät dran war. Für mich war es kein Problem.« Wieder fiel sie in die Gegenwart, als wäre Leo noch da. »Mit Leo habe ich nie ein Problem. Er ist total unkompliziert.«

Was schon mal nicht stimmt, dachte Elli. Jemand, der auf einem einsamen Brachgelände mit einem Kopfschuss hingerichtet wurde, war vieles im Leben gewesen, aber nicht unkompliziert.

»Sie haben gesagt, Leo hätte eine Verabredung gehabt. Woraus haben Sie das geschlossen?«

Martina Jordan schaute in die Ferne, als versuche sie sich in den gestrigen Abend zurückzuversetzen. »Er hat ständig auf sein Handydisplay geschaut und dann etwas getippt, vielleicht eine Nachricht. Er hat ungeduldig gewirkt.«

Elli wandte sich dem Hüter des Schweigens zu. »Überprüfst du bitte mal Leo Thalhammers Handy? Mobilfunkverbindungen, ein- und ausgehende Daten, vor allem Direktnachrichten und Mails.«

Der Hüter des Schweigens nickte und tippte die Aufgabe direkt in seinen Laptop. Wahrscheinlich war er längst an der Sache dran. Der stille Kollege in Waechters Team war noch stiller geworden. Es war eine andere Art der Wortlosigkeit, ohne innere Ruhe. Er hatte mehr und mehr Innendienstaufgaben an sich gezogen, und sie hatten es alle akzeptiert. Er war gut in diesen Dingen.

»Warum haben Sie den Einsatz abgebrochen?«, fragte Elli.

»Wir waren lange genug vor Ort. Das Demonstrationsgelände war überfüllt, die Stimmung war am Kippen, und es war nicht unsere Aufgabe, da zu vermitteln.«

»Was war denn Ihre Aufgabe?«, hakte Elli nach.

»Wir haben uns in Zivil unters Volk gemischt, Kontrollen vorgenommen und Drogen beschlagnahmt. Teils bei bekannten Personen, teils bei welchen, die uns verdächtig vorkamen.«

»Was macht denn jemanden verdächtig?«

»Wenn er in ein Profil passt.«

»Und wie sieht so ein Profil aus?«

»Erfahrungswerte«, sagte die Ältere. »Belassen wir es dabei.«

Wie frustrierend, dachte Elli. Sie erwischten immer nur die User und Kleinstdealer, die letzten Glieder in der Nahrungskette, so geringfügig, dass die Staatsanwaltschaft die Verfahren wieder einstellen musste. Die großen Fische bekamen sie so gut wie nie zu fassen.

»Gab es irgendwelche Randale oder Drohungen? Oder ist bei einer Personenkontrolle etwas Unschönes passiert?«

»Nicht gegen unsere Beamten«, sagte Martina Jordan. »Niemand hat sich gefreut, sie zu sehen, aber es waren lauter Routineeinsätze.«

»Könnten wir eine Liste der Personen bekommen, mit denen Leo an dem Tag Kontakt hatte?«

»Die liegt Ihnen längst vor«, erwiderte Martina Jordan.

»Schön. Danke. Vielen Dank.« Elli bemühte sich, den pikierten Tonfall nicht selbst aufzugreifen. Die Frau hatte einen Mitarbeiter verloren, einen Menschen, den sie gemocht, mit dem sie jeden Tag im Team gearbeitet hatte. Nur warum, verdammt noch mal, zeigte sie nicht die geringste menschliche Regung? Es fühlte sich falsch an, dass sie hier mit Martina Jordan saß, der Ranghöheren, und sie aushorchte. Dass die ältere Kollegin sie gegen die gleiche Wand laufen ließ, die sie vor den Kleindealern auf der Straße errichtete. Doch Trauer hatte viele Gesichter. Bitch war vermutlich eines davon.

»Übrigens, mein Beileid noch mal. Tut mir leid, das mit Leo«, sagte sie. Grobmotorisch wie immer. Aber besser, als gar nichts zu sagen.

Martina Jordan griff nach Ellis Hand und drückte sie. Die Geste kam so überraschend, dass Elli ihre Hand fast weggezogen hätte. »Danke«, sagte sie. »Der Leo war ein Schatz. Jeder mochte ihn.«

Schon wieder etwas, das nicht wahr war. Menschen, die jeder mochte, waren Elli meist spontan unsympathisch. Sie konnte sich an ihnen abarbeiten, um die faule Stelle zu finden. Meistens entdeckte sie sie.

Der Hüter des Schweigens tippte ihr auf die Schulter, für Elli eine willkommene Gelegenheit, ihre Hand zu retten. Der Kollege schob ihr den Bildschirm seines Laptops hin. Ein Eintrag aus dem KAN, dem Kriminalaktennachweis. Elli zog den Laptop näher heran.

Ein Mann mit kurzen, schmutzig blonden Dreadlocks und klugen Augen. Jakob Ungerer, sechsunddreißig Jahre alt, städtischer Angestellter. Drogenbesitz, Drogenhandel, Hausfriedensbruch, Widerstand gegen die Staatsgewalt und so weiter. Eine lange Latte von Kleinstdelikten. Elli las alles durch, was sie zu dem Mann fand. Zwei weitere Tabs waren geöffnet. Jakob Ungerer war am Abend von Leo Thalhammers Tod auf der Demonstration festgenommen und nachts wieder freigelassen worden. Und er und Leo Thalhammer hatten eine gemeinsame Vergangenheit. Leo hatte wegen eines Bagatelldelikts Ungerers Wohnung durchsuchen lassen.

»Dann kriegt der Herr wohl mal wieder Besuch von uns«, sagte Elli. Der Hüter des Schweigens machte ein Sauerkrautgesicht. »Komm schon«, sagte sie. »Wie in alten Zeiten. Lass uns miteinander ein paar Türen aufbrechen.«

Kriminaldirektor Zöller unterbrach sie, indem er hereinstürmte und sofort alle Aufmerksamkeit an sich riss. Wahrscheinlich war er im Präsidium einen Kopf kürzer gemacht worden und musste jetzt irgendwohin mit dem Druck, am besten nach unten. Zöller stützte sich auf Waechters Tisch, und Elli konnte von ihrem Platz aus jedes Wort verstehen.

»Wir erhalten Verstärkung«, sagte Zöller zu Waechter. »Simmern und Deininger brechen ihren Urlaub ab, und morgen stößt der Brandl noch dazu. Damit sind wir dann achtunddreißig.«

Waechters Erwiderung hörte sie nicht. Die beiden Männer standen zusammen auf und verließen den Raum.

»Moment!«, rief Elli und lief Zöller hinterher wie ein bissiger Dackel. Im Flur holte sie ihn ein.

»Kollege Brandl ist noch krankgeschrieben«, sagte sie. »Schon vergessen?«

Bei der letzten Ermittlung war Hannes eingesperrt worden und wäre um ein Haar bei lebendigem Leib verbrannt. Bei dem Versuch, sich zu befreien, hatte er sich das Handgelenk gebrochen. Nach so etwas spazierte man nicht einfach wieder ins Büro. Manch ein Polizeibeamter hatte sich schon für weniger frühpensionieren lassen.

»Wir haben telefoniert«, sagte Zöller. »Herr Brandl beginnt wegen der aktuellen Ereignisse schon morgen seine Wiedereingliederung.«

Waechter sah Elli nur stumm an, als kenne er sie nicht.

»Das können Sie nicht machen«, zischte sie. »Haben Sie vergessen, dass er damals fast draufgegangen wäre? Sie können nicht von ihm verlangen, dass er in einem Polizistenmord ermittelt.«

»Kollege Brandl ermittelt entweder in diesem Fall oder gar nicht mehr.« Zöller blieb nicht stehen und zwang Elli, neben ihm herzulaufen. »Ich brauche keine Mitarbeiter, die nur achtzig Prozent bringen.«

Er wurde schneller und ließ Elli stehen. Weder er noch Waechter drehten sich noch einmal nach ihr um.

Elli holte ihr Handy heraus und suchte die letzte Nachricht, die Hannes ihr geschickt hatte. Sie war die Einzige, mit der er Kontakt gehalten hatte. Da war sie: ein Selfie von der Küste Jütlands, aufgenommen beim Joggen. Hinter ihm zackte sich die Brandungslinie bis zum Horizont, ein Pfad verschwand in den Dünen. Hannes hatte sich einen Bart wachsen lassen, seine Haare waren lang genug, dass er sie zu einem Knoten am Hinterkopf binden konnte. Der Wind wehte ihm Strähnen ins Gesicht, und er strich sie mit einer Hand nach hinten. Sogar auf dem schlechten Handyfoto konnte sie die Narben an seinem Handgelenk erkennen, wo der dünne Draht ihm in die Haut geschnitten hatte. Ihr fehlte etwas. Elli vergrößerte das Bild, bis es in Pixel zerfiel, aber sie fand das grüne Leuchten in seinen Augen nicht. Vielleicht lag es am trüben Licht des dänischen Regentages. Hannes hatte ein Folgeattest eingereicht, hätte noch vier Wochen freigehabt. Wollte er es wirklich durchziehen? Und wenn er wieder da war, würde das laufende und sprechende Ding wirklich Hannes sein? Ihr kleiner Wahlbruder?

Sie schrieb: *»Was zum Teufel suchst Du hier? Kurier Dich gefälligst aus.«*

Aber wie immer bei direkten Fragen bekam sie keine Antwort.

Zöller hielt Waechter die Tür zu dessen eigenem Büro auf. Es lag etwas Aggressives in der Geste. Ellis Widerspruch schien ihn geärgert zu haben. Jeder Widerspruch ärgerte ihn.

»Kaffee, Berni?«, fragte Waechter.

»Bei der Hitze. Spinnst du?«

Waechter ließ sich in seinen Schreibtischstuhl fallen. Thalhammers Tod, im Minutentakt hereintickernde Zeugenaussagen, eine aufgeblähte Sonderkommission und dazu persönliche Befindlichkeiten. Es hätte gar keine sechsunddreißig Grad im Schatten gebraucht, damit er sich wie gekocht fühlte.

»Was gibt's denn so Wichtiges, das wir nicht in der großen Runde besprechen können?«

Zöller lehnte sich an die Wand. »Ich will, dass du mit ein, zwei Leuten redest. Von den Unsrigen. Mir fällt sonst keiner ein, der das besser könnte.«

Der nette Herr Waechter ist gefragt, dachte Waechter. Der Gemütliche. Der Herr Kriminaldirektor hatte eine Rolle für ihn.

»Die Fälle, in denen Leo ermittelt hat«, sagte Zöller. »Ich habe das Gefühl, das läuft schleppend. Wir haben zu wenig

Namen und Hintergrundinfos bekommen. Mir ist klar, dass seine Truppe gerade einen Kollegen und Freund verloren hat, aber wenn sie etwas für ihn tun wollen, müssen sie schneller mit Fakten rüberkommen.«

»Ich rede mit Martina Jordan«, sagte Waechter. »Wem soll ich noch auf die Nerven gehen?«

»Schau dir die Truppe von der Zeugin Sandra Benkow mal genauer an. Mir sind das zu viele Zufälle. Die Frau trainiert jeden Tag stundenlang. Warum geht sie in ihrer Freizeit laufen? Und was hatte sie auf diesem gottverlassenen Sportplatz zu suchen? Ich möchte, dass du mit ihrem Gruppenführer auf Augenhöhe sprichst. Und dir den Laden von innen anschaust.«

Waechter erinnerte sich noch gut an den Gruppenführer. Milan Tabor, ein ernster junger Mann, dessen Augen nichts preisgaben. Hochprofessionell. Aus Tabor würde er nichts herausbekommen, das wusste er jetzt schon. Aber er würde sich mit dem Kollegen gutstellen müssen, damit die Kommunikation mit Sandra Benkow reibungslos ablief. Keine schlechte Idee, ihm mal die Hand zu schütteln.

»Mache ich gleich heute noch, wenn ich einen Termin bekomme«, sagte er.

»Dann …« Zöller stieß sich von der Wand ab.

»Was Hannes Brandl angeht«, sagte Waechter unvermittelt. »Findest du das richtig?«

»Das Thema ist durch.«

»Ich meine nur, er ist sicher nicht ohne Grund länger krankgeschrieben …«

Zöller stützte sich auf Waechters Schreibtisch wie ein Pitbull und beugte sich weit in seine Komfortzone. »Das Thema ist durch, hab ich gesagt!« Er richtete sich auf. »Weißt du immer, was richtig ist?«

»Dann hätte ich längst deinen Job.«

»Also, habe die Ehre«, sagte Zöller und zeigte zum Abschied mit dem Finger auf Waechter. Eine Drohgeste. *Tu, was ich dir sage, oder …*

Sein alter Freund war mit der Situation genauso überfordert wie er selbst, das war Waechter schlagartig klar. Es machte ihm Zöller wieder sympathischer. Auch wenn er sämtliche Dinge über den Hebel Macht regelte.

Waechter rief in der Polizeiinspektion 3, Ergänzungsdienste, an und bekam sofort einen Termin mit Milan Tabor. Er war ja so ein Netter. Jeder hat sein Kryptonit, dachte er.

Wenig später saß er im Auto, zusammen mit einem blutjungen Anwärter, dem er eingeschärft hatte, nur »Grüß Gott« und »Auf Wiedersehen« zu sagen, nichts mitzuschreiben und sich jedes einzelne Atom zu merken. Waechter wollte bei dem ihm gleichrangigen Tabor nicht den Eindruck erwecken, dass er in Überzahl auflief. »Zu Ausbildungszwecken«, war ein gutes Argument für einen zweiten Beamten. Sein Begleiter hieß Maxi, wurde aber wegen seiner Jugend von allen »Mini« genannt und konnte schon kopieren wie ein Weltmeister.

Wie vor jedem Gespräch in einer neuen Situation war Waechter nervös. Es würde nie weggehen. Im Gegenteil, je älter er wurde, desto stärker wurde es. Weil er schon so viele Menschen kennengelernt hatte, und ein jeder auf eine andere Art unberechenbar war. Heute würde er besonders diplomatisch sein müssen.

Er hielt vor dem unauffälligen Backsteinbau am Innsbrucker Ring. Nur ein geparkter Mannschaftswagen und ein unauffälliges Schild wiesen auf den Standort hin. Sein Dienstausweis allein öffnete ihm hier keine Türen, mehrere Telefonate waren nötig, bevor sich das Tor öffnete. Im Hof standen einige junge Männer in Trainingskleidung und rauchten. Ein Polizist im nachtblauen USK-Overall und mit einem Barett auf dem Kopf führte sie nach oben. Waechters Kommissariat war schon zweckmäßig, aber im USK-Gebäude war die Einrichtung bis aufs Notwendigste heruntergebrannt, geradezu militärisch.

Milan Tabor empfing sie nicht in seinem Büro, sondern im Sozialraum. Waechter registrierte die Geste. *Wir gehören zusammen. Du bist einer von uns.* Er fühlte sich davon unangenehm berührt. Es roch nach starkem Kaffee. Milan Tabor hatte einen festen Händedruck, er empfing sie in Uniform.

»Ist Tabor ein tschechischer Name?«, fragte Waechter.

»Ja, meine Großeltern stammen aus Tschechien.«

»Ach. Ich habe auch tschechische Vorfahren.«

»Das hört man Ihnen gar nicht an«, sagte Tabor und reichte ihm und dem Anwärter eine Tasse Kaffee aus dem Automaten. »Sie klingen so urbayerisch.«

»An mir ist gar nichts bayerisch.« Waechter winkte ab. »Die Oma aus Tschechien, der Opa aus Schlesien und dazu Südtiroler Bergbauern, nordhessische Pietisten und ein russischer Kriegsgefangener, über den niemand reden durfte. Ich bin eine echte Stiagnglander-Mischung.«

Tabor nahm sich selbst Kaffee, setzte sich und schlug die Beine übereinander. »Ich frage mich, warum Sie mit mir sprechen wollen. Ich hatte selbst mit der ganzen Sache ja nur am Rande zu tun.«

»Die Frau Benkow ist unsere wichtigste Zeugin. Da möchte ich Sie auf keinen Fall übergehen.«

Tabor schluckte es kommentarlos. Es irritierte Waechter, dass er nie lächelte. Er war ein gut aussehender Mann, aber hatte die Mimik eines Eisbären. »Und wie genau kann ich Ihnen helfen?«

»Wir Schreibtischtäter bekommen manchmal die große Politik gar nicht mit«, sagte Waechter. Er trank einen Schluck Kaffee und wusste, er würde nie wieder schlafen. »Können Sie mir in Kurzform sagen, worum es bei der Demonstration gestern ging?«

»Das USK ist nicht für Politik zuständig«, entgegnete Tabor. »Wir sind Einsatzpolizisten.«

»Aber Sie sind hautnah dran. Ihr Einsatzzug steht nun schon eine ganze Weile an der Mandlstraße.«

»Und fehlt woanders«, sagte Tabor.

»Wer bekämpft in Schwabing wen?«

»Am Englischen Garten gibt es ein Haus, das abgerissen werden soll. Es hat lange leer gestanden. Irgendwann haben Hausbesetzer es übernommen«, sagte Tabor. »In München dulden wir normalerweise keine Hausbesetzungen. Die werden umgehend ausgeräuchert. In diesem Fall hatte der Eigentümer die Besetzung akzeptiert. Ich habe sogar läuten hören, die Bewohner hätten Miete bezahlt.«

»Wer wohnt in dem Haus?«

»Eine inhomogene Gruppe, viel Kommen und Gehen. Es sind auch immer wieder Limos darunter.«

»Limos?«, fragte der junge Kollege, der bisher in stummer Faszination zugehört hatte.

»Linksmotivierte Straftäter«, klärte Waechter ihn auf.

»Der Eigentümer hat nunmehr an einen Investor verkauft«, erklärte Tabor. »Wie das in München halt so ist. Bisher standen auf dem Grundstück ein dreigeschossiges Giebelhaus, ein Laden und eine Garage. Der Investor will zwei viergeschossige Riegel mit Wohnungen darauf bauen. Luxussegment.«

»Für die Zweit- oder Drittwohnung von reichen Russen oder Arabern«, sagte Waechter. »Als hätten wir in Schwabing nicht schon genug Wohnungen, die fast das ganze Jahr leer stehen.«

»Oder Ferienwohnungen für *Airbnb*«, sagte Mini.

Waechter warf ihm einen warnenden Blick zu.

»Ich pendle jeden Tag nach Baldham«, sagte Tabor und senkte sofort den Blick, als sei ihm ein intimes Geständnis entschlüpft. »Wie dem auch sei, seit dem Verkauf gibt es täglich Randale. Extreme Feindseligkeit gegenüber der Polizei, Mahnwachen. Bei einem Räumungsversuch sind Pflastersteine aus dem Fenster geflogen. Das Kreisverwaltungsreferat hat den Block um das Haus herum zur Gefahrenzone erklärt, in der wir anlasslos kontrollieren und zugreifen dürfen.«

»Sie haben vorhin gesagt, Hausbesetzungen würden in München nicht geduldet«, sagte Waechter. »Warum hat man nicht längst die Räumung angeordnet?«

»Da kommt die Miete ins Spiel. Die Bewohner haben gegen die Räumung geklagt. Das dauert jetzt erst mal.«

»Bei der Demonstration gestern war halb München auf der Straße«, sagte Waechter. »Nicht nur ein paar Limos.«

»Die Mandlstraße ist zu einem Symbol gegen Gentrifizierung geworden. Das Thema bewegt alle«, sagte Tabor. Im sicheren Terrain entspannte er sich. Aber gelächelt hatte er immer noch nicht.

»Auch die Randalierer, die die Situation haben eskalieren lassen«, sagte Waechter. »Haben Sie die Typen gefunden, die den Streifenwagen an der Münchner Freiheit angezündet haben?«

»Wir werden niemanden finden. Wir ermitteln gar nicht«, sagte Tabor. »Unsere Aufgabe war, die Leute aus der Gefahrenzone von der Großdemonstration auf der Leopoldstraße fernzuhalten. Die Veranstalter haben aber nicht mit seinem solchen Ansturm gerechnet. Und wir nicht damit, dass die Gewaltbereiten gleich von zwei Seiten versucht haben, die Absperrungen zu durchbrechen. Es waren viele Touristen vor Ort, die extra angereist sind, um Randale zu machen. Wir haben an beiden Enden der Feilitzschstraße einen Einsatzblock gebildet und Personenkontrollen vorgenommen.«

Der berühmte Münchner Kessel, dachte Waechter. »Die Typen, die den Wagen angezündet haben, waren wahrscheinlich nicht dabei.«

»Die Störer haben die Out-of-Control-Technik angewendet. Sie sind nicht als geschlossener schwarzer Block aufgetreten, sondern haben sich in verstreuten kleineren Gruppen um die Demonstration bewegt. Dadurch waren sie kaum in den Griff zu bekommen.«

»Frau Benkow war auch bei dem Einsatz dabei?« Waechter steuerte die Unterhaltung sanft dahin, wo er sie haben wollte. Wobei, Milan Tabor konnte er sowieso nicht manipulieren. Er hatte das Gefühl, dass sein Gegenüber jeden seiner Züge voraussah und durchschaute.

»Ja.«

»Und trotzdem geht sie am nächsten Morgen brav joggen.«

»Nennen Sie mir eine freie Minute, in der unsere Sunny nicht läuft. Sie war Leichtathletik-Juniorenmeisterin.«

»Ist sie eine gute Polizistin?«

»Sunny ist die einzige Frau im USK. Sie muss also gut sein. Besser als die Männer. Ist leider immer noch so.«

Waechter schaute Mini an, doch der starrte brütend aus dem Fenster. Er beschloss, in die Offensive zu gehen. »Gibt es etwas, das ich über Frau Benkow wissen sollte? Etwas Auffälliges?«

»Sie hat gleich nach der Schule die Ausbildung bei der Bereitschaftspolizei begonnen und danach die USK-Ausbildung durchlaufen. Sie ist ein Polizeigewächs durch und durch. Wenn etwas an ihr auffällt, dann wie tüchtig sie ist.«

Eine Frau ohne Eigenschaften. Ob Sandra Benkow ein Privatleben hatte?

»Ich kann sie nicht zufällig gleich noch sprechen?«

»Sie hat sich für heute zurückgezogen. Haben Sie bitte Verständnis.«

Mini zeigte aus dem Fenster. »Dann war sie nicht die blonde Frau, die vorhin unten mit den Kollegen geredet hat?«

Milan warf ihm einen emotionslosen Blick zu, während er vermutlich ein Todesurteil für den jungen Mann formulierte. »Wie auch immer. Sie hat heute Abend frei, um die Sache zu verarbeiten.«

»Aber sie ist nicht vom Dienst freigestellt?«

»Das können wir uns nicht leisten. Wir brauchen derzeit alle Leute. Jeden zweiten Tag fahren sogar Busse von Dachau und Würzburg hierher, damit es in der Mandlstraße nicht knallt.«

»Was genau machen Sie da?«

»Wir sichern den Frieden. Das ist alles«, sagte Tabor. »Wenn Sie sich über uns informieren, werden Sie Dinge hören wie ›die bayerische Prügeltruppe‹ oder ›der Bizeps der Polizei‹.«

Waechter nickte. Er kannte alle Gerüchte.

»Vergessen Sie's. Wir gehen nicht blindwütig auf Menschen los. Wir treten erst dann auf den Plan, wenn sowieso schon etwas schiefläuft. Festnahmen in waffenverseuchten Wohnungen. Hooligans beim Fußball. Fliegende Steine bei Demos. Zwischen dem Bürger und dem Gewalttäter sind wir die letzte Instanz. Wir sind die, die eins auf die Fresse bekommen.« Tabor stand auf, es war das Zeichen, dass sie gehen sollten. »Nach uns kommt nichts mehr.«

»Zeigen Sie mir bitte noch kurz das USK-Gelände?«, fragte Waechter.

»Diesmal nicht«, sagte Tabor. »Wir haben schlimme Wochen hinter uns. Die Männer … und Sunny … brauchen Ruhe. Kommen Sie wieder, wenn alles vorbei ist, dann geben der Zugführer und ich Ihnen eine Schlossführung.« Mit diesen Worten streckte er Waechter die Hand hin.

Die Audienz war beendet, und sie waren hier so unerwünscht wie zuvor. Milan eskortierte sie persönlich auf dem kürzesten Weg auf den Parkplatz.

»Und, Mi… äh, Maxi, was ist dir aufgefallen?«, fragte Waechter im Auto. Irgendwie musste er die Nummer mit der Ausbildung wenigstens vortäuschen.

»Nicht viel«, sagte Mini.

Waechter grunzte, er hatte auch nichts anderes erwartet.

»Nur dass der Typ immer noch oben am Fenster steht und dir nachschaut. Und neben ihm eine Frau.«

Waechter verrenkte sich, um einen Blick auf das Fenster zu bekommen. Tatsächlich, zwei Gesichter verschwanden vom Fensterrahmen.

»Und dass die Männer, die wir beim Reingehen gesehen haben, immer noch die gleichen sind. Die unterhalten sich gerade über uns.«

»In dir steckt mehr als ein Kopierer«, sagte Waechter voller Bewunderung. »Aber im Büro machst mir trotzdem erst mal einen Kaffee.«

Hannes nahm ein Bier aus dem Kühlschrank und hielt sich die kühle Flasche an die Schläfe. Alle Türen und Fenster im Haus standen offen, winzige Heupartikel flirrten in der Luft. Halb ausgepackte Reisetaschen lagen herum, die feuchten Strandtücher rochen noch nach Meer. Von draußen drangen die Stimmen von Jonna und ihrer Mutter herein, der typische schnelle Wechsel zwischen Hochdeutsch und Platt, der ihn ausschloss. Wahrscheinlich redeten sie wieder mal über ihn.

Seine Schwiegermutter ging mit einem knappen Nicken ins Haus, als er auf die Terrasse trat. Er konnte es ihr nicht verdenken. Schließlich war er nicht gerade ideales Schwiegersohnmaterial.

Jonna drehte sich zu ihm um. »Scheiße, die Bullen!«

»Langsam wird der Witz alt.« Er setzte sich zu ihr auf die Hollywoodschaukel und drückte ihr einen Kuss ins Haar. Es duftete nach Lavendel und Sonne. Ihr Bauch wölbte sich unter dem T-Shirt, er legte die Hand darauf. Unter ihrer Haut bewegte sich das Baby.

»Schluckauf?«

»Sie macht mich noch wahnsinnig damit«, sagte Jonna und legte ihre Hand auf seine.

Sie lebt und sie atmet, dachte Hannes und wusste, dass Jonna dasselbe dachte. Er bekam das Wort nicht aus dem Kopf, das die Frauenärztin beim letzten Ultraschall gesagt hatte. Risikoschwangerschaft. Jeder Tag, den die beiden schafften, war gut.

Die Kinder liefen nackt unter dem Rasensprenger hindurch. Rasmus dribbelte wie immer einen Fußball vor sich her, und die kleine Lotta lief ihm kreischend nach, hin- und hergerissen zwischen Zorn und überdrehtem Kinderglück.

Jonna schaute ihn so unverwandt an, bis Hannes es nicht länger ignorieren konnte.

»Was denn?«

»Wie geht's dir?«

»Wie soll's mir gehen?«

Jonna hatte ihm keine Szene gemacht. Keiner von ihnen hatte gerade die Ressourcen für Szenen. Hannes hatte verkündet, dass er morgen seinen Dienst beginnen würde, allerdings ohne zu erwähnen, dass Zöller ihm die Pistole auf die Brust gesetzt hatte. Sechs Monate waren vorbei. Wenn er den Vorschlag nicht annahm, würde er zum Amtsarzt zitiert, der seine generelle Dienstfähigkeit untersuchte. Ausgang ungewiss. Hannes fühlte sich vieles, aber nicht dienstfähig.

»Bist du nervös wegen morgen?«, fragte Jonna.

»Was essen wir eigentlich zu Abend?«

»Hannes …«

»Wir könnten grillen.« Mit einem Ruck setzte er sich auf. »Dieses Jahr haben wir hier noch gar nicht gegrillt.«

»Wir müssen …«

»Bleib sitzen, du musst gar nichts. Ich werfe den Grill an.«

Bevor Jonna noch widersprechen konnte, war er aufgesprungen und ging mit schnellen Schritten ums Haus. Ganz hinten im Holzverschlag schlummerte der Weber-Grill unter einer Schicht von Spinnweben. Hannes wischte den gröbsten Staub mit dem Ärmel weg und zerrte den Grill auf den Rasen. In der Ecke des Anbaus lag noch ein halber Sack Grillkohle, fünfmal nass geworden, fünfmal wieder getrocknet, sie würde schon gehen. Er leerte die grauen Klumpen in die Schale, Staub wirbelte hoch. Auf der Fensterbank im Verschlag stand eine eingedrückte Plastikflasche Spiritus. Er schüttelte sie, drei Viertel voll. Ohne darüber nachzudenken, trug er sie zum Grill und tränkte die Kohlen großzügig mit der durchsichtigen Flüssigkeit. Der Geruch von Vergällungsmittel prallte ihm ins Gesicht.

Spiritus. Es roch nach Spiritus.

Die Realität verschwand, und Bilder flackerten auf wie von einem Filmprojektor. Er hatte nicht viele Erinnerungen an den Anschlag auf ihn. Nur Schnipsel. Wie er aus dem Dämmerschlaf erwachte und an eine fremde Zimmerdecke schaute. Sie bewegte sich. Jemand schleifte ihn über den Boden. An der Decke klaffte ein Riss im Putz, der sich über ihn hinweg bewegte. An dem Punkt endete der Film und begann wieder von vorne, eine Endlosschleife, wie die Wände eines Zimmers, die sich um einen Betrunkenen drehten.

Es geht auch diesmal vorbei, sagte seine zweite Gedankenstimme, die immer öfter funktionierte, auch wenn alles andere in Chaos versunken war. Sein Gedanken-Notstromaggregat. *Es ist noch jedes Mal vorbeigegangen. Es wird auch heute vorbeigehen.*

»Findest du alles?«, rief Jonna von der Terrasse.

Gott sei Dank durfte sie nicht aufstehen. Gott sei Dank kam sie nicht um die Ecke und fand ihn am Boden kauernd, schweißgebadet, zitternd. Er war draußen. Die Sonne schien ihm warm in den Nacken, Lotta und Rasmus kreischten im Planschbecken.

»Alles klar!«, rief er und war selbst überrascht, wie überzeugend das klang.

Die Flasche mit dem Grillanzünder lag im Gras, Flüssigkeit gluckerte in die Erde. Hannes stemmte sich hoch, zog den Grill ein Stück von dem Spiritusfleck weg und ließ mit einem Zischen die Flamme am Stabfeuerzeug aufflackern. Für einen Moment blieb er mit dem Feuerzeug in der Hand stehen wie eine heruntergewirtschaftete Version der Freiheitsstatue.

Das ist mein Leben. Das ist mein Job. Das ist meine Familie. Niemand nimmt mir das weg. Was ich verloren habe, werde ich mir zurückholen. Stück für Stück.

Er hielt die Flamme an die stinkende Kohle. Die Trugbilder wirbelten davon wie chinesisches Seidenpapier in einer Explosion von Hitze und flimmernder Luft.

Waechter stellte sich auf den Balkon, pfiff und schnalzte, und als das alles nichts mehr half, rief er: »Katz!«

Ein graubraunes Etwas huschte in den Schatten der Hinterhofkiefer, und nach viel Geraschel und Gescharre sprang der Kater namens Katze auf den Balkon und strich Waechter schnurrend um die Beine. Katze hatte sich mangels Konkurrenz zum König der Hinterhöfe aufgeschwungen. Er war zwar kastriert, aber das mussten die Damen ja nicht wissen.

Waechter machte eine Dose sündteures Luxusfutter auf und stellte es auf den Tisch, daneben ein Schälchen Spezialmilch.

Für den Winter würde er sich etwas überlegen müssen. Der Kater konnte nicht den ganzen Tag alleine in der Wohnung bleiben. Eine Katzenklappe vielleicht? Ein Plätzchen auf dem Balkon in der Nähe der warmen Hauswand? Oder eine zweite Katze? Obwohl, in einer Wohnung, die derart außer Kontrolle geraten war, war eine Katzenvermehrung eher das falsche Signal. Waechter hatte als Mordermittler schon in Wohnungen gestanden, in denen sich das Gerümpel bis zur Decke getürmt hatte und die Katzen ihren Besitzer angeknabbert hatten. Erst durch die Augen des Tiers sickerte langsam die Erkenntnis durch, dass es bei ihm daheim auch nicht besser aussah und dass es einmal ein schlimmes Ende mit ihm nehmen würde.

Katze rollte sich auf dem zweiten Balkonstuhl zusammen und begann seinen Feierabendputz. Waechter rieb sich die von der Katzenallergie zugeschwollenen Augen, öffnete eine Dose Tomatenfisch und ein alkoholfreies Radler und quetschte sich auf den freien Platz. Er hatte Arbeit mitgenommen und sich für heute entschuldigt. Die Chefin wollte nicht, dass sämtliche Ermittler auf einmal sechsunddreißig Stunden durcharbeiteten und danach zusammenklappten. Außerdem musste er zum Nachdenken mit seinen Gedanken alleine sein und die Wand anstarren. Und zum Nachdenken gab es vieles. Weil niemand außer Katze zuschaute, löffelte er den Fisch direkt aus der Dose. Jetzt wäre wieder so ein Moment gewesen, einen Zigarillo zu rauchen. Waechter vermisste nicht den Rauch in der Lunge. Nur die Momente. Er blieb standhaft, räumte den Tisch ab und stellte den Bürolaptop darauf.

»Bloß nicht reinhaaren«, sagte er zu Katze. »Der gehört dem G'schäft.« Er loggte sich ein, und auf dem Bildschirm erschien der vertraute blaue Hintergrund der bayerischen Polizei.

Alle Fälle aus diesem Jahr, bei denen Leo Sachbearbeiter gewesen war. Würden sie da nicht fündig, würden sie ein Jahr weiter zurückgehen müssen. Die Akten waren digitalisiert, und er konnte sie einfach durchklicken. Nach einer halben Stunde wurde ihm schwindlig. Das da drin war ein Krieg.

Leo hatte gegen einen gewissen Claus Peters ermittelt. Clubbesitzer in München, mehrfach wegen Handels mit Rauschgift vor Gericht, jedes Mal freigesprochen oder nie angeklagt. Peters' Spezialität war es, den Münchner Markt mit immer neuen Substanzen zu fluten. Zuletzt waren es Kräutermischungen gewesen. Badesalze. Aber alle Versuche von Leo, eines der Indizien direkt zu Peters zurückzuverfolgen, waren gescheitert.

Waechter blieb am Foto einer jungen Frau hängen. Ihre Haare waren millimeterkurz rasiert. Sie hat einen schönen Kopf, dachte er. Fatou Dembélé, geboren in Mali, ohne Aufenthaltsgenehmigung in Deutschland. Letzter Wohnsitz: unbekannt. Leo hatte sie mehrmals vernommen, bis sie Peters angezeigt hatte. Zwei Männer aus der Türsteherszene waren in ihr Pensionszimmer eingedrungen, hatten sie zusammengeschlagen, vergewaltigt und ausgeraubt. In ihrem Zimmer hatte man Drogen und Prepaid-Handys gefunden. Waechter las sich das Vernehmungsprotokoll der Frau durch. »Zeugin weint«, hatte Leo an einer Stelle vermerkt. Es war schwere Lektüre. Fatou Dembélé war vor ihrer Abschiebung spurlos abgetaucht. Er durchforstete die Akte noch einmal nach Hinweisen, auch jene Seiten, die chemische Formeln enthielten und die er zunächst übersprungen hatte. Leo hatte sich akribisch in die wissenschaftlichen Details eingearbeitet. Wenn Waechter den toten Kollegen verstehen wollte, würde er es ihm gleichtun müssen. Immer wieder tauchte der Name eines unbekannten Wirkstoffs auf: Fenetyllin. Keine großen Mengen. Testballons. Hier versuchte jemand, einen neuen Markt zu erschließen.

Langsam verstand Waechter, warum sich Leo derart auf Peters eingeschossen hatte. Kräutermischungen und Ecstasy waren Peters offenbar nicht mehr frisch genug gewesen. In der Münchner Clubszene waren neue Aufputschmittel aufgetaucht, solche, die die Fahnder längst vom Markt geglaubt hatten. Sie wurden neuerdings massenweise in illegalen Drogenküchen in Syrien und im Irak hergestellt. Die Welt war klein geworden. Fenetyllin war ein Amphetaminderivat. Der Waechter geläufige Medikamentenname hieß Captagon.

Die Droge des Heiligen Kriegs. Als Münchner Partypille.

Vor einem Dreivierteljahr riss die Akte Peters unvermittelt ab. Eine Telefonnotiz mit einer internen Telefonnummer, dazu ein Eintrag von Leo: »Bspr. demnächst, Wiedervorlage eintragen«, und dann nichts mehr. Als hätte es die Ermittlungen nie gegeben.

Waechter klappte den Laptop zu. So etwas passierte schon mal. Ermittlungen, die keine Ergebnisse brachten, bekamen immer längere Wiedervorlagen, bis sie irgendwann im Schrank verschwanden und vergessen wurden. Aber Leo war tot, und Waechter glaubte weder an Zufälle noch an Nachlässigkeit. Warum hatte Leo Thalhammer Peters fallen lassen, als hätte er sich die Finger verbrannt? War er bedroht worden?

Jetzt hätte Waechter gerne jemanden zum Austausch gehabt, aber da saß nur Katze, der ihn mit demselben wohlwollenden Desinteresse anschaute, das er der ganzen Welt entgegenbrachte. Er sollte mit Leos Kollegen reden. Am besten mit seiner direkten Vorgesetzten, Martina Jordan. Es würde ihn wundern, wenn die Jordan nicht noch mehr über den Fall wüsste. Sie war Erste Hauptkommissarin wie er. Und er wusste alles, was seine Leute trieben.

Hoffte er zumindest.

Sunny duschte ausgiebig und wusch sich den Schweiß und den Gestank des Tages vom Körper. Als sie längst fertig war, stand sie noch immer da und ließ sich das lauwarme Wasser übers Gesicht laufen. Solange sie duschte, musste sie nicht hinaus zu den anderen. Zum ersten Mal an diesem Tag wünschte sie sich, sie hätte sich krankschreiben lassen. Sie dachte an die Ameisen, die durch den Spalt im Autofenster verschwunden waren, und mit Zeitverzögerung brach der Schock über sie herein. Fast hätte sie sich übergeben. Sie wollte keine neugierigen Fragen mehr beantworten, keine Tätscheleien mehr über sich ergehen lassen. Sie wollte sich nur noch in ihr Zimmer verkriechen, das einzige Einzelzimmer auf dem Kasernenflur. Musik hören und allein sein. Aber sie wusste, dass es bald wieder an der Tür klopfen würde.

Immer wieder trampelten draußen Schritte vorbei, Männerstimmen wurden lauter, schwollen wieder ab. Im Zeitlupentempo trocknete Sunny sich ab und wartete, bis es draußen still war, bevor sie T-Shirt und Shorts anzog, in ihre Flipflops glitt und hinausging.

Sie stieß einen Schrei aus.

Patrick lehnte an der Wand, direkt gegenüber der Dusche.

»Hast du Zeit?«, fragte er.

»Was machst du auf unserem Stockwerk?«

»Ich muss mit dir reden. Allein.«

Im Neonlicht der Flurlampen glänzten Schweißtropfen auf seiner Oberlippe. Sein Gesicht war fahl. Nach der Ausbildung zum Unterstützungskommando waren sie in verschiedene Gruppen verteilt worden, die beiden Kindergartenfreunde aus der sächsischen Kleinstadt. Sunnys Eltern hatten zu Patrick gesagt, er solle auf sie aufpassen in der Fremde. Es war andersherum gelaufen. Sie hatte ständig auf ihn aufgepasst.

Patrick war mit dem Schichtdienst und dem harten Training überfordert, er ging über seine Grenzen, und die Kluft zwischen dem, was er leisten konnte, und dem, was er nach außen zeigen durfte, wurde immer größer. Letztes Jahr hatte er geheiratet, einen sechsstelligen Kredit aufgenommen und ein hässliches Reihenhaus gebaut. Weil man das so machte. Patricks Frau hatte Sunny feindselig empfangen und erst mal klargestellt, dass sie nichts von einer besten Freundin hielt. Mein Mann, mein Haus, mein Leben. Seine Frau wollte Kinder. Patrick war selbst noch nicht erwachsen. Sunny stand immer mehr am Rand seines Lebens und konnte nur zusehen, wie er kaputtging.

Sie nahm seine Hand und zog ihn in die Frauendusche, den einzigen Ort mit Privatsphäre auf dem ganzen Gelände. Deswegen trafen sie sich in letzter Zeit so häufig draußen. Weit weg vom USK.

»Also, was ist?«

»Hast du ihnen was gesagt, Sunny?«

»Spinnst du? Kein Wort.«

Patrick lehnte sich an die Kacheln und schaute zum Milchglasfenster hinüber, das die Abenddämmerung in ein trübes Grau filterte. Im Profil sah er aus wie ein griechischer Gott, aber seine Augen waren kleine Löcher, gefüllt mit Angst.

»Wo warst du heute?«, fragte Sunny.

Patrick schüttelte den Kopf und drehte sich weg, sie bekam nur mit, dass seine Kieferknochen mahlten.

Leise sagte sie: »Es muss aufhören. Das ist es, was ich dir sagen wollte. Ich schaue mir nicht länger an, wie du kaputtgehst. Du suchst dir sofort Hilfe … oder ich beende die Sache auf meine Weise.«

Patrick drehte sich zu ihr um, einen Ausdruck im Gesicht, als würde er ihr gleich eine reinhauen. Ein paar Atemzüge lang blieb er starr stehen. Dann wich die Spannung aus seinen Schultern, und er ging hinaus.

Sunny legte die Wange an die Kacheln. Jetzt war sie ganz allein.

Neun

Hannes legte das rechte Ohr ans Holz der Tür. Er konnte drei Stimmen unterscheiden. Kriminaldirektor Zöller, Die Chefin und Waechter.

»Wir stecken mitten in der Urlaubszeit«, sagte Zöller gerade. »Wir müssen jeden Ermittler einsetzen, den wir kriegen können.«

»Wenn er die Zeit zur Genesung braucht, dann soll er sie sich nehmen«, sagte Die Chefin.

»Er soll sich seine zweite Chance abholen und das so schnell wie möglich.« Zöllers Stimme schwoll an und ab, als redete er im Gehen. »Ein halbes Jahr Krankenstand, ein Disziplinarverfahren am Hals … und die Beschwerden der KPI Erding wollen Sie sich gar nicht vorstellen.« Die Stimme kam näher. Sofort zog Hannes den Kopf zurück, in der irrationalen Angst, der Kriminaldirektor würde jeden Moment die Tür aufreißen. »Und überhaupt, wofür braucht man wegen einem gebrochenen Handgelenk monatelang Reha?«

»Jemand hat ihn mit Spiritus übergossen und damit gedroht, ihn anzuzünden«, sagte Die Chefin. »Wenn er in der Reha war, dann sicher nicht wegen seinem Handgelenk. Glauben Sie nicht, dass ein Polizistenmord momentan zu belastend ist?«

»Wer ist schon unbelastet? Keiner von uns kann sich die

Fälle aussuchen.« Zöller nahm den Tigergang wieder auf. »Wir haben alle unsere Geschichten zu erzählen.«

Die Chefin sagte: »Womit wir beim Thema Geschichten wären. Wir hatten im Frühjahr die volle Aufmerksamkeit der Lokalpresse, sogar ein Archivbild von Brandl war in der Zeitung. Das Präsidium sollte sich ihm gegenüber als guter Arbeitgeber präsentieren. Stellen Sie sich andernfalls die Schlagzeilen vor.«

Jemand sagte: »Hm.« Ob Zöller oder Waechter, konnte Hannes nicht heraushören.

Aber die Erwähnung von Presse und Präsidium schien bei Zöller zu ziehen. »Wir werden ein Auge auf ihn haben«, sagte er. »So wie auf alle anderen auch. Ich weiß sehr wohl, dass wir eine Fürsorgepflicht haben.«

»Versuchen wir's«, sagte Die Chefin. »Der Brandl mag ein sperriger Mitarbeiter sein, aber ich kann ihm nicht vorwerfen, dass er nicht aus Fehlern lernt.«

Hannes erstarrte kurz bei *sperriger Mitarbeiter.*

»Waechter, du bist dafür verantwortlich, dass das mit dem Brandl läuft«, sagte Zöller. »Du hältst ihn an der kurzen Leine. Willst du nicht auch mal was dazu sagen?«

Ein typischer Waechter-Grunzer, gefolgt von: »Sind noch Butterbrezen da?«

Hannes sah auf die Uhr. Halb sieben. Endlich durfte er klopfen.

»Herein.«

Die Chefin begrüßte ihn mit einem feinen Lächeln. »Guten Morgen, Hannes«, sagte sie. »Ich nehme an, du hast die ganze Zeit an der Tür gelauscht.«

»Würde mir nicht im Traum einfallen.« Hannes spürte,

wie in seinem Gesicht ein roter Fleck nach dem anderen aufploppte.

»Von einem guten Ermittler habe ich nichts anderes erwartet. Herzlich willkommen zurück im Team.«

Die Formalitäten waren kurz und nüchtern wie eine Bestellung von Büromaterial. Die Chefin hielt nichts von sentimentalen Szenen. Unterschrift da und dort, Ausweis, Marke, Waffe, Handy, und schon stand Hannes mit Waechter im Flur, den nagelneuen Dienstausweis in der Hand. Als wäre er nie weg gewesen.

»So«, sagte Waechter. »Wir zwei wieder.«

»Ja.« Hannes wandte den Blick nicht von seinem Dienstausweis ab. »Wir zwei wieder.«

Sie redeten auf dem ganzen Weg ins Büro kein Wort. Alles, was Hannes sagen wollte, wurde von den Worten erstickt, die er Waechter damals in seinem Büro entgegengeschleudert hatte, kurz vor der Katastrophe.

Du bist ein Menschensammler. Du umgibst dich mit Menschen, die dir etwas schuldig sind.

Worte wie Messer.

Ein anderes Bild kam hoch. Hannes hatte noch immer nicht viele Erinnerungen an den Abend des Anschlags, aber diese war glasklar. Waechter, der ihn am Kragen zu sich hochzerrte, ihn ohrfeigte und ihm ins Gesicht schrie, damit er bei Bewusstsein blieb. Hannes hatte sich an Waechters Hand festgeklammert, um sein Leben festgeklammert.

Und Waechter hatte ihn fallen lassen.

Sie schwiegen, bis sie am Aufzug angekommen waren. Waechter hielt Hannes die Tür auf. Der Blick, den er ihm dabei zuwarf, zeugte von unendlicher Traurigkeit.

»Martina Jordan.« Die Erste Hauptkommissarin von Leos Team reichte Waechter die Hand, ihre Haut fühlte sich trocken wie Herbstlaub an. »Wollen Sie etwas trinken?«

»Bei dem Wetter immer. Einfach ein Glasl Wasser.«

Waechter hatte schon ein paarmal mit der Kollegin in verschiedenen Ermittlungsgruppen zusammengearbeitet. Sie duzte nicht, war nicht kumpelhaft, aber Waechter wusste, dass er ihre Schroffheit nicht persönlich nehmen durfte. Sie war eben praktisch veranlagt und stand immer unter Zeitdruck.

»Wie geht es Ihnen heute?«, fragte er.

»Wir haben es alle noch nicht richtig erfasst.« Martina Jordan stellte eine Kaffeetasse mit Wasser vor ihn hin und öffnete ein Fenster. Eine anfahrende S-Bahn heulte auf, der Verkehrslärm brandete im Rhythmus der Ampeln herein. »Ich glaube, viele von uns hoffen immer noch darauf, dass das alles ein riesiger Irrtum war.«

»Würden Sie Ihre Arbeit als gefährlich bezeichnen?«

»Ja«, sagte sie. »Wir haben alle Geheimnummern, wenn Sie das meinen. Die Angst fährt ständig mit.«

»Ich habe mit Leos Lebensgefährtin gesprochen.«

»Ach ja, das sollte ich auch noch. Das arme Ding.«

Waechter registrierte das »Ding«. Martina Jordan schien die mädchenhafte Jennifer nicht besonders ernst zu nehmen. Die junge Frau mit den bunten Sommerkleidern war der komplette Gegenentwurf zu der Kommissarin.

»Frau Adams hat erzählt, Leo hätte sich vor etwas gefürchtet.«

»Wovor denn?«

»Ihr kennt das nicht.« Martina Jordan lehnte sich an den

Schreibtisch. »Ihr löst einen Fall, hakt ihn ab und geht zum nächsten über. Einzelschicksale. Ihr habt nicht mit Stammkunden zu tun. Banden, Kartelle, Rocker, Dealer, V-Männer. Ihr bewegt euch nicht immer wieder in derselben Szene, eure Gesichter kennt keiner. Ihr müsst nicht befürchten, dass im mittleren Management irgendein Babo entmachtet wird und seinem Nachfolger eure Nase nicht gefällt. Wir alle haben schon mal vor jemandem Angst gehabt.«

»Bei Leo jemand Konkretes?«

»Mit mir hat er sich nicht darüber ausgetauscht. Dafür war er nicht der Typ. Leo hat nie etwas Negatives herausgelassen. Er hat immer gelacht. War das Herz des Teams.«

Es war ein einheitliches Bild, das Waechter von Leo bekam. Zu einheitlich. Leo, der Sonnyboy. So perfekt, dass es künstlich wirkte. Hinter mancher glatten Fassade steckte tatsächlich ein glatter Mensch. Nicht so bei Leo Thalhammer. Angesichts seines gewaltsamen Endes wurde das immer unwahrscheinlicher. »Eine der Akten hat mich stutzig gemacht. Sagt Ihnen der Fall Peters etwas?«

»Helfen Sie mir auf die Sprünge.«

»Der Betreiber eines Clubs, ansässig in München. Steht unter Verdacht, den Markt mit einem neuartigen Amphetamin geflutet zu haben.«

»Neuartig ist daran nichts. Captagon war bis in die Achtziger legal in Deutschland erhältlich. In Mitteleuropa ist es praktisch ohne Bedeutung, der Vertrieb läuft komplett Richtung Naher Osten.«

»Von der Akte Peters liegen mir nur die Vorgänge bis zum vergangenen Dezember vor. Danach scheint nichts mehr passiert zu sein. Oder fehlen da ein paar Seiten?«

»Sie wollen doch nicht etwa andeuten, dass ich bewusst Akten zurückhalte, die zur Aufklärung von Leos Tod beitragen können?«

»Ich will gar nichts andeuten«, sagte Waechter und hob abwehrend die Hände. »Mich wundert nur, warum der Vorgang so abrupt abbricht. Gibt es einen Grund dafür?«

Sie stand auf. »Sie können gern mit rüber zu Herrn Walser gehen, der sucht Ihnen die Unterlagen raus.« Ihr Ton war merklich abgekühlt.

»Ich wollte Ihnen ganz sicher nicht vorwerfen ...«

Martina Jordan stand schon in der Tür und drehte sich noch einmal zu ihm um. »Glauben Sie im Ernst, wir würden nicht alles in Bewegung setzen, um den Mord an Leo aufzuklären? Sie bekommen von uns, was Sie brauchen. Kommen Sie.«

In einem Raum voller Ordner thronte ein wuchtiger Mann mit grauem Pferdeschwanz und einem mächtigen Schnauzer, der ihm das Aussehen eines Hunnenkriegers verlieh. Auf einem Oberarm war ein Totenkopf tätowiert.

»Herr Walser regelt bei uns den Akteneinlauf«, erklärte Martina Jordan.

»Sag ruhig Gerd.« Der Hunne zermalmte Waechters Hand. »Den Job mache ich sowieso nur noch zwei Wochen. Dann geht's ab in den Vorruhestand.«

»Herr Walser hat früher verdeckt ermittelt«, sagte Martina Jordan. »Seit ein paar Jahren ist er im Innendienst.«

»Und, schon Pläne für die Zeit danach?«, fragte Waechter.

»Mit meiner Honda rüber auf die Route 66«, sagte Gerd. »Die Frau freut sich schon, dass ich ihr nicht auf die Nerven gehe.«

»Ich bin früher auch gefahren«, sagte Waechter und dachte

an seine Susi, die in der Garage seiner Schwester unter einer Plane vor sich hin rostete. Sein Lederzeug würde er bestimmt nicht mehr zukriegen.

»Zeit, wieder anzufangen. Wir fahren dann mal zusammen in die Berge, oder?«

»Abgemacht, Gerd«, sagte Waechter. »Aber zuerst bräuchte ich noch ein paar Informationen über den Fall Peters.«

»Peters … Peters …« Gerd klapperte mit zwei Adlerfingern auf der Tastatur. »Das hat mit Leo zu tun, oder? Ganz große Scheiße das.« Er fluchte durch die Zähne. »Da hätten wir den Herrn Peters. Was wollt ihr wissen?«

»Bei uns bricht der Vorgang vor ungefähr einem halben Jahr ab. Als hätte Leo nicht weiter ermittelt«, sagte Waechter. »Ist da wirklich nichts mehr passiert, oder fehlt uns nur ein Stapel Kopien?«

»Nenn mir ein Datum.«

»Achtzehnter Dezember.«

Gerd scrollte und tippte. »Hm. Da kommt tatsächlich nichts mehr. Leo hat den Fall komplett an die Kollegen von der Organisierten Kriminalität abgegeben. Dieser Peters ist wohl nur ein Rädchen in einem größeren Getriebe. Sobald die Jungs vom OK dran waren, hat der Leo sich rausgehalten. Wie dem auch sei«, er tippte energisch auf eine Taste, »mehr haben wir nicht für euch.«

»Trotzdem danke«, sagte Waechter. »Und mein Beileid.«

Die Spitzen von Gerds Schnauzer zogen sich nach unten. »War ein feiner Kerl, der Leo.«

»Sehen Sie, für alles gibt es eine Erklärung«, sagte Martina Jordan.

Waechter konnte die Spitze darin nicht überhören.

Die ersten Stunden in der Mordkommission waren leichter gewesen, als Hannes gedacht hatte. Sein Standardspruch war: »Wenn man vom Pferd fällt, soll man gleich wieder aufsteigen.« Die simple Ponyhoflogik hatte die Kollegen zufriedengestellt. Niemand hatte irritiert reagiert, als er ihnen den Handschlag verweigert hatte. »Lieber nicht, muss noch eine Sommergrippe auskurieren« hatte als Begründung gereicht, um nicht von Fremden angefasst zu werden.

Jetzt saß er auf engem Raum mit Waechter, Elli und dem Hüter des Schweigens in Waechters vollgerümpeltem Büro mit stickiger Luft. Waechter hatte die Fenster geschlossen und die Rollläden halb zu, »um die Hitze nicht reinzulassen«. In der Kanne war Kaffee, aber er bot niemandem etwas davon an.

»Es gibt einen schwarzen Fleck in Leo Thalhammers Biografie«, begann Waechter.

»Der Fall Nancy Steinert«, sagte Hannes. Er hatte versucht, in kürzester Zeit alle Details des Falles auswendig zu lernen, die er gestern verpasst hatte. Sein nahezu fotografisches Gedächtnis leistete ihm dabei gute Dienste.

Waechter tat so, als habe er ihn nicht gehört. »Thalhammer hat als junger Bereitschaftspolizist jemanden erschossen. Notwehr.«

»Ich habe mich schon gefragt, wann das endlich zur Sprache kommt«, sagte Elli.

»Die Chefin hat mich gebeten, es nur im kleineren Kreis zu besprechen. Sonst kommt es gleich wieder zu Grundsatzdiskussionen. Bei so was kochen die Emotionen schnell hoch.« Waechter schob seine Lesebrille auf die Nasenspitze. »Thalhammer war als Bereitschaftspolizist im Einsatz. Eine psychisch kranke Frau hatte einige Anwohner belästigt und bedroht, mit einem Messer hantiert und sich anschließend in ihrer Wohnung verschanzt.«

»Wäre das nicht ein Fall für das SEK gewesen?«, fragte Hannes.

Waechter schaute ihn an wie einen störenden Schüler aus der letzten Reihe. »Der Einsatzleiter hat entschieden, die Wohnung zu stürmen. Wegen Selbst- und Fremdgefährdung.«

»Wo ist denn da die Fremdgefährdung, wenn die Frau alleine in der Wohnung sitzt?«, fragte Hannes.

»Ich berichte nur, was da steht.« Waechter wedelte mit den Unterlagen. »Ich hab den Einsatz damals nicht entschieden. Die Beamten sind über die Balkontür in die Wohnung eingedrungen und haben die Frau mit dem Messer in der Hand vorgefunden. Angeblich hat sie eine Angriffsbewegung in Richtung der Polizisten gemacht.« Er klatschte den Schnellhefter auf den Tisch. »Bang.«

Elli lehnte sich zurück und verschränkte die Arme hinter dem Kopf. »Mal angenommen, ich hätte eine akute paranoide Psychose und deshalb das Gefühl, die Welt verfolgt mich und ich werde von uniformierten Männern in meine Wohnung gejagt. Sobald ich die Tür zusperre und mich sicher fühle, stürmen Aliens mit schwarzen Helmen durch die Balkontür rein. Mal ehrlich, ich würde auch eine Angriffsbewegung machen.«

»Da haben wir auch schon die erste Grundsatzdiskussion«, sagte Waechter. »Dein Gerede hilft keinem mehr. Das Mädchen ist tot. Thalhammer ist tot. Er hat damals eine Therapie gemacht und danach die Ausbildung zum höheren Dienst durchlaufen. Er wird als Beispiel für eine mustergültige Aufarbeitung geführt.«

»Mustergültige Aufarbeitung«, wiederholte Hannes. »Wie das klingt. Als ob jeder an seinen psychischen Problemen selber schuld wäre.« Er merkte, dass seine Stimme lauter wurde, aber er konnte nichts dagegen tun, sie galoppierte mit ihm davon. »Und die Kollegen, die nie mehr in den Dienst zurückkommen, weil sie keine Nacht mehr schlafen können, haben dann halt nicht mustergültig aufgearbeitet, oder was? Pech gehabt. Als wäre der Mensch eine Maschine, an der man nur ein paar Schrauben wieder festziehen muss.«

»Ich lese bloß, was da steht, Hannes. Ich hab's nicht geschrieben«, sagte Waechter.

»Wer das geschrieben hat, soll selber mal versuchen, so was mustergültig aufzuarbeiten. Den will ich sehen …«

»Hannes, können wir weitermachen?«

Hannes ließ sich in die Lehne zurückfallen. Nach nur fünf Minuten mit den alten Kollegen lag seine Seele roh wie Sushi auf dem Tisch. Sie kannten einander zu gut. Deswegen hatten Waechter und er sich auch so tief verletzen können. Sie hatten gewusst, wo es beim anderen am meisten wehtat.

»Hannes hat recht. Vielleicht hat Leo noch mehr dunkle Flecken in seiner Biografie«, sagte Elli. »Vielleicht hat er das Erlebnis nicht so gut verarbeitet, wie wir alle denken.«

»Und was ist mit der Familie und dem Umfeld des Mädchens?«, fragte Hannes. »Gut, der Vorfall ist neun Jahre her. Aber wenn Leo Thalhammer Feinde hatte, dann diese Leute.«

Waechter schaute ihn über die Lesebrille hinweg an. Er war ein Meister dieses Blicks. »Du kannst *diese Leute* gerne übernehmen. Ehemalige Kollegen. Familie, Freunde.«

Hannes hielt dem Blick stand. »Das mache ich auch.«

»Gut.«

»Gut.«

»Und jetzt raus mit euch. Alle.«

Der Hüter des Schweigens war der Erste, der Waechters Büro fast fluchtartig verließ, und Hannes und Elli taten es ihm gleich. Hannes zog sich in sein Büro zurück und ließ sich alle Akten zum Fall Nancy Steinert bringen. Sie war erst achtzehn gewesen. Es waren nicht viele Ordner für ein Menschenleben.

Auf dem Weg zur Wohnung von Jakob Ungerer rekapitulierte Elli dessen kriminelle Karriere, die auf den zweiten Blick nicht besonders kriminell wirkte. Er war jemand, der immer nur reagiert hatte, der nie als offensiver Täter aufgefallen war. Er hatte Gras in der Tasche gehabt. Hatte sich gewehrt, wenn Polizisten ihn zu hart angepackt hatten. Hatte Essen gestohlen, das weggeworfen werden sollte. Es gab keine Steigerung der Intensität. Er war nicht der Tätertyp, der von heute auf morgen jemandem ins Gesicht schoss. Ungerer hatte noch nie mit Waffen zu tun gehabt. Leos Mörder dagegen wusste, wie man eine P7 entsicherte, und konnte zielen. Andererseits war Ungerer in der linksextremen Szene aktiv.

Elli teilte nicht die Hysterie mancher Kollegen im Polizeiapparat, die jeden Antifaschisten als halben Terroristen verteufelten. Die meisten von denen waren harmlos und kamen im Leben nie über einen geworfenen Farbbeutel hinaus. Klar gab es immer ein paar Spinner, die eskalierten. Brennende Polizeiautos, fliegende Pflastersteine. Krawalltouristen. Aber im Leben dieses Mannes gab es nichts, was über einen Stinkefinger hinausging. Und mal ganz ehrlich, in welchen Personengruppen gab es keine eskalierenden Spinner?

Ausschließen konnte sie ihn dennoch nicht. Bei jedem Täter gab es den einen Moment, an dem es *Knack* machte. Das erste Mal, an dem er austickte. Aber dazu passte wiederum das Setting nicht, der Schauplatz von Thalhammers Tod wirkte verabredet. Ungerer als Lösung wäre die Antiklimax. Nichts weiter als die Rache eines gedemütigten Kiffers.

Ungerer wohnte im Westend, in einem grünen Genossenschaftsblock aus der Vorkriegszeit. Vorsichtshalber hatte Elli Verstärkung mitgebracht. Zwei Streifenpolizisten und den Hüter des Schweigens, der es schaffte, mitten im Außendienst Backoffice zu machen und im Wagen zu bleiben.

Die Haustür stand offen, und sie konnten ungehindert bis in den zweiten Stock hinaufsteigen. Elli klingelte. Nichts. Sie klopfte kräftig an die Tür. Der Rahmen gab mit einem schmatzenden Geräusch nach, und die Tür ging nach innen auf. Das Holz um das Schloss war gesplittert, jemand hatte es gewaltsam aufgebrochen. Jetzt erst bemerkte Elli auch die Ursache des Geräuschs. Die Tür war mit Klebestreifen verschlossen gewesen.

»Herr Ungerer?«

Keine Antwort.

Elli ließ den Kollegen den Vortritt, die trotz der höllischen Temperaturen eine kugelsichere Weste unter dem Hemd trugen. Sie konnte sich nicht dazu durchringen. Nicht einmal nach dem Fall Thalhammer.

In wenigen Sekunden waren die Polizisten in alle Zimmer des kleinen Apartments vorgedrungen und meldeten: »Sauber.« Enttäuschung machte sich in ihr breit. Sie erkundete den Flur, das wohlgeordnete, vollgewohnte Chaos eines Menschen, der zu viele Sachen auf zu kleinem Raum besaß. Ein Bolzenschneider lag in der Ecke. Ein Fahrraddieb etwa auch noch? Das würde zu Ungerers krimineller Laufbahn passen.

Im Wohnzimmer lehnte ein auffällig schönes Trekkingrad an der Wand. Ein Propagandaposter, auf dem eine schwarz gekleidete Frau einen Nazi mit einem Ninja-Tritt ausknockte, zierte die Tapete. Das Poster gefiel ihr gut, sie würde nur niemals in die schwarze Stretchhose passen. An der gegenüberliegenden Wand standen eine altmodische Kompaktanlage und eine Dockingstation, ein Röhrenfernseher und zwei verschiedene Boxen. Ein Schlafsofa thronte, ordentlich zusammengeklappt und mit einem bunten Bezug bedeckt, mitten im Raum. Sie scannte das Bücherregal. Viel Politisches, viel Antiquarisches. Auf einem aufgeklappten Sekretär summte ein Laptop mit einer angehängten Festplatte. Am liebsten hätte sie die Wohnung durchstöbert, aber sie hatten keinen Durchsuchungsbefehl. Dem Ermittlungsrichter hatten die Indizien für einen Anfangsverdacht nicht gereicht.

Und jetzt? Sollten sie wieder gehen? Oder sich setzen und einen Keks nehmen?

Der Hüter des Schweigens nahm ihr die Entscheidung ab. Über Funk meldete er: »Zielperson betritt das Haus.« Über Funk hatte seine Maulfaulheit keine Chance.

Elli eilte in den Flur und lehnte die Tür an. Sie signalisierte den Kollegen, sich still zu verhalten. Schwere Stiefel trampelten die Treppe hinauf. Die Tür ging auf. Jakob Ungerer blieb davor stehen, stutzte und schaute zu den Klebestreifen hoch, dann ließ er mit einem Seufzen seinen Rucksack fallen. Er war klein. Kleiner und dünner als auf dem Foto und so nah, dass sie seinen sauren Schweiß riechen konnte.

»Nicht erschrecken, Herr Ungerer.«

Ihr Gegenüber zuckte wie eine Comicfigur zusammen. Er drehte sich einmal um die eigene Achse, weil scheinbar von überall Polizisten erschienen waren.

»Schuster von der Kripo München«, stellte Elli sich vor. »Tut mir leid, dass wir einfach so eingebrochen sind. War offen. Wir wollten Ihnen nur ein paar Fragen zu gestern Abend stellen.«

»Soll das ein Witz sein? Ich hab doch gestern schon bei euch rumgesessen. Bis nachts um zwei.« Ungerers Stimme überschlug sich. »Das ist pure Schikane. Was wollt ihr denn noch von mir?«

»Wir sind nicht wegen der Demonstration hier«, sagte Elli. »Haben Sie mitbekommen, dass auf dem Osterwaldgelände ein Toter gefunden wurde?«

»Ich habe geschlafen wie ein Stein und mir gerade was zu essen geholt.« Ungerer kratzte sich in den Dreadlocks. Mit dem geflochtenen Kinnbart hatte er etwas von einem Faun.

»Gestern Abend wurde auf dem Osterwaldgelände ein Polizeibeamter erschossen«, sagte Elli. Sie blieb sanft. Kindergärtnerinnenstimme. »Sie waren auf der Demonstration in unmittelbarer Nähe. Wir müssen Sie daher vernehmen, zunächst als Zeugen.«

»Ich hab nichts mit euch zu bereden. Erst bin ich stundenlang im Kessel gestanden. Dann bin ich auf den Boden geschmissen und in den Dreck getreten worden. Und danach bin ich bis um zwei auf irgendeiner Scheiß-Wache festgehockt. Fragt eure Kollegen.«

Elli wechselte einen Blick mit einem der Streifenbeamten. Bis um zwei. Das engte den Zeitrahmen für ihn als Täter gewaltig ein. Warum hätte Thalhammer bis nachts um zwei in Schwabing herumhängen sollen?

»Geben Sie mir bitte Ihr Handy.« Elli streckte die Hand aus.

»Ich denk nicht dran.«

»Es ist besser für Sie, wenn Sie es tun. Glauben Sie mir.« Es sollte nicht wie eine Drohung klingen, kam aber genau so heraus.

Mit dem Gesichtsausdruck von jemandem, der sowieso immer verlor, griff Ungerer in seine Jeanstasche und zog ein Smartphone hervor. Nach einigem Zögern gab er es Elli. »Ich will einen Anwalt sprechen.«

»In Ordnung. Aber darauf können wir nicht warten. Dann müssen Sie aufs Kommissariat mitkommen.«

»Moment, ich will erst noch …« Ungerer bückte sich zu dem Rucksack und zog den Reißverschluss auf.

»Lassen Sie das«, sagte Elli scharf.

»Ich will doch nur …« Er griff in den Rucksack. Elli und der Polizist, der am nächsten stand, reagierten blitzschnell und zogen ihn zurück. Ungerer stieß den Kollegen weg, seine Hand zischte nur Millimeter an ihrem Gesicht vorbei. Zu zweit packten sie ihn und drückten ihn gegen die Wand.

»Ich wollte bloß die Lebensmittel in den Kühlschrank stellen«, sagte Ungerer gepresst.

Elli überprüfte den Inhalt des Rucksacks. Ein paar Becher Monster-Joghurt mit Frucht und extra Knister. Ihre Nerven lagen wirklich blank. Sie drehte sich zu Ungerer um. Erst jetzt las sie die Aufschrift auf der Rückseite seines Shirts:

ACAB. All Cops Are Bastards.

Es dauerte nicht lange, und Hannes hatte eine frühere Kollegin von Leo Thalhammer aufgetrieben, die bei dem fatalen Einsatz gegen Nancy Steinert dabei gewesen war. Sie hieß Tina Lauber, hatte den Polizeidienst schon vor Jahren quittiert und war sofort bereit gewesen, mit ihm über die Ereignisse von damals zu sprechen.

»Tinas mobiler Hundesalon« stand auf der Heckscheibe des blauen Fiats, hinter dem Hannes parkte. Als er aussteigen wollte, piepte sein Handy, eine SMS.

»Wir müssen uns treffen. Anja.«

Seine Ex. Sie hatten seit zehn Jahren kaum Kontakt, seit Hannes die Vereinbarung unterschrieben hatte, dass er ihrer Wohnung nicht näher als hundert Meter kommen durfte. Wenn Anja sich freiwillig bei ihm meldete, konnte es nur um ihre gemeinsame Tochter Lily gehen. Fünfzehn Jahre alt und mit den Genen beider Elternteile gesegnet, die zusammen pures Schwarzpulver ergaben.

»Was gibt's?«, schrieb er zurück.

»Wo? Und wann kannst Du? Heute? Neutraler Ort.«

Natürlich. Anjas Regeln der Kommunikation, wie immer. Er hatte für alle Zeit das Recht verspielt, Regeln aufzustellen.

Hannes schrieb zurück:

»Hol mich vor der Mordkommission ab. Halb fünf.«

Sie bestätigte den Termin nicht. Ihre Regeln. Er gab das Warten auf und stieg aus.

Als die Ladenglocke klingelte, blickte ein Mischling von einem Metalltisch hoch und schaute Hannes traurig aus seinem einzigen Auge an.

»Achtung, ich wollte gerade sprühen«, sagte die Frau, die Tina Lauber sein musste.

Weißer Nebel füllte den Raum. Hannes hustete und würde nie wieder Flöhe haben.

»Fertig.« Tina kraulte den Hund am Hals. »Sie sind der Herr Brandl, stimmt's? Wir haben telefoniert.«

Auf dem Boden näherte sich ein winziger West Highland Terrier und knurrte Hannes' Schuhe an.

»Vorsicht«, sagte Tina. »Der ist hinterfotzig.«

»Geh, der schaut doch so lieb aus.« Hannes bückte sich und streckte die Hand nach dem Fellknäuel aus. Prompt schnappte es danach. Schnell brachte er seine Finger in Sicherheit. Er deutete auf den wurstförmigen Mischling auf dem Tisch. »Ist das überhaupt eine Rasse?«

»Stadtparkmischung. Von allem etwas. Den Kerl mache ich fürs Tierheim schick. Sie brauchen nicht zufällig einen Bernerschäferterrierpudelbull, der gegen Möbel läuft?«

»Leider nicht.« Hannes lachte. »Wir werden von zwei Nachbarskatzen belagert, die bei uns einziehen wollen.«

»Das würde sich schnell erledigen.«

»Nicht bei den Viechern. Die sind von der Mafia, sie legen mir Tierköpfe ins Bett.«

»Ein Hund würde Ihnen stehen«, sagte sie und strich ihre sandfarbenen Locken hinters Ohr. »Aber Sie sind nicht wegen einem Hund hier, gell?«

»Ich wollte mit Ihnen über Leo Thalhammer reden. Sie haben ja mal zusammengearbeitet.«

»Das ist ewig her. Wir haben schon lange keinen Kontakt mehr. Wie viel Jahre werden das sein? Acht vielleicht?«

»Es sind neun«, sagte Hannes. »Ich habe leider schlechte Nachrichten. Leo Thalhammer ist tot. Er wurde im Dienst getötet.«

»Oh nein! Das gibt's ja nicht! Ausgerechnet …« Sie führte den Satz nicht zu Ende.

Ausgerechnet. Es lag so viel in dem Wort. Warum Leo? Der Todesschütze?

»Wir müssen mit allen reden, die mit ihm zu tun hatten.«

Tina strich dem Mischling über den Kopf. »Nach der Sache mit Nancy Steinert hat sich unser Team verlaufen. Keiner hat da weitergemacht, wo er vorher war.«

»Und Sie? Sie haben gleich ganz aufgehört?«

»Das war die beste Idee, die ich je hatte. Die Erleichterung können Sie sich gar nicht vorstellen. An dem Tag, als das Mädchen erschossen wurde, war ich das letzte Mal Polizistin. Ich habe mich sofort beurlauben lassen und dann gekündigt.«

»Ganz schön konsequent«, sagte Hannes. Er hatte diese Entscheidung auch hin und her bewegt in den letzten Monaten. Sie war noch nicht gefallen.

»Mir ist klar geworden, dass ich nur ein Leben habe und dass es gut sein soll«, sagte Tina. »Ich wollte niemanden mehr sterben sehen. Ich wollte nie mehr eine Schusswaffe in der Hand halten.«

War Leo ein Exempel gewesen, eine Drohung in einem viel größeren Krieg? Wie sollten sie den gewinnen, mit Kleinkaliberwaffe und Schlagstock und Pfefferspray? Vielleicht hatte Tina recht, indem sie einfach davonlief. Nur wer blieb dann übrig? Irgendjemand musste sich doch vor die Bürger stellen.

Der Mischling auf dem Tisch fiepte. Hannes kraulte ihn hinter dem Ohr, und das Tier schmiegte sich gegen seine Hand. »Erzählen Sie mir von dem Einsatz.«

»Muss ich?«

»Wenn Sie Leo helfen wollen, dann ja.«

»Leo hilft sowieso nichts mehr. Was bringt es denn dann noch?«

»Weil sich jemand kümmern muss«, sagte er.

Spezialisten in Schutzanzügen, Rechtsmediziner, die eine Leiche Zentimeter für Zentimeter untersuchten, Polizisten, die an jeder Tür klingelten, ein tagelanger Vernehmungsmarathon. Jeder Tote bekam dieselbe Behandlung, egal wer er gewesen war, jeder von ihnen füllte unzählige Aktenordner. Es war ein beruhigendes Gefühl, dass sich nach einem gewaltsamen Tod jemand um all das kümmerte. Weil der Tod nicht egal war.

»Da kann sich kümmern, wer will«, sagte Tina und fuhr dem Hund mit energischen Bürstenstrichen durchs Fell. »Ich auf jeden Fall nicht mehr.« Unter ihrer resoluten Oberfläche war Hannes schnell auf Narbengewebe gestoßen. »Da war dieses Mädchen, Nancy oder so. Sie hatte sich in der Wohnung verschanzt. Zuvor hatte sie sich mit einem Messer am Hals verletzt und war offenbar geistig verwirrt. Weitere Informationen haben wir nicht bekommen.«

»Hat denn niemand die Lage ausführlich mit Ihnen besprochen?«

»So läuft das nicht, Herr Hauptkommissar.« Sie betonte jede einzelne Silbe seines Titels. »Wir kommen zum Einsatzort. Alles muss auf einmal ganz schnell gehen. Wir kriegen eine Dienstanweisung. Und die führen wir aus. Wir machen vorher keinen Stuhlkreis, um das auszudiskutieren.«

Wäre es ausdiskutiert worden, wäre Nancy vielleicht noch am Leben, dachte Hannes, aber er behielt es für sich.

»Wir haben nichts weiter als die Aussage einer hysterischen Nachbarin, dass das blutende Mädchen mit einem

Messer herumläuft und Selbstgespräche führt. Die Frage ist: Gehen wir rein oder nicht? Wir wissen nicht, wie gefährlich sie ist. Ob sie womöglich später gefährlich wird. Ob sie sich nur selbst gefährdet oder andere bedroht. Ob wir verstärkt auf Eigensicherung achten müssen.« Tina hielt immer noch die Bürste in der Hand, aber beachtete den Hund gar nicht mehr, sie war mitten im Geschehen vor acht Jahren. Ihr Blick war fokussiert, die Lachfältchen waren verschwunden. »Der Einsatzleiter entscheidet, dass wir das SEK rufen. Die haben Taser, die können das Mädchen aus der Ferne kampfunfähig machen. Wir reden übrigens immer noch von einer Achtzehnjährigen, die Blut verloren hat und fünfundvierzig Kilo wiegt.«

Der Hund lehnte sich mit einem Seufzer an Tina, sie strich ihm über den Kopf. »Der Zugführer geht raus. Funkt. Kommt wieder. Sagt, jetzt doch kein SEK. Wir hinterfragen das nicht, weil das nicht unser Job ist. Wir gehen einfach rein.«

»Wer hat entschieden, dass Sie durch die Balkontür in die Wohnung eindringen?«

»Der Zugführer. Vermutlich, um zu verhindern, dass sie sich hinunterstürzt, aber keiner fragt nach. Es ist Sommer, wie jetzt. Im Nachbarhof spielen Kinder. Ich höre ihre Stimmen, die ganze Zeit, als wir über den Nachbarbalkon klettern. Leo ist bei mir in der Gruppe. Dann gibt der Zugführer das Zeichen, und wir gehen rein. Gleichzeitig durch die Wohnungstür und die Balkontür.«

Durch das offene Fenster des Hundesalons drangen Kinderstimmen herein, als hätten sie mit Tinas Schilderungen eine Zeitreise gemacht.

»Da steht sie«, fuhr Tina fort. »Winzig, schmal, blasses Gesicht, die Bluse voller Blut. Sie hat sich selbst am Hals geschnitten. Ich denke noch, was soll der ganze Aufwand? Das Mädel zittert am ganzen Leib, eine halbe Stunde später wäre sie von selber umgekippt.«

»Oder hätte einen Nachbarn angegriffen«, sagte Hannes. Man konnte immer nur ahnen, was richtig war.

»Sie hat das Messer noch in der Hand, dreht sich, merkt, dass wir überall sind und sie immer einen von uns im Rücken haben wird. Bevor wir etwas zu ihr sagen können, fuchtelt sie damit herum. Das Messer saust in weitem Bogen durch die Luft. Gleich darauf knallt es.« Tina Laubers Blick wurde abwesend, als sie eine Erinnerung aus einem Märchen von weit her holte. »Weiß wie Schnee. Rot wie Blut. Schwarz wie Ebenholz.«

Sie schüttelte den Kopf und begann den Hund wieder energisch zu bürsten. »Das war das letzte Mal, dass ich Leo gesehen habe.«

»Hatten Sie hinterher noch Kontakt zu ihm?«

»Ich habe ihn ein halbes Jahr später mal angerufen, wir waren ja Kameraden. Er hat so getan, als wisse er nicht, wovon ich rede. ›Mir geht's gut‹, hat er gesagt. ›Es ist doch alles geklärt.‹ Ich habe mich gefühlt wie eine hysterische Zicke.«

Langsam fragte sich Hannes, was Leo bei der »mustergültigen Aufarbeitung« überhaupt aufgearbeitet hatte. Ob er nicht vielmehr die Erinnerung an den Todesschuss in einen Sack gepackt und ihn all die Jahre hinter sich hergezogen hatte.

Vielleicht hatte er ja vor seinem Tod in den Sack geschaut.

Hannes machte eine ausladende Bewegung, die die Hundeleinen, Kämme, Kauknochen und das zottelige Geschöpf auf dem Tisch einschloss. »Aber … Hundesalon?«

»Ich liebe Hunde.« Tina gab dem Tier einen liebevollen Klaps. »Hunde sind ohne Fehl. Sie lieben die Menschen bedingungslos. Und wissen Sie, warum?«

Hannes schüttelte den Kopf.

»Weil sie so unglaublich dämlich sind. Sie denken, die Menschen seien wie sie. Wir blicken dem Hund in seine treudoofen, unschuldigen Augen und wollen wenigstens für ihn ein besserer Mensch werden.«

Hannes beugte sich zu der Promenadenmischung hinunter. »Oder in ein treudoofes Auge.«

»Übrigens, da fällt mir noch etwas ein, das Leo damals am Telefon gesagt hat. Ich konnte es gar nicht einordnen, es kam mir so … zynisch vor.«

»Was war das?«

»›Jeder kriegt, was er braucht.‹ Das hat er gesagt.«

Als sei Nancy Steinert selbst schuld an ihrem Tod. Oder hatte Leo den Satz ganz anders gemeint?

Hannes trat einen Schritt zurück. Der winzige Westie schoss aus einer Ecke auf ihn zu und verbiss sich ohne Vorwarnung in seinen Schuh. Nadelspitze Zähne durchdrangen das Gummi der Chucks und bohrten sich in seinen großen Zeh. »Au!«, rief Hannes. »Scheißvieh!« Er hüpfte auf einem Bein und versuchte den Hund von seinem Schuh abzuschütteln, was ihm beim dritten Kick gelang. Der Westie flog durch den Laden und schlitterte mit einem Jaulen über den Boden.

»Sie haben recht«, sagte Tina, ihre Lippen waren dünn. »Sie sollten lieber doch keinen Hund halten.«

Obwohl sie im Radio sechsunddreißig Grad angekündigt hatten, standen Treppenläufe auf dem Programm. In voller Ausrüstung. Sunny setzte den Helm auf und hatte sofort das Gefühl, keine Luft mehr zu bekommen. Er drückte auf die Stirn und die Wangenknochen und verengte ihr Blickfeld zu einem schmalen Sichtkanal. Die Außengeräusche klangen gurgelnd gedämpft, nur der Funk war gut zu verstehen. Die Ausrüstung klebte an ihr wie ein Panzer. Die Overalls waren zwar aus Goretex, aber langärmlig. Ihre Kollegen versuchten, sich ohne Jammern fertig zu machen. Rote Gesichter und nasse Haarsträhnen, wohin sie schaute. Patricks Gruppe trainierte heute mit ihnen. Sie erkannte seine ungewöhnlich hellen blauen Augen unter dem Visier, doch er senkte den Blick. Patrick ging ihr aus dem Weg.

Nicht mal zwei Stockwerke würde sie schaffen. Es war ein Fehler, dass sie nicht gefrühstückt hatte. Keine Ahnung, aus welchen Reserven sie die Restenergie ziehen sollte. Milan musterte sie kühl, als könne er ihre Gedanken lesen. Er schwitzte nie. Sie hatte ihn nur selten mal außer Atem gesehen.

Bevor sie bereit war, schrillte Milans Pfeife. Ihre Beine sprinteten automatisch los, ein Kaltstart. Ihre Gliedmaßen funktionierten wie ein Uhrwerk. Stockwerk für Stockwerk flog vorbei, und sie war erleichtert, dass sie sich auf ihren Körper verlassen konnte. Oben drehte sie um und hechtete wieder nach unten. Es war schwieriger als aufwärts, denn sie sah die Stufen nicht, und der Ausrüstungsgürtel zerrte bei jeder Erschütterung an ihr. Danach wieder aufwärts. Viel zu früh brannte ihre Lunge. Die Hitze strömte in Wellen aus ihr heraus.

Von unten kam ein Poltern, dann ein dumpfer Aufschlag.

Einige Männer riefen etwas, ein paar Kollegen blieben stehen. Sunny verlangsamte ihre Schritte und lief ein Stockwerk wieder hinunter, um nachzusehen, was los war. Auf dem ersten Treppenabsatz lag ein Mann, die anderen beugten sich über ihn, sie konnte nur die Stiefel sehen. Sunny zwängte sich mit einer bösen Vorahnung zu ihm durch.

Ein Kamerad kniete hinter dem Bewusstlosen, zog vorsichtig seinen Helm ab. Es war Patrick. Sein Atem ging in schnellen Zügen, das Blut war aus seinem Gesicht gewichen, kalter Schweiß stand ihm auf der Stirn. Sunny riss ihren Helm herunter und ging neben ihm in die Hocke. Sie fühlte seinen Puls, er ging so schnell wie die Flügelschläge eines Schmetterlings.

»Patrick.« Sunny versetzte ihm leichte Schläge auf die Wange. »Hörst du mich?«

Seine Augen waren fast geschlossen, unter den Lidern war das Weiße zu sehen.

Sunny lockerte seinen Kragen und legte ihm eine Hand auf die Brust, wo seine Rippen sich hoben und senkten. Selbst durch die Schichten Kleidung spürte sie seinen Herzschlag. Mit der anderen Hand strich sie ihm die schweißnassen Haare aus der Stirn. »Hey, Großer«, sagte sie leise. »Nu reiß dich aber mal zusammen, ja?«

Patricks Atemzüge wurden ruhiger. Seine Gesichtsfarbe wechselte binnen Sekunden von bleich zu feuerrot, als sei das ganze Blut mit einem Schlag in seinen Körper zurückgekehrt. Er drehte den Kopf hin und her und stöhnte.

»Sollen wir einen Sanka rufen?«, fragte jemand.

Bloß nicht, dachte Sunny. *Dann untersuchen sie ihn. Dann nehmen sie ihm Blut ab. Und dann … dann …*

»Ist nicht der Erste, der bei der Hitze zusammenklappt«, sagte Milan. Ohne dass Sunny es gemerkt hatte, hatte er sich neben sie gekniet. Seine Haare berührten ihre Schulter. »Zieht eure Trainingssachen an und dreht ein paar Runden im Freien zum Cooldown.«

»Ich bleibe bei Patrick«, sagte Sunny trotzig.

Milan warf ihr einen Blick zu, den sie nicht deuten konnte. Sie konnte nichts an ihm deuten. Sein Gesichtsausdruck war wie ein weißes Blatt Papier.

Patrick drehte sich auf die Seite und richtete sich unbeholfen auf. Jemand reichte ihm eine Wasserflasche, er trank in großen Schlucken.

»Sorry«, sagte er, immer noch außer Atem. »Sorry.«

Sunny streckte ihm die Hand hin. »Ich bring dich zum Sanitätsraum, damit du dich eine Weile hinlegen kannst.«

»Geht gleich wieder«, murmelte er, aber seine Lippen waren blass. Selbst ein Laie konnte sehen, dass es so schnell nicht ging.

»Komm.«

Patrick ließ sich von ihr hochhelfen. Sunny löste seinen schweren Ausrüstungsgürtel und legte ihm die Hand um die Taille. Sie stützte ihn ohne Mühe. Patrick war einen halben Kopf größer als sie, aber sie war stärker als er.

»Ich pack das nicht«, flüsterte er, als ihre Köpfe nah beieinander waren. Sein Atem roch faul.

»Weiß ich doch«, sagte Sunny und fasste ihn energischer um die Taille. »Weiß ich doch, Großer.«

Kaum war Hannes zurück im Kommissariat, fingen ihn Die Chefin und Elli im Flur ab.

»Na, wie war's bei der Hundeflüsterin?«, fragte Die Chefin.

»Nicht viel Neues«, sagte Hannes. »Laut Tina Lauber war Leos Schuss auf die junge Frau eine Verkettung von Fehlentscheidungen. Zu schnell, unter zu viel Druck getroffen. Leo hatte kein Mitspracherecht, er wurde in die Situation gedrängt. Die Frau stand wohl unter Drogen und war psychotisch.«

»Sie wird natürlich nichts anderes behaupten. Bleib am Fall Steinert dran«, sagte Die Chefin. »Und wenn du schon mal da bist, dann mach bitte mit Elli die nächste Vernehmung. Ich muss mich um ein paar Leute mit Sternen auf den Schultern kümmern.«

Sie würde in der Runde wie immer fehl am Platz wirken mit ihrem aufgelösten grauen Zopf und der geblümten Bluse, die schon vor zwanzig Jahren aus der Mode gekommen war. Doch andere schätzten sie immer nur kurz falsch ein. Sehr kurz.

Elli sperrte ihr Büro auf und ließ die beiden hinein.

»Könntest du bitte etwas zu trinken besorgen, Elli?«, fragte Die Chefin.

Nachdem Elli gegangen war, fand sich Hannes allein mit seiner Vorgesetzten wieder, jener Moment, vor dem es ihm schon den ganzen Tag gegraust hatte.

»Wie ist dein erster Tag?«

Er zuckte mit den Schultern. »Okay.«

»Tut mir leid, dass du dich nicht länger erholen konntest.«

»Wenn man vom Pferd fällt …«

»Oh nein, Hannes. Keine Ponyhofsprüche mit mir. Mich interessiert, wie du zurechtkommst. Wenn es ein Problem gibt, bin ich die Erste, zu der du kommst. Ist das klar?«

»Es gibt kein Problem«, sagte er und dachte an Waechters brütendes Schweigen. Sie würden einen Weg finden, nebeneinanderher zu arbeiten. Die Zeit würde die Lösung bringen. Und Zeit würde er brauchen. Kein anderes Dezernat würde ihn jetzt einstellen, nach einem halben Jahr Krankschreibung, mit einer posttraumatischen Belastungsstörung, einem Disziplinarverfahren und Waechter, der seine Bewertungen schrieb. Wenn er sich hier herausarbeitete und seinen Job gut machte, konnte er die Verantwortlichen vergessen lassen, dass er beschädigte Ware war, und woanders neu anfangen.

»Gehst du immer noch zum Seelenklempner?«, fragte Die Chefin.

»Die Seele ist kein Ofenrohr.« Hannes legte eine Hand über die Narben auf dem Handgelenk, die im Sonnenlicht schimmerten. »Und ja, ich gehe noch hin.«

»Gut, Hannes. Besser jetzt als später.«

Er wagte es, ihr in die Augen zu schauen. Augenkontakt war für ihn schon immer problematisch gewesen. Er sah die Wärme in ihrem Gesicht. Es interessierte sie wirklich.

»Ich weiß, dass der Thalhammer-Fall eine harte Nummer für dich ist. Wenn du willst, kann ich dich da rausnehmen. Es gibt eine Menge Hintergrundaufgaben, die derzeit liegen bleiben. Du unterstützt uns da genauso.«

»Nein«, sagte er schnell. »Ist schon recht.« Das war seine einzige große Angst: ins Backoffice abgeschoben zu werden und dort zu versauern.

»Gut, dann …« Sie gab ihm einen Hefter mit Unterlagen. »Das ist der junge Mann, der gleich kommt.«

Hannes blätterte durch die Papiere. »Jung ist gut.« Er lächelte. »Der ist genauso alt wie ich.« Jakob Ungerer.

Ungerer … Der Name klingelte in seinen Ohren. Blonde Dreadlocks, drahtiger Typ mit Lachfältchen um die Augen. Jakob. Santiago.

»Den kenne ich«, sagte er. »Sorry. Ist keine gute Idee, wenn ich bei der Vernehmung dabei bin. Nicht dass ich als befangen gelte. Ich habe ein Disziplinarverfahren laufen, ich kann nicht schon am ersten Tag Schwierigkeiten gebrauchen.«

»Woher kennst du ihn?«

»Privat. Selbe Clique. Ist aber schon länger her.«

»Wie lang?«

»Fünfzehn Jahre.«

»Du protokollierst nur«, sagte Die Chefin. »Das passt schon, ich segne das ab. Ich habe momentan keinen anderen für die Aufgabe.« Damit ließ sie ihn stehen.

Hannes setzte sich an Ellis Besprechungstisch, packte einen Müsliriegel aus und las die Akte Ungerer durch. Mit einem feinen Bleistift machte er ein paar Randbemerkungen, als die Tür aufging.

Ein Beamter steckte den Kopf herein. »Kann ich den Nächsten reinschicken?«

»Gebt uns fünf Minuten, die Kollegin ist noch nicht da.«

»Wir sind schon eine halbe Stunde hinter der Zeit.«

»Okay, kein Thema. Schickt ihn rein.« Er steckte den letzten Bissen des Müsliriegels in den Mund.

Zwei Polizisten brachten den Zeugen herein, der sich Hannes gegenübersetzte.

»Sie können uns dann alleine lassen«, sagte Hannes.

»Wenn Sie meinen.« Der Beamte warf ihm einen scheelen Blick zu und ging.

»Santiago.« Hannes hob den Blick von seinen Papieren. »Gut, dich zu sehen.«

Sein ehemaliger Wegbegleiter hatte sich so gut wie nicht verändert. Nur ein paar Fältchen mehr, ein bisschen ledriger. Sie waren gute Freunde gewesen, bis Hannes' erste Ehe im Desaster geendet hatte. Hannes war nach der Trennung aus den rauchenden Trümmern seines alten Lebens getreten und war gegangen, ohne zurückzuschauen.

»Ich hätte nie gedacht, dass du mal Cop wirst.« Santiago betrachtete ihn mit einem amüsierten Lächeln. »Ausgerechnet du. Du warst doch bei uns immer ganz vorn dabei. Du hast immer schon das Gegenteil von dem gemacht, was die Leute erwarten, oder?«

Santiago mochte sich Anarchist nennen oder Antifaschist, aber er würde niemals jemandem ins Gesicht schießen. Er war ein Mensch, der Fliegen aus dem Limoglas fischte und sie trocken pustete. Und er war immer derjenige, der einen Stiefel auf den Kopf bekam.

Hannes zog eine Visitenkarte heraus und gab sie Santiago. »Wenn das hier alles vorbei ist, dann meld dich mal. Um der alten Zeiten willen.«

Santiagos Gesicht leuchtete auf. »Mach ich«, sagte er. »Auf jeden Fall.«

Elli kam mit einer Flasche Limonade, Plastikbechern und Sandwiches herein. »Ah«, sagte sie. »Ungerer, stimmt's?«

»Genau.«

»Legen wir los. Anwalt kommt noch?« Elli rückte ihren Stuhl zurecht.

»Müsste jeden Moment da sein.«

»Okay, machen wir bis dahin den Papierkram. Anwesend sind Elli Schuster, Hauptkommissarin, Hannes Brandl, Hauptkommissar …«

»Wir hatten schon das Vergnügen«, sagte Hannes und füllte mit gesengtem Blick das Vernehmungsprotokoll aus. Der erste Tag im Kommissariat, und die Dinge wurden schon wieder unübersichtlich.

Die letzte Vernehmung war für Elli fruchtlos und frustvoll verlaufen. Jakob Ungerer hatte die Aussage verweigert. Sie konnten ihn bis zum nächsten Morgen dabehalten und ihn für den tätlichen Angriff belangen, aber das brachte keinen weiter. Elli war immer sicherer: Ungerer zu verfolgen war, wie eine verlorene Münze im Lichtkegel einer Straßenlaterne zu suchen, weil es woanders zu dunkel war.

Sie beschloss, die Gedanken an die Arbeit wegzuschieben und spontan bei Jonas vorbeizufahren. Er war der Grund, warum sie noch immer in München lebte und eine attraktive Stelle in der alten Heimat ausgeschlagen hatte.

Jonas war Expolizist. Er verstand, dass sie nachts um vier ins Auto steigen musste oder nach dem Heimkommen erst einmal duschte, weil sie zuvor an einer Leiche gestanden hatte. Er war der Erste, den sie nicht auf herkömmlichem Wege kennengelernt hatte. Die Beziehungen zu Männern, die sie abends in irgendwelchen Clubs getroffen hatte, hatten stets genau eine Nacht gedauert. Schluss mit dem Blödsinn. Zum Glück gab es für so etwas heutzutage eine App.

Sie klingelte an der Wohnungstür ihres Freundes. Die Sicherheitsschlösser rasselten und klackten, dann ging die Tür auf. Jonas trat zurück, sein T-Shirt war zerknittert, sein Gesicht sah weich aus, als habe er geschlafen. Die Junggesellenwohnung war minimalistisch eingerichtet, jedoch nicht trostlos. Alles lag an seinem Platz. Er rieb sich die Stirn. »Sorry, ich habe vorhin eine Schmerztablette genommen. Hatten wir …«

»Wir hatten kein Date.« Sie gab ihm einen Kuss. Seine Locken dufteten nach Holz. Als sie ihn umarmen wollte, machte er sich steif.

»Macht dir dein Rücken wieder Probleme?«

Jonas stützte eine Hand in die Nierengegend. »Probleme ist gar kein Ausdruck.« Er humpelte in unnatürlich aufrechter Haltung zum Sofa. »Ich weiß gar nicht, wie ich stehen oder sitzen soll.«

»Ich hab da einen guten Physiotherapeuten, der mit der Methode …«

»Was mir die Leute alles schon für Tipps gegeben haben«, unterbrach Jonas sie. »Das bringt doch alles nichts. Die Wirbel sind kaputt.«

»Ist ja gut.« Sie hatte seinen wunden Punkt erwischt. Bestimmt gab es vieles, was ihm Linderung bringen konnte, aber er verschanzte sich hinter Sätzen wie »Das bringt doch nichts«. Besser nichts tun, als wieder von einer sinnlosen Therapie enttäuscht werden. Sobald sie an das Thema rührten, tat sich eine Kluft zwischen ihnen auf, und Elli spürte, wie fremd sie sich noch waren.

Sie nahm die Schnitzerei in die Hand, die auf dem Tisch lag. Schnitzen war ein Hobby von Jonas, und sie liebte es. Der Tisch lag voller Späne, der würzige Duft von Zedernholz stieg ihr in die Nase. »Was stellt das dar?«

»Muss denn alles etwas darstellen?«

»Ich bin halt eine Spießerin. Am liebsten mag ich Bob Ross.«

Jonas drehte ihr das Stück Holz in der Hand herum, es war warm von seiner Berührung und fühlte sich lebendig an. »Es ist das Schleichen eines Fuchses. Nicht der Fuchs selbst. Nur das Schleichen.«

Elli fuhr mit den Fingern über die Vertiefungen der Schnitte. Jetzt sah sie die Bewegung der Nase direkt am Boden, die aufgerichtete, buschige Rute. Ein rötliches Huschen durchs Unterholz.

Jonas hielt die Hand auf, und sie gab ihm das Holzstück zurück. Der Fuchs wurde wieder unsichtbar, die Illusion verflog. Sie dachte kurz darüber nach, ihren Freund im Fall Leo Thalhammer um Rat zu fragen, und entschied sich dagegen. Es würde ihn zu sehr an seine eigene Geschichte erinnern. Jonas war im Streifendienst von einer zwei Meter hohen Mauer gestürzt, als er einen Handtaschendieb stellen wollte. Er würde nie mehr ohne Schmerzen leben können. Nein, sie mochte nicht an die Arbeit denken. Sie war jetzt hier.

»Wollen wir was beim Thailänder bestellen und auf dem Balkon essen?«, fragte sie. Jonas zog ein Gesicht. Sie vergaß ständig, dass er nicht viel Geld hatte. »Ich lad dich ein«, schlug sie vor.

»Nein, du lädst mich ständig ein. Ich koche uns was.«

»Fein. Ich wollte schon immer mal ein Menü aus abgelaufenem Joghurt, einer halben Flasche Sekt und Vitamintabletten kredenzt bekommen. Wir bestellen was.« Sie holte ihr Handy heraus.

Jonas lachte und versuchte, es ihr wegzunehmen. Sie fuhr mit der Hand in seine Locken, goldbraun wie das Zedernholz, zog seinen Kopf zu sich ran und küsste ihn.

»Au! Fuck! Scheiße, Mann!«

Elli schob ihn von sich weg. »So eine Reaktion wünscht sich jede Frau beim Küssen.«

»Kannst du mir bitte eine Schmerztablette bringen? Die weiße Dose, im Bad. Au!« Er rieb sich den Rücken und ließ sich mit verzerrtem Gesicht aufs Sofa zurückfallen.

Im Spiegelschrank fand Elli eine ganze Hausapotheke, unter anderem die weiße Dose mit Apothekenaufdruck. Sie brachte sie mit einem Glas Wasser. Jonas schluckte zwei Tabletten und spülte sie hinunter. Elli fragte sich, wie viele er davon am Tag nahm.

»Als ob mir jemand mit einem Schlagbohrer die Wirbelsäule aufbohrt«, sagte er und streckte sich aus.

Elli schmiegte sich an ihn. Viel anderes gab es nicht zu tun. Sie hatte immer einen Mann gewollt, der kein Päckchen zu tragen hatte. Und jetzt hatte sie einen mit hundert DHL-Lastern voller Päckchen. Hergeben wollte sie ihn trotzdem nicht mehr.

Sie nahm die Fernbedienung und zappte sich durchs Fernsehprogramm. Sommerloch. Jetzt könnte sie im Biergarten sitzen, oder am Eisbach … Aber dann hätte sie nicht diesen Kerl. Er war zwar ein bisschen kaputt, doch das Leben war nun mal kein Ponyhof. Nach einer Weile ließ die Anspannung in seinem Körper nach. Die Tabletten begannen zu wirken.

»Was machen wir jetzt mit dem angefangenen Abend?«, fragte er.

»Du machst gar nichts.«

Elli beugte sich über Jonas und küsste ihn auf den Mund. Er schlang die Arme um sie und zog sie an sich. Sie schob sein T-Shirt hoch, küsste seine goldene Haut und den Flaum unterhalb seines Nabels.

»Bleib bei mir«, flüsterte er. »Geh nicht wieder weg.«

Die Mutter von Nancy Steinert arbeitete in einem Schreibwarengeschäft in Milbertshofen, neben der für Ausfallstraßen typischen Dreieinigkeit von Asia-Shop, Wäscherei und Spielsalon. Im Schaufenster des Asia-Shops staubten Dosen vor sich hin, sie sahen nicht aus, als warteten sie auf Kunden. Im Schaufenster der Wäscherei saß eine Frau mit dem Rücken zur Straße und beobachtete mit stumpfem Blick ihre Sachen in der Trommel. Der Schreibwarenladen dagegen war hell erleuchtet. Ein Polster lag auf der Fensterbank, sonnengelbe Schilder verkündeten, dass man dort auch Lotto spielen und Pakete aufgeben konnte. Daneben wehte die Fahne mit dem verschlungenen Herz und warb für Steckerleis.

Als Hannes den Laden betrat, bimmelte eine Glocke. Er war der einzige Kunde, in dem schmalen Gang zwischen Zeitungsregal und Kasse konnte man sich kaum umdrehen. Die Frau an der Kasse grüßte knapp und sortierte Schulhefte in einen Aufsteller. Hannes nahm sich einen *Kicker* und ein Päckchen Fisherman's Friend und legte die Sachen auf die Kasse.

»Einmal Lucky Strike und ein Bayernlos bitte«, sagte er.

Die Verkäuferin drehte den Behälter mit der Öffnung zu ihm, und er suchte ein Los heraus. »Zweite Chance« stand da. Er schüttelte lächelnd den Kopf und warf es in den Papierkorb.

»Frau Steinert?«

»Ja, die bin ich.«

Hannes zeigte ihr Ausweis und Dienstmarke. »Hauptkommissar …«

»Ich muss nicht mit der Polizei reden.« Ihre Stimme war so grau wie ihre Haare.

Hannes klaubte das Los aus dem Papierkorb und hielt es ihr hin. »Ich habe aber eine zweite Chance.«

Er hielt die Hand für das Wechselgeld auf, aber sie ließ es auf die Plastikschale klirren. »Ich kann mir schon denken, warum Sie da sind.«

»Leo Thalhammer«, sagte Hannes. »Ich nehme an, Sie haben es mitbekommen.«

»Zeitungen hab ich ja genug. Ich kann Ihnen nicht helfen. Und es tut mir auch nicht leid.« Sie stützte die Arme auf die Theke neben den Lostöpfen. Eine kleine, gedrungene Glücksfee inmitten unzähliger Versprechen.

Hannes legte ihr einen Fünfer hin. »Machen Sie mir noch einen Schwarzen, to go?«

Ulla Steinert nahm den Fünfer und drehte sich zum Kaffeeautomaten um. »Wenn ich eine Pistole gehabt hätte, wäre ich da selber hin marschiert«, sagte sie. »In Amerika hätte ich das gemacht. Da geht so was ja.«

Hannes reagierte nicht auf die Provokation. Diese Frau würde niemandem etwas zuleide tun. Sie lebte in jeder Jahreszeit in ihrem eigenen Herbst unter kahlen Bäumen und verkaufte Glück an andere. Das Gerät röhrte und spuckte Crema in den Pappbecher.

»In den Zeitungen ist es immer nur um den gegangen, der geschossen hat«, sagte Frau Steinert. »Ob er hätte schießen dürfen, ob er in Gefahr war, wie der arme Kerl das Erlebnis verarbeitet hat. Keiner hat was von meiner Nancy geschrieben. Wie sie gewesen ist.«

»Wie war sie denn?«

»Frei«, sagte Ulla Steinert und stellte Hannes den Becher hin. Sie bot ihm keinen Deckel an. »Frei wie ein Vogel. Schon als Zweijährige ist sie nachts aufgestanden und die Straße hinuntermarschiert. Ich habe keinen Menschen erlebt, der so frei sein wollte wie sie.«

Hannes lehnte sich an die Theke. »Warum hat sie in einer betreuten Wohngruppe gewohnt?«

»Sie wollte daheim raus. Zu eng.«

»Was hatte sie denn für Probleme?«

»Nancy hatte keine Probleme«, sagte Ulla Steinert in demselben monotonen Singsang, in dem sie Schreibwaren und Lottoscheine verkaufte. »Sie wollte das halt so.«

»Vor ihrem Tod hatte sie einen psy…«

»Sie war ein wunderbares Kind«, sagte Ulla Steinert betont laut. »Fragen Sie ihren Vater. Der wird's Ihnen schon sagen. Nancy war perfekt. Gehen Sie ruhig zu ihrem Vater. Dann werden Sie's schon sehen.«

Hannes tippte eine Erinnerung in sein Handy. Nancys Vater auftreiben und befragen. Gleich morgen. Etwas am Ton von Ulla Steinert, wenn sie auf ihren Exmann zu sprechen kam, erschien ihm komisch. Es klang wie eine Drohung.

»Sie haben noch einen Sohn, stimmt's?«

Die Glücksfee wurde noch kleiner und noch grauer. Sie drehte Hannes die Lostrommel zu. »Zweite Chance. Nehmen Sie eins aufs Haus.«

Hannes suchte ein Los heraus und riss es auf. Eine Niete. Nach einer zweiten Chance kam immer eine Niete.

Acht

Waechter klopfte auf den Tisch der Kollegen von der Organisierten Kriminalität. »Habt's ihr eine Minute für mich?« Er bot seine Opfergabe dar, drei frisch gezapfte Becher Frühstückskaffee vom Automaten.

»Freilich.« Die beiden OK-Ermittler rückten ihre Stühle so, dass er sich zu ihnen setzen konnte.

»Hock di hera, wern ma mehra«, sagte Sigi, ein untersetzter Typ, dessen Muskeln von vielen Stunden im Kraftraum erzählten.

Sein Kollege Rainer war ein älterer, drahtiger Beamter mit einem unsteten Blick, der alles im Raum aufmerksam aufnahm. Auch sie waren Teil der Sonderkommission, steckten jedoch meistens die Köpfe zusammen und blieben für sich. An allen anderen Tischen hatten sich Grüppchen zusammengefunden, Telefone klingelten, das Stimmengemurmel kämpfte gegen den Verkehrslärm an, der durch die offenen Fenster drang.

»Ich hab mich gestern in den Fall Peters eingelesen«, begann Waechter. »Könnt ihr mir da vielleicht weiterhelfen?«

»Können könnt ma scho.« Sigi verschränkte die Arme und grinste.

»Wir haben den Peters im Griff«, sagte Rainer. »Verkopf di ned. Der gehört uns.«

»Was läuft gerade gegen ihn?«

»Wenn du's genau wissen willst, wir sind kurz vor einer Festnahme wegen diverser Schweinereien. Aber Peters hält sich schon seit Monaten in Bulgarien auf. Wenn er gerade in der Stadt wäre, hätten wir das mitgekriegt.«

»Mich interessiert, ob Leo vor Peters Angst gehabt hat. Oder ob er welche hätte haben müssen«, sagte Waechter. »Er hat die Ermittlung gegen Peters fallen lassen wie eine heiße Kartoffel, nachdem ihr übernommen habt.«

»Peters ist derzeit nur noch selten in München«, sagte Sigi. »Er hat seinen Club an einen Geschäftsführer übergeben und sich ins Ausland abgesetzt. Er hat mitgekriegt, dass wir hier im Baziland keinen Spaß verstehen. Zum dritten Mal vorbestraft. Das langt ihm.«

»Allerdings ist in seinem Club noch nie auch nur ein einziges Gramm gefunden worden, das da nicht hingehört. Der hat seinen Laden sauber gehalten«, sagte Rainer. »Das muss man ihm lassen.«

Oder es gibt ein Leck innerhalb der Polizei, das die Razzien angekündigt hat, dachte sich Waechter. »Ihr wollt ihn festnehmen, hast du gesagt. Was hat er angestellt?«

»Hm.« Sigi kratzte sich am Hinterkopf. Seine Oberarme waren so von Gewichten gestählt, dass ihm die Bewegung erhebliche Mühe bereitete. Er sah Rainer an. »Was darf alles raus?«

»Ist grad eine laufende Ermittlung«, sagte Rainer.

»Warum hat Leo seine Bemühungen so plötzlich eingestellt? Ist ihm etwas am Fall Peters zu heiß geworden?«, fragte Waechter.

»Dem Leo war nichts zu heiß. Der hat allem ins Gesicht gelacht.«

Das passt nicht zu dem, was seine Freundin über ihn gesagt hat, dachte Waechter. Die geheimen Irrfahrten, die Angst, die heile, abgeschlossene Welt, in die die Arbeit nicht eindringen durfte.

Rainer schaltete sich ein. »Leo war ziemlich frustriert, als die Zeugin untergetaucht ist, die gegen Peters ausgesagt hatte. Fatou Dembélé war sein einziger Hebel, um an ihn ranzukommen. Und sie hat ihm leidgetan. Sie war übel zugerichtet. Nachdem sie weg war, war auch sein Interesse weg, sich an dem Fall noch abzustrampeln.«

»Aber Peters hat schon noch seine Leute hier in Deutschland«, sagte Waechter. »Der hat sich doch noch nie selber die Finger dreckig gemacht. Man hat ihm nie etwas nachweisen können, nicht mal im Fall von Fatou Dembélé. Sie hat ausgesagt, dass sie für Peters Drogen verkauft hat. Eine Läuferin, unterste Stufe der Hierarchie. Als sie eines Tages Geld nicht abliefern konnte, das sie ihm schuldete, hat Peters sie fallen lassen. Und sie durch seine Leute einschüchtern lassen, damit sie den Mund hält. Einer von den Schlägern sitzt in Haft, hat aber noch kein einziges Wort gesagt. Diese Leute reden nicht mit der Polizei. Hatte Leo vielleicht vor denen Angst?«

Die beiden Kommissare wechselten einen Blick, als wollten sie sich stumm absprechen, wie viele Informationen sie Waechter geben konnten.

»Wir wissen nichts«, sagte Rainer schließlich. »Glaub mir, wir wüssten selber gern mehr. Dem Leo zuliebe.«

»Eine Spur von Fatou Dembélé?«, fragte Waechter.

»Keine. Sie wollte nach Frankreich. Familienmitglieder suchen«, sagte Sigi. »Ich hoffe bei Gott, das Mädel hat's geschafft.«

Wahrscheinlich lebt sie gar nicht mehr, dachte Waechter.

Rainer drehte den Bildschirm seines Laptops zu ihm um. »Das ist Peters.«

Claus Peters, ein altersloser Mann mit schmalen, gemeißelten Gesichtszügen und hohen Wangenknochen. Die hellgrauen Augen hinter der Nickelbrille blickten leer wie Spiegelscherben. Peters trug einen maßgeschneiderten Anzug und Krawatte. Ein Geschäftsmann, selbst nach drei Gefängnisaufenthalten. Waechter prägte sich das Gesicht ein, die blassen Augen, das feine, scharfe Lächeln, dann drehte er den Bildschirm zurück.

»Ihr steht kurz vor einer Festnahme?«

Sigi nickte.

»Ich will mit Peters sprechen«, sagte Waechter. »Sobald ihr ihn habt. Ganz frisch.«

Sigi beugte sich zu Rainer und flüsterte ihm etwas ins Ohr. Der schaute Waechter an. Dann nickte er.

»Ich hoffe, du hast an den nächsten Abenden noch nichts vor«, sagte er. »Du kriegst einen Anruf. Hol dir einen fähigen Mann dazu.«

»Eine fähige Frau«, sagte Waechter. Er wusste schon jetzt, dass er Elli dabeihaben wollte. Eine andere Alternative hatte er nicht.

Elli erhielt in der großen Runde die erste Hiobsbotschaft schon am Vormittag.

»Sieht ganz so aus, als wärst du Jakob Ungerer los«, sagte Die Chefin. »Es sind noch mehr Anrufe eingegangen. Wir haben fünf Zeugenaussagen aus der Nachbarschaft gesammelt, nach denen es um kurz vor halb neun laut geknallt hat.«

»Aber keiner ist auf die Idee gekommen, mal aus dem Fenster zu schauen«, sagte Elli.

»Selbst wenn, das Gelände ist im Sommer zugewachsen und nur von zwei Häusern aus dem obersten Stockwerk einsehbar. Hinter diesen Fenstern war zur mutmaßlichen Tatzeit niemand daheim. Alle anderen Zeugen hätten bloß Hecken und Bäume gesehen.«

»Und vielleicht jemanden, der wegläuft.« Sie seufzte. »Was soll's. Immerhin haben wir den Zeitpunkt der Tat.«

»Stimmt nicht«, mischte sich Staatsanwalt Hencke ein. »Wir haben den Zeitpunkt eines Knalls.« Elli wusste, dass Hencke Jakob Ungerer zu gern als Täter gesehen hätte. Ungerer verkörperte für ihn sämtliche Feindbilder in einer Person. »Es spricht alles dafür, dass Jakob Ungerer in die Tat verwickelt ist. Er hat Strafanzeige gegen Leo Thalhammer gestellt und eine Dienstaufsichtsbeschwerde eingereicht, nachdem Thalhammer eine Wohnungsdurchsuchung angeregt hatte. Am Abend der Tat sind die beiden erneut aufeinandergestoßen. Wir sollten Ungerer auf keinen Fall ausschließen.«

Der Hüter des Schweigens stieß sie an und schob einige Papiere auf ihren Platz. Sie hatte ihm aufgetragen, das Handy von Ungerer auseinanderzunehmen. Rein datentechnisch natürlich.

Auf dem obersten Blatt war eine Karte von München-Nord zu sehen, die mit blauen Kreisen übersät war. Das Stadtviertel sah aus wie nach einem spontanen Ausbruch von Kohlensäure. »Das Bewegungsprofil von Herrn Ungerers Mobiltelefon«, sagte sie. »Danke schön, das ging ja schnell.«

Sie studierte das Protokoll. Jedes Smartphone zeichnete in regelmäßigen Abständen GPS-Daten auf und speicherte sie ab, auch wenn die Ortung manuell deaktiviert war. Der Hüter des Schweigens hatte die GPS-Markierungen visualisiert.

»Wir haben Bewegungen von Herrn Ungerer im Bereich des Demonstrationsgeländes und in den Parallelstraßen, alles weit weg vom Tatort. In der Franzstraße werden die Kreise enger, dort ist er mit einem Teil der Demonstranten eingekesselt worden. Danach wandert das Telefon aufs Polizeipräsidium, wo es bis zwei Uhr nachts bleibt. Und dann wandert es mit zu Herrn Ungerers Wohnung.« Sie ließ die Papiere sinken. Sie hätte zu gerne am dritten Tag einen Täter präsentiert. Aber es wäre Schikane, Ungerer weiter festzuhalten. Sie würde keinen Unschuldigen drangsalieren. »Auch das Bewegungsprofil ergibt, dass er nicht in der Nähe des Tatorts war.«

Staatsanwalt Hencke fragte: »Das Smartphone zeichnet andauernd meinen Standort auf? Auch wenn der Ortungsdienst gar nicht aktiviert ist?«

»So ist es, Herr Hencke.«

»Auch meines?« Hencke zog sein Smartphone heraus und wischte darüber.

»Es hilft auch nichts, wenn Sie es auf Standby stellen«, sagte Elli, und er steckte es mit rotem Kopf weg.

»Dann halten wir also fest, dass Ungerer aus dem Spiel ist«, sagte Die Chefin. »Er war nicht am Tatort.«

Der Staatsanwalt hob einen Finger. »Sein Handy war nicht am Tatort.«

»Geben Sie's auf, Herr Hencke«, sagte Die Chefin. »Wir lassen ihn frei. Ich habe nicht die Zeit, ein totes Pferd zu reiten.«

Langsam hatte Elli alles satt, was Ponyhof betraf. Sie ging zu Waechter, ihm die neuesten schlechten Nachrichten präsentieren. Noch mieser konnte seine Laune ja nicht mehr werden.

Waechter hatte sich in seine Bürohöhle zurückgezogen und brütete bei geschlossenen Fenstern über die Informationen, die er von der OK bekommen hatte. Die Kollegen ließen sich nur ungern in die Karten schauen. Aber er war auf sie angewiesen. Um Leos Tod zu verstehen, musste er den ganzen Fall verstehen.

Als er aufblickte, stand Elli an der Wand und beobachtete ihn mit einem amüsierten Lächeln.

»Keine Raucherpause?«, fragte sie.

Ihm fiel nichts Schlagfertiges ein, darum verpasste er ihr nur einen Todesstrahlenblick über die Lesebrille. »Was Neues?«

»Wir müssen meinen Verdächtigen heimschicken. Jakob Ungerer. Er hat ein Alibi.«

Waechter winkte ab. Jakob Ungerer war ihm egal. Leos Mörder war ganz woanders zu finden. Das sagte jedenfalls sein Bauchgefühl, auch ohne Nikotin.

»Wo ist Hannes?«, fragte Elli. »Ich soll nachher mit ihm zu einer Befragung fahren.«

»Macht Mittagspause.«

Elli stellte sich mit dem Rücken zum Fenster, als würde sie von draußen beschossen, und schielte hinaus. »Vielleicht steht der Grund ja da unten. Ob das ein Date ist?«

Waechter gelangte für seine Verhältnisse ungewöhnlich behände ans Fenster.

»Das ist seine Ex«, sagte er.

»Woher weißt du das denn schon wieder?«

»Ich bin Erster Hauptkommissar. Ich kenne alle eure Familienverhältnisse.«

»Schau nicht so auffällig raus.«

Sie flankierten den Fensterrahmen nun beide wie bei einem Indianerangriff. Unten auf dem Bürgersteig ging die Frau hin und her und rauchte. Alle paar Sekunden warf sie ihr langes Haar aus dem Gesicht, checkte ihr Handy und steckte es wieder weg. Ihre Bewegungen waren nervös wie die eines Araberpferds. Den Kopf trug sie hoch erhoben, stolz und trotzig.

Von seinem Ausguck aus beobachtete Waechter die Frau. Nach ein paar Minuten kam Hannes heraus und setzte zu einer Umarmung an, seine Exfrau zuckte zurück. Zusammen gingen sie die Straße hinunter, heftig gestikulierend. Immer wenn sie sich beim Gehen zu nahe kamen, strebten sie synchron auseinander wie zwei Magneten, die einander abstießen. Waechter fragte sich, ob Lily das Thema war, ihre gemeinsame Tochter.

»Denkst du auch, was ich denke?«, fragte er.

Elli nickte. »Ein Hauch von Schicksal.«

»Würde mich schon interessieren, warum die zwei nicht mehr beieinander sind.«

»Siehst du«, sagte Elli. »Das hast nicht mal du als Superbulle ermittelt. Sag mal, was hast du eigentlich über mich alles rausgekriegt?«

»Ein weißes Blatt«, sagte Waechter und setzte sich zurück an den Schreibtisch. »Blütenweiß.«

Er versuchte, Ellis Bericht zuzuhören, aber sein Kopf war

nicht bei der Sache. Etwas beim Anblick des Paares hatte ihn tieftraurig gemacht. Und dem wollte er auf keinen Fall auf den Grund gehen.

Sie liefen schweigend die Straße hinunter, Anja wie immer etwas zu schnell für Hannes, trotz seiner langen Beine.

»Du siehst gut aus«, sagte er.

Anja warf ihm einen Blick voller Verachtung zu. Unter ihren Augen lagen schwarze Schatten, ein Erbe ihrer italienischen Vorfahren. Ein scharfer, müder Zug hatte sich um ihren Mund gebildet. Sie war immer noch schön, auf eine harte Weise.

»Da vorne ist eine Pizzeria, dort könnten wir …«

»Ich weiß«, schnitt sie ihm das Wort ab.

Hannes wartete geduldig. Sie war diejenige, die ihn hatte sprechen wollen. Er hatte sich all die Jahre nicht getraut, auf sie zuzugehen. Ihr Anwalt hatte sich mit dem Familienanwalt der Brandls darauf geeinigt, dass er sich von ihr und Lily fernhielt, und Hannes hatte sich daran gehalten, bis Anfang des Jahres, als seine Tochter zurück in sein Leben gekommen war. Es fühlte sich seltsam an, ihr so nahe zu sein, sie war ihm so vertraut wie vor zwölf Jahren. Sie trug sogar das gleiche Parfüm.

»Ich will die Scheidung«, sagte Anja, als sie vor ihren Kaffeetassen saßen.

Hannes nickte. Obwohl er damit gerechnet hatte, fiel die Nachricht wie ein Bleigewicht in seine Eingeweide. Scheidung. Endgültig. »Das hab ich mir schon gedacht. Es ist an der Zeit.«

»Du hättest es längst in die Wege leiten können.«

»Ich hatte Angst, dass …«

Sie nahm ihre Kaffeetasse in beide Hände und musterte ihn über den Rand hinweg. Eine feminine Geste, die er bei Jonna noch nie gesehen hatte. »Dass alles auf den Tisch kommt, oder? Dass du deine heile Familie verlierst. Und deine Beamtenbesoldung.«

Hannes senkte den Blick. Angst und Scham und Wut. Der ganze toxische Cocktail, der schon wieder in ihm hochstieg. »Du wirst alle Papiere von mir bekommen, die du brauchst. Ich werde fair sein. Ich habe keinen Grund, es nicht zu sein«, sagte er. »Warum ausgerechnet jetzt?«

»Ich habe jemanden kennengelernt. Nicht, dass ich ihn gleich heiraten wollte. Aber es ist jedes Mal ein Stimmungstöter bei Dates, wenn ich sage: ›Übrigens, ich bin noch verheiratet. Mit einem Typen, der mich verprügelt hat. Er ist Cop bei der Mordkommission und läuft mit einer geladenen Knarre herum. Aber keine Angst, er darf nicht näher als hundert Meter an unsere Wohnung rankommen‹.«

Durch den ganzen Giftcocktail hindurch musste Hannes lachen. Als er den Kopf hob, sah er, dass auch Anja lächelte.

»Verdammt«, sagte sie. »Wo sind wir damals falsch abgebogen?«

Hannes konnte sich nur an Zeiten erinnern, in denen ihre Beziehung ein einziger Kampf gewesen war. Alles war ein Kampf gewesen, sogar im Bett. Er hatte erst lernen müssen, dass es auch noch etwas anderes gab als Versöhnungssex. Sie waren sich zu nah gewesen, sie hatten die Seele des anderen berührt, und es hatte wehgetan. Aufmerksam betrachtete Anja sein Gesicht, doch sie fragte nicht, wie es ihm ging. Man konnte es ihm ansehen. Die Dampfwalze des Lebens war einmal über ihn hinweggefahren. Er fragte sich, ob sie Genugtuung darüber empfand, dass er auch einmal derjenige war, der am Boden lag.

»Wie geht es Lily?«, fragte er. Seine fünfzehnjährige Tochter war nach einem kurzen Intermezzo bei ihm und einem noch kürzeren bei Waechter zu ihrer Mutter zurückgezogen.

Anja verbarg das Gesicht hinter der Kaffeetasse. »Ich finde keinen Zugang mehr zu ihr. Sie kommt und geht, wie sie will.«

»So kenne ich sie«, sagte Hannes.

»Sie will ausziehen. Mal wieder.«

»Du weißt, dass sie jederzeit bei uns willkommen ist. Es wird zwar schwierig, aber wir kriegen das hin.«

»Sie will nicht mehr zu dir«, sagte Anja. »Es hat nicht funktioniert, das weißt du so gut wie ich. Es hat sie aus der Bahn geworfen, als du im Krankenhaus warst. Hast du noch Kontakt zu ihr?«

»Sie drückt mich weg, wenn ich anrufe«, sagte Hannes.

»So kenne ich sie«, sagte Anja, und diesmal war sie es, die lachen musste.

»Sag ihr, sie soll sich mal wieder bei ihrem armen alten Vater melden.«

»Sag es ihr selbst. Ich mache mir Sorgen um Lily. Große Sorgen. Sie kommt nächtelang nicht nach Hause. Ich weiß nicht, wo sie schläft. Bei wem sie schläft.« Sie schob die kaum berührte Tasse von sich weg. »Meine Mittagspause ist gleich zu Ende.«

Hannes winkte den Kellner heran und bezahlte. »Ich bring dich noch zum Auto«, sagte er. Es war so kurz gewesen. Er hatte Angst, dass sie gleich wieder für zwölf Jahre aus seinem Leben verschwand. »Es wäre schön, wenn wir … wegen Lily …«

»Oh Mann.« Anja ging so schnell voraus, dass er Mühe hatte, mit ihr Schritt zu halten. »Wenn was mit Lily ist, dann ruf halt an. Ich denke, wir sind alle erwachsen geworden, oder?« Sie warf Geld in den Parkautomaten der Tiefgarage und drehte sich nach ihm um. »Ich hab keine Angst mehr vor dir. Oder sollte ich das?«

Es war nur ein paar Monate her. Dass er sich viel zu nah vor Elli aufgebaut und seine körperliche Überlegenheit ausgespielt hatte. Dass Waechter ihm die Tür aufgemacht hatte. Sein erstaunter Blick, bevor Hannes' rechter Haken ihn am Kinn getroffen hatte. Waechter hatte sich hinter seinem Rücken mit Lily getroffen, und Hannes hatte sich in seiner Wohnung aufgeführt wie das HB-Männchen. Aber das alles war eine fremde Welt. Seine jetzige Welt hatte begonnen, als er im Krankenhaus die Augen aufgemacht hatte, als alles weiß und voller Schmerzen gewesen war und eine strenge Schwesternstimme ihm gesagt hatte, dass er schön langsam alleine aufs Klo gehen sollte.

»Glaub, was du willst«, sagte er.

»Also dann …« Anja ging zum Auto und sperrte es auf. Ein alter Fiat, keine Fernbedienung. »Du weißt jetzt, dass du demnächst von mir Post bekommst.«

»Mal schauen, ob ich mir die Scheidung überhaupt leisten kann.«

Anja blieb an der offenen Autotür stehen. »Du jammerst aber schon auf hohem Niveau, oder? Herr Beamter mit Eigenheim?«

»Mein Eigenheim gehört der Bank. Und mein Beamtengehalt muss bald für sechs reichen. Ich weiß oft nicht, wie wir am Monatsende die Raten zusammenkratzen sollen.«

»Du Armer.« Ihre Stimme ätzte. »Was hab ich es doch gut als Alleinerziehende in einer Mietwohnung. Immerhin hab ich diese wunderbaren Aushilfsjobs bei der Zeitarbeitsfirma.«

»Ich bin euch nie etwas schuldig geblieben«, sagte Hannes. »Keine einzige Rate Unterhalt.«

Sie gab ihm eine Ohrfeige. Es kam so unerwartet, dass er fast im Trainingsreflex zurückgeschlagen hätte. Er ballte die Hände zu Fäusten. »Hör auf«, flüsterte er. Die zweite Ohrfeige traf ihn. Er war in der Lage, Anja mit einem Schlag gegen die Betonmauer der Tiefgarage zu schmettern. Mit nur einem Schlag. »Hör auf«, sagte er noch einmal. Es kam heraus wie ein Grollen. Anja versetzte ihm eine dritte Ohrfeige. Er hielt ihre Hand fest. Nur so fest, dass sie ihn nicht mehr schlagen konnte. Sonst … sonst …

Hannes schloss die Augen und machte ein paar tiefe Atemzüge. Gewann Zeit. Der Druck zurückzuschlagen, ebbte ab. Anja trat einen Schritt zurück, und er ließ sie sofort los.

»Wir hätten nie ein Kind in die Welt setzen dürfen.« Er drehte sich weg, sein Gesicht brannte. »Wir machen uns doch schon nach zwei Minuten kaputt.«

»Ich glaube, genau das ist Lilys Problem«, sagte Anja. »Wir sollten uns zur Abwechslung mal wie Eltern benehmen.«

Auf dem Weg zu seiner Mittagsverabredung traf Waechter auf Hannes.

»Mahlzeit«, sagte er und wollte an ihm vorübergehen.

Hannes fasste ihn am Ärmel. »Michael, hast du mal einen Moment?«

Waechter blieb stehen. Ein flaues Gefühl machte sich in seinem Bauch breit. Hannes wollte doch wohl kein Grundsatzgespräch führen? Er war nicht bereit dafür. Wirklich nicht. Nicht ohne Schnaps.

»War Lily in letzter Zeit bei dir?«, fragte Hannes.

Waechter hatte sich für die Frage gestählt. Die Tochter von Hannes hatte sich vor einem halben Jahr in seinem Leben eingenistet und ein paar Nächte auf seinem Sofa übernachtet, weil sie nicht wusste, wohin mit sich. Er hatte den Fehler gemacht, es Hannes zu spät zu erzählen. Zu spät für ihre Freundschaft. »Schon lange nicht mehr«, sagte er. Es war die Wahrheit.

»Bitte …«, sagte Hannes. »Ich will niemandem Vorwürfe machen. Ich muss nur wissen, wo sie ihre Nächte verbringt. Sie … ich …« Seine kühle Höflichkeit war für einen Moment aufgebrochen, er sah verletzlich aus.

»Du machst dir Sorgen«, sagte Waechter. »Die mach ich mir auch. Sie hat sich nicht mehr blicken lassen, seit du im Krankenhaus warst.« Er verbiss es sich, nach Lily zu fragen. Sie ging ihn nichts an.

»Ich glaube, es geht ihr nicht gut. Sag mir bitte, wenn du sie siehst.« Hannes drehte sich brüsk weg. »Umgehend.«

Waechter schaute ihm ungläubig nach. Hatte Hannes ihn gerade zum Verbündeten in Sachen Lily gemacht?

Er war froh, dem Kommissariat zu entkommen, und ging die sonnendurchflutete Straße im Westend entlang. Das Sakko hatte er über die Schulter gehängt, die Mittagssonne brannte ihm auf den Kopf. Er mochte die Hitze, konnte die ewigen Beschwerden darüber nicht verstehen. Die Trafokästen am Straßenrand waren mit den üblichen Graffiti und

Tags verschmiert. Auf einem davon stand: »Dumm fickt gut, Bullen ficken besser.« *Schön wär's,* dachte er. *Wenn überhaupt.*

Vor einem niedrigen Wohnblock blieb er stehen. Ein Mural bedeckte die gesamte Hauswand. Das Wandbild öffnete sich zu einem Ameisenhaufen mit drei Stockwerken. Ein riesiger Specht klammerte sich daran fest, bohrte den Schnabel durch ein Loch und entriss einer Ameisenmutter ihre Larve. Drinnen versuchten die Ameisen in Panik, ihre blassen Babys in Sicherheit zu bringen. Im mittleren Stockwerk bauten die Ameisen einen Hügel auf, es sah aus, als errichteten sie eine Barrikade. Ganz unten kauerten einige Tiere um ein Feuer, in einer Ecke des Raums lag ein Benzinkanister.

Er beugte sich über die kleine Tafel an der Ecke. »Gentrifikation«, hieß das Mural. Wenig subtil.

Waechter hatte sich mit einem Kollegen draußen verabredet, weg vom Alltag der Kommissariate, wo sie hoffentlich freier reden konnten. Auf dem Weg ging er noch mal die Fragen durch, die er stellen wollte. War es Peters gewesen, den Leo auf seinen abendlichen Irrfahrten durch die Stadt hatte abschütteln wollen? Oder seine Untergebenen? Wenn Leo herausgefunden hatte, dass eine neuartige, unberechenbar gefährliche Droge im Umlauf war, dann war er etwas Großem auf der Spur gewesen. Nur wegen etwas Großem landete man mit einem Loch im Kopf im Dienstwagen. Das Risiko, einen Polizeibeamten anzugreifen, war in der Szene zu groß. Ja, das war es, was Waechter nicht passte. Das Risiko war einfach zu groß für zu wenig Ergebnis. Leo war nie und nimmer allein wegen seiner Ermittlungen getötet worden. Wenn ein Sachbearbeiter ausgeschaltet war, übernahm der nächste. Wenn man einen Mann aus dem Weg räumte, dann tilgte man noch lange nicht die Informationen, über die er verfügt hatte.

Leos Tod war persönlich. Die Tat war vielleicht geplant gewesen, aber niemals kaltblütig.

Waechter war am Ziel angekommen, »Waldis Stüberl«, das mittags geöffnet hatte, aber in dem ewige Nacht herrschte. Außer ihm und einem Mann, der Waldi sein musste, saß nur noch ein Gast im Stüberl, ein Hüne mit tätowierten Oberarmen und einem grauen Pferdeschwanz.

»Servus, Gerd«, sagte Waechter. »Danke, dass du spontan Zeit gefunden hast.«

Der ehemalige Drogenfahnder aus dem Aktenkämmerchen gab ihm die Hand und betrachtete ihn misstrauisch. »Wie komm ich zu der Ehre?«

»Ich brauche einen Mann, der sämtliche Fälle von innen kennt«, sagte Waechter. »Du kommst mir vor wie der Richtige.«

»Aha«, sagte Gerd, immer noch wachsam. Von der Kumpelhaftigkeit, die er inmitten seiner Aktenstapel an den Tag gelegt hatte, war nichts mehr übrig. Er roch nach kaltem Rauch und dem Gerbstoff seiner Lederkutte, die er trotz der Hitze über dem Stuhl hängen hatte. Der Geruch eines Menschen, der, von ihm selbst unbemerkt, nachlässig wurde. Schon nach einem Tag ohne Zigaretten war Waechters Geruchssinn wiedergekommen. Auf einmal nahm er wahr, wie sehr manche Menschen stanken. Wie musste er selbst gerochen haben mit seinen ewigen Zigarillos? Und warum hatte ihm das niemand gesagt?

Waechter bestellte zwei Bier, echte Bier. Normalerweise

war während einer Bereitschaft Alkohol für ihn tabu, doch mit einem Gerd Walser trank man kein Spezi. Schon Waechter machte in seinen schwarzen Anzügen den Eindruck eines Unterwelttürstehers. Neben Gerd wirkte er wie dessen Steuerberater.

»Schieß los«, sagte Gerd.

»Ich hab heute schon mit den Kollegen von der OK geratscht.«

Gerd grinste. »Die Jungs lassen sich nicht gern in die Suppe spucken, gell?«

»Das kannst du laut sagen. Es geht um die Sache Peters, wegen der ich neulich bei dir war. Leo hat die Ermittlung fallen lassen, als wäre sie auf einmal zu heiß geworden.« Waechter beschloss, den Small Talk wegzulassen. »Was weißt du über Captagon?«

Gerd verharrte für einen Moment stumm, als habe er die Frage nicht gehört, dann stieß er ein lautes »Ha!« aus. »Erzähl mal, Waechter. Was hast du schon so darüber gehört?«

»Die Droge des Heiligen Kriegs, die Soldaten zu willenlosen Kampfmaschinen macht. So steht es jedenfalls in der Presse.«

»Ha!« Gerd trank einen Zug von seinem Bier und wischte sich den Schaum aus dem Schnauzer. »Ein ganz normales Amphetaminderivat.« Bei *normal* malte er Gänsefüßchen in die Luft, eine Geste, die so gar nicht zu ihm passte. »Hat die gleiche Wirkung wie Speed oder Crystal. Enthemmend, angstlösend, schmerzlindernd. Und es putscht natürlich auf. Die Monsterdroge, als die das Zeug dargestellt wird, ist es nicht. Es wird vor allem im Nahen Osten konsumiert und hergestellt. Die Saudis sollen ganz wild drauf sein.«

»Wollte Peters einen Markt dafür im Münchner Raum aufbauen?«

»Peters hat ein paar Testballons gestartet. Aber es hat sich für ihn nicht gerechnet, der Bedarf ist nicht da. Der Markt hier in München ist gesättigt mit Aufputschmitteln, die immer billiger werden und perfekt eingespielte Vertriebswege haben. Außerdem dröhnen sie besser und zuverlässiger als Fenetyllin. Deswegen hat Leo sich nicht mehr für Peters interessiert. Captagon spielt keine Rolle in Deutschland, und das wird auch so bleiben.« Erneut trank Gerd einen großen Schluck Bier, während Waechter seines kaum angerührt hatte. Der ältere Kollege konnte es sich leisten. So kurz vor der Rente würde ihm keiner mehr Schwierigkeiten machen.

»Ich sag dir mal was. Lehn dich zurück.« Gerd stützte sich auf, sodass Waechter seinen Bieratem riechen konnte. »Lass die schweren Jungs gegen die schweren Jungs ermitteln und steh ihnen dabei nicht im Weg rum. Hier geht's um organisierte Kriminalität, das ist nichts für Schreibtischfurzer.«

»Das haut so nicht hin, Gerd. Wir können nicht alle stur in unseren Gleisen vor uns hin ermitteln.«

»Du weißt, dass ich mal als verdeckter Ermittler in einem Rockerclub war«, sagte Gerd. »Ich hab damals Sachen mitgekriegt, von denen wache ich heute noch nachts auf. Halt dich lieber raus, wenn es um Leute wie Peters geht. Außer du willst nächste Woche selber in so einem Auto liegen.« Es klang fast wie eine Drohung, doch dann wurde Gerd wieder sanft. »Ich hab mich da rechtzeitig rausgezogen. Weil ich meine Rente noch erleben will. Und zwar mit allen Armen und Beinen dran. Wenn ich mal sterbe, dann will ich mich auf der Landstraße zammfahrn. Nicht anders.«

»Wann geht's los?«, fragte Waechter.

»Übernächsten Donnerstag, danach fängt der Resturlaub an. Und dann: *wrromm.*« Gerd hielt die Hände vor sich und machte eine Bewegung, als ziehe er den Gashahn einer Harley. »Dass ich so kurz vorher noch so eine Scheiße erleben muss. So eine Scheiße.« Sein Gesicht färbte sich rot, er rieb sich mit der Faust übers Auge. Dann war der Moment wieder vorbei. »Sei's drum. Prost. Auf die Rente. Auf die Route 66.«

»Und auf Leo.« Waechter hob sein Glas.

»Und auf Leo.«

»Ich fahre«, sagte Elli.

»Nein, ich.« Hannes hielt den Schlüssel des Dienstwagens fest umklammert.

»Kommt nicht in Frage. Ich habe keine Lust auf eine Nahtoderfahrung.«

Elli schaffte es, ihm den Schlüssel aus der Hand zu winden. Hannes kannte hinterm Steuer nur Vollgas, Vollbremsung und Vollidiot. Sie wollte nicht schweißgebadet und mit den Händen vor dem Gesicht am Ziel ankommen.

Hannes setzte sich türenknallend auf den Beifahrersitz und schmollte. Sie waren unterwegs zu Jörg Steinert, dem Vater der jungen Frau, die Leo Thalhammer vor neun Jahren erschossen hatte. Zweiundfünfzig Jahre alt, Lagerlogistiker in einem Möbelhaus, in Frührente. Lebte seit der Scheidung allein.

»Der Typ war nicht gerade entgegenkommend am Telefon.« Elli lenkte den Wagen aus der Tiefgarage, in moderatem Tempo und ohne Blaulicht. »Immerhin habe ich rausbekommen, dass er heute Vormittag zu Hause ist.«

»Ganz ehrlich, ich kann ihn verstehen«, sagte Hannes. »An

seiner Stelle würde ich auch nicht mit der Polizei reden wollen.«

Die Klimaanlage blies ihnen kalte, chemisch riechende Luft ins Gesicht, ohne den Innenraum merklich abzukühlen. Die Sonne brannte Fata Morganen auf den Asphalt, spiegelnde Pfützen aus Geisterwasser, die wieder verschwanden, sobald man sich ihnen näherte. Sie verbrachten den Rest der Fahrt schweigend. Elli hatte nicht ernsthaft erwartet, dass Hannes sich genau in die Lücke einfügen würde, die er hinterlassen hatte, die kühle, sachliche Distanz, die er zu den Kollegen wahrte, tat trotzdem weh. Sie parkte vor dem Haus in einer Feuerwehreinfahrt.

Ein untersetzter Mann machte ihnen auf. »DHL?«

»KPI.« Elli zeigte ihren Dienstausweis. »Wir haben telefoniert.«

Steinert wollte die Tür zudrücken. Schnell sagte Elli: »Bitte reden Sie mit uns, Herr Steinert.«

»Ich hab mit euch Halbdackeln nichts zu reden.«

»Wir ermitteln in …«

»Interessiert mich nicht, was ihr Kasperlhaufen macht. Geht mich nix an. Meinen Ausweis hab ich schon vor zwei Jahren abgegeben.«

Hannes trat in sein Blickfeld. »Wir haben neue Informationen, die Sie interessieren könnten.«

Steinerts Tür ging wieder ein Stück auf. Seine Brillengläser glänzten neugierig im Türspalt. Man musste den Menschen irgendeine Währung anbieten.

»Leo Thalhammer ist tot«, sagte Hannes.

Der kleine Mann trat einen Schritt zurück und schnappte nach Luft.

»Dürfen wir?« Elli zeigte auf die Tür, und er nickte mit offenem Mund.

Schnell traten sie in den engen Hausflur, bevor er es sich anders überlegte. In der Wohnung roch es ungelüftet, und aus den offenen Zimmertüren drang nur trübes Licht von zugezogenen Vorhängen. Man müsste hier mal alles aufreißen, dachte Elli. Licht, Luft, Farbe.

»Die Sau ist tot?« Steinert hatte die Fassung wiedererlangt. »Wer das gemacht hat, verdient einen Orden.«

»Woher wissen Sie, dass es ein Gewaltverbrechen war?«

»Ach, lasst's mich doch in Ruh. Was wollt's ihr noch von mir?«

»Beantworten Sie uns bitte ein paar Fragen zu Leo Thalhammer.«

»Einen Dreck mach ich.« Steinert lief rot an, sein Mund glänzte. Er spuckte ihnen entgegen: »Und jetzt raus!«

»Was ist los, Papa? Machen die Ärger?« Ein junger Mann war hinter Steinert aufgetaucht. Sein Oberkörper war nackt, die Haare noch nass von der Dusche.

»Und Sie sind?«, fragte Elli

»Das geht euch nix an.«

Es musste Justin sein, Steinerts Sohn. In den Unterlagen stand allerdings nichts darüber. Nur der Vater war unter dieser Adresse gemeldet.

»Können wir Ihren Vater bitte einen Moment allein sprechen?«

»Lasst ihn in Ruhe, ja?« Justin Steinert trat einen Schritt auf Elli zu und plusterte die Oberarme auf. Der Geruch seines scharfen, süßlichen Deos schwappte ihr entgegen.

»He.« Hannes trat zwischen die beiden und streckte den

Arm aus, um den Jungen zurückzuschieben. »Ball flach halten, sonst …«

Es ging alles so schnell, dass Elli die Bewegung gar nicht sehen konnte. Im nächsten Moment prallte Hannes mit einem erstickten Laut gegen die Wand. Er schlug die Hände vors Gesicht, Blut quoll zwischen seinen Fingern hervor.

In zwei Sekunden hatte Elli den jungen Mann auf dem Boden, mit der einen Hand drückte sie seinen Arm herunter, mit der anderen fingerte sie nach den Handschellen. Justin Steinert wand sich unter ihr, er war durchtrainiert, aber es waren nur sinnlose Budenmuckis. Allein wegen ihres Körpergewichts war Elli ihm überlegen. Sie legte ihm Handschellen an, und seine Gegenwehr ließ nach.

Hannes saß mit dem Rücken an die Wand gelehnt da und betrachtete entgeistert seine Hände, als sähe er zum ersten Mal Blut. Sein T-Shirt und der Hemdkragen waren durchtränkt. Jörg Steinert stand im Flur und raufte sich mit einer Hand die Haare, schiere Verzweiflung im Gesicht.

Die Deeskalation war ja prima gelaufen. Wie aus dem Polizeilehrbuch. Während Elli Verstärkung und einen Sanka rief, dachte sie fieberhaft darüber nach, was sie hätten besser machen können, und kam auf ungefähr hundert Dinge.

Hannes lehnte den Kopf an den Türrahmen des Rettungswagens. Mit einer Hand drückte er das Coolpack ins Gesicht, mit der anderen eine Kompresse unter die Nase, was gar nicht so einfach war. Sein Shirt und die Jeans waren mit Blut befleckt, und er hatte nur eine vage Vorstellung davon, wie sein Gesicht aussehen musste. Es war so schnell gegangen. In der einen Sekunde hatte er den halb nackten Mann noch von sich geschoben, in der nächsten war der Schmerz in seinem Gesicht explodiert. Wäre er nicht kurzzeitig außer Gefecht gewesen, er hätte zurückgeschlagen. Er spielte die Szene immer und immer wieder vor seinem geistigen Auge ab und suchte nach dem Punkt, an dem er den Schlag hätte vorhersehen können. Er war ohne Vorwarnung gekommen.

»Nichts gebrochen, bloß eine harmlose Prellung«, sagte der Sanitäter und deutete auf die Nase. »Das blutet halt wie Sau. Schön kühlen, dann bleibt morgen nur ein blauer Fleck zurück.« Er beugte sich zu Hannes hinunter. »Dürfte ich noch mal schauen, nur für den Fall …«

»Nein.« Hannes wehrte ihn mit der Hand ab, in der er die Kompresse hielt. Seine Nase nahm das zum Anlass, wieder kräftig zu bluten. Seine linke Gesichtshälfte fühlte sich roh und wund an. Hoffentlich bekam er kein Brillenhämatom. Ein Schatten fiel über ihn. An der schlanken Silhouette erkannte er Die Chefin.

»Ich habe jemanden organisiert, der dich heimfährt«, sagte sie, ohne einen Funken Mitleid in der Stimme. »Aber erst möchte ich dir und Elli noch etwas zeigen.«

Hannes nickte. Es war schwieriger, als er dachte.

»Kommst du bitte mit mir?«

Er folgte Elli und Der Chefin zurück in Steinerts Wohnung. Im Schatten fröstelte er. Noch immer presste er das Coolpack in die Kuhle zwischen Nase und Jochbein. Jedes Mal, wenn er versuchte, es abzusetzen, fühlte sich sein Puls an wie Hammerschläge auf seine Gesichtsknochen.

»Einsatznachbesprechung, oder?«, sagte Elli. »Was wir alles falsch gemacht haben?«

»Das hat Zeit.«

Die Chefin hielt eine der Türen auf. Sonnenschein fiel für einen kurzen Moment in die Diele. Hannes und Elli gingen bis ins Zimmer durch. Mit einem Ikea-Bett und einer Hantelbank war es fast voll. Das Bett war zerwühlt, der Raum roch nach Mann. Jemand hatte die Vorhänge aufgerissen. Die Mittagssonne schien auf eine Plane am Boden.

»Das Zimmer von Justin Steinert«, sagte Die Chefin. »Ich möchte, dass ihr das hier seht, bevor wir weitere Entscheidungen treffen.«

Sie hob die Plane auf und faltete sie sorgfältig zusammen. Drei Waffen kamen darunter zum Vorschein. Eine Langwaffe, eine Pistole, die einer Walther PPK ähnelte, und eine Glock.

In einem langgezogenen Laut stieß Elli die Luft aus.

Hannes sagte, nasal durch eine Schicht von Schwellung und Coolpack: »Jetzt sagst du uns gleich, dass es sich bloß um Nachbildungen handelt. Stimmt's? Stimmt's?!«

»Das Gewehr ist eine Softair-Waffe, die Walther auch«, sagte Die Chefin. »Die Glock ist scharf.«

»Du meinst, die Typen hatten die ganze Zeit …«

»Scheiße!« Elli sprang auf und trat gegen die Hantelbank. »Wir waren da drin. Verdammte Scheiße!«

»Niemand konnte das auch nur ahnen«, sagte Die Chefin. »Wir wussten ja nicht mal, dass Justin Steinert bei seinem Vater wohnt.«

»Wird das jetzt immer so sein? Können wir zu ganz normalen Frührentnern nicht mehr ohne Schutzwesten gehen? Lassen wir jetzt alles nur noch das SEK machen? Das ist jetzt nicht wahr! Das kann's echt nicht sein, oder? Ihr könnt mich alle mal.« Elli stürmte hinaus und knallte die Tür hinter sich zu.

Die Chefin schaute Hannes erwartungsvoll an.

»Was denn?«, fragte er, halbseitig gelähmt durch den Kühlakku in seinem Gesicht.

»Ich warte darauf, dass auch du ausrastest.«

Hannes senkte den Kopf, um die Waffen noch einmal betrachten zu können. Sie wirkten fremdartig, aber nicht bedrohlich. Fast schön. Er hatte Waffen schon immer gemocht. Nicht das Töten, nicht die Verletzungen, die sie anrichten konnten. Nur ihre Eleganz.

»Das mit dem Ausrasten würde ich gern auf später verschieben«, sagte er. »Im Augenblick bin ich voll damit beschäftigt, nicht umzukippen.«

Jörg Steinert fuhr sich mit einem Taschentuch unter die Brillengläser. Im Stuhl des Vernehmungsraums war er noch mehr zusammengesunken und saß da wie ein Häufchen Mensch. Elli ärgerte sich, dass sie ihn hatte übernehmen müssen. Steinert war der Zeuge von Hannes, aber der fiel mindestens bis morgen aus. Warum war der Depp auch dazwischengegangen? Sie wäre mit dem Jüngling schon alleine fertiggeworden. Helden. Man konnte sie echt vergessen.

»Ich hab nichts von dem Zeug gewusst«, sagte Steinert. »Der Justin ist erwachsen. Ich krieg nicht alles mit, was er so treibt.« Seine Stimme war ein weinerlicher Singsang. »Nehmt mir nicht auch noch den Justin weg. Nicht meinen Buben.«

»Seit wann wohnt Ihr Sohn denn bei Ihnen?«

»Seit einem Jahr. In München ist ja alles so teuer.«

»Wo war er gestern Abend?«

»Daheim bis um drei viertel zehn. Danach ist er arbeiten

gegangen. Er macht die Nachtschicht im Fitnessstudio. Von zehn bis sechs.«

Elli schrieb den Namen des Studios auf. »Gibt es Probleme mit Justin?«

»Ich bin froh, dass ich ihn daheim hab. Er hat's gut bei mir. Was hat so ein junger Kerl schon für Chancen? Mit Mittelschule? Allen wird's hinten und vorne reingepulvert. Bloß nicht einem anständigen jungen Kerl, der von hier kommt.« Steinert gehörte zu den Menschen, an deren Misere immer die anderen schuld waren. Trotzdem weckte er Mitgefühl. Die Sorge um seinen Sohn war echt. Steinert wischte erneut mit dem Taschentuch unter den Brillengläsern entlang. »Nehmt ihn mir nicht auch noch weg. Er ist ein wunderbarer Junge.«

»So wie Ihre Tochter? Nancy?« Bisher war es nur um die männlichen Steinerts gegangen. Die tote Nancy war in Vergessenheit geraten.

»Lassen Sie meine Tochter da raus«, sagte der kleine Mann. »Die geht Sie gar nichts an. Das hat nichts mit Justin zu tun.«

»Nancy hat sogar sehr viel mit ihm zu tun«, sagte Elli. »Was glauben Sie, bedeutet es für einen Jungen, wenn seine Schwester erschossen wird? Warum ist er aggressiv, warum hortet er Waffen?« Sie wurde sanft. »Justin muss Nancy sehr vermissen.«

Steinert wurde rot im Gesicht. »Wir vermissen sie jeden Tag. Aber deswegen erschießen wir doch keinen. Wir sind besser, als … als … Wir gehen doch nicht auf das Niveau von der Sau.«

»Können Sie, was das angeht, auch für Ihren Sohn sprechen?«

»Ich sage gar nichts mehr dazu«, sagte Steinert. »Ich will Justin sehen.«

Elli dachte an Justin, den sie vergeblich versucht hatten zu vernehmen. Er schwieg beharrlich. Sein Vater schwieg ebenfalls, und von Ulla Steinert waren auch keine verwertbaren Informationen gekommen. Die Familie Steinert hatte der Staatsgewalt den Rücken gekehrt.

Swingmusik kam aus einem offenen Fenster und zog die Straße entlang. Weiche Bläser, ein sanft pulsierender Bass, ein Saxofon, das die Melodielinie darüberziehen ließ wie einen Duft. Leos Haus war hell erleuchtet. Waechter sah das Gesicht von Jennifer Adams am Fenster. Sie winkte ihm und verschwand, kurz darauf öffnete sich die Tür. Er hatte beschlossen, sie auf den neuesten Stand zu bringen. Ein guter Anlass, das Kommissariat zu verlassen. Nicht schon wieder was mit Hannes. Immer war was mit Hannes.

Jennifers Gesicht war noch weich von der Musik. »Kommen Sie rein, Herr Waechter«, sagte sie und hielt ihm die Tür weit auf. Sie war barfuß und sah im Petticoat aus wie ein Kind, das den Kleiderschrank seiner Mutter geplündert hatte. Ihre Haare waren jetzt blond und stachelkurz. Eine Vinylplatte drehte sich auf dem Plattenspieler.

»Was hören Sie?«, fragte Waechter.

»Musik aus London. Ich habe sie mit Leo zusammen gekauft. Wir waren auf einem *blitz ball.*«

Waechter zog höflich die Schuhe aus. »Davon habe ich noch nie gehört. Was ist das?«

»Während des Blitzkriegs haben die Londoner in unterirdischen Bunkern Partys gefeiert und getanzt. Heute stellen sie diese Partys nach. Mit Livemusik und Vintage-Klamotten.«

»Ein bisschen makaber, oder? Den Krieg nachzustellen?«

»Da unten war kein Krieg. Sondern Mädchen, die nicht wussten, ob ihre Familien noch leben, und Jungen, die nicht wussten, ob sie am nächsten Tag als Kanonenfutter eingezogen werden. Die haben sich da unten getroffen und das Leben gefeiert.«

Die Musik klang auf einmal voller Misstöne. Die Bigband spielte zum Totentanz auf.

»Sie wollten mich etwas fragen?«, sagte Jennifer. Dabei schaute sie den Plattenspieler an, ihr Blick war weit weg.

»Wissen Sie etwas über die Ermittlungen Ihres Mannes?«

An ihrem Gesicht sah er, dass sie keine Ahnung hatte. »Nichts. Ich wollte es auch nicht wissen.« Ihre Stimme war müde geworden bei der Erwähnung von Leo. »Er hat gesagt, hier daheim ist eine Insel. Die wollte er freihalten.«

»Könnte er noch irgendwo Unterlagen aufbewahren?«

»Ich kenne jeden Winkel von diesem Haus. Da ist nichts.« Ihre Augen wurden dunkel. »Gibt es etwas, wovor ich Angst haben sollte?«

»Ich glaube nicht.«

»Sie glauben?« Jennifer setzte sich aufs Sofa und schlug die nackten Beine übereinander. »Leo war überfürsorglich. Er hat nie die U-Bahn genommen, und am liebsten hätte er mich überall hingefahren, damit ich das auch nicht muss.«

»Ist er bedroht worden? Oder Sie?«

»Er hat mir nichts davon gesagt. Wir haben eine Geheimnummer einrichten lassen. Leo hat behauptet, das ist Standard.«

Waechter nickte. Keiner der Kollegen stand im Telefonbuch. Die Diamantnadel knisterte auf dem Vinyl in der Pause zwischen zwei Liedern. Dann setzte Chet Bakers Stimme ein.

»*It could happen to you.*« Waechter brummte ein paar Töne mit, in seinem unsicheren Bariton.

»Chet Baker hat den Song vierundvierzig komponiert«, sagte Jennifer. »Am Ende aller Tage. Wollen Sie tanzen?«

Waechter zögerte, aber sie sprang auf, nahm seine Hand und zog daran. »Kommen Sie schon.«

Eine Witwe konnte man nicht stehen lassen. Er war immer ein guter Tänzer gewesen, und seine Beine erinnerten sich sofort an die Schritte eines weichen Foxtrotts. Jennifers Haarspitzen kitzelten ihn am Kinn.

»Sie haben sich die Haare abgeschnitten«, sagte er.

»Ich will sie nicht mehr lang haben. Leo mochte sie so, aber das bin nicht ich.«

»Sie haben sie ihm zuliebe wachsen lassen?«

Jennifer schwieg, doch er spürte ihren Atem an seiner Hemdbrust. Nach ein paar Takten fragte sie: »Darf ich Ihnen etwas Komisches erzählen? Von Leo und mir.«

»Nur zu«, sagte Waechter. Beichtvater war sein Beruf.

»Sie müssen mir aber versprechen, dass sie es nie, nie, nie, nie jemandem weitersagen.«

»Das waren gleich vier *nie.* Hat es was mit der Ermittlung zu tun?«

»Nein.«

»Dann Indianerehrenwort.«

»Ich muss ständig dran denken. Irgendwem muss ich es mal erzählen. Damit es raus ist.«

Chet Bakers Stimme erfüllte den Raum, klagte an, ohne

Hoffnung, dafür aber mit unendlicher Sehnsucht. Waechter hatte es noch nie ertragen, Chet Baker zu hören.

»Wenn wir … also wenn ich und Leo … Er war dann gar nicht da, verstehen Sie? Er war ganz woanders.«

Die Streicher malten Schnörkel in die Luft und trugen sie zurück in eine Zeit, als die Welt unterging. Eine Zeit, in der die Musiker immer lauter spielten, um die Einschläge zu übertönen, die näher und näher kamen. Der letzte Akkord verklang. Schnelle Dixie-Musik brach los, eine Kakophonie von Klarinetten.

»Ist auch nicht so wichtig.« Jenifer schob Waechter weg.

Der Moment der Vertrautheit war vorbei, er war wieder der Eindringling.

»Hat sich Leo in letzter Zeit verändert?«

»Er war viel weg«, sagte Jennifer. »Seit ein paar Wochen sogar noch mehr als sonst. Sobald er frei hatte, wollte er an dem alten Haus rumschrauben.«

Waechter hielt Jennifer an den Schultern von sich weg. »Welches Haus?«

»Das von seinen Großeltern. Er wollte es nach ihrem Tod zum Verkauf herrichten. Aber er hat daran gearbeitet und gearbeitet, und nie wurde etwas besser.«

»Wo steht es?«

Jennifer Adams nannte ihm eine Adresse am Rand von Harlaching. »Ein scheußlicher alter Bungalow aus den Siebzigern.«

»Dürften wir uns das Haus einmal anschauen?«

Sie ging zum Schlüsselbrett und kam mit einem Schlüsselbund wieder. »Es ist seit Jahren unbewohnt.«

»Wollen Sie dabei sein?«

Jennifer schüttelte den Kopf. »Es gehört mir nicht und wird mir nie gehören.«

In der Einfahrt drehte Waechter sich noch mal um. Jennifer blickte ihm vom Fenster aus nach. Mit den kurzen Haaren und dem herzförmigen Gesicht erinnerte sie ihn an das Kind mit der Taube auf dem Gemälde von Picasso. Aber sie war keine Puppe und auch kein Kind, und sie würde sich ihr altes Leben nach der Trauer um Leo zurückholen. Waechter machte sich um sie keine Sorgen.

Gleich morgen würde er das Haus durchstöbern. Als erste Amtshandlung.

Vielleicht hattest du ja doch ein paar Geheimnisse, Leo Thalhammer.

Elli streckte sich ausgiebig, endlich alleine im Büro. Das Fenster stand offen, die Luft war müde und lauwarm, roch nach Auto. Ihr Deo und ihr Büstenhalter hatten schon vor Stunden die innere Kündigung eingereicht. Sie sehnte sich danach, Shirt und Cargohose abzustreifen, ein Sommerkleid überzuwerfen, in den Eisbach zu springen und ihrem Bauch die Sonne zu zeigen. Nach fast zwölf Stunden Arbeit und fruchtlosen Vernehmungen fühlte sie sich innerlich und äußerlich klebrig.

Sie schob die Protokolle von der Befragung der Steinerts auf die Seite. Heute würde sie nichts mehr abtippen. Was wichtiger war, lief jetzt, durch Elli angeregt, im Hintergrund ab. Die Kollegen durchforsteten die Wohnung, die Finanzen, die Arbeitsstellen und die Kontakte von Vater und Sohn. Sie würden kein Blatt auf dem anderen lassen, und alles, was stank, würde an die Oberfläche gekehrt. Auch wenn sich am

Ende herausstellen sollte, dass die beiden nur halb gefährliche Spinner und Kleinkriminelle waren – niemand geriet ungestraft in die Bugwelle einer Mordermittlung, schon gar nicht, wenn er dem Ermittler eine verpasste.

Bevor sie ging, rief sie Hannes an. Nach dem zweiten Freizeichen nahm er ab.

»Elli, was gibt's?«

»Wie geht's deiner Nase?«

»Sie pocht noch, aber es wird besser.«

Im Hintergrund lief ein Kinderlied. *Kartoffeln sind Kartoffeln, wir Kartoffeln vier Kartoffeln …*

»Ich wollte dich nicht stören.«

»Passt schon. Ich schaue Videos mit den Kindern. Singende Kartoffeln. Mein Gehirn verrottet. Wolltest du nur meine Stimme hören, oder gibt es was Neues?«

Er versuchte beiläufig zu klingen, aber Elli hörte ihm an, wie scharf er auf Neuigkeiten war.

»Justin Steinert schweigt. Wir kriegen ihn nur für die Waffen und für die Körperverletzung dran. Aus der Glock wurde noch nie geschossen, sie ist nagelneu. Wir werden ihn morgen gehen lassen müssen.«

»Warte mal …« Hannes' Stimme entfernte sich, und im Hintergrund hörte Elli ihn sagen: »Der Papa muss telefonieren. Ich stelle den Laptop hier zwischen euch, und ihr fasst keine Tasten … hört ihr, ihr fasst nichts … nein, nichts anfassen. Nur mit den Augen schauen. Finger weg.« Mit einem Rascheln war er wieder da. »Wenn er Thalhammer mit dessen eigener Waffe getötet hat, wird er sie längst beseitigt haben.«

»Wir haben keinerlei Hinweise, um ihn mit Thalhammer in Verbindung zu bringen, außer dem Tod seiner Schwester.

Justin Steinert mag ein Arschloch sein. Aber das reicht nicht. Tut mir leid.«

»Hätte ich doch bloß sofort zurückgeschlagen.« Hannes klang immer noch nasal und gepresst. »Er wurde sicher untersucht. Ist in der Rechtsmedizin irgendwas rausgekommen? War er auf was drauf? Vielleicht war Thalhammer ja deswegen hinter ihm her.«

»Anabole Steroide. Er hat versucht, die Werte auf Energydrinks zu schieben. Thalhammer hat nie etwas mit ihm zu tun gehabt. Justin Steinert ist vorbestraft wegen Körperverletzung und zu schnellen Fahrens, aber was Substanzen angeht, ist er noch nie erwischt worden.«

Hannes lief hin und her, sie konnte seine Schritte hören. Im Hintergrund trällerten immer noch die Kartoffeln ihr Lied. »Und der Vater?«

»Irgendwie tut er mir leid.«

»Warte mal, meine Schwiegermutter will was von mir. Ja, Britt, was ist? … Die Hefeflocken? … Keine Ahnung, wo die sind … Ja, geht auch ohne. So, bin wieder da, Elli. Was ist mit dem Vater? Können wir ihm das Leben schwermachen?«

»Wir haben nichts über ihn, abgesehen von den Waffen und der Tatsache, dass er die Existenz der Bundesrepublik Deutschland ablehnt.«

»Diese Typen können ekelhaft werden. Lass dich bloß nicht einwickeln.«

»Wir können ihm nichts nachweisen«, sagte Elli. »Die Steinerts gehen morgen heim. Der Staatsanwalt sagt, für einen Haftbefehl reicht es in beiden Fällen nicht.«

Hannes war still, sie hörte seinen Atem und fragte sich, ob diese Nachricht ein neuer Schlag ins Gesicht gewesen war.

»Kann man nichts machen«, sagte er schließlich. »Ich komme morgen übrigens nicht rein. Mir geht's zwar gut, aber Die Chefin besteht drauf.«

»Kurier dich aus«, sagte Elli. »Du hast furchtbar ausgesehen. Wie Macbeth in einer modernen Inszenierung von den Kammerspielen.«

Im Hintergrund wurde die Musik lauter, und zwei Kinder fingen synchron an zu weinen.

»Ich muss jetzt Schluss machen«, sagte Hannes außer Atem. »Die Kinder haben Staffel eins bis vier von *The Walking Dead* gefunden und … Oh, ich muss mal schnell Klamotten wechseln.« Unter dem Geschrei der Kinder legte er auf.

Elli ließ das Telefon sinken und dachte eine Weile nach. Hannes war gefallen, aber sanft im Netz seiner Familie gelandet. Sie beneidete ihn darum. Sogar wenn er vollgepisste Kinderhosen wechseln und so etwas Ekliges wie Hefeflocken essen musste.

Eine dünne Linie aus Licht schimmerte aus dem Wohnzimmer durch den Türspalt. Waechter war aufgewacht, nicht von dem hellen Schein, sondern von der Unmöglichkeit, eine kühle Stelle auf dem Laken zu finden. Er schloss die Augen wieder, doch nun wusste er, dass im Nebenzimmer das Licht an war. Es brannte durch seine Lider. Sein Körper war zu müde, um aufzustehen, dafür war sein Geist hellwach.

Er hatte das Licht im Wohnzimmer heute gar nicht angemacht. Es war noch hell gewesen, als er ins Bett gefallen und innerhalb von fünf Minuten eingeschlafen war.

Das Licht hatte etwas Lebendiges an sich. Als wäre er nicht allein.

Niemand kommt in meine Wohnung, beschwor er sich. Obwohl das nicht mehr stimmte. Sein Zweitschlüssel kursierte mit Lily Brandl irgendwo in dieser Stadt.

Er schwang die Beine über die Bettkante, ging zur Tür und drückte die Klinke herunter, vorsichtig wie ein Fremder in seiner eigenen Wohnung.

Das Wohnzimmer war dunkel und still. Er hatte geträumt. Doch das Gefühl, nicht allein zu sein, flaute nicht ab. Es war eine atmende Stille. Waechter tastete sich durch den Raum. Nach und nach schälten sich Schemen aus der Dunkelheit, das Sofa war eine schwarze Masse mitten im Zimmer. Er beugte sich darüber.

Lily lag zusammengerollt auf dem Sofa, ihre weißen, dürren Beine lagen über Kreuz wie die eines Vogels, der aus dem Nest gefallen war. Die karierte Decke war auf den Boden gerutscht. Waechter bückte sich danach. Lilys Gesicht war nah an seinem. Ihre Augen waren offen. Sie bewegten sich, sie wuselten. Ameisen. Lilys Augen waren voller Ameisen.

Waechter zuckte stumm aus dem Schlaf, wie in diesen Träumen, in denen er ins Nichts fiel. Sein Körper war klatschnass geschwitzt, das T-Shirt klebte klamm am Körper. Die Tür zum Wohnzimmer stand offen, dahinter war es dunkel, die Wohnung war leer. Das Nachbild des Traums presste ihn in die nassen Laken, sein Herzschlag wummerte gegen die Rippen. Es dauerte mehrere Minuten, bis sein Puls langsamer wurde. Er tastete nach dem Radiowecker. 01:45 Uhr.

Waechter setzte sich auf und trank einen Schluck Wasser aus der Flasche. Es lohnte sich nicht, noch mal einzuschlafen. Der Traum hatte eine kalte Schwärze hinterlassen, die nicht verflog, nicht mal mit dem Rauschen der Stadt vom offenen Fenster. Er wusste, dass sie aus dem dritten Zimmer kam, jenem Zimmer, das er nur selten öffnete. In dem keine Unordnung herrschte, das immer noch so perfekt war, wie sie es damals eingerichtet hatten. Eine Wickelkommode, ein Gitterbett mit einer Matratze, die noch in Folie eingeschweißt war. Ein Mobile, das ein Lied spielte, wenn man an der Schnur zog. Niemand hatte je in dem Bettchen geschlafen, niemand hatte je an der Schnur gezogen. Seit dreizehn Jahren.

Ich werde langsam aber sicher verrückt. Waechter dachte an die Worte von Hannes, der sich mit großen Augen in der verwahrlosten Küche umgeschaut hatte. »Du brauchst Hilfe«, hatte er gesagt.

Er würde nicht mehr schlafen können, also zog er sich an und ging hinaus. Die Nacht war immer noch warm, die Luft in den Straßen roch staubig und heruntergewohnt. Sein Auto hatte er weit weg geparkt, falls jemand das ausgemusterte Zivilfahrzeug anzünden wollte. Ziellos fuhr er herum, bevor er den Entschluss fasste, was er tun wollte.

Es war inzwischen halb drei, aber die Warteschlange vor dem »Harry Klein« in der Sonnenstraße war immer noch lang. Waechter blieb eine Weile im Wagen sitzen und beobachtete die Schlange vor dem Türsteher, das Rauchergrüppchen und die vorbeiziehenden Nachtschwärmer, bevor er ausstieg. Ein Waechter musste nicht warten. Er zeigte seinen Dienstausweis vor, der Türsteher nickte ihm wenig begeistert zu und ließ ihn hinein.

Drinnen war die Luft ohne Sauerstoff, Körper drängte sich an Körper, und die Musik pumpte wie ein Herzschlag, als sei der Club ein lebender Organismus. Waechter bestellte sich ein Bier und streifte scheinbar ziellos durch die Räume, drängte sich durch die Leiber und beobachtete eine Weile stumm das Treiben auf der Tanzfläche. Nach einer halben Stunde ließ er das Bier kaum angerührt stehen und ging.

Sein nächstes Ziel auf der Feierbanane war die »Milchbar«. Drinnen suchte er sich einen leicht erhöhten Platz, nippte an seinem Bier und scannte die wogenden Köpfe auf der Tanzfläche. Er versuchte, in dem mittelalterlichen Wimmelbild ein bestimmtes Gesicht zu erkennen. Doch keine Spur von Lily.

Sieben

Elli ging über den Vorplatz des USK-Geländes. Schon von Weitem sah sie Sandra Benkow, die einen Mannschaftsbus belud. Sie hatten Sunny eine kurze Erholungsphase gelassen, aber jetzt kam die Frau ihr nicht mehr aus. Sunnys Geschichte hatte eine faule Stelle: die Frage, warum sie um diese Zeit auf dem Osterwaldgelände gewesen war. Die Story mit der Joggingrunde und der Klopause nahm Elli ihr jedenfalls nicht ab. Warum sollte Sunny dafür ausgerechnet an einen Einsatzort zurückkehren?

»Hallo, Sunny«, rief sie. »Genau dich brauche ich.«

»Ich wollte sowieso gerade Pause machen.« Sunny setzte sich aufs Trittbrett des Busses und klopfte neben sich, damit Elli es ihr gleichtat. »Magst du?«

Sie reichte ihr eine Flasche neongrüne Iso-Limonade. Elli trank einen Schluck. Das Zeug war so süß, dass sie das Gefühl hatte, sämtliche Blutgefäße zögen sich zusammen. Ein paar Polizisten in Zivil gingen ins Haus und drehten sich neugierig zu ihnen um. Frauen schien es hier nicht viele zu geben.

»Na, wie ist das Leben unter Jungs so?« Elli gab ihr die Flasche zurück.

Sunny blinzelte in die Sonne. Die winzigen Edelsteine in ihrem Gesicht glitzerten. »Es hat was von Landschulheim.«

»Bist du Single?«, fragte Elli.

»Du bist aber neugierig. Ja, zurzeit schon. Den ganzen Familienquatsch verschiebe ich auf später, wenn meine Gelenke nicht mehr mitmachen.«

»Du bist ja auch noch jung«, sagte Elli. »Wenn ich eine biologische Uhr hätte, würde die längst ticken.«

»Keine Uhr?«

Elli schauderte. »Kinder sind unhygienisch.« Sie löste den ziependen Pferdeschwanz und schüttelte die Haare aus.

»Du hast schöne Haare.« Sunny streckte die Hand aus. »Darf ich mal anfassen?«

»Klar.«

Sunny strich Elli über die Locken, die unter der Berührung knisterten. Sie schüttelte ihren eigenen blond gefärbten Pagenkopf. »Meine Haare sind hoffnungslos. Sie wachsen einfach nicht.«

Ein junger Mann im Overall des Unterstützungskommandos war an der Tür stehen geblieben, ohne dass sie es bemerkt hatten, und starrte zu ihnen herüber. Elli hob die Hand zum Gruß, doch der Polizist verzog keine Miene. Er ist schön, dachte sie. Nicht gut aussehend, sondern auf eine altmodische Weise schön, wie der David von Michelangelo.

»Hast du schon mal was mit einem von den Kerlen hier gehabt?«

Sunny lachte laut auf und warf den Kopf zurück. »Du bist vielleicht eine Marke.«

»Du hast doch selber gesagt, ich wäre neugierig. Also, was geht ab bei euch in den Etagenbetten?«

Sunny prustete. »Ich muss dich enttäuschen. Nichts. Wir kennen uns zu gut. Wir wissen alle, wie unsere Socken riechen.«

»Der Typ da kann die Augen jedenfalls nicht von dir lassen.«

»Ach, das ist Patrick.« Sunny schaute zu ihm hinüber, und er verschwand. »Nein, wir sind bloß gute Kumpels, schon seit der Kindergartenzeit. Er hat das Gefühl, auf mich aufpassen zu müssen. Dabei passe ich auf ihn auf. Männer sind wie Zehnjährige.«

Elli seufzte. »Wem sagst du das. Und sobald du sie wie erwachsene Menschen behandelst und etwas von ihnen erwartest, drehen sie durch. Geht gar nicht.«

»Man muss halt Abstriche machen.«

»Abstriche. Pff! Wenn ich Lust hätte, mein Leben lang Abstriche zu machen, wäre ich Proktologin geworden.« Sie lehnte sich gegen den Rahmen der offenen Autotür. Von hinten blies ihr die Hitze des Wageninneren in den Nacken.

»Warum bist du eigentlich hier?« Sunny sah sie von der Seite an. »Bestimmt nicht, um mit mir über Männer zu reden. Oder?«

»Ich will nur noch mal deine Aussage mit dir durchgehen, damit wir alles sicher im Kasten haben.« Elli schlug einen Schreibblock auf und tat, als studiere sie ihn. »Fangen wir mit dem ehemaligen Sportplatz an. Erzähl mal, wie hat es dich dahin verschlagen?«

»Was soll ich denn da erzählen?«

»Warum du den Platz ausgesucht hast, zum Beispiel.«

»Zufall. Ich wollte joggen gehen und musste dringend austreten.«

»Zum Joggen wäre die Isar für dich näher. Der Englische Garten ist am anderen Ende der Stadt. Vor allem der Nordteil, wo auch das Gelände liegt, ist mit den Öffentlichen nur schwer zu erreichen.«

»Deswegen mag ich den Ort ja. Ist nicht so überlaufen.«

»Schöne Ecke, gell? Bist du auch manchmal im ›Mini Hofbräuhaus‹?«

»Kenn ich nicht. Wo ist das?«

»Ganz in der Nähe vom Tivoli-Kiosk.«

Sunny zuckte mit den Schultern. Elli hatte sie gerade ausgedribbelt.

»Du kennst dich in dem Teil vom Englischen Garten gar nicht aus, oder?«

»Glaub, was du willst.« Das Spitze, Schnippische war zurück in Sunnys Stimme.

»Ich glaube nicht an Zufälle. Ich glaube, dass alle Ereignisse an diesem Tag miteinander zusammenhängen. Leo Thalhammer. Die Demonstration. Du. Und der Täter.«

»Glaub, was du willst.« Sunny drehte sich weg. Ihr Misstrauen hatte sich zurückgeschlichen. Vielleicht war es die Nähe ihrer Kollegen, die immer wieder an der Eingangstür auftauchten und zu ihnen herüberschauten. Oder sie hielt wirklich etwas geheim, das mit dem verlassenen Grundstück zu tun hatte. »Ich kannte den Platz vorher nicht. War nicht meine Idee.«

»Was denn für eine Idee?«

»Keine.«

»Ich frag noch mal: Was für eine Idee?«

»Keine Ahnung, wovon du redest.«

»Du willst jemanden nicht in die Pfanne hauen, stimmt's? Einen Kollegen. Ihr haltet zusammen, oder?«

»Egal was kommt. Wir sind eine Familie.«

Ein Stich von Neid durchfuhr Elli, auf Sunny und ihr Team. Sie hätte auch gerne wieder ein Team gehabt. Immerhin war es mal so gewesen, ganz am Anfang.

»Gesetzt den Fall, einer deiner Kollegen würde ein krummes Ding drehen«, sagte Sunny. »Würdest du ihn verpfeifen?«

»Ja. Allein dem Kollegen zuliebe.« Elli machte nie denselben Fehler zweimal.

»Nicht, dass es irgendwas zu verpfeifen gäbe«, sagte Sunny.

»Schon klar. Wir sind alle gute Cops«, sagte Elli. »Also, woher kanntest du das Gelände?«

»Zufall.«

»Sunny. Du bist Beamtin des bayerischen Unterstützungskommandos. Du bist in einer hochgezüchteten Eliteeinheit ausgebildet worden, und zwar dreimal so gut wie ich. Alles, was du tust, ist wohlüberlegt. Also komm mir bitte nicht noch mal mit Zufall. Ich will dich nicht für dümmer halten müssen, als du bist.«

Sunny legte Elli die Hand auf den Arm. Der Gruppenführer Milan Tabor stand mit einem weiteren Beamten an der Tür, einem jungen Mann mit sandfarbenen Haaren. Der Jüngere kam mit großen Schritten über den Hof.

»Hi, Stefan, was gibt's?«, fragte Sunny.

»Ich dachte, Sie sind hier fertig«, wandte sich Stefan ohne Gruß an Elli.

»Bin ich auch.« Sie steckte ihren Block weg. »Wir wollten nur …«

»Sandra.« Stefan nickte Richtung Haus. »Kommst du bitte?«

Mit zusammengekniffenen Lippen stand Sunny auf. Sie drehte sich noch mal nach Elli um und zog eine Augenbraue hoch, bevor sie mit ihm ging. Etwas Verschwörerisches war in ihrem Blick gewesen. In Sunny schien immer noch etwas zu brennen, das sie nur zu gerne loswerden wollte, aber nicht konnte. Weil sonst jemand in Schwierigkeiten geriet.

Elli stand auf und klopfte sich den Staub von der Hose. Jemand wollte nicht, dass sie im Einsatzzug herumschnüffelte. Je mehr sie in die Gruppe hineinleuchtete, desto mehr hatte sie den Eindruck, dass sie auf einen undurchdringlichen Kreis traf, in dem ihr alle den Rücken zukehrten. Die Jungs – und das Mädel – wollten die Sache auf ihre Weise lösen.

Durch Druck kam sie hier nicht weiter. Sie strich sich über die Haare, wo Sunny sie berührt hatte. Wenn sie etwas erreichen wollte, musste sie es über die junge Polizistin tun.

Milan versammelte die Gruppe vor der nächsten Trainingseinheit im Sozialraum. Als Sunny hereinkam, drehten sich Nils und Manuel nach ihr um und flüsterten miteinander. Die beiden hatten ihr von Anfang an klargemacht, was sie von Frauen in der Einheit hielten, und zogen sie auf, als sei es ihre Schuld, dass sie über eine Leiche gestolpert war. War es ja auch. Irgendwie.

»Na, alles klar?«, fragte Bär und legte seinen langen Arm um sie.

Sie mochte die Vertraulichkeiten des Hünen mit dem kahl rasierten Schädel nicht, trotzdem ließ sie es über sich ergehen. Stefan starrte sie unverwandt an. Er hatte weißrussische Vorfahren, und es fiel ihr schwer, seine Mimik zu interpretieren. Sunny wusste, dass seine geheimnisvolle Fernbeziehung bei den anderen Gesprächsstoff war, und das machte sie seit zwei Tagen zu Verbündeten. Sie waren die beiden, über die man tuschelte. Was ihr fehlte, war ein Freund. Sie vermisste Patrick jede Minute, die sie mit ihren Kollegen verbrachte. Er war für sie hier in der Fremde das, was Familie am nächsten kam.

»Was ist vorgestern schiefgelaufen, was meint ihr?«, fragte Milan in die Runde, als sie zur Ruhe gekommen waren. »Wir haben fünf Anzeigen wegen Körperverletzung eingefangen. Fünf.« Er schaute auf den Bildschirm seines Laptops, während er sprach, seine Stimme war emotionslos. »Drei davon gegen dich, Bär.« Er sah auf, sein vager Blick streifte die Polizisten, die auf den Stühlen lümmelten, erschlagen von der Hitze und der anstehenden Manöverkritik. »Bevor wir in die Einzelheiten gehen: Ich will das in meiner Gruppe nicht. Wir sind nicht die ›Prügeltruppe des Ministerpräsidenten‹, wie es in manchen Medien so schön heißt.«

»Wir sollen doch offensiv vorgehen, oder?«, sagte Nils.

»Das ist noch lange kein Freibrief zum Drauflosschlagen«, sagte Milan. »Ich möchte nicht, dass ihr eine Lage künstlich aufheizt.«

»Gestern hatten wir es mit einer äußerst aggressiven Meute zu tun«, mischte sich Bär ein. »Eine Gruppe Autonomer, die eigens für diese Demonstration angereist ist. Vermutlich dieselben, denen wir den brennenden Streifenwagen zu verdanken haben. Wir mussten gar nichts aufheizen. Wir konnten nur reagieren.«

»Von offensiv kann keine Rede sein«, fügte Nils hinzu.

»Was meinst du, Sunny?«, fragte Milan. »Du hast bisher noch gar nichts gesagt.«

Sunny senkte den Blick. Sie mochte es nicht, wenn Milan sie so hervorhob. Die Leiche im Auto hatte sie sowieso schon in eine Sonderstellung versetzt. Am liebsten hätte sie den Kopf eingezogen, bis der Qualm verraucht war.

»Wir waren zu wenige Leute«, sagte sie. »Wo wart ihr alle?«

»Dann sollten wir an unserer Effektivität arbeiten«, sagte Milan. »Damit unsere Arbeit reicht. Wir treffen uns in zehn Minuten draußen, dann werde ich mit euch ein paar Situationen noch mal durchgehen.«

Im Hinausgehen warf Bär seinen Rucksack über die Schulter, der Anhänger baumelte direkt vor ihrer Nase. Rote Frakturschrift auf schwarzem Grund.

Klagt nicht, kämpft, entzifferte sie.

Sunny holte ihn ein. »Was soll der Spruch an deinem Rucksack?«, fragte sie ihn, ohne dass es die anderen hören konnten.

»Er ist einfach nur cool.«

»Du weißt, dass er von der Wehrmacht stammt, oder?«

»Na und?«

Sunny ging einen Schritt auf Abstand. »Deswegen bin ich weg von zu Hause. Damit ich so eine Scheiße nicht mehr sehen muss.«

»Was willst du jetzt machen?« Bär trat ihr in den Weg und kam ihr zu nah. »Zu Milan rennen?«

Sunny kannte seinen aufbrausenden Zorn, dennoch wich sie keinen Millimeter. »Vielleicht mach ich das ja wirklich. Wenn das Ding nicht bald verschwindet.«

Bär beugte sich bis zu ihrem Ohr vor. »Du machst dir echt Freunde, Mädchen«, zischte er.

»Was ist mit euch beiden?« Milan stand vor ihnen. Er hatte ein Talent, lautlos in den Gängen aufzutauchen wie ein Gespenst.

»Alles gut.« Mit einem Grinsen wuschelte Bär Sunny durch die Haare und ließ sie stehen.

»Alles gut«, sagte auch Sunny und drehte sich weg, damit Milan nicht merkte, wie schwer sie daran schluckte. Sie dachte an Elli Schuster und wünschte sich, die Frau mit den roten Wangen und der warmen Stimme wäre zurück. Wünschte sich, sie könnte ihr die ganze Geschichte erzählen. Von ihr und Patrick und dem verlassenen Sportplatz am Rande des Englischen Gartens.

Waechter und der Hüter des Schweigens stiegen aus und schlugen die Autotüren zu. Eine Stille, der man anhörte, wie teuer sie war, senkte sich über die Straße. Hinter weißen Mauern versteckten sich die sanft gewölbten Giebel von Einfamilienhäusern. Hier war der südliche Rand von Harlaching. Hätte Leo Jennifer geheiratet, hätte sie ausgesorgt gehabt. Jetzt musste sie die Mietwohnung räumen. *Cui bono?*, wie Hannes gefragt hätte. Wer profitierte vom Tod eines Menschen? Jennifer sicher nicht. Leos Eltern waren tot, Geschwister oder Kinder hatte er nicht. Die Spur des Geldes endete hier.

In die Mauer war ein Tor eingelassen. Waechter probierte Jennifers Schlüsselbund aus, ein kleiner grauer Schlüssel passte. Erst auf den zweiten Blick bemerkte er die Spuren der Verlassenheit. Ein blindes Klingelschild. Algen, die den Putz grau färbten. Die Hecke hatte sich ungehindert über die Mauer ausgebreitet und streckte ihre Äste in den Himmel. Wenn Leo je wirklich an dem Haus gearbeitet hatte, dann hatte er sich nie an die Hecke rangetraut. Vielleicht hatte er es ja so gewollt.

Das Tor schwang mit einem Knarzen auf und gab den Blick auf ein Spalier aus Rosenbögen frei. Zwischen den dornigen Ranken klammerte sich noch die eine oder andere Blüte ans Holz, die wild überlebt hatte. Dahinter lag der niedrige Bungalow mit Walmdach im hohen Gras wie der Panzer einer Schildkröte. Der Efeu hatte die Wände vollständig in Besitz genommen. Ein neuer Eigentümer hätte das Haus sofort abgerissen und ein Mehrfamilienhaus in Billigbauweise in den Rosengarten geknallt. Doch Leo war kein gieriger Erbe gewesen. Das Grundstück war zum Millionenobjekt geworden, und er war völlig zufrieden damit gewesen, ein bisschen darin herumzukramen.

Waechter sperrte die Haustür auf. Speichergeruch, ein bisschen Hausschwamm, die Stille eines leeren Hauses, die in den Ohren summte. Die kleine Diele öffnete sich zum Wohnzimmer im Dämmerlicht von vergilbten Stores. Es gab keine Polstermöbel mehr. An der Längsseite türmte sich eine Schrankwand aus Eichenholz auf. Hier hatte lange niemand mehr gelüftet. Waechter öffnete ein paar Schränke, sie waren leer, nur der Geruch von Entwicklerflüssigkeit und Eukalyptusbonbons entstieg ihnen. In der Hausbar funktionierte das Licht noch.

Hinter ihm machte der Hüter des Schweigens Fotos. Das Blitzlicht erweckte den Raum jeweils für eine Sekunde zum Leben.

»Kommst du?«, frage Waechter.

Der Hüter des Schweigens hob die Hand zum Ohr und blieb mitten im Raum stehen wie ein Schamane, der mit dem Haus in einer unbekannten Sprache kommunizierte. Dann ging er Waechter hinterher.

Die Küche bestand aus dunklem Furnier. Auf der Kaffeemühlentapete zeigte ein heller Strich, wo einmal ein Tisch gestanden hatte. Auch hier waren die Schränke leer. Nur zwei Stühle standen sich gegenüber, als hielten sie einen stummen Rat. Eine Tasse mit Teerand in der Spüle, vermutlich von Leo.

Immer schneller gingen sie die anderen Räume durch. Die zugezogenen Vorhänge und geschlossenen Rollläden legten sich auf Waechters Brust wie ein Sack Steine. Er holte ein Taschentuch hervor und schnäuzte sich geräuschvoll den Staub aus der Nase. Am Ende war nur noch ein Zimmer übrig. Es war abgeschlossen.

Waechter probierte die Schlüssel durch, keiner passte. Er wechselte mit dem Hüter des Schweigens einen Blick stummen Einverständnisses, ging einen Schritt zurück und trat gezielt gegen das Schloss. Die Tür öffnete sich mit einem müden Knacken. Der Hüter des Schweigens hob anerkennend beide Daumen.

Der Geruch in dem Raum war anders. Das hier war verbrauchte Luft, in der sich zuletzt ein Mensch aufgehalten hatte. Lebendige Luft. Rollläden aus Metall filterten das Sonnenlicht, woben es zu einem Netz aus Lichtpunkten, das sich über die Einrichtung legte und ihre Formen sanft nachzeichnete. Waechter zog die Rollos mit einem Ruck hoch und tauchte die Szenerie in Licht.

Hier waren noch alle Möbel vorhanden. Ein schlichtes Kiefernholzbett, Poster von Fußballmannschaften, die sich an den Rändern wölbten, ein Kleiderschrank, von Aufklebern übersät. Darin ein Stapel Kleidung, ordentlich gefaltet. Im Wandregal standen in mehreren Ordnern Ausbildungsunterlagen und Skripte der Polizeiausbildung. Das hier war zweifellos Leos Zimmer bei seinen Großeltern gewesen, offenbar war er nie wirklich ausgezogen. Das Jugendzimmer war ein Ort, an den er jederzeit hätte zurückkehren können wie auf einer Zeitreise der Unschuld.

Eine Bewegung an der Wand ließ Waechter zusammenzucken. Sein eigenes Spiegelbild über dem Schreibtisch. Auf der Tischplatte stapelten sich Unterlagen in scheinbarer Unordnung. Aufgeschlagene Leitz-Ordner, mit Notizen und Klebezetteln gespickt. Stapelweise Kopien mit Polizeibriefkopf, Fotos. Eine Schachtel schob sich in sein Blickfeld. Der Hüter des Schweigens hielt ihm stumm die Gummihandschuhe unter die Nase.

Zu zweit gingen sie die Unterlagen durch. Die meisten Dokumente gehörten zur Akte Peters. Waechter kannte sie bereits. Obenauf lag ein karierter Zettel mit einigen Notizen.

- Wer zahlt?

- Kontakt in der Truppe

Dahinter das Kürzel *BY* sowie vier Ziffern. Der Code kam ihm bekannt vor. Ein Computerpasswort? Waechter klappte den Computer auf und gab den Code ein, doch er war falsch.

Das hier war keine Arbeit, die Leo mit nach Hause genommen hatte. Dann hätte er keine Doubletten angefertigt. Leo hatte private Ermittlungen angestellt. Nur gegen wen?

Sie würden die Akten vergleichen müssen, Seite für Seite, und herausfinden, wo sie sich unterschieden. Wo Leo weiter gegangen war als seine Kollegen. Ob er das Gesetz gebrochen hatte. Wen er verfolgt hatte. Waechter musste sich daran entlanghangeln, musste die Geschichte von Leos Tod von hinten erzählen. Am anderen Ende stand Leos Mörder und hielt die Fäden in der Hand.

Irgendwo würden sie sich treffen. Waechter und der Mörder.

Er blickte auf und sah sich selbst im Wandspiegel, blinde Flecken bedeckten sein Gesicht. Im Rahmen steckten Zeitungsartikel. Vorsichtig zog er eins der Papierstücke heraus. Ein Bericht über den Todesschuss an Nancy Steinert. In der Ecke hatte Leo das Foto einer Frau befestigt.

Jennifer, dachte Waechter. Leo hatte ein Bild von seiner Freundin aufgehängt. Erst dann las er die Bildunterschrift. *Nancy S.*

Das Mädchen auf dem grobkörnigen Zeitungsfoto war ein Ebenbild von Jennifer. Jünger, mit weicheren Gesichtszügen, aber der gleichen Frisur, der gleichen Haarfarbe und der gleichen Blässe unter den Ponyfransen. Weiß wie Schnee, rot wie Blut, schwarz wie Ebenholz. Jennifer war eine Kopie von Nancy. Leo hatte sich, vermutlich unbewusst, eine Frau gesucht, die dem toten Mädchen ähnlich sah, und sie nach ihrem Vorbild erschaffen. Eine laufende, sprechende Puppe, die das Mädchen wieder zum Leben erwecken sollte.

Waechter bat den Hüter des Schweigens, den Altar für Nancy zu fotografieren, und packte dann alle Fotos und Zeitungsausschnitte weg. Zum Glück würde Jennifer sie nie zu Gesicht bekommen.

Der Hüter des Schweigens hob erneut die Hand.

»Was …?«, begann Waechter.

»Pscht.«

Sein Kollege hatte wieder diesen nach innen gerichteten Ausdruck in den Augen. Er lauschte. Jetzt hörte Waechter es auch. Ein Rascheln unter dem Fenster.

Waechter riss am Griff und öffnete das Fenster weit. Nichts.

Nur die drückende Spätsommerstille und das Summen der fernen Straßen. Was auch immer das Geräusch verursacht hatte, verhielt sich still. Er schlug das Fenster wieder zu und gab dem Hüter des Schweigens ein Zeichen, ihm zu folgen.

Das Holz der Terrassentür knirschte, sie war wohl lange nicht mehr bewegt worden. Vor der Veranda stand das Gras mannshoch, die höchsten Halme überragten sogar Waechter. Aus der Richtung der Rasenkante kam ein schwerfälliges Grunzen und Schnaufen. Die Halme bewegten sich. Waechter ging auf das Geräusch zu und bückte sich. Eine spitze Nase schaute zwischen den Grashalmen hervor, dann zwei winzige schwarze Knopfaugen. Ein Igel schob seinen Stachelkörper hervor.

»Du warst das also.« Waechter lächelte. »Du alter Krachmacher.« Er streckte die Hand nach dem Tier aus, und es verwandelte sich sofort in eine wehrhafte Kugel. Waechter stützte sich auf seine knackenden Knie und richtete sich auf.

In einer Ecke des Gartens stand ein Verschlag, in fröhlichem schwedischem Rot gestrichen, das in dicken Flocken vom Holz platzte. Von der Terrasse bis zum Schuppen war eine Schneise ins Gras getrampelt, die Halme hatten sich noch nicht wieder darüber geschlossen.

Das Landkind in Waechter erinnerte sich. Wenn man Gras niedertrampelte, richtete es sich wieder auf.

Jemand war vor kurzer Zeit diesen Weg entlanggegangen. Jemand, der größer war als ein Igel.

Er schob den Wald aus Halmen zur Seite und folgte der Spur Richtung Schuppen. Obwohl er sich Mühe gab, machte er so viel Lärm wie eine vorrückende römische Kohorte. Schleichen hatte er noch nie beherrscht.

Hinter dem Schuppen begann direkt der Zaun, links und rechts davon war die Sicht frei. Die hölzerne Tür war angelehnt, der Riegel ruhte lose auf dem Beschlag. Waechter blieb vor der Schuppentür stehen und überlegte eine Sekunde zu lang. Das Holz prallte ihm so hart gegen den Kopf, dass er das Gleichgewicht verlor. Jemand schoss aus der Öffnung, versetzte ihm noch einen Rempler und rannte durchs Gras davon. Kurz hatte Waechter den Geruch des Vorbeistürmenden in der Nase gehabt, würzig und verschwitzt. Er rappelte sich hoch und nahm die Verfolgung auf.

Der Einbrecher schlug Haken wie ein Hase, doch Waechter holte auf. Im Gegenlicht konnte er Einzelheiten erkennen, einen fast kahl rasierten Schädel, auf dem die krausen Haare zu schwarzen Punkten zusammenwuchsen, silberne Ohrringe, ein schmaler Nacken. Als der Verfolgte etwa eine Armeslänge vor ihm war, warf er sich auf ihn. Der Schwung des Gegners riss ihn mit um. Der schlanke Körper unter ihm wand sich mit überraschender Kraft und zuckte wie eine Schlange. Waechter versuchte, einen Arm zu fassen zu bekommen, griff jedoch bloß in einen Riemen, der mit einem Schnalzen nachgab. Ein rauer Schrei gellte in Waechters Ohren, und im nächsten Moment rollte er ins Gras. Eine Jeansjacke mit abgeschnittenen Ärmeln blieb in seinen Händen hängen. Auf dem Rücken lag er da, während seine Ohren noch vom Zusammenstoß mit dem Gartentor rauschten. Aus dem Augenwinkel sah er, wie der Hüter des Schweigens heranschoss und den Flüchtenden festhielt. Im nächsten Moment krümmte sich der Kollege mit einem Schmerzensschrei. Von dem Jungen aus dem Schuppen war nichts mehr zu sehen. Kein Junge, korrigierte Waechter sich und drehte die

Jeansjacke mit den Glitzersteinen um. Der Riemen, nach dem er gegriffen hatte, war der Träger eines BHs gewesen.

Sie würden in der Dienststelle erklären müssen, warum sie nicht einmal zu zweit mit einer schmächtigen Frau fertigwurden.

Der zentrale Besprechungsraum brummte vor Aktivität. Die Lokomotive der Ermittlung hatte endlich das Tempo angezogen. Leider in mehrere Richtungen auf einmal. Immer wieder rieb Waechter sich über die Arme, in den Muskeln spürte er immer noch den Kampf mit der sich windenden Frau. Sie war zierlich gewesen. Er hatte nicht damit gerechnet, eine Gegnerin unter sich zu haben, die gelernt hatte, um ihr Leben zu kämpfen.

»Leo Thalhammer hat Privatermittlungen durchgeführt«, sagte er. »Er hat Fallakten kopiert, in das leere Haus seiner Großeltern mitgenommen und daran gearbeitet. Das ist mehr, als sich ein bisschen Arbeit mit heimzunehmen. Was hatte er vor?« Waechter zeigte auf den Hüter des Schweigens. »Du gehst jedes einzelne Wort der Unterlagen durch, vergleichst alles mit der offiziellen Version und lieferst mir einen Bericht. Finde etwas, das stinkt, das gefährlich ist, das Leo ausgegraben hat.«

Das LKA würde den Computer und das Handy cracken. Der Akku des Telefons war leer gewesen, aber das war für die Kriminaltechnik kein Hindernis. Es war ein billiges Ding mit Tasten, nahezu sicher ein Prepaid-Handy. Waechter wollte die Daten, mehr als alles andere. Zunehmend drehte sich dieser Fall um Daten.

»Und überprüf den Zahlencode«, sagte Waechter zum

Hüter des Schweigens, der sofort die Tasten des Computers klappern ließ. »Schau nach, ob das ein Passwort sein könnte oder ob du den Code irgendwo in der Akte Thalhammer findest. Oder in einem älteren Fall, oder …«

Pling.

Der Computer gab ein befriedigendes Geräusch von sich, und der Hüter des Schweigens drehte den Bildschirm zu Waechter. Der hatte nicht einmal seinen Satz fertig sagen können.

»Oh«, sagte er. »Das war … wirklich schnell.«

Er zog den Laptop zu sich heran. Der vierstellige Code war eine Rückennummer von einem der Einsatzzüge, die am Abend von Leos Tod in Schwabing die Demonstration begleitet hatten.

Ergänzungsdienst, dritter Einsatzzug, Unterstützungskommando München. Die Rückennummer schränkte die Polizeibeamten auf eine Gruppe von sechs Personen ein. Ein Gruppenführer, fünf Beamte. Nur wie war die Rückennummer eines Spezialpolizisten in die geheime Ermittlungsakte eines Drogenfahnders geraten?

»Der Glitzerstein, den wir in dem Verschlag in der Nähe des Tatorts gefunden haben, passt zu den Steinen auf der Jeansjacke«, sagte Elli in seine Gedanken. »Es ist sehr wahrscheinlich, dass die Besitzerin der Jacke am Tatort war.« Sie hatte etwas Steifes, Vorwurfsvolles an sich.

Waechter wusste genau, warum, auch wenn es niemand aussprach. Möglicherweise hatte er Leos Mörderin oder die einzige Augenzeugin zu fassen bekommen und sie wieder frei gelassen. Fatou Dembélé. Sie war untergetaucht, nachdem Peters sie hatte misshandeln lassen. Wie kam sie jetzt über die Runden, ohne den Kontakt zu Peters? Sie musste dealen oder sich prostituieren, andere Möglichkeiten hatte sie nicht. Beides konnte sie nicht, ohne irgendwann auf Waechters Radar zu erscheinen.

»Wir müssen das Mädchen finden«, sagte er. »Wir müssen sie wiederfinden.«

Hannes setzte sich ans Haushaltsbuch, das lenkte ihn wenigstens von dem dumpfen Schmerz in seinem Gesicht ab. Den Dauerauftrag für die Elterninitiative musste er erhöhen. Keiner von ihnen hatte die Zeit, einmal im Monat für sechzehn Kinder ein vegetarisches Bioessen ohne Nüsse und Wurzelgemüse zuzubereiten, also mussten sie Essensgeld bezahlen. Natürlich auch in den Sommerferien, wenn der Waldkindergarten geschlossen hatte. Sie waren ja Mitglieder. Wieder ein Posten mehr, wieder eine kleine Wunde, die blutete. Hannes trug den Betrag in die Excel-Tabelle ein. Im Nebenzimmer ratterte die Nähmaschine. Jonna nähte Kinderkleider, um sie auf *Dawanda* zu verkaufen. Sie durfte mit ihren Vorwehen nicht so lange sitzen. Viel kam sowieso nicht dabei rum. Ein bisschen Taschengeld. Jonna sollte ihre Doktorarbeit abschließen und eine Stelle an der Uni antreten, aber mit der neuen Schwangerschaft lag dieser Plan für Jahre auf Eis.

Hannes ging noch einmal die Excel-Tabelle durch, aber er hatte keinen Fehler gemacht. Es war und blieb eine rote Null. Eine Weile konnten sie noch durchhalten. Allerdings durfte nichts passieren. Keine niedrigere Besoldungsstufe, kein Verlust von Zuschlägen. Die berühmte Waschmaschine durfte auch nicht kaputtgehen, genauso wenig wie Hannes selbst.

Es war surreal. Er sollte doch als Beamter im höheren Dienst eine Familie ernähren können?

Sein Handy surrte. Reflexartig griff er danach. Eine SMS, unbekannte Nummer.

»*Meine Wohnung wird gerade durchsucht! WTF? Santiago.*«

Hannes setzte zu einer Antwort an, ließ das Handy jedoch wieder sinken. Er wusste nicht, was er schreiben sollte. Ob er überhaupt in die Sache hineingezogen werden wollte. Typisch Santiago, genau wie früher. Sein Freund manövrierte sich in Situationen, aus denen er alleine nicht mehr herauskam. Und dann rief er Hannes an, zu jeder Tages- und Nachtzeit. Jetzt erinnerte sich Hannes auch wieder daran, warum er erleichtert gewesen war, als der Kontakt einschlief. Santiagos Anrufe hatten immer angefangen mit: »Du bist doch Jurist …«

Immerhin war er heute krankgeschrieben. Er konnte so tun, als hätte er keine beruflichen Nachrichten gelesen. Aber das kam ihm auch schäbig vor.

»*Schon wieder!!!*«, schrieb Santiago. Die Ausrufezeichen wurden mehr.

»*Ich rede mal mit dem Staatsanwalt*«, schrieb Hannes zurück. Es schadete nichts, beide Seiten anzuhören. Dass es ausgerechnet Staatsanwalt Hencke sein musste. Er und Hannes hatten zusammen studiert, was ihre gegenseitige Abneigung nicht geringer machte. Unter dem Deckmantel seiner schrulligen Jovialität war Hencke ein Wadenbeißer. Ein gefährlicher kleiner Mann in einer Machtposition, in der er mit Schwächeren zu tun hatte. Aber es half nichts. Sie würden in diesem Fall zusammenarbeiten müssen, mit einem gemeinsamen Ziel.

Er wählte Henckes Durchwahl. Der Staatsanwalt meldete sich mit seinem sanften, einstudierten Lodenmantel-Bayerisch.

»Hauptkommissar Brandl hier.«

»Ah, Brandl. Gut, Sie wieder an Bord zu haben«, sagte Hencke. »Ich habe schon zu meinen Kollegen gesagt, den sind wir so schnell nicht los. Man sieht sich immer zweimal, Brandl.«

Hannes war nicht in der Laune, die Begrüßung nach den sorgfältig versteckten Beleidigungen zu durchsuchen. »Sie haben einen Durchsuchungsbeschluss für die Wohnung von Jakob Ungerer beantragt.«

»Ungerer … Ungerer … bleiben Sie mal dran.« Am anderen Ende klapperte eine Tastatur, dann knisterte es wieder in der Leitung. »Da haben wir ihn. Ein Stammgast.«

»Wieso eine Hausdurchsuchung? Wir haben ihn doch schon vernommen, er ist am Tatabend festgenommen worden. Ungerer konnte physisch gar nicht am Tatort sein.«

»Bei einer früheren Durchsuchung haben die Kollegen immerhin zwei Gramm Cannabis bei ihm gefunden.«

»Sie wissen so gut wie ich, dass diese Menge unter legalen Eigenbedarf fällt.« Wer wusste das besser als Hannes.

»Und Sie wissen, dass dort, wo das Zeug rumliegt, meist noch mehr ist. Außerdem haben wir eine Beleidigung und Widerstand gegen die Staatsgewalt. Bei Gewalt gegen Beamte müssen wir mit harter Hand durchgreifen.«

Hannes dachte an Santiago, an seine blutende Kopfwunde, an den Stiefel in seinem Nacken. »Viel Gelegenheit zum Widerstand kann er nicht gehabt haben.«

»Jetzt hören Sie mir mal gut zu, Herr Brandl«, sagte Hencke im Geschichtslehrerton. »Ungerer und Thalhammer haben eine gemeinsame Vergangenheit. Leo Thalhammer hat schon einmal eine Durchsuchung bei ihm angeordnet, ist ein gutes Jahr her. Ungerer hat dagegen eine Dienstaufsichtsbeschwerde eingelegt und Anzeige gegen ihn erstattet. Polizeigewalt und den ganzen Schmarrn. Wir haben ihm ein paar Gegenanzeigen aufgebrummt, daraufhin war erst mal Ruhe.«

Hannes stellte sich Henckes ungeduldiges Abwinken bei dem Wort Polizeigewalt vor. Der Staatsanwalt war kein großer Anhänger von Bürgerrechten. Er hatte keine politischen Ansichten und würde unter jeder Art von Regierung arbeiten. Ein Diktator wäre froh, Leute wie ihn um sich zu scharen. Hannes dachte an den geschlagenen Blick in Santiagos Augen. Eine willkürliche Hausdurchsuchung demütigte Menschen. Machte sie klein.

»Warum hält mich keiner auf dem Laufenden?«, fragte er.

»Sie sind ja wieder mal krankgeschrieben. Aber ich sehe ein, dass es schwer für Sie ist, auf dem aktuellen Stand zu bleiben. Gerade zu Beginn der Wiedereingliederung.«

Irgendwann bringe ich ihn um, dachte Hannes. *Irgendwann begegnen wir uns in einer dunklen Seitengasse. Und dann wird man nur noch Henckes Monokel finden.* »Niemand bringt einen Polizisten einfach so wegen einer Hausdurchsuchung um.«

»Sie sollten am besten wissen, was Menschen einfach so tun.«

Hannes unterbrach das Gespräch mit dem roten Symbol und warf das Telefon auf den Tisch. Das Schlimmste war, dass Hencke recht hatte. Wenn Santiago eine Rechnung mit Leo Thalhammer offen gehabt hatte, dann war eine Hausdurchsuchung das Mittel der Wahl. Nur warum fühlte es sich so absurd an?

Kurz vor Ladenschluss kaufte Waechter eine Schnitzelsemmel und eine Flasche Radler für sein Abendessen. Er wollte später noch mal in die Dienststelle zurück, aber erst musste er heim und Katze füttern.

Die Unterführung zur Ladenzeile im U-Bahnhof Münchner Freiheit leerte sich langsam. Vor den Toiletten sortierten zwei junge Frauen übrig gebliebenes Gebäck in große Tüten, vielleicht für die Tafel oder für ein Flüchtlingsheim. Eine alte Frau schaute ihnen zu und näherte sich den Tüten mit schlurfenden Schritten. Waechter gab dem Akkordeonspieler einen Zwickel, aber der tat ihm nicht den Gefallen aufzuhören. Wie jeden Tag spielte er *»Que Sera Sera«*, und danach würde er gnadenlos *»Bésame Mucho«* anstimmen, ohne akustisches Entrinnen.

Waechter setzte sich auf die Mauer vor dem Springbrunnen, schlug die Bierflasche an der Betonkante auf und sah im Handy nach, ob er neue Nachrichten bekommen hatte. Auf der Freitreppe nach oben hatten sich ein paar Parkourakrobaten versammelt, die Räder und Salti über die Stufen schlugen. Ihre Köpfe wirbelten nur wenige Zentimeter am Beton vorbei. Waechter aktualisierte die Mails. Nichts. Zum ersten Mal seit Tagen in Daueranspannung hatte er für kurze Zeit Leerlauf, und der Druck in seiner Brust ließ langsam nach. Es war nur ein Atemholen. Sie hatten mehrere lebendige Spuren. Waechter setzte die Flasche Radler an. Zitrone, Zucker, ein bisschen Alkohol, den er sofort wegschwitzen würde. Er streckte das Gesicht der warmen Abendluft entgegen.

Einer der Akrobaten verlor bei der Landung den Halt und rollte die Stufen hinunter, mehrmals schlug sein Körper auf dem Beton auf. Er fiel Waechter fast vor die Füße. Der junge Mann sprang mit einem Satz hoch, seine Stirn war zerschrammt, aber er lachte. Er erinnerte Waechter an die jungen USK-Polizisten von seinem Ortstermin, an ihre unbefangene Körperlichkeit. Waechter war auch mal jünger und fitter gewesen, aber nie ein wilder Hund. Er hatte schon früh gelernt, wie weh eine Schlägerei tun konnte, selbst wenn er körperlich überlegen war. Wenn ein Indianer keinen Schmerz kannte, dann war Waechter kein Indianer. Er würde sich nie freiwillig fliegenden Pflastersteinen aussetzen, genauso wenig wie er sich kopfüber eine Betontreppe hinunterstürzen würde. Immer öfter erkannte er seine Grenzen, all die Fertigkeiten, die er nicht mehr erlernen konnte und die er noch nie hatte lernen können, und eine Grenze war jedes Mal wie ein kleiner Tod.

Sein Diensthandy klingelte, als fühlte es sich vernachlässigt.

»Sigi hier. K 33. Du hast dich für den Herrn Peters interessiert.«

»Allerdings.« Waechter stand auf und ging hin und her.

»Wie es aussieht, greifen wir heute Nacht zu. Willst du dabei sein?«

»Du stellst Fragen. Freilich.« Er raffte seine Sachen zusammen. »Wann soll ich …?«

»Lass dir Zeit. Wir fahren um Mitternacht bei uns los. Ihr haltet euch natürlich im Hintergrund.«

»Sowieso«, sagte Waechter.

»Mitternacht, Dienststelle, Hof«, sagte Sigi.

»Wo soll das Ganze denn stattfinden?«, fragte Waechter.

»Am Irschenberg.«

Damit war die Verbindung tot.

Ohne Vorwarnung erschütterten ihn mächtige, unregelmäßige Herzschläge, als rüttele jemand von innen an den Gitterstäben seines Brustkorbs. Ein stechender Schmerz in der Schulter ließ ihn sich zusammenkrümmen.

»Alles in Ordnung mit Ihnen?« Der Junge mit der blutigen Stirn stand vor ihm und berührte ihn sachte am Arm.

»Alles in Ordnung, ich … Es ist bloß … nix passiert.« Waechter schaute in das junge, offene Gesicht und zog seinen Arm weg. Fluchtartig verließ er die Münchner Freiheit, das stumme Mobiltelefon immer noch in der Hand.

Elli machte in einem der türkischen Supermärkte von Klein-Istanbul halt und kaufte Yufkateig, Schafskäse und Spinat. Der Kassierer sprach sie auf Türkisch an, sie nickte ihm freundlich zu und korrigierte ihn nicht. Eine Fremde unter Fremden. In ihrer WG-Küche rollte sie Böreks, schenkte sich ein Glas Wein ein und wartete auf Jonas. Er hatte um sieben zum Essen kommen wollen, sie hatte extra einen Abend ausgesucht, an dem keine ihrer Mitbewohnerinnen zu Hause war. Aber es klingelte nicht, und sie saß alleine an dem Tisch für sechs Personen.

Um drei viertel acht, als die Böreks im Ofen abkühlten, entschied sie, dass sie wirklich nicht noch einen Wein trinken konnte, und rief ihn an.

»Oh, tut mir leid«, sagte Jonas. »Ich hab's total vergessen. Können wir es nicht um ein paar Tage verschieben?«

»Kein Problem. Dann schmeiß ich dein Essen eben weg.«

Elli bemühte sich, genügend Eiszapfen an ihre Stimme zu hängen. »Was ist denn los?«

»Ich habe etwas gefunden. Einen Artikel über ein Urteil, das der Durchbruch für meinen Fall sein könnte.«

»Ich versteh gar nichts mehr!«, rief Elli ins Telefon. »Welchen Fall?«

»Ich will eine Nichtzulassungsbeschwerde beim Verwaltungsgerichtshof einlegen. Wegen meiner Altersversorgung. Ich dachte, ich …«

»Nein, das hast du nicht«, unterbrach ihn Elli. Sie hatte gedacht, Jonas wäre wegen seines Rückens frühpensioniert worden. Es gab offenbar noch mehr, alternative, Wahrheiten zu entdecken, und Jonas gab sie nur scheibchenweise preis, wie die Späne seiner Schnitzereien. »Du hast mir vieles nicht erzählt.«

»Beim nächsten Mal«, sagte er. »Das hier muss ich fertig bekommen. Es ist meine einzige Hoffnung. Aber danach melde ich mich.«

Elli legte einfach auf. Hätte sie sich bloß keinen Mann aus dem Internet heruntergeladen. Da war so viel Entfernung zwischen ihnen. Da waren so viele Geheimnisse. Musste sie ihn anhören? Hatte sie irgendeine Verpflichtung dazu in ihrer kurzen Beziehung? Oder konnte sie ihn einfach zum Teufel jagen? Nur wie jagte man jemanden zum Teufel, der Wörter wie »einzige Hoffnung« in den Mund nahm? Elli umfasste die kleine Statue, die Jonas für sie geschnitzt hatte. Ohne Kopf und Füße, wie eine antike Kultfigur. Mächtiger Hintern, schwere Brüste. Das Holz war glatt und warm. Es war das Schönste, was ihr je jemand geschenkt hatte.

Wenn Jonas sie anrief, würde sie sich anhören, was er zu sagen hatte. Und danach entscheiden. Ja, das ist ein guter Plan, beschloss sie. Und weil sie keinen Wein mehr trinken durfte, aß sie auch die Portion von Jonas auf. Als das Telefon klingelte, zuckte sie zusammen. Doch es war das Diensthandy.

»Waechter hier. Magst du mit mir heute Nacht einen international gesuchten Drogenhändler festnehmen?«

»Und ich dachte schon, heute kommt kein Angebot für einen romantischen Abend mehr«, sagte Elli. »Nichts lieber als das.«

Waechter und Elli waren ins Auto verbannt worden, auf den Parkplatz vor der Raststätte Irschenberg, möglichst aus dem Weg und aus der Schusslinie. Der Einsatzleiter war nicht begeistert, sie zu sehen. »Ihr seid praktisch gar nicht da«, sagte er und hielt nervös die Hand auf den Ohrstöpsel seines Headsets. Er schien etwas zu hören, das ihm nicht passte, denn er schlug grußlos die Autotür zu und ließ Waechter und Elli allein.

Waechter langte nach oben und schaltete das Innenlicht aus. »Und jetzt heißt es warten«, sagte er.

Sie hockten in einem eingedellten Renault, etwas abseits, hinter einem Kleinlaster verborgen. Die Fahrzeuge der Observationseinheiten waren unsichtbar oder parkten auf dem Rastplatz, scheinbar leer. Der Fahrer des Transporters aus Bulgarien, der Peters an Bord haben sollte, durfte nicht davon abgeschreckt werden, den Rasthof Irschenberg anzusteuern. Niemand wollte einen Vierzigtonner in Bewegung stellen müssen.

Elli hörte auf einem Ohr leise Musik aus ihrem Handy, mit der anderen lauschte sie auf den Funk. Waechter sortierte seine Beine neu und rutschte in eine bequemere Lage, um im Dunkeln länger ausharren zu können. Von seinen Herzrhythmusstörungen merkte er nichts. Er hatte angefangen, sie als Warnsignal zu betrachten. Nur wovor? Er hatte noch kein Muster darin entdeckt. Im Moment schnurrte sein Ruhepuls wie ein Uhrwerk.

Er musste einen Moment eingenickt sein, sein Kopf hing auf der Brust, und er schreckte hoch, als das Funkgerät anging. Der Lkw befand sich fünf Minuten vor der Ausfahrt Irschenberg.

»Action«, sagte Elli und nahm den Kopfhörer aus dem Ohr. Es war ihrer Stimme anzuhören, wie sehr sie es genoss.

»Er blinkt und fädelt sich ein«, sagte der Einsatzleiter. »Weißer Mercedes, kein Hänger.« Er gab das Kennzeichen durch. »Okay, er fährt raus. Richtung Parkplatz. Nein, er biegt ab. Er fährt rüber auf die andere Seite.«

Rüber, das war die Seite, wo Waechter und Elli warteten.

Der Boden vibrierte, das Motorengeräusch eines großen Fahrzeugs kam näher. Das Scheinwerferlicht eines Vierzigtonners glitt suchend über den Rastplatz. Waechter und Elli machten sich kleiner. Die weiße Wand schob sich nur wenige Meter an ihrem Renault vorbei. Im selben Moment bogen vier Fahrzeuge ohne Licht auf den Parkplatz ein, für den Fahrer des Lkws weder zu sehen noch zu hören. Er rangierte in die Parkbucht, dann ging der Motor aus. Die Hydraulik puffte, die Lichter erloschen.

»Er steht«, sagte der Einsatzleiter. »Zugriff.«

Auf allen Seiten flogen Autotüren auf. Binnen Sekunden war der Lastwagen von Männern umstellt, sie bellten Anweisungen.

»Aussteigen! An den Wagen! Hände über den Kopf!«

Waechter und Elli behielten ihren Beobachtungsposten, bis jemand mit der Hand an die Wagentür des Renaults schlug. »Wenn ihr wollt, könnt ihr jetzt rauskommen.«

Es hatte nicht einmal eine halbe Minute gedauert. Waechter und Elli stiegen aus, um sich die Beute anzuschauen. Die Besatzung des Lkws bestand aus drei Männern, keiner davon war Peters. Der Einsatzleiter zog ein langes Gesicht und schüttelte den Kopf.

»Sind das alle?«, erkundigte sich Waechter, doch die Frage war rhetorisch.

Martina Jordan stand mit verschränkten Armen neben dem Lastwagen und biss sich auf die Lippen. Die Enttäuschung war ihr anzusehen. Peters musste Wind davon bekommen haben, dass die Polizei von der Übergabe wusste. Die Türen am Heck standen offen, Polizisten sprangen aus dem Laderaum. Offiziell hatte der Lkw raffiniertes Kupfer geladen. Hoffentlich lohnte sich wenigstens der nicht deklarierte Inhalt. Aber Peters war wieder mal durch die Löcher ihres Netzes geschlüpft.

Waechter drehte der Fahrertür den Rücken zu. Hinter ihm scharrte etwas, ein dumpfer Aufprall folgte.

Ellis Augen weiteten sich. »Pass auf!« Sie zog ihre Pistole und zielte direkt auf seine Stirn.

Waechter drehte sich um. Ein Mann beugte sich aus der offenen Fahrertür hinunter wie ein Raubvogel. Ihre Gesichter waren sich nah. Waechter erkannte die hellblauen Augen und die fein geschnittenen Gesichtszüge sofort. Peters trug Anzug und Seidenkrawatte. Er musste sich in einer Aushöhlung der Schlafkoje verborgen haben, sodass die Polizisten ihn nicht entdeckt hatten. Er hatte die Hand in die Tasche seines Jacketts geschoben. Und lächelte.

Fünf Waffen richteten sich auf ihn, fünf Stimmen schrien ihn an. Waechter stand eingefroren direkt unter Peters, so nah, dass er das Pfefferminz in seinem Atem riechen konnte. Die blassen Augen hielten seinen Blick fest wie in einer Umklammerung. Seine Reflexe funktionierten nicht.

Langsam, ganz langsam, zog Peters die Hand aus der Jackentasche und hielt eine Packung Bonbons hoch. »Möchte jemand ein Mentos?«

Drei Polizisten packten ihn und warfen ihn auf den Boden. Er lächelte immer noch. Der Gruppenführer des USK griff in Peters' Jackentasche und zog eine Walther PPK heraus.

Waechter drehte sich weg und ging zum Rand des Parkplatzes. Seine Beine wackelten so sehr, als habe jemand sämtliche Knochen und Bänder entfernt. Als er Gras unter den Sohlen spürte, gaben sie endgültig nach, und er fiel auf die Knie. Die Sonne ging über dem Irschenberg auf, der Höhenweg des Wettersteingebirges erwachte im bläulichen Dunst aus seinem Schatten. Ein Flugzeug hinterließ einen glitzernden Streifen am Himmel. Von weit weg brandeten die Stimmen der Kollegen heran, darunter die von Elli, die einen donnernden Oberpfälzer Wutanfall hinlegte. Sie hatten Peters. Das war der dünne Gedanke, auf dem er über den Abgrund balancierte. Sie hatten Peters.

Sunny erwachte von einer menschlichen Stimme. Sie war allein in ihrem Zimmer in der Kaserne, aber es klang so nah, als stünde jemand neben ihrem Bett. Jemand weinte. Sie streckte sich und setzte sich auf. Das Geräusch klang, als tropfe es durch die Wand. Die verzweifelten, erstickten Schluchzer eines Mannes, der krampfhaft versuchte, sie zu unterdrücken. Sie hallten in den leeren Heizungsrohren wider, direkt neben ihrem Bett.

Sollte sie in den Flur gehen und an den Türen lauschen, um herauszufinden, aus welchem Zimmer das Weinen kam? Was, wenn jemand sie erwischte? Konnte sie demjenigen morgen noch in die Augen schauen? Er würde sie dafür hassen. Sie wollte es lieber nicht wissen. Plötzlich war sie sich sicher, dass sie es auf keinen Fall wissen wollte.

Sie lauschte. Ohne dass sie es wollte, leierte ihr Gehirn die Namen ihrer Flurnachbarn herunter. Stefan mit seiner ewigen Fernbeziehung, die er vielleicht bloß erfunden hatte? Er hatte ihr mal ein winziges Handyfoto gezeigt, aber das Telefon so schnell wieder weggezogen, dass sie nichts hatte erkennen können. Bär? Auf keinen Fall Bär. Sie konnte sich nicht vorstellen, dass dieser Mensch im Leben etwas ernst nahm. Der Wehrmachtsanhänger hatte am Abend nicht mehr an seinem Rucksack gehangen, aber niemand heulte wegen eines Anhängers. Milan? Er verströmte eine dunkle Kühle, wenn er durch die Flure ging, sie konnte sich nicht vorstellen, dass ihn emotional etwas bewegte. Nils mit seiner schmallippigen Feindseligkeit ihr gegenüber? Nur weil sie sich mit einer Vagina in den Unterstützungsdienst traute, oder war da noch mehr? Sie wusste viel zu wenig von ihren Kollegen. In dieser Nacht, in dieser Stunde, bröckelte jeder Gedanke von Freundschaft zu Schutt. Sie alle waren Fremde und einander überdrüssig.

Sunny zog das dünne Laken über den Kopf und wartete darauf, dass es aufhörte. Die weinende Stimme war für sie wie ein körperlicher Schmerz. Irgendwann steckte sie den Kopf hinaus und tastete nach der Uhr. Viertel vor drei. Zu früh, um wach zu bleiben und zu lesen bis zum Morgen. Der Himmel vor dem Fenster war noch dunkel. Sie war alleine wach mit ihrem weinenden Kameraden, und es gab nichts, was sie tun konnte, um seine Qualen zu lindern. Sie wusste, dass sie sowieso nicht schlafen würde, sondern bis zum Morgen wach liegen und erneut die Namen ihrer Kollegen durchgehen würde, immer wieder, um herauszufinden, wer es wohl war.

Sie tauchte wieder unter das Laken und dachte an Patrick, auf einem anderen Stockwerk, weit von ihr entfernt, überfordert und verzweifelt. Weinte er sich auch in den Schlaf?

Und wer hörte sie, wenn sie weinte?

Nach Einbruch der Dunkelheit beschloss Hannes, die brüllenden Kopfschmerzen mit einem kühlen Bier zu bekämpfen. Offiziell hatte er immer noch frei. In der Terrassentür blieb er stehen. Die Hollywoodschaukel war schon besetzt. Sie schwang mit heiserem Quietschen vor und zurück, ein dünner Rauchfaden schlängelte sich unter dem Sonnenschutz hervor, darunter schauten braun gebrannte Knöchel in Trekkingsandalen heraus. Seine Schwiegermutter hatte es sich gemütlich gemacht, mit einer Tasse Tee auf dem Tisch und einem Joint in der Hand.

»Setz dich ruhig zu mir.« Sie klopfte mit der Hand auf den freien Platz neben ihr.

Weil Rückzug unmöglich war, rang sich Hannes ein Lächeln ab und setzte sich. Das Schweigen zwischen ihnen wuchs mit jeder Minute exponentiell an.

»Du gehst mir aus dem Weg«, sagte Britt und zog an ihrem Joint.

Das Gras hatte er auf dem Kriechboden des Schuppens gezüchtet. Er konnte sich nicht erinnern, »Selbstbedienung« draufgeschrieben zu haben.

»Zu viel Arbeit.«

»Ich kann dich sogar verstehen.« Sie hielt ihm die Tüte hin, er schüttelte den Kopf. »Ist sicher nicht leicht für euch, eine Fremde im Haus zu haben. Aber nach Jonnas Wochenbett bin ich weg, versprochen.«

»Du sollst nicht … Ach, vergiss es.« Er benutzte die Flasche als Kühlakku für sein schmerzendes Gesicht. Es stimmte, er ging ihr aus dem Weg, und er würde drei Kreuze machen, wenn Britt abgereist war. Sie wusste das. Und er wusste, dass sie es wusste. Wenn Britt jetzt die Taschen ausleerte, konnte er das auch tun.

»Du hältst mich für einen absolut sinnlosen Schwiegersohn, oder?«

»Treffer.« Sie lachte, und ihr Gesicht legte sich in tausend Falten wie das einer alten Indianerin. »Dir ist schon klar, dass Jonna mir alles erzählt?«

»Ist mir klar.« Dass er seine Exfrau verprügelt hatte, dass seine große Tochter es kein halbes Jahr bei ihm ausgehalten hatte. Dass er mit einem Glas nach Jonna geworfen hatte, dass er auf dem besten Weg gewesen war, sich in das Arschloch von früher zurückzuverwandeln. Natürlich erzählte Jonna ihrer Mutter alles. Sie hatte hier ja auch keine engen Freunde. Nur Bekannte. Eltern von Freunden der Kinder. Wem sollte sie sich sonst anvertrauen?

»Es gab Zeiten, da habe ich mir gewünscht, dass Jonna die

Kinder nimmt, sich ins Auto setzt und schnellstens sieben Bundesländer zwischen euch bringt.«

»Das hat sie doch gemacht.«

»Aber Jonna ist zu dir zurückgekommen.«

»Du hast ihr sicher abgeraten?«

»Ich habe ihr Brote geschmiert. Du hast einen Notruf abgesetzt, und meine Tochter kommt, wenn jemand in Not ist. Ich hätte sie nicht aufhalten können, selbst wenn ich mich auf die Motorhaube gesetzt hätte. Sie ist vollkommen autark.«

»Ich weiß.« Hannes nahm ihr den Joint aus der Hand.

»Wenn noch mal ein Glas durch die Küche fliegt, ist sie weg.«

»Das ist mir auch klar.«

Das Schweigen zwischen ihnen wuchs wieder heran.

»Ich habe meine Meinung über dich geändert«, sagte Britt. »Jetzt, da ich Zeit hatte, dich zu beobachten. Wie du mit den Kindern umgehst, mit Jonna. Ich weiß nur noch nicht, ob du doch ein Narzisst bist und ich bloß auf dich reinfalle.«

»Warum meint jeder, mich analysieren zu müssen?«

»Weil keiner aus dir schlau wird.«

»Sobald ich aus mir selber schlau geworden bin, geb ich Bescheid.« Britt wollte nach dem Joint greifen, doch er gab ihr einen Klaps auf die Hand. »Schon irgendwie cool«, sagte er. »Eine Schwiegermutter, mit der man kiffen kann. Hat auch nicht jeder.«

»Verdammt«, sagte Britt. »Ich falle doch auf dich rein.« Sie breitete die Arme aus. »Willkommen in der Familie.«

Sechs

Elli saß mit einer Kaffeetasse auf dem Schreibtisch von Hannes und briefte ihn über den vergangenen Tag. Er würde ein blaues Auge bekommen, stellte sie fest. Über dem Jochbein bildete sich schon ein dunkler Schatten. Aber das sagte sie ihm lieber nicht, sonst hatte sie am Ende auch noch eins.

»Na toll«, meinte er. »Kaum bin ich einen Tag nicht da, findet ihr zwei Hauptverdächtige und einen Stapel Datenträger.«

»Sei nicht sauer, Schätzchen. Dafür durftest du heute Nacht schlafen.« Elli gähnte und trank den Automatenkaffee aus, der wie flüssiger Asphalt schmeckte. Sie hatte die Nacht durchgearbeitet. Jetzt wäre ein Nickerchen recht gewesen, mit den Füßen auf dem Schreibtisch. Vielleicht konnte sie ein bisschen Sekundenschlaf einschieben, sie hatte genügend Erfahrung, um das auch mit offenen Augen hinzubekommen.

»Während ich hier Vergangenheitsbewältigung machen darf.« Hannes zog sein Postkörbchen heran und klatschte die Briefe in drei Stapeln auf den Schreibtisch: *sofort, später, egal.* Bei einem großen Umschlag hielt er inne, zog den Stapel Papier heraus und blätterte durch die angehefteten Kopien.

»Das gibt's doch nicht.« Er ging die Seiten noch mal durch. »Ich glaub's nicht. Dieser Penner!«

»Wer ist ein Penner und warum?«

Hannes warf die Unterlagen in Richtung Papierkorb und traf. *Slam dunk.* Der Papierkorb drehte ein paar Kreise, blieb aber stehen. »Der ehemalige Dienststellenleiter von Leo. Ich habe ihn um eine Stellungnahme gebeten. Und was macht er? Schickt mir das gleiche Drecksprotokoll in Kopie, das schon seit neun Jahren in der Akte liegt.«

»Kannst ihn ja vorladen.« Allein bei dem Gedanken musste Elli grinsen.

»Der Kerl hat es bis ins Ministerium geschafft. Der weiß ganz genau, dass ihn keiner vorlädt.« Elli machte den Mund auf, doch Hannes hob die Hand. »Ich weiß ganz genau, welche Kämpfe ich nicht mehr ausfechte.«

»So kenne ich dich gar nicht«, sagte Elli. »Wo ist der Kopf? Wo ist die Wand? Du hast dich doch sonst immer mit allen angelegt, wenn du etwas wolltest.«

»Und wenn ich gar nichts will? Die ganze Ermittlung in Leos Vergangenheit ist eine Sackgasse. Seine Kollegen waren ein zusammengewürfelter Haufen, die sind in alle Winde zerstreut. Da gibt es keine Geheimnisse. Der Einsatz ist einfach fürchterlich schiefgelaufen.«

»Und Nancy Steinert? Ihre Familie, ihr Umfeld?« Elli baumelte mit den Beinen. »Glaubst du nicht, da sollten wir noch tiefer graben?«

»Damit ich noch eine in die Fresse kriege? Nein, danke. Ich habe gleich einen Termin bei Leos ehemaligem Einsatzleiter. Danach sind die Steinerts für mich gestorben.« Er warf den *Egal*-Stapel ebenfalls in den Papierkorb, zog die Unterschriftenmappe zu sich und blätterte sie durch. Geistesabwesend korrigierte er ein paar Tippfehler. Das Sekretariat hasste ihn dafür.

»Eine Sache könntest du heute angehen. Eine Aufgabe, bei der keiner von den Steinerts vorkommt«, sagte Elli. Dieser alte Fall mit den verbitterten, feindseligen Menschen ging ihm zusehends an die Nieren, und es war nicht fair, Hannes diese Ermittlung zu hundert Prozent aufzuladen. Sie wusste sehr wohl, dass Waechter ihn damit aufs Abstellgleis geschickt hatte. »Leo hatte in den Unterlagen die Rückennummer eines Polizisten notiert. Sechs Beamte vom Unterstützungskommando kommen infrage. Fahr bitte raus und klopf sie auf ihre Verbindungen zu Leo Thalhammer ab.«

»Aha. Ich soll also eine Runde guter Bulle, böser Bulle spielen, oder wie? Auf welcher Seite stehe ich? Sind dafür nicht die Internen Ermittlungen zuständig?«

»Wir ermitteln gegen keinen von denen.«

»Super. Wieder ein halber Tag dahin.« Hannes pfefferte den Stift auf den Tisch.

Elli sagte: »Gib's zu. Leos Mörder ist dir herzlich egal.«

»Wenn du's genau wissen willst, an manchen Tagen … Ach, vergiss es.« Er klappte die Mappe zu und steckte seinen Schlüssel in die Tasche.

»Ich will's genau wissen«, sagte Elli.

Hannes riss die Tür auf. »Ich habe genug mit meinem eigenen Mörder zu tun.«

Waechter wartete vor dem Vernehmungsraum auf Elli. Sie starrte auf den Boden, als grübele sie über etwas nach, aber als sie zusammen hineingingen, berührte sie ihn in einer kameradschaftlichen Geste am Rücken.

»Pack mer's«, sagte er, und damit war Peters gemeint.

Waechter hatte die Nacht durchgearbeitet und versucht, sich zwischendurch ein paar Minuten Schlaf zu krallen. Aber jedes Mal wenn er die Augen zugemacht hatte, hatte er das Gefühl gehabt, dass Peters sich über ihn beugte wie eine Gewitterwolke, mit der Hand in der Tasche. Er hat mich nicht angegriffen, dachte er zum wiederholten Mal. Er hat mich nicht angegriffen. Er hat mich zum Deppen gemacht, genau wie alle anderen. Er hat mit uns gespielt.

Peters wartete im Besprechungsraum. Die Beine hatte er übereinandergeschlagen. An seinem schlanken Körper sahen sogar die Anstaltshosen aus, als hätten sie Bügelfalten. Peters hatte das übliche feine Lächeln im Gesicht. Ein Anwalt saß an seiner Seite, ein junger, nervöser Pflichtverteidiger. Er weiß, dass er gewinnen wird, dachte Waechter. Er gibt sich demonstrativ keine Mühe. Er spielt schon wieder mit uns.

»Mein Mandant hat beschlossen, die Aussage zu verweigern«, sagte der Pflichtverteidiger, und es klang, als lese er von einem Blatt ab.

Der Staatsanwalt drehte sich zu Waechter um und zuckte hilflos mit den Schultern.

Waechter setzte sich Peters gegenüber.

»Guten Morgen, Herr Peters.« Er schaute in die hellblauen Augen, in denen sich die Neonröhren an der Zimmerdecke spiegelten.

Peters erhielt sein Lächeln aufrecht. Und schwieg.

»Ihnen wird ein Polizistenmord vorgeworfen, Herr Peters. Das ist eine ziemlich große Sache. Da ist es besser, Sie reden mit uns über die kleineren Dinge.«

Peters hielt seinem Blick stand. Er stützte den rechten Ellbogen auf den anderen Arm, und seine Finger schwebten in der Luft, als hielte er eine Zigarette oder versuchte, sich an etwas Amüsantes zu erinnern. »Kein Kommentar.«

Dieser Mann hatte eine junge Frau zusammenschlagen und vergewaltigen lassen. Dieser Mann flutete die Stadt mit neuen, unberechenbaren Drogen. Dieser Mann sah so … zivilisiert aus. Waechters Herz hatte seit Sekunden nicht geschlagen. Nun krampfte es sich zusammen und pulsierte in Schlägen, so stark, dass es ihn äußerlich schüttelte. Da war sie wieder, die Warnung.

»Vielleicht sieht man sich ja ein zweites Mal, Herr Hauptkommissar Waechter«, sagte Peters.

Waechters Herz krampfte sich erneut zusammen und entlud sich in einem schmerzhaften Schlag.

»Im ›Fendstüberl‹, im ›Promillchen‹«, sagte Peters. »In der ›Hopfendolde‹ soll man auch ganz schön sitzen, habe ich gehört.«

»Halten Sie den Mund«, sagte Waechter.

»Wie geht's Ihrer jungen Freundin, Herr Hauptkommissar Waechter? Sucht sie einen Job? Ein Schülerpraktikum vielleicht? Für unternehmungslustige Frauen habe ich immer Kontakte. Die Erlebnisgastronomie boomt.«

Waechter beugte sich über Peters und kam ihm dabei so nah, dass er direkt in die Spiegelscherbenaugen blicken konnte. »Halten Sie den Mund, hab ich gesagt!«

Jemand klopfte an die Tür, ein Beamter steckte den Kopf hinein. »Der Herr Waechter möcht bitte mal rauskommen«, sagte er. »Es wär wichtig.«

Das kam genau zum richtigen Zeitpunkt. Bevor Waechter sich noch länger beleidigen und bedrohen lassen musste oder bevor er Peters am Kragen über den Tisch zog. Waechter ging, ohne einen Blick zurückzuwerfen.

Sigi, der wuchtige Kommissar von der Abteilung für Organisierte Kriminalität, erwartete ihn im Flur.

»Die Hunde haben nur schwache Spuren in dem Lkw wahrgenommen«, sagte er. »Irgendwann sind darin einmal Amphetamine transportiert worden. Aber nicht jetzt. Der Laderaum ist sauber. Kein Gramm.«

»Sie müssen es gewusst haben«, sagte Waechter. »Sie müssen woanders als geplant umgeladen haben.«

»Ja, aber wir haben keine Ahnung, wo. Wir können Peters nur für den Angriff auf dich verhaften.«

»Er hat mich nicht angegriffen. Er hat mir ein Hustenbonbon angeboten.« Waechter drehte sich weg. »Wir können ihn nur so lange wie möglich wegen der Waffe festhalten. Er spielt mit uns. Und ich steige jetzt aus dem Spiel aus. Er gehört euch, macht doch, was ihr wollt.«

Zum ersten Mal war ihm etwas egal. Egal ob Peters der Mörder von Leo war. Egal ob Peters ein wichtiger Zeuge war. Egal ob Peters diesen Zug gewonnen hatte. Waechters finale Grenze war überschritten.

Hannes war erleichtert, aus dem Kommissariat raus zu sein, wo ihm alle besorgt ins Gesicht schauten und fragten, wie es ihm gehe. Von dem Faustschlag war bloß noch ein kleiner Fleck neben dem Nasenrücken sichtbar. Der Bluterguss unter dem Augenlid wurde hoffentlich nicht mehr größer, und nur wenn er sich schnell bewegte, fühlte er einen kurzen Schwindel. Es ging ihm wirklich wieder gut. Warum glaubte ihm das niemand? Wahrscheinlich hatten alle gedacht, ein erneuter körperlicher Angriff würde ihn komplett aus der Bahn werfen. Nun, den Gefallen hatte er ihnen nicht getan. Die Quittung kam für ihn vielleicht später. Aber nicht jetzt, nicht heute.

Das halbe Plättchen Tavor würde helfen. Eine Hälfte hatte er gestern genommen, die andere Hälfte eben im Auto, mit einem Schluck Wasser aus der Plastikflasche. Er spürte, wie die scharfkantige Tablette die Speiseröhre hinunterrutschte. Zwanzig Minuten, dann würde sich die weiche, wattige Empfindung in ihm ausbreiten, die jede Emotion geräuschlos auffing. Eine Scheißegal-Pille, die süchtig machte wie die Hölle, wenn man nicht aufpasste. Natürlich würde er damit aufhören. Aber nicht gerade in den ersten Tagen. Morgen. Vielleicht.

Er hatte es geschafft, spontan einen Termin bei Leo Thalhammers ehemaligem Gruppenführer zu bekommen. Erwin Schulze war dabei gewesen, als Leo den Todesschuss auf Nancy Steinert abgegeben hatte. Hannes hoffte, mehr von ihm über Leo zu erfahren. Ob bei dem Einsatz etwas schiefgelaufen war. Ob Leo einen Fehler gemacht hatte.

Mühelos fand er einen Parkplatz vor der Gartenanlage. Auch hier war das Gras verdorrt, und die Schrebergärten waren mit einem gusseisernen Tor versperrt. Hannes drückte die Klinke herunter und betrat eine andere Welt.

Die Hecken zu beiden Seiten bildeten einen Hohlweg, spendeten aber weder Kühle noch Schatten, die Buchsbaumblätter waren gelblich verfärbt. Alle paar Meter öffnete sich ein Tor in einen Schrebergarten, übermannshoch, sichtgeschützt. Seine Schritte auf dem festgetretenen Kies und das Summen der Fliegen waren die einzigen Geräusche. Der

Weg endete in einer Hecke und einem letzten Tor. Sie hatten ihn in eine Sackgasse geschickt, wo er keinen Schaden anrichten konnte. Weil sie ihm nichts zutrauten, dem mit dem Sprung im Porzellan. Aus diesem Garten kamen Geräusche, das Rascheln von Gras, ein Murmeln.

Hannes klopfte ans Holz. »Herr Schulze?«

Als keine Antwort kam, drückte er das Tor vorsichtig auf. Ein Mann sammelte etwas vom gelben Rasen auf, er drehte Hannes den Rücken zu. Leise wiederholte er wie ein Mantra: »Keine, keine. Mir krieget keine.«

»Herr Schulze?«

Der Mann drehte sich um und hielt Hannes anklagend die Hände hin. Winzige, verschrumpelte Äpfel lagen darin. Apfelbabys.

»Falle alle runter, 's isch viel zu trocken. Heuer krieget mir gar nix an Obst.« Er tippte sich an die Stirn und nahm Haltung an. »Sie sind der Kollege, gell? Wir haben ja telefoniert. Sie kommen wegen dem Leo.« Auf einmal schwäbelte er deutlich weniger, so als müsse er sich vor einem Kollegen zusammenreißen. »Gehen wir in den Schatten.«

Schulze warf die Äpfel weg und wischte sich mit einem Taschentuch über die Halbglatze, sie war knallrot. Der Mann glühte. Unter einem Vordach, wo es nach staubigem Holz roch, servierte er selbst gepressten Apfelsaft in schmutzigen Gläsern. Hannes leerte seins trotzdem in einem Zug.

»Ich hab erst von Ihnen erfahren, dass der Leo tot ist.« Schulze wischte sich erneut mit dem Taschentuch über Gesicht und Glatze. »Mir leset ja keine Zeitung mehr.«

»Hatten Sie noch Kontakt zum Leo?«

»Bei mir hat er sich gar nicht mehr gemeldet nach der Sache. Bei keinem von uns. Er hat einen Schnitt gemacht, der arme Kerl.« Schulze schüttelte den Kopf. »Ich seh's noch vor mir, das Mädle.«

»Was ist denn genau passiert in Nancys Wohnung?«

»So genau kann ich das gar nicht mehr sagen. In meinem Alter vergisst man so manches.«

»Gerade haben Sie gesagt, dass Sie das Mädchen noch vor sich sehen«, hakte Hannes nach. »Was genau haben Sie vergessen und was nicht?«

Schulze sank noch etwas mehr in sich zusammen. »Ist alles so lang her.«

»Neun Jahre«, sagte Hannes. »Sie tun niemandem mehr weh, wenn Sie über den Einsatz reden. Aber Sie helfen dem Leo.«

»Er war so ein junger Kerl seinerzeit. Hat er mitbekommen, dass …?« Schulze zögerte.

»Ja«, sagte Hannes, und Schulze wurde noch kleiner.

»Ich hab damals den Einsatz geleitet. Zwei Streifen und eine Gruppe von der Bereitschaftspolizei. Das junge Mädchen hat sich mit einem Messer in der Wohnung verschanzt und sich selbst am Hals verletzt. Sie war wahrscheinlich geistig verwirrt. Die Nachbarn haben Angst vor ihr gehabt.«

»Hat sie jemanden bedroht?«, fragte Hannes.

»Das weiß ich nicht, wir sind erst dazugekommen, nachdem sie sich eingesperrt hat. Wir sind vor der Wohnung gestanden, aber sie hat auf unser Klingeln, Klopfen und Reden nicht reagiert. Da ist natürlich die Frage aufgekommen, ob wir reingehen sollen oder nicht. Wir haben ja nicht gewusst, was uns drinnen erwartet.«

Reingehen. Was für ein Euphemismus dafür, eine Tür aufzubrechen, eine Wohnung zu stürmen und einen Menschen zu überwältigen, dachte Hannes.

»Mir war das eine Nummer zu groß«, sagte Schulze. »Ich wollte eine Verhandlungsgruppe kommen lassen und das SEK, das mit Tasern ausgestattet ist. Wir haben uns alle überfordert gefühlt.«

»Warum haben Sie es nicht gemacht?«, fragte Hannes. Es sollte nicht wie ein Vorwurf klingen, aber es kam so heraus.

»Ich hab mit dem Leiter der Dienststelle telefoniert und gefragt, ob ich das SEK rufen soll. Wissen Sie, was er da gesagt hat? ›Was des wieder koscht.‹ Ich hab ihn noch genau im Ohr. ›Was des wieder koscht‹«.

»Hat er Ihnen untersagt, Verstärkung anzufordern?«, fragte Hannes.

»Nein.« Schulze kippte seinen Apfelsaft herunter wie Wodka. »Er hat sich die Lage genau schildern lassen. Und dann hat er gesagt: ›Sie können machen, was Sie wollen. Rufen Sie halt das SEK, wenn Sie es für richtig halten. Aber dann nehmen Sie den Einsatz auch auf Ihre Kappe.‹«

Hannes lehnte sich gegen das Holz des Schuppens und blinzelte in die Sonne. Verantwortung bedeutete auch Macht. Jemand, der Verantwortung abschob, konnte anderen dadurch zu viel aufbürden. Und sie damit verkrüppeln.

»Ich hab entschieden, dass wir das selber machen.« Schulze straffte den Rücken. »Wenn wir die Wohnung aufgebrochen hätten, hätte die Gefahr bestanden, dass sie vom Balkon springt. Dritter Stock. Also hab ich vorgeschlagen, dass ein paar Beamte über den Nachbarbalkon rübersteigen und wir von zwei Seiten reingehen.«

Wie musste sich das Mädchen gefühlt haben? Wenn sie in einem psychotischen Schub steckte und sich sowieso bedroht fühlte und auf einmal uniformierte Gestalten mit Helmen über den Balkon eindrangen? Was für eine krasse Fehlentscheidung. Aber Hannes hatte nicht vor, es Schulze zu sagen. Der wusste es sowieso, jeden Tag und jede Nacht.

»Sie hat dieses Messer in der Hand gehabt«, sagte Schulze. »Klein und scharf. Am Hals hat sie geblutet. Wir haben mit ihr geredet, ihr gesagt, dass sie es weglegen soll. Und sie war fast schon so weit. Auf einmal hat sie damit ausgeholt und es in einem weiten Bogen an den Beamten vorbeigezogen. Da hat nicht mehr viel gefehlt. Und dann … und dann …« Er zog die Schultern hoch und ließ sie wieder fallen. »Wie dem auch sei.« Mit lautem Geklapper stellte er die Gläser zusammen und sah Hannes herausfordernd an. »Der Leo hat keine Schuld.«

Leo Thalhammer war kein schießwütiges Monster gewesen, er hatte sich nur verteidigt. Eine Reihe von Fehlentscheidungen hatte ihn in die Lage gebracht, schießen zu müssen. Der Gedanke hörte sich pervers an, aber er hatte alles richtig gemacht.

Schulze schob sich an Hannes vorbei und trug die Gläser in den Schuppen. »Mein Chef hat immer nur aufs Weiterkommen geschaut«, rief er von drinnen. »Hauptsache hinten raus hat das Budget gestimmt.« Von seiner anfänglichen Verwirrtheit war nichts mehr übrig, der menschliche Kontakt hatte ihn klar gemacht. »Hinterher hat er behauptet, er hätte das mit den Kosten nie gesagt. Hat mich als Lügner dastehen lassen. Es wäre meine Fehlentscheidung gewesen, ich hätte doch um Himmels willen das SEK rufen sollen.« Schulze steckte den Kopf aus der Tür. »Das war's für mich mit dem Apparat. Zeit für den Vorruhestand.«

Ein winziger Apfel fiel vom Baum und schlug dumpf auf dem Rasen auf. Schulzes Blick wurde vage. »Mir krieget nix«, sagte er wieder. »Kurz nach meiner Pensionierung ist meine Frau gestorben. Verschieben Sie bloß nix auf den Ruhestand.«

Hannes bückte sich und nahm den sonnenwarmen Babyapfel in die Hand. »Gelee vom grünen Apfel«, sagte er. »Hat meine Oma immer eingekocht. Die Zeit könnte genau richtig sein, wäre schade drum.« Er reichte Schulze den Apfel. »Danke für Ihr Vertrauen.«

»Sie ist durchs Zimmer geflogen wie eine Puppe«, sagte Schulze. »Wie eine Puppe.« Ein Schleier legte sich über sein Gesicht. »Grüner Apfel, saget Sie. Hm. Hm.« Er drehte sich um, als habe er den Besucher schon vergessen. Hannes schob das knarzende Gartentor auf. Als er sich noch einmal umdrehte, sah er Schulze auf dem vertrockneten Rasen stehen, er hatte ihm den Hintern zugedreht und warf unreife Äpfel in einen Korb, als wäre es das Wichtigste der Welt.

Martina Jordan beugte sich über Waechters Arbeitsplatz. Sie trug keine Spur von Parfüm. Waechter gefiel das.

»Wir haben eine Fahndung nach Fatou Dembélé rausgegeben«, sagte er. »Sie lebt seit Monaten im Untergrund, ohne auffällig geworden zu sein. Sie hat darin Erfahrung und wahrscheinlich einen sicheren Unterschlupf.«

Die Kollegin nickte. »Dembélé war nach ihrem Untertauchen derart unsichtbar, dass wir sicher waren, ihr müsse etwas passiert sein. Dass sie gesund und munter wieder aufgetaucht ist, hat mich eher überrascht.«

»Die Frage ist, was sie bei Leos Haus gesucht hat«, sagte Waechter. »Wollte sie nach seinem Tod Hinweise auf ihre Person vernichten? Oder ihren Aufenthaltsort? Je mehr ich darüber nachdenke, desto verdächtiger kommt mir das vor.«

Martina Jordan sagte: »Ich habe mal die Orte zusammengestellt, mit denen wir Fatou Dembélé in Verbindung bringen. Vielleicht kehrt sie an einen davon zurück. Bisher lag nichts gegen sie vor, außer dass sie sich ohne Aufenthaltstitel in Deutschland aufhält. Gezielt nach ihr gefahndet wurde bisher nicht. Sonst wäre sie sicher schon mal aufgefallen.«

»Kein Mensch kann sich total unsichtbar machen«, sagte Waechter.

»Wir überwachen die typischen Plätze. Den Nussbaumpark, die Katakomben im Hauptbahnhof, die Gegend um ihre frühere Wohnung.«

»Gibt es sonst noch Orte, die Sie mit ihr in Verbindung bringen?«

»Na ja, die Wohnung einer Freundin in Obergiesing. Wird überwacht. Dann einen Coffeeshop am Pasinger Bahnhof, wo sie einmal festgenommen wurde. Wird überwacht.«

»Sie muss da erst mal hinkommen«, sagte Waechter. »Wir sollten die Videoaufnahmen der öffentlichen Verkehrsmittel überwachen. Zumindest auf den betreffenden Linien.«

»Gute Idee«, sagte Martina Jordan und wollte schon gehen.

»Haben Sie sie mal getroffen?«, fragte Waechter.

»Wen?«

»Dembélé. Erzählen Sie mir von ihr.«

Martina Jordan zog sich einen Stuhl heran und setzte sich. »Wir haben nur zweimal miteinander gesprochen. Ihr Deutsch war schlecht, wir brauchten einen Übersetzer, der in noch schlechteres Französisch übersetzte. Die Kontaktaufnahme war schwierig.«

»Kein Wunder«, sagte Waechter. »Sie muss traumatisiert gewesen sein.«

»Es hat mich gewundert, dass sie überhaupt gegen Peters ausgesagt hat«, erwiderte Martina Jordan. »Aber das passt zu ihr. Sie ist stolz. Nach allem, was sie erlebt hat, hätte sie gebrochen sein müssen. Im Gegenteil, sie war empört, stand für sich ein. Das hat mich beeindruckt.«

»Auf jeden Fall kann sie sich wehren.« Waechter rieb seine Arme, und Martina Jordan lachte, zum ersten Mal in dieser ganzen Ermittlung.

»Trauen Sie ihr zu, jemanden zu erschießen?«, fragte Waechter.

»Wenn ihr Unrecht passiert ist, ja«, sagte Martina Jordan. »Sie entschuldigen mich. Ich muss noch etwas für Leos Beerdigung vorbereiten, und das will ich möglichst schnell hinter mir haben.«

Als sie weg war, dachte Waechter noch eine Weile vor dem dunklen Bildschirm über die junge Frau nach, die gegen einen international gesuchten Dealer aussagte und mal eben zwei Hauptkommissare ausknockte. Er wollte nicht, dass sie die Täterin war. Aber er konnte es sich nun mal nicht aussuchen.

Hannes bekam ein leeres Büro im USK-Gebäude zugeteilt. Patrick Bauer war der letzte der Polizisten, die er befragen sollte. Sie alle sahen wahnsinnig jung aus, Hannes fühlte sich ihnen gegenüber wie Inventar. Als er bei Waechter angefangen hatte, war Hannes als *Golden Boy* gehandelt worden. Ein

Boy war er schon lange nicht mehr, und er musste sich eingestehen, dass das Gold auch schon ab war.

Der Polizist saß auf dem Rand seines Stuhls, aufrecht und sprungbereit. Obwohl Trainingszeit war, trug er die nüchterne Uniform der USK im dunklen Parisblau. Er hatte klassische Gesichtszüge, aber seine Gesichtsfarbe war fahl, und die Wangen waren eingefallen, in den blauen Augen stand ein unnatürlich starrer Blick.

»Sie haben viel Stress im Moment, oder?«, sagte Hannes. »Die Gefahrenzone in Schwabing …«

»Fußballspiele sind schlimmer.« Patrick Bauer umfasste die Armlehnen seines Stuhls, als folterte Hannes ihn mit elektrischem Strom. »Wir kommen schon klar.«

»Sie stammen nicht aus Bayern, stimmt's? Da ist etwas in Ihrem Dialekt. Lassen Sie mich raten … Berlin?«

»Sachsen«, sagte Patrick Bauer.

»Ach. Dann kennen Sie sicher Sandra Benkow?«

»Sie ist meine beste Freundin. Wir sind vor ein paar Jahren zusammen nach München gekommen.«

Sandra Benkow, die Polizistin, die die Leiche von Leo Thalhammer gefunden hatte. Hier bestand eine Verbindung. Hannes gab sich Mühe zu verbergen, dass hinter seiner Stirn gerade sämtliche Warnleuchten angingen.

»Sie waren bei der Demonstration vor vier Tagen auch im Dienst, Herr Bauer?«

»Patrick, bitte. Wir können gerne Du sagen.« Patrick rutschte auf seinem Stuhl hin und her. »Wir sind ja Kollegen.«

»Okay. Ich bin Hannes.« Er lächelte. Alles, um den jungen Polizisten zu entspannen, der erfolglos versuchte, seine Panik zu verbergen.

Was verbirgst du sonst noch, Patrick Bauer?

»Erzähl mir von der Demonstration, vor allem vom Ende, als sie eskaliert ist. Was war deine Aufgabe?«

»Wir reden nicht über Einsatztaktiken.«

»Das brauchst du auch nicht. Nur, wo du dich befunden und was du mitbekommen hast.«

»Warum willst du das wissen?«

»Wir befragen alle, die an dem Abend eingesetzt waren«, sagte Hannes.

»Okaaay«, sagte Patrick in der langgezogenen Weise, die zeigte, dass gar nichts okay war. »Unsere Aufgabe war es, die Störer vom Demonstrationszug fernzuhalten. Die beiden Gruppen sollten sich nicht mischen. Die Leute auf dem besetzten Gelände waren zu dem Zeitpunkt bereits aggressiv. Wir haben schnell festgestellt, dass sie die *Out-of-control*-Taktik anwenden.«

»Darf ich wissen, was das ist?« Hannes beugte sich neugierig vor. Seine Wackersdorf-Zeiten waren lange her.

»Wenn gewaltbereite Demonstranten nicht als Block auftreten, sondern in kleinen Gruppen über die umliegenden Straßen ausschwärmen und mehrere Gewaltherde eröffnen. So war's auch an dem Abend. Sie warfen Autoscheiben ein, zündeten ein Polizeiauto an. Von der anderen Seite, der Leopoldstraße aus, durchbrachen Personen die Absperrung. Wir konnten einige von ihnen in der Franzstraße einkesseln und mit Pfefferspray zurückhalten.«

»Macht das die Situation denn nicht noch aggressiver?«

»Du hast ja keine Ahnung.« Patrick wurde laut. »Das war wie Krieg. Da ist keiner mehr zwischen dir und dem Typen mit der Glasflasche. Keiner.«

»Bist du verletzt worden?«

Patrick schüttelte den Kopf.

»Macht dir dein Job Spaß?«

»Spaß …« Patrick lächelte in sich hinein. »Spaß … Ich weiß nicht. Das Training ist knochenhart. Bei Einsätzen werden wir körperlich angegriffen. Ich hab lang nicht mehr darüber nachgedacht. Weißt du, ich hab ein Haus, ich hab eine Frau, wir üben für ein Kind. Darum geht's doch.«

»Sagt dir Leo Thalhammer etwas?«

»Nie begegnet«, sagte Patrick schnell. »Du meinst den Kollegen, der erschossen wurde, oder?«

»Hattest du je beruflich mit ihm zu tun?«

»Ich habe den Namen zum ersten Mal gehört, als er tot war.«

»Wir müssen das abklären. Die Rückennummer eurer Gruppe stand in den Unterlagen.«

Patrick zuckte mit den Schultern. »Kann ich mir nicht erklären.«

»Du warst ganz in der Nähe des Tatorts. Ist dir bei der Demonstration etwas Ungewöhnliches aufgefallen? Zum Beispiel Leute, die da nicht hingehören?«

»Etwas Ungewöhnliches?« Patrick lachte bitter. »Es war das pure Chaos.« Sofort wurde er wieder ernst und musterte Hannes. »Du bist … du bist der, oder?«

»Wer genau?«

»Der, der überlebt hat.«

»Oh, ja klar.« Hannes rutschte unbehaglich in seinem Stuhl zurück. »Noch lebe ich.« Er wollte auf keinen Fall über seine Krankschreibung sprechen. Noch weniger wollte er den winzigen Funken Vertrauen, den der junge Polizist zu ihm gefasst hatte, durch ein rüdes Abblocken zerstören.

»Du bist doch im Dienst angegriffen worden. Ich hab gehört, du warst ewig im Krankenhaus. Es hat sich rumgesprochen, dass du schon wieder arbeitest. Dass ich dich mal treffe, wow.«

»Ich bin zwar geschmeichelt, aber was ist daran *wow*?«

»Du giltst als so eine Art Held.«

»Gott bewahre.« Hannes hob abwehrend die Hände. »Ich verrate dir ein Geheimnis. Ich habe Fehler gemacht, die mich in diese Lage gebracht haben. Ich hatte Glück. Und jetzt bin ich zurück im Dienst und mache weiter Fehler. Wie ein ganz normaler Mensch. Ich bin das Gegenteil von einem Helden. Es geht doch nur darum, morgens aufzustehen und das Beste zu geben, das man gerade geben kann.«

»Der war gut«, sagte Patrick. »Den hänge ich mir an den Kühlschrank.«

Hannes reichte ihm seine Karte. »Wenn dir noch was einfällt, Patrick, dann melde dich bei mir. Oder schreib mir eine Mail.«

Die Schultern des jungen Mannes entspannten sich. Er war sichtlich erleichtert, dass die Befragung vorbei war. Dabei war es nur der Anfang für ihn, dachte Hannes.

»Auf ein Wort, Michi.« Zöller hielt Waechter zurück.

Als alle gegangen waren, zog er den Janker aus und warf ihn über die Stuhllehne. Waechter blieb an der Tür stehen. Vorsicht war immer dann geboten, wenn Kriminaldirektor Zöller sich in Berni verwandelte und hemdsärmelig wurde.

»Aus deiner Sicht, Michi: Wie läuft's?«

»Könnt nicht besser laufen«, sagte Waechter und ließ den Satz einfach mal so stehen.

»Das Präsidium ist unzufrieden. Wir haben einen Polizistenmord, mehrere hundert potenzielle Zeugen und ganze Aktenordner voller Spuren. Trotzdem könnt ihr immer noch kein Ergebnis präsentieren.«

»Danke für diese wichtige Information«, sagte Waechter. »Wär ich selber nicht draufgekommen.«

»Ich setze große Hoffnungen in euch, das weißt du.«

Waechter stützte sich auf den Tisch. »Ich hätt jetzt gern mal den Text zwischen den Zeilen. Für den reicht meine Lesebrille nämlich nicht.«

»Der Scheiterhaufen-Fall letztes Frühjahr.« Zöller nahm wie aufs Stichwort die Brille ab und polierte sie an der Hemdbrust. »Ich muss dir nicht erzählen, wie viel da schiefgelaufen ist. Im Grunde hättet ihr danach im Präsidium keinen Fuß mehr auf den Boden gekriegt. Ich habe Wochen gebraucht, um in den Akten das eine oder andere glattzustreichen, damit ihr eure Planstellen behaltet.«

Natürlich hatte Zöller die Akten gebügelt. Ein noch grandioseres Versagen von Waechters Team wäre schließlich auf den Kriminaldirektor zurückgefallen. Wenn ihre Köpfe gerollt wären, hätte seiner zumindest gewackelt. Die Ermittlung im Frühjahr hatte unter dem Stern von Fehlentscheidungen und schlechter Kommunikation gestanden. Zu allem Übel hatte sich Hannes in eine persönliche Krise gestürzt und sich aufgeführt wie ein Querschläger in einer Betonröhre. Am Ende hatte es beinahe Menschenleben gekostet. Zöller wusste genau, dass er nur »Scheiterhaufen-Fall« sagen musste, um Waechters komplette Mordkommission in Schreckstarre zu versetzen.

»Stellt euch in der Soko Osterwald halbwegs kompetent

an. Danach wird keiner mehr über den Scheiterhaufen-Fall reden.« Er setzte die Brille wieder auf und faltete die Hände. »Der Fall Leo Thalhammer ist eure große Chance.«

»So, du betrachtest es also als Chance, den Brandl Hannes aus der Krankschreibung herauszuziehen und ihn in eine Ermittlung zu stecken, die ihn an allen Fronten überfordert? Ausgerechnet den Fall eines toten Kollegen?«

»Gerade diesen Fall, Michi. Gerade diesen.«

»Was bezweckst du damit, Hannes kaputtzumachen?«

Zöller ließ die Freundlichkeit von sich abfallen wie einen Bühnenvorhang. Seine Stimme nahm einen drohenden Unterton an. »Was meinst du damit?«

»Du weißt selber, dass er das nicht packen wird.«

Zöller ging um den Schreibtisch herum und kam Waechter so nahe, dass sie fast Nase an Nase standen. »Jetzt sag ich dir mal was, Kamerad. Ich weiß noch ganz andere Sachen. Ich hab ein paar Jahre mehr Erfahrung in Personalführung als du. Ich hab schon Kollegen erlebt, die sich von einer Folgekrankschreibung zur nächsten gehangelt haben. Bis sie in der Frühpensionierung gelandet sind. Je öfter sie verlängern, desto geringer ist die Chance, dass sie es wieder auf ihren alten Platz schaffen. Ich hab dem Brandl einen Gefallen getan, indem ich ihn frühzeitig aus der Dynamik rausgezogen habe. Er ist siebenunddreißig und ein gescheiter Kerl, aus dem noch was werden kann. Ich werde ganz sicher nicht zulassen, dass seine Laufbahn jetzt beendet ist. Nicht mit diesem Vorfall, nicht unter mir.«

»Warum ausgerechnet Leo Thalhammer? Der Brandl Hannes ist im Dienst angegriffen worden. Du kannst dir doch denken, dass ihn diese Ermittlung besonders belastet.«

»Entweder er packt alle Fälle, auch die belastenden, oder er ist nicht dienstfähig. Ich brauche keine Beamten, die sich die Rosinen rauspicken. Du bist der Erste Hauptkommissar, du bist dafür verantwortlich, dass alle im Team hundert Prozent geben. Oder dass du rechtzeitig die Reißleine ziehst.« Zöller ging auf Abstand zu Waechter und lachte leise, als erinnerte er sich an etwas. »Weißt du noch? Wir zwei auf Streife, damals, in der Ludwigsvorstadt. Ganz normale Ruhestörung, nachts um halb drei. Die Tür steht offen, Musik kommt raus.«

Es war so viele Jahre her. Waechter hatte den Einsatz tief in die Falten seiner Erinnerungen geschoben. Vage kamen wieder Bilder in ihm hoch.

»Wir drücken die Wohnungstür auf, gehen rein«, sagte Zöller. »Wollen gerade in das Zimmer, aus dem die Musik kommt. Da tippt mir einer auf die Schulter. Ich dreh mich um, und vor mir steht ein Zweimetertyp mit einem doppelt geschliffenen japanischen Schwert. Du hast die Waffe gezogen und ihn angebrüllt. Muss gut zwanzig Jahre her sein.« Wieder lächelte er in sich hinein. »Besonders belastet. Ja, freilich.«

Als er sich umdrehte, war jeder Anflug von Lachen verschwunden. »Wenn du denkst, Michi, dass ich Kollegen vorsätzlich psychisch kaputtmachen will – welchen Sinn hat es dann noch, dass wir zwei zusammenarbeiten?«

»Ja«, sagte Waechter. »Welchen Sinn hat das noch?« Seine Worte fielen dürr zu Boden. Er wandte sich ab und ging.

»Sobald Anklage erhoben ist, brumme ich euch eine Teamsupervision auf!«, rief Zöller ihm hinterher.

Die überleben wir auch noch, dachte Waechter und zog die Tür hinter sich zu.

Erst jetzt fiel ihm auf, dass es noch mehr Text zwischen den Zeilen gegeben hatte. Zöller hatte ihm den klaren Auftrag erteilt, Hannes zu überwachen.

»Uns beiden überlassen sie mal wieder den Papierkram«, sagte Elli.

Der Hüter des Schweigens hatte ein beeindruckendes Dossier über Leos private Ermittlungen erstellt, zumindest über den papiernen Teil davon. Der Computer und das Handy waren immer noch im LKA. Elli und er saßen zusammen in seinem Büro, das nach Norden rausging und immer noch angenehm kühl war, einer ihrer Lieblingsplätze in diesen Tagen. Ein Ventilator bewegte sacht ihre Haare. Am liebsten hätte sie die ganze Arbeit an der Isar auf ein paar Steinen ausgebreitet, und wenn die Hitzewelle anhielt, würde sie es auch durchziehen. Der Hüter des Schweigens hatte kalte Limo besorgt und saß neben ihr, ein leichter Geruch von Pfeifenrauch ging von ihm aus. Er war ein Schätzchen. Wenn nur die anderen mehr wie er wären. Mehr arbeiten, weniger labern.

Obenauf lag der karierte Zettel von Leo Thalhammer mit den wenigen Notizen in eiliger Kugelschreiberschrift.

– Wer zahlt?

– Kontakt in der Truppe

Und dann die Buchstaben BY und die Rückennummer.

Elli blätterte durch einen Stapel von Telefonnotizen. Leo hatte alle Gespräche in seiner winzigen Handschrift protokolliert, die zwar ordentlich aussah, aber schwer zu lesen war. Die meisten Notizen enthielten ein großes F. Stand es für Fatou? War sie in den Telefonaten Thema gewesen?

Bei F gemeldet. Wohnung eingerichtet.

F angerufen, zwei von Ps Leuten begegnet, nicht gesehen worden.

F angerufen, für zwei Tage untergetaucht.

Anruf bei F, nichts Neues.

Wenn F wirklich für Fatou Dembélé stand, war Leo Thalhammer die ganze Zeit mit ihr in Kontakt gewesen. Hatte er sie sich als Informantin herangezogen? Ihr Geld gegeben? An den Kollegen vorbei? Das passte nicht ins Bild des gewissenhaften und geradlinigen Leo. Allerdings hatte er ihre Anonymität wahren müssen, weil sie eine illegale Einwanderin war.

Wenn sie beweisen konnten, dass Leo Kontakt zu Dembélé gehabt hatte, war das ein wichtiger Durchbruch. Dann standen sie kurz vor der Auflösung.

F angerufen, es geht ihr gut, erzählt nichts Neues.

F angerufen, über Frankreich geredet. Onkel vielleicht drüben.

Anruf bei F. Jemand beschützt sie. Beschützt sie richtig.

Die Konversationen lasen sich nicht, als hätte F – Fatou – detaillierte Informationen über den Münchner Drogenmarkt. Eher wirkte es wie ein Chat zwischen guten Bekannten. Warum hatte sich Leo das angetan und dafür seine Stelle riskiert? Hatte Fatou mit ihm gespielt und ihm weitere Informationen für Geld geboten?

Die letzte Notiz gefiel Elli gar nicht. Für eine verletzliche Frau bedeutete ein Beschützer meistens ein Mann. Ein Zuhälter. Diese vermeintlichen Beschützer waren die grausamsten Raubtiere und am nächsten an ihren Opfern dran. Hoffentlich war Fatou Dembélé nicht an einen neuen Peters geraten.

Der Hüter des Schweigens gab ihr einen anderen Hefter von Leo. Er enthielt Ausdrucke von Stadtkarten, gesprenkelt mit den Positionsmarkierungen, die Elli schon kannte.

»Das sind Bewegungsdaten eines Handys.« Sie stieß einen Pfiff aus. Der Hüter des Schweigens nickte anerkennend.

»Ich glaub's nicht«, sagte Elli. »Leo Thalhammer hat jemanden überwacht. Und die Telefonnummer.« Sie drückte dem Kollegen einen Kuss auf die Stirn. »Das ist Gold, Schatzi. Pures Gold. Ist Waechter da? Die Chefin? Hannes? Wir müssen das Handy orten. Und ein Bewegungsprofil für die Fahndungsabteilung erstellen. Sofort.«

Wenn die mysteriöse Person wirklich Fatou Dembélé war und dies ihre Bewegungsdaten waren, hatten sie bald alle Plätze schwarz auf weiß, die sie besucht hatte. Früher oder später würde sie zu einem dieser Plätze zurückkehren. Niemand konnte ganz vom Erdboden verschwinden.

Das Handy, zu dem die Daten gehörten, war gestern noch eingeschaltet gewesen. Elli kostete es nur ein paar Anrufe, um die Funkzelle herauszubekommen, in der es sich zuletzt befunden hatte. Fatou Dembélé hatte sich zwischen mehreren Orten hin- und herbewegt. Ein Straßenzug in Berg am Laim, wo sie sich oft aufhielt und vermutlich wohnte, die Gegend um die Schillerstraße, der Hauptbahnhof, die Schwanthalerhöhe und – wie Waechter vermutet hatte – das Brachgelände an der Osterwaldstraße. Zuletzt hatte sich das Handy am Isarhochufer eingeloggt.

Elli konsultierte Waechter in seinem Büro, der umgehend Martina Jordan herbeirief. Schließlich kannte sie den Fall um Fatou Dembélé am besten. Zu dritt beugten sie sich über die Aufzeichnungen der Bewegungsdaten.

»Da ist doch nichts.« Waechter deutete auf das Isarhochufer, wo sich das Handy zuletzt eingewählt hatte. »Nur Landschaft.«

Martina Jordan lehnte sich über Waechters Schulter. »Als wir vor zwei Jahren einen Drogenbunker am Hochufer ausgehoben haben, haben wir einen Landsmann von Dembélé festgenommen. Wenn die beiden in Kontakt standen, und die Community steht eigentlich immer in Kontakt, dann kennt sie diesen Ort. Gut möglich, dass sie ihn als Bunker oder Lager für persönliche Dinge benutzt.«

»Wann fahren wir hin?«, fragte Elli. Sie trat von einem Fuß auf den anderen, innerlich war sie schon unterwegs.

»Jetzt gleich, natürlich. Organisier uns ein paar Beamte.«

»Sowieso«, sagte Elli. Ihre Wangen glühten.

»Weil wir schon mal dabei sind: gute Arbeit. HDS, kommst du auch mit?«, fragte Waechter.

Aber der Hüter des Schweigens hatte schon unbemerkt den Raum verlassen, als habe er mit der Frage gerechnet.

Mit Blaulicht, aber ohne Martinshorn hielten die Streifenwagen auf dem Fußweg am Isarhochufer. Waechter stellte seinen BMW dahinter ab. Vor ihm öffnete sich ein Kofferraum. Zwei Hunde sprangen heraus und zogen hechelnd an den Leinen, sie freuten sich auf die Bewegung. Der Einsatzleiter teilte die Kollegen mit professioneller Präzision in mehrere Gruppen ein. Auch wenn Fatou Dembélé nicht gefährlich wirkte – man konnte nie wissen, wozu ein Mensch unter Druck fähig war.

Martina Jordan stellte sich an seine Seite. »Kaum zu glauben, dass das hier noch Stadtgebiet ist«, sagte sie.

Von hier oben überblickte man das ganze Isartal, kein Gebäude war zu sehen, nur Baumwipfel. Zur Rechten glänzte das Stahlgerüst der Großhesseloher Brücke in der Abendsonne, ein Zug rauschte darüber und brachte es zum Zittern.

Sie folgten den Uniformierten Richtung Brückenkopf, wo eine Treppe das Hochufer hinunterführte. Auf der Kiesbank unten brannten unzählige Lagerfeuer, beißender Rauch drang zu ihnen herauf und dazu die Stimmen Hunderter Menschen, die sich gegenseitig überschrien. Es war wie im Krieg. Ein paar junge Leute kamen ihnen entgegen, leere Bierkästen in der Hand. »Scheiße, die Bullen«, hörte Waechter im Vorübergehen. Niemand hätte hier eine schmale, junge Frau beachtet, die die Treppe hinunterstieg. Sie hätte auch nur ausgesehen wie auf dem Weg zur nächsten Grillparty.

Die Hunde zogen an den Leinen. »Achtung, jetzt geht's querfeldein«, sagte Martina Jordan. Von einer Treppenstufe aus führte ein ausgetretener Trampelpfad in den Hang hinein, zwischen Steilufer und Hangkante. Waechter hielt sich links, nah am Hang.

»Hier in der Nähe war das«, sagte Martina Jordan. Sie trug eine Schutzweste und hatte die Haare nach hinten gebunden, ihr Gesicht war straff und entschlossen. Sie ging weiter voran, bis der Trampelpfad breiter wurde. Hier musste es einmal einen Hangabbruch gegeben haben. Ein paar überhängende Felsbrocken bildeten eine Höhle über einem Erdloch, Baumwurzeln hingen davor wie ein Vorhang. Über dem Loch war ein Schild angebracht:

Betreten Verboten
Einsturzgefahr

Einer der Hunde bellte verhalten. Ein Kollege schob Laub

und Baumwurzeln zur Seite und leuchtete mit der Taschenlampe hinein.

»Lasst's mich mal durch«, sagte Waechter und drängte sich an den Polizisten vorbei.

In der Erdhöhle roch es süßlich nach dem ersten Herbstlaub, das darin verfiel. Zwei Getränkedosen lagen darin. Ein Paar schmutzige Turnschuhe. Und ein Handy.

Aber kein Mensch.

Waechter griff nach dem Handy. Ein billiges Tastentelefon. Die Abdeckung und der Akku fehlten. Sie hatte das Ding hier abgelegt, weil sie geahnt hatte, dass sie dadurch getrackt werden konnte. Oder sie brauchte es nach Leos Tod nicht mehr. Nur wie kommunizierte sie jetzt? Und mit wem? Gab es weitere Handys? Waechters Gedanken rasten in alle möglichen Sackgassen und zurück.

Waechter sah die junge Frau vor seinem inneren Auge, wie sie im hohen Gras Haken schlug wie ein Hase auf der Flucht. Fatou Dembélé besaß die Gerissenheit eines Menschen, der auf der Straße lebte, und wenn er und die anderen ihr Gehirn nicht einschalteten, würde sie ihnen immer einen Schritt voraus sein.

Hannes saß allein im großen Besprechungsraum, alle Kollegen waren im Einsatz oder hatten nach Ende der Kernarbeitszeit fluchtartig die Isar oder den Biergarten aufgesucht. Sorgfältig pflegte er die Ergebnisse des Tages ins System ein. Das Vernehmungsprotokoll des pensionierten Kollegen Schulze und dazu einen Aktenvermerk, dass es keinen Anlass gab, die Ermittlung in Sachen Nancy Steinert weiterzuverfolgen, solange es keine neuen Anhaltspunkte gab.

Niemand sollte ihm nachsagen können, dass Sachen liegen blieben. Das konnte er sich nicht leisten, nicht in diesen ersten heißen Tagen und schon gar nicht in der exponierten Stellung, in der er sich befand. Punkt. *Enter*. Und servus, Familie Steinert.

Er lehnte sich mit einem tiefen Atemzug zurück und verschränkte die Hände hinter dem Kopf.

Waechter kam herein, und sofort nahm er wieder Haltung an, wie ein ertappter Gymnasiast. Sein Chef blieb kurz in der Tür stehen, als überlege er sich eine Rückzugsmöglichkeit, dann winkte er ärgerlich ab und knallte seine Aktentasche auf einen Stuhl. Er setzte sich auf die Tischplatte und starrte die Pinnwände an, die nach mehreren Ermittlungstagen nicht einmal mehr so taten, als sei die Ansammlung von Fotos, Computerausdrucken und wichtigtuerischen Edding-Notizen noch logisch.

»Und?«, fragte Hannes. Er erinnerte sich, dass Waechter einen Hinweis auf Fatou Dembélés Aufenthaltsort hatte. »Habt ihr sie?«

An Waechters Miene konnte er ablesen, dass der Einsatz erfolglos gewesen war. Statt einer Antwort bekam er ein Grunzen. Obwohl Waechter aus der Sonne kam, sah sein Gesicht grau aus.

Er sollte dringend auf sein Herz aufpassen, dachte Hannes mit einem Anflug von Mitgefühl. Waechter wurde fünfzig, ein gefährliches Alter, um an beiden Enden für die Arbeit zu brennen.

Waechter drehte sich zu Hannes um und schaute ihn an, als hätte er ihn zum ersten Mal bemerkt. »Du bist eine junge Frau ohne Papiere, Handy und Geld, und aus verschiedenen Gründen sind die Bullen hinter dir her. Wo versteckst du dich?«

»Ich habe Geld«, sagte Hannes.

»Nicht du, ich meine …«

»Ich weiß, wen du meinst.« Hannes stand auf und stellte sich ans Fenster. Der Himmel war eine staubige blaue Kuppel ohne Kondensstreifen. »Ich lebe schon länger auf der Straße. Ich bin nicht von gestern und habe ein bisschen Geld beiseitegeschafft. Einen kleinen Betrag trage ich immer bei mir, dicht am Körper. Bargeld ist meine Lebensversicherung.« Er drehte sich um. »Ein Handy habe ich übrigens auch. Denkst du vielleicht, in meiner Lage besitze ich nur eins?«

»So, Frau Superschlau, dann sag mir doch bitte mal, wofür du dein Geld ausgibst. Wenn alle die Plätze in München, wo du hin kannst, verbrannt sind.«

Hannes ging hin und her. Er hatte seinen letzten Unterschlupf verloren. Spürte noch die Hände des Polizisten auf seinem Körper. Knapp. Verdammt knapp. Es gab keine Zuflucht mehr. »Ich schaue, dass ich aus der Stadt rauskomme«, sagte er. »Und zwar so schnell wie möglich. Habe ich einen Bezug zu anderen Orten außerhalb Münchens?«

»Frankreich«, sagte Waechter. »Vielleicht sind Verwandte von dir dort gestrandet.«

»Da will ich hin. Nach Frankreich. Ich brauche ein Auto. Einen Schlepper.«

»Dafür reicht dein Geld ganz sicher nicht, mein Fräulein. Und deine Kontakte auch nicht. Sonst hättest du nicht in irgendwelchen Hinterhöfen Speed verticken müssen.«

»Vergessen wir das Auto. Ich nehme die Bahn.«

»Dann viel Spaß mit der Bundespolizei«, sagte Waechter.

Hannes sah nur seinen breiten schwarzen Rücken. Waechter hatte recht. Der ICE nach Paris wäre nicht die Lösung. Die Polizei kontrollierte gnadenlos alle Reisenden mit anderer Hautfarbe. Zu gefährlich. »Ich nehme Nahverkehrszüge«, sagte er. »Die stehen nicht so im Fokus der Grenzkontrollen. Und ich fahre nicht bis Frankreich durch. Ich steige ein paar Bahnhöfe vorher aus und schaue, dass ich irgendwie über die grüne Grenze komme.« Hannes blieb stehen und lehnte sich an die Fensterbank. Die Aufregung der Verfolgung ebbte ab. Die Sonne schien ihm auf den Rücken, er war zurück im Besprechungsraum, satt und sicher. »Überwacht den Bahnhof. Lasst die Nahverkehrszüge Richtung Westen kontrollieren. Alle.«

»So machen wir's.« Waechter sprang vom Tisch, griff nach Sakko und Tasche und ging mit dem Handy in der Hand hinaus, ohne sich zu verabschieden.

Waechter wollte ein Bier. Echtes Bier. Daheim, auf dem Balkon, wo nur Katze ihn beobachtete und nicht das Fußvolk irgendwelcher Drogenbarone. Es war eine neue Erfahrung, dass der Boden unter seinen Füßen wackelte. Er wollte es nie wieder erleben.

Peters hatte vorher gewusst, dass der Transport abgefangen würde. Und er hatte über Waechter recherchiert. Er wusste sogar von Lily. Wenn Peters ihn hatte einschüchtern wollen, war ihm das gelungen. Waechter würde keinen Schritt mehr in Richtung Peters tun. Selten hatte sich eine Entscheidung so gut und richtig angefühlt. Bisher war er mit der Arbeit verheiratet gewesen, alles andere war mehr oder weniger unwichtige Nahrungsaufnahme und Schlaferei gewesen. Beim Blick in die Augen von Peters hatte er gemerkt, dass er doch noch etwas zu verlieren hatte. Wer zum Teufel sollte Katze füttern, wenn er mal nicht mehr da war?

Auf dem Heimweg stand er auf der Leopoldstraße im Stau. Meterweise ging es voran, jede Ampel kostete ihn fünf Schaltungen, und die Lüftung blies ihm nur heiße Luft ins Gesicht. Schließlich bog er rechts ins Gewirr der Seitenstraßen ab, parkte sein Auto außerhalb der Parkwapperlzone, legte seine Sonderberechtigung hinter die Windschutzscheibe und ging zu Fuß weiter Richtung Wohnung. So konnte er gleich noch an dem besetzten Haus vorbeigehen und sich ein Bild von der Lage machen.

In den Straßenschluchten roch es stickig und nach Schweiß, wie in einem ungelüfteten Zimmer. Den ganzen Tag hatte sich die Luft nicht bewegt. Die Straßen waren voller Tische und Bänke, die Leute redeten zu laut in der letzten Hysterie des Sommers, in allen Ritzen hatte sich Müll angesammelt. Niemand hielt sich mehr in den Wohnungen auf. Waechter schaute nach oben, der Himmel war von einem gnadenlosen schmutzigen Blau, keine einzige Wolke war zu sehen. Wann würde das Gewitter endlich losbrechen?

An der Kurve zur Mandlstraße flankierten zwei Polizisten mit Maschinenpistolen den Bürgersteig. Sie musterten Waechter, ließen ihn aber weitergehen. Schon von Weitem hörte er aufgeregte Stimmen. Nach der nächsten Biegung sah er eine Menschenmenge versammelt. Die Masse drückte nach vorne. Mühelos drängte Waechter sich vor und schob die Leute zur Seite. Wenn er wollte, konnte er eine Dampframme sein. Viele junge Leute, viel Schwarz, offene, ängstliche Gesichter. Vor einer Absperrbake und zwei Polizisten mit Helmen war sein Weg zu Ende.

»Was ist denn hier los?«, fragte er.

»Polizeieinsatz. Die Straße ist gesperrt.«

Waechter zeigte seinen Ausweis. »Ich bin ein Kollege. Worum geht's denn?«

»Heute wird das besetzte Haus geräumt«, sagte der Polizist. Das Visier hatte er hochgeklappt, sein Gesicht war gerötet vom Druck des Helms. »Die Räumungsklage des Eigentümers ist durch. Einstweilige Verfügung abgelehnt.«

»Warum sagt uns das keiner?«, rief Waechter. »Wir ermitteln in einem Polizistenmord hier in der Gegend. Wir haben noch nicht mal alle Hausbewohner als Zeugen erwischt. Morgen sind die doch in alle Winde zerstreut.«

Er wollte sich an der Absperrbake vorbeidrängen, doch der Polizist hielt ihn mit ebenso energischer Dampframmenkraft zurück.

»Sie können hier nicht durch.«

»Und ob ich hier durch kann. Ich wohne hier.«

Waechter schob sich an dem Polizisten vorbei, stieß ihn an der Schulter und ließ ihn stehen. Er würde sich nicht davon abhalten lassen, in seinem Viertel durch die Straßen zu laufen. Nicht, wenn irgendein Immobilienoligarch die Kräfte der Polizei dazu verwendete, sich sein Grundstück sauber fegen zu lassen.

Das Bild, das ihn erwartete, war apokalyptisch. Polizisten mit Helmen und Sturmhauben flankierten den Eingang zum Grundstück des besetzten Gebäudekomplexes. Zwei Beamte führten einen Jungen heraus, der aussah wie höchstens sechzehn, einen Arm im Kreuzhebelgriff. Die Straße war mit Scherben bedeckt, die in der Sonne glitzerten.

»Junger Mann, wo soll's denn hingehen?« Ein Polizist

hielt Waechter mit ausgestrecktem Arm zurück. Auf seinem Oberarm prangte der Greif des Unterstützungskommandos.

»Heim.« Waechter drückte gegen den Arm und stieß auf überraschend starken Widerstand.

»Aber bestimmt nicht hier durch.« Der Polizist packte ihn an den Schultern und versuchte ihn in die andere Richtung zu schieben wie einen störrischen Spielzeugroboter.

»Ihr könnt's mich gleich alle mal.« Waechter stieß die Hand grob weg.

Als wären dem Polizisten plötzlich weitere Arme gewachsen, packten ihn Hände links und rechts an den Schultern und zogen ihn im Laufschritt rückwärts. Schwarzblaue Leiber mit glänzenden Köpfen wie übergroße Ameisen, die ihre Beute wegschleppten. Waechter zog es die Beine weg. Er konnte noch ein paar Schritte mitstolpern, bevor er geschleift wurde und auf den Rücken knallte. Im Gegenlicht der Sonne nahm er eine schnelle Bewegung über sich wahr und rollte sich schützend zusammen. Der erste Schlag traf ihn am Oberarm. Der Schmerz nahm ihm die Luft. Der Schlagstock traf seinen Oberschenkel mit der Wucht einer Eisenstange. Und noch einmal. Bis jemand rief: »Stopp!«

Waechter würgte immer noch nach Luft und konnte nichts sehen, vor seinen Augen tanzten Lichtblitze. Männerstimmen schrien durcheinander. Der Schatten über ihm verschwand, die Sonne brannte auf ihn nieder, und es kam kein neuer Schlag mehr.

Stöhnend rollte er sich auf den Rücken. Die Muskeln in seinem Bein krampften sich vor Schmerz zusammen. Erst nachdem er sicher war, dass wirklich kein Schlagstock mehr auf ihn niederdonnerte, traute er sich, die Augen aufzumachen. Fünf schwarze Helme mit glänzenden Visieren beugten sich über ihn. Einer der Polizisten nahm den Helm ab und zog die Sturmhaube vom Kopf. Ein knallrotes junges Gesicht kam zum Vorschein, auf der Stirn des Mannes glühte die Druckstelle vom Helm, die Haare standen ihm zu Berge. In seinen Augen stand Entsetzen.

»Tut mir leid … Tut mir ja so leid … Herr Kollege.« Er wühlte sich durch die Haare.

Hände packten ihn, diesmal helfende Hände, und zogen ihn hoch. Die Schmerzen strahlten in die gesamte linke Körperhälfte aus. Was war das für ein mörderischer Schlagstock gewesen? Der Beamte hielt das Ungetüm noch in der Hand. Ein langer Stock mit seitlichem Griff, damit er in Hebelbewegungen eine Geschwindigkeit erreichen konnte, die Schädel spaltete. So etwas bekamen nur Spezialeinheiten. Mehrzweckschlagstock. Tonfa.

»Das war ein bedauerlicher Irrtum«, sagte ein anderer Beamter. »Wollen Sie Anzeige erstatten?«

Waechter schüttelte den Kopf. Was würde passieren, wenn statt ihm einer der armen Teufel aus dem besetzten Haus Anzeige erstattete? Sie würden ihn mit fünf Gegenanzeigen seitens der Polizei ruhigstellen. Waechter wusste, wie es lief. Er fand es immer weniger richtig.

»Ich … ich hatte ja keine Ahnung …«, stotterte der junge Polizist. Die Nummer an seiner Uniform wies ihn als Mitglied des Unterstützungskommandos aus. Kein Münchner, sondern ein Kollege von der Bereitschaftspolizei Dachau.

Nummer, Uniform … Waechters Gehirn versuchte, unter Extrembedingungen zu funktionieren. Er versuchte, sein geprügeltes Bein zu belasten, doch es knickte unter ihm weg wie Gummi. Die Rückennummer in Thalhammers Notizen. Schlagartig wurde ihm klar, dass die Ziffern der Schlüssel zur Lösung waren.

Es dämmerte bereits, als Hannes die Straßenecke erreichte, wo er mit Santiago verabredet war. Er hatte am Telefon nur wissen wollen, wie es mit der Hausdurchsuchung weitergegangen war. Auf magische Weise war daraus eine Verabredung zu einem Bier geworden, um der alten Zeiten willen. Nun stand Hannes im Westend auf dem Bürgersteig, und wer war nicht da? Santiago. Hannes wartete zehn Minuten, dann rief er ihn auf dem Handy an.

Santiagos Stimme war ein heiseres Flüstern, Hannes verstand ihn kaum. »Ich besorge uns noch was zu essen.«

»Wo steckst du?«

»Im Hof gegenüber, wo es durch das Eisentor reingeht. Schau vorher, ob jemand auf der Straße ist.«

Das einzige eiserne Tor, das Hannes sah, führte in den Hinterhof eines Supermarktes. Das Vorhängeschloss daran war aufgebrochen.

Ich hätte nicht herkommen sollen, dachte Hannes. Er hätte keinem Treffen zustimmen sollen. Es würde alles so sein wie früher. Typisch Santiago. Obwohl, er konnte immer noch wegrennen.

»Hier hinten!«, rief Santiago.

Zu spät. Mit klammen Fingern drückte Hannes das Tor auf.

Santiago beugte sich über einen Müllcontainer und warf Tomaten in seinen Rucksack. »So gut wie frisch«, sagte er. »Die geben noch einen schönen Salat ab. Stell dir vor, die hätten das alles weggeschmissen.«

Hannes blieb stocksteif stehen. »Sag mir bitte nicht, du hast das Schloss geknackt. Sag nicht, du bist hier eingebrochen.«

»Halt mal kurz.« Santiago drückte ihm einen Bolzenschneider in die Hand und machte die Riemen seines Rucksacks zu. »Das ist kein Diebstahl. Das nennt man Containern. Ich rette das Essen vor dem Müll. Wie wollen wir den globalen Hunger bekämpfen, solange wir selbst gute Lebensmittel wegwerfen?«

»Ich bin Polizeibeamter, Santiago. Das kann mich meine Stelle kosten.«

»Pscht!« Sein Begleiter hob die Hand.

Vor der Einfahrt wurde ein Auto langsamer und stoppte. Blaues Licht flackerte in den Hof.

»Scheiße, die Bullen!« Santiago hechtete zur Hofmauer. »Renn!«

»Ich bin die Bullen.« Hannes schaute den Bolzenschneider in seiner Hand an und begriff, dass er gerade auf den Halt-mal-Trick reingefallen war. »Warte!«, rief er und rannte hinterher.

Santiago stand schon auf einem Fahrradhäuschen und winkte ihm wie ein Wahnsinniger. Hannes ließ sich hochhelfen und sprang über die Mauer. Auf der anderen Seite legte er eine halbe Bruchlandung hin. Als Charterpilot hätte er keinen Applaus dafür bekommen. Er humpelte Santiago hinterher, der schon auf dem Weg zum Ausgang war.

»U-Bahn-Station auf der linken Seite«, rief er über die Schulter, und Hannes rannte los.

Sie polterten die Treppen hinunter, stießen Leute beiseite und erreichten den Zug, als der Fahrer schon »Zurückbleiben bitte« sagte. Santiago warf sich mit der Schulter zwischen die Schiebetüren der U-Bahn, drückte sie wieder auf und zog Hannes hinein. Mit einem vorwurfsvollen Zischen schlossen sich die Türen hinter ihnen, und der Fahrer brummte etwas Unverständliches via Lautsprecher.

»Das war knapp«, sagte Santiago und grinste wie ein Zwerg auf einem Fliegenpilz.

»Knapp?« Hannes packte ihn am Kragen und zog ihn zwei Zentimeter vom Boden hoch. »Knapp? Es gibt Leute, die warten nur darauf, dass sie mich frühpensionieren dürfen.«

Neugierige Gesichter drehten sich zu ihnen um. Hannes ließ Santiago wieder herunter. In dem Waggon herrschten um die vierzig Grad, es roch nach Sonnenöl und Zersetzungsprozessen.

»Sorry«, sagte Santiago. Es klang aufrichtig. Sogar seine Dreadlocks ließen die Köpfchen hängen.

»Steck dir das ›Sorry‹ in deinen dürren Arsch. Würdest du mich beim nächsten Mal bitte vorwarnen? ›Tut mir leid, ich begehe gerade Einbruchdiebstahl und Sachbeschädigung, könnten wir ein andermal plaudern?‹ Ich bin vor meinen eigenen Kollegen weggerannt!«

An der nächsten Station gingen die Türen auf, neue Fahrgäste rempelten ihnen ins Kreuz.

»He! Nicht schubsen«, sagte Santiago. »Ich hab Tomaten im Rucksack!«

Hannes drückte ihm den Bolzenschneider in die Hand. »Warum schleppe ich dein Zeug überhaupt?«

Die menschlichen Leiber schoben ihn und Santiago in den Zwischengang, der Weg zum Ausgang war ihnen versperrt. Sie rasten in einem Blechsarg ohne Sauerstoff durch einen unterirdischen Tunnel. Und von drei Seiten hieß es gleichzeitig: »Die Fahrkarten bitte.«

Santiago sah sich nach einem Fluchtweg um. »Ich hab keine Fahrkarte«, zischte er durch die Zähne.

Von beiden Seiten arbeiteten sich die Kontrolleure zu ihnen vor. Hannes musste improvisieren, denn Santiago würde es nicht tun. Er hatte sein ganzes Leben noch nicht für eine U-Bahn-Fahrt bezahlt. Hannes griff seinen Begleiter am Kragen und zog ihn zu sich. »Was immer ich tue, mach einfach mit.«

Eine untersetzte Frau mit Merkel-Frisur schob sich zu ihnen durch, machte Santiago mit Kennerblick als leichte Beute aus und baute sich vor ihm auf. »Die Fahrkarte bitte.«

Hannes straffte die Schultern, warf seine antrainierte Polizistenautorität an und zückte seinen Dienstausweis. »Grüß Gott, Brandl von der Kripo München.«

Als hätten sie die Choreografie einstudiert, startete Santiago einen Fluchtversuch, Hannes hielt ihn am Kragen zurück. »Versuch das nicht noch mal, Freundchen.« Zur Kontrolleurin sagte er: »Gegen den jungen Mann ist eine Fahndung raus. Um den kümmern wir uns schon.« Hilflos reckte die Frau den Kopf in Richtung ihrer Kollegen. Hannes schickte einen tiefen Blick und ein Rockstarlächeln hinterher. Es wirkte.

»Na, wenn das so ist …«, sagte sie.

Die Türen gingen auf. Bevor die Kontrolleurin es sich anders überlegen konnte, packte Hannes Santiago am Arm und bahnte sich einen Weg durch die Menschen. Ins Freie. Sommernachtluft. »Hast du eben wirklich ›junger Mann‹ gesagt?«, fragte Santiago.

Sie schauten sich an und prusteten synchron los. Hannes ließ sich auf den Bürgersteig fallen, der Asphalt war noch warm. Er wischte sich die Lachtränen aus den Augen. »Das war der abgefuckteste Abend, den ich seit Langem erlebt habe.«

Es war alles wie früher. Zum ersten Mal seit Monaten hatte Hannes Spaß gehabt.

Elli lief im Slalom durch die Landwehrstraße, um die Gruppen von Menschen herum. Ein babylonisches Stimmengewirr erfüllte die Straßenschlucht, es roch nach Döner, Karamell und Abgasen. Aus den Hoteleingängen bliesen die Klimaanlagen, der Dunst verursachte ihr Übelkeit. Was sie gleich tun würde, ließ ihre Knie zittern und brachte ihr Gleichgewichtsorgan aus dem Tritt.

Jonas hatte sie noch nie angelogen. Er war nur nicht ehrlich gewesen. Das war ein Unterschied. Nach und nach war er mit neuen Informationen herausgerückt. Er hatte nicht nur Rückenschmerzen, sondern mehrere gebrochene Wirbel. Er war nicht nur krankgeschrieben, sondern im Vorruhestand. Er war nicht nur außer Dienst, sondern fristlos gekündigt. Was kam noch alles? Bei jedem Date ein neuer Brocken?

Sie kaufte sich eine Cola, obwohl es eine Kalorienbombe war, denn sie brauchte jetzt einen klaren, kalten Kopf. An einem klapprigen Tischchen auf dem Bürgersteig beschloss sie, Jonas eine letzte Chance zu geben, und wählte seine Handynummer.

Freizeichen. Dann seine warme, im Polizeidienst professionell geschulte Stimme. »Hi, hier ist die Mailbox von …«

Elli würgte die Verbindung ab, bevor der Piepton kam. Sie

wollte nicht peinlich berührt auf die Voicemail schnaufen. Jonas hatte seine Chance verpasst.

Sie trank einen Schluck Cola. Das kalte Getränk brachte sie zum Schaudern, und sie konnte förmlich spüren, wie der Zucker jedes Vitamin in ihrem Körper einzeln erschlug. Eine Gruppe arabischer Touristinnen schob sich an ihrem Tisch vorbei, die Frauen hatten goldene Masken vor dem Gesicht, ihre schwarzen Gewänder hinterließen einen kühlen Luftzug. Elli trommelte mit den Fingern auf die klebrige Tischplatte. Sie musste aktiv werden. Sie wollte nicht länger brav dasitzen und gnädig alle Informationsbrocken entgegennehmen, die der Herr ihr hinwarf. Wenn sie eine Beziehung einging, dann gab es von Anfang an die Option »für immer«. Drunter machte sie es nicht mehr. Und zu »für immer« gehörte Offenheit, damit sie von Anfang an wusste, ob sie sich mit einem Nazi, einem Doppelmörder oder einem Hedgefonds-Manager einließ. Sie arbeitete in einem Job, in dem sie Gefahr lief, mit einem Loch im Kopf auf einem Parkplatz zu landen. Das Leben war zu kurz für Bullshit.

Sie wählte die Dienstnummer des Hüters des Schweigens. Zu ihrer Erleichterung ging er ran. Elli nahm das als Omen. Am nächsten Tag hätte sie sich nicht mehr getraut, ihn hineinzuziehen.

»Könntest du für mich etwas über eine Person rauskriegen?«

Ein unverbindliches Brummen war die Antwort.

»Möglichst alles.«

Brumm.

»Hat nichts mit dem aktuellen Fall zu tun. Ich weiß, dass wir das normalerweise nicht machen, aber … aber …«

Brumm.

»Es geht um einen ehemaligen Kollegen, Jonas Schwaiger. Schau, dass unsere Namen da möglichst nicht auftauchen.«

Das letzte Brummen wertete Elli als Zustimmung. Sie hörte schon das Klackern von Fingern auf der Tastatur, bevor der Hüter des Schweigens die Verbindung trennte. Sie schaltete ihr Handy auf Flugmodus und ließ es in ihre Tasche fallen.

Elli hatte die Geister gerufen. Jetzt konnte niemand sie mehr aufhalten.

Santiago schob die Tür auf. Das Holz um die Zarge war zersplittert, sie schloss nicht mehr. Im Flur lagen Jacken auf dem Boden, die Schubladen einer Kommode standen offen, der Inhalt war durchwühlt. Er ging in die Wohnküche und blieb unschlüssig stehen, als sei es sowieso sinnlos, auch nur ein Teil an seinen Platz zurückzulegen. In dem Apartment sah es aus wie nach einem Einbruch.

»Oje«, sagte Hannes.

Er war schon bei einigen Wohnungsdurchsuchungen dabei gewesen. Sie hatten sich stets bemüht, nicht zu viel Unordnung zu hinterlassen und nichts zu zerstören. Santiagos Wohnung war verwüstet. Ein Trekkingrad lag mitten im Raum, ein Regal war umgefallen und hatte die Bücher über den Teppichboden verteilt.

»Zumindest die Tür mussten sie nicht mehr aufbrechen.« Langsam legte Santiago ein Polster zurück aufs Sofa und betrachtete sein Werk.

»Ich helfe dir«, bot Hannes an. »Wir räumen das schnell zusammen auf.«

»Wahnsinn. Ein Bulle hilft mir beim Aufräumen.«

»Sag nicht Bulle. Wir hören das nicht so gern.«

Hannes stellte das Regal wieder auf, die restlichen Bücher purzelten heraus.

»Das Geräusch eines Aidshandschuhs bei jeder verdammten Verkehrskontrolle höre ich auch nicht gern.« Santiago lehnte das Trekkingrad wieder an die Wand und stellte ein kleineres rosa Kinderfahrrad zurück auf die Stützräder. »Ich habe Dreadlocks, ich bekomme jedes Mal die große Hafenrundfahrt. Irgendwo in der Stadt fliegt ein Farbbeutel gegen die Wand, und kurz darauf schlagen sie mir die Türe ein. Sei froh, dass ich nur Bullen sage.«

Er bückte sich, hob ein paar Bücher auf und sortierte sie zusammen mit Hannes ein. Standardwerke über Volkswirtschaft, antiquarische Klassiker, mindestens zwanzig Bände der *Drei ???*. Hannes hob ein paar Flugblätter auf. *»NO L. A. W.«* konnte er noch lesen, bevor Santiago sie ihm aus der Hand nahm.

»Was ist das?«

»Was ich alles für Flugblätter kriege.« Santiago legte sie mit der Rückseite nach oben ins Regal. »Was ist denn bloß los mit dir, Hannes? Früher bist du samstags auf Demos gegangen und wolltest die Regierung stürzen. Heute bist du Cop, gehst samstags in den Baumarkt und danach saugst du dein Auto.«

»Wer sagt denn, dass man die Regierung nur mit einem vollgekrümelten Auto stürzen kann?«

»Im Ernst, Hannes. Wie kannst du für diesen Staat arbeiten?«

»Wenn dir etwas passiert, bist du auch froh, dass es die Polizei gibt, die dir hilft.«

Santiago hielt mit einem Buch in der Hand inne. »Vorgestern hat einer deiner Kollegen meinen Kopf mit der Fußsohle auf die Straße gedrückt. Glaub nicht, dass mir da jemand helfen würde.«

Hannes wollte nicht mehr darüber diskutieren. »Entschuldige mich einen Moment.«

Er ging in den Flur und wählte Jonnas Nummer.

»Gott sei Dank«, sagte sie. »Ich war kurz davor, die Krankenhäuser abzutelefonieren.«

»Tut mir leid, bei mir wird es heute später. Ich treffe mich noch mit jemandem.« Weil sich das sogar in seinen Ohren zu sehr nach Geheimnistuerei anhörte, fügte er schnell hinzu: »Mit einem alten Freund.«

»Na dann viel Spaß. Aber gib mir nächstes Mal bitte früher Bescheid.« Jonna klang außer Atem.

Hannes wusste, dass sie nicht nörgelte. Sie machte sich wirklich Sorgen. Wenn er das nächste Mal ohne Ankündigung nicht nach Hause kam, würde ihn die Fahndungsabteilung an den Straßenrand winken. Hannes dachte an Leo Thalhammers Freundin, die die ganze Nacht voll klammer Sorge ausgeharrt hatte, um erst am nächsten Morgen bei der Dienststelle nachzufragen. Er ärgerte sich über sich selbst, was für ein Honk er war.

»Sind die Kinder schon im Bett?«

»Seit ich Lotta nicht mehr stille, ist sie unausstehlich.« Da. Jetzt nörgelte sie auf subtile Weise doch.

»Es kann spät werden«, sagte er und legte auf, bevor ihn das schlechte Gewissen übermannte.

Als er wieder ins Zimmer kam, betrachtete Santiago ein paar USB-Sticks und warf sie in die Schreibtischschublade.

»Was ist das?«, fragte Hannes.

»Ich sammle Handyvideos von Demo-Teilnehmern in der Mandlstraße. Ich habe selber viel gefilmt, auch in den Straßen rund um das Gelände. Vielleicht können wir damit Beamten konkret Straftaten nachweisen. Oder Aktivisten vor Gericht entlasten.«

»Du hast Videos von der Demonstration?« Hannes wurde hellhörig. »Warum haben wir die nicht?«

»Vielleicht weil sie euch nichts angehen? Das sind private Filme.«

»Mensch, Santiago. An dem Abend ist ein Kollege erschossen worden. Da könnten wichtige Hinweise für uns drauf sein, wer sich in welchen Straßen bewegt hat. Da könnte sogar der Mörder drauf sein. Die Aufnahmen musst du uns geben!«

»Den Teufel werd ich tun.« Santiago knallte die Schublade zu. »Ich kann die Videos doch nicht einfach an die Bullen weiterleiten. Die Leute vertrauen mir. Da sind Gesichter drauf, Persönlichkeitsrechte.«

»Ein Mann ist erschossen worden. Da geht's nicht mehr nur drum, wer wann vielleicht einen Farbbeutel geworfen hat. Das interessiert uns nicht. Wir brauchen die Videos.«

»Du hast dich echt verändert«, sagte Santiago. »Du bist jetzt auch einer von denen.«

»Ich diskutiere meine Entscheidung nicht mit dir«, sagte Hannes. Sie wandelten auf Terrain, auf dem sie sich nur gegenseitig verletzen konnten. Der Graben zwischen ihnen war zu groß.

Santiago setzte sich auf das rosa Kinderfahrrad, das mit hochgestelltem Sattel auf Erwachsenengröße getunt war, und trat in die Pedale. Das Hinterrad zwischen den Stützrädern drehte rasselnd durch. »Mein Hometrainer«, sagte er. »Irgendwie muss ich mich ja fit halten.«

»Wofür? Die Revolution gegen den Weltkapitalismus?«

»Auch. Ich gebe die Hoffnung nicht auf, dass sich mal eine Frau für mich interessiert.«

»Vielleicht stehen sie nicht auf rosa Kinderfahrräder.«

»Du bist ein Glückspilz, Hannes. Du hast alles, was ein Mensch braucht.«

»Eben war ich noch ein Bullenschwein und Verräter.« Hannes lachte laut auf. »Und wenn das vergangene Jahr ein Glücksjahr gewesen sein soll, dann hätte ich gern das Unglück gesehen.«

»Das ist mein Ernst«, sagte Santiago. »Manche Dinge würde ich gerne mit dir tauschen. Deine Familie zum Beispiel.«

»Dafür bist du frei«, sagte Hannes.

Santiago hatte nach zwei Semestern mit brillanten Noten das Jurastudium hingeworfen und hangelte sich seither von Gelegenheitsjob zu Gelegenheitsjob. Dem Fahrrad und der Wohnung nach zu urteilen lebte er nicht schlecht dabei, und er musste sich vor niemandem verantworten. Aber das war nun mal der Preis von totaler Freiheit. Dass man irgendwann verloren gehen konnte.

»Da fällt mir ein …« Santiago machte eine Vollbremsung per Rücktritt. »Moment, ich schau mal, ob es noch da ist.« Er ging ins Nebenzimmer, Schranktüren klappten, Schubladen gingen auf und zu, dann kam er mit einem kleinen schwarzen Buch wieder. Kunstledereinband. »Das hier wollte ich dir zeigen. Der alten Zeiten wegen.« Er blätterte in dem Heftchen, bis er die Seite fand, die er suchte. »Hier. Das da bist du.«

Hannes nahm das Heftchen entgegen. Unter der Überschrift *Oktober* fand er eine Tabelle mit Namen. Hinter jedem Namen war aufgeführt: *2 DM*. In der fünften Zeile stand sein Name. *Brandl, Johannes.* Geschrieben in Santiagos Schrift, mit schwarzem Kugelschreiber.

»Was ist das?«, fragte er.

»Unser Mitgliederverzeichnis. Du warst auch mal ein paar Monate dabei, dann hat sich das Ganze irgendwie aufgelöst.«

Hannes warf das Buch hin, als wäre es plötzlich heiß geworden. Ihm fiel der Bogen wieder ein, den er zu Beginn seiner Polizeiausbildung hatte ausfüllen müssen: *Fragebogen zur Prüfung der Verfassungstreue.* Reine Formsache, hatte er damals gedacht.

Sind Sie oder waren Sie Mitglied einer oder mehrerer extremistischer oder extremistisch beeinflusster Organisationen?

Nein, hatte er angekreuzt. Natürlich *Nein.* Erst danach hatte er das Verzeichnis der Organisationen durchgelesen.

SJP. Sozialistische Jugendpartei. Sie hatten zusammengesessen, Bier getrunken und diskutiert. Waren nach Wunsiedel gefahren und hatten sich einer Horde Neonazis entgegengestellt. Hatten in Wackersdorf demonstriert. Hannes hatte ein paar kleine Dinge richtig machen wollen. Er hatte sich als alles Mögliche betrachtet, aber nie als extremistisch.

»Das Ding hier kann mich den Beamtenstatus kosten«, sagte er. »Verbrenn es oder schmeiß es weg. Aber zeig es nie wieder jemandem.«

Santiago legte es mit dünnen Lippen auf die Seite, ohne Hannes anzuschauen.

Ein Königreich für einen Themawechsel. »Was ist eigentlich mit deinen Tomaten?«

»Oh.« Der Boden von Santiagos Rucksack hatte sich dunkel verfärbt. »Die haben wohl ein bisschen gelitten. Pizzaservice?«

Hannes atmete auf. »Solange es Rotwein gibt, bin ich mit allem einverstanden.«

Fünf

Hannes erwachte von einem lauten keramischen Plätschern. Er machte die Augen auf und stellte ohne großes Erstaunen fest, dass er angezogen in einer fremden Badewanne lag. Zum Glück ohne Wasser. Santiago stand im Bad neben ihm und pinkelte in hohem Bogen in die Toilette.

»Oh nein. Nicht wirklich.« Sofort machte er die Augen wieder zu. Es war keine gute Idee, den Kopf zu drehen, nicht nach drei Flaschen Cabernet vom Discounter mit ungeklärten Eigentumsverhältnissen.

»Guten Morgen.« Sein Kumpel klang hellwach und vergnügt. »Wie geht's?«

Hannes hielt sich die Dienstpistole an den Kopf und sagte: »Peng.«

»So schlimm?«

»Fuck! Wie spät ist es?« Hannes setzte sich auf und durchsuchte sämtliche Taschen nach seinem Handy. Durch das Milchglasfenster kam Sonnenschein herein. »Um Viertel nach sieben ist Morgenlage.«

»Mitten in der Nacht. Es ist sechs. Ich hab extra für dich den Wecker gestellt.« Santiago zog den Reißverschluss hoch. »Komm in die Küche, es gibt Frühstück.«

Hannes wartete einen Moment, bis das Feuerwerk in seinem Frontalcortex nachließ, dann kletterte er mit all seiner restlichen Würde aus der Wanne. Er durchsuchte den Badschrank nach Ibuprofen, fand Globuli, eine Sammlung von Hotelseifen, zahnlose Kämme, Kondome mit Verfallsdatum von 2003 und endlich eine Dose Aspirin mit tschechischer Aufschrift. Er nahm gleich zwei.

In der Küche stand Santiago in einer gepunkteten Schürze an der Pfanne. Das kleine Apartment war voller Dampf, es duftete nach Zimt, Vanille und heißem Fett.

»Magst du Pfannkuchen?«

»Eigentlich esse ich nichts vom Tier.«

»Ist alles veggie. Keine Eier, keine Milch. Mach ich seit Jahren so.« Santiago schob Hannes einen Pfannkuchen auf den Teller und streute großzügig Zucker darüber. »Tierprodukte nur, wenn sie containert sind. Sie sollen nicht verschwendet werden. Aber hast du nicht erzählt, dass ihr Hühner habt?«

»Ja, schon. Die Eier von denen esse ich. Den Viechern geht's gut bei uns.«

»Was, wenn sie alt werden und keine Eier mehr legen, was machst du dann mit ihnen?«

»Weiß nicht«, sagte Hannes und schnitt ein großes Stück Pfannkuchen ab. »Eine Hühner-Seniorenresidenz eröffnen. Hab ich nie drüber nachgedacht. Schmeckt gut. Ehrlich.«

Santiago stellte zwei Tassen Kaffee auf den Tisch. »Das sollten wir öfter machen.«

»Was? Barrique für zwei Euro trinken, bis wir blind werden?«

Santiago nahm ihm den Teller weg und stellte ihn mit einem frischen Pfannkuchen vor ihn hin. Hannes fragte sich, wie oft sein Freund Gäste bewirtete. Er dachte an die einzelne fusselige Zahnbürste im Bad, die anfing, den Dreadlocks ihres Besitzers zu ähneln. »Ja«, sagte er. »Das sollten wir echt öfter machen.«

Sein Diensthandy summte eine Erinnerung. Er hatte fünf entgangene Anrufe und eine SMS. »Was wollen die denn um die Zeit schon von mir?«

»Was ist los?«, fragte Santiago.

Hannes las die Nachricht und steckte das Handy weg. »Nichts Wichtiges.« Es fiel ihm schwer, seinen Triumph zu verbergen. »Nur eine Festnahme. Ich muss langsam los. Kannst du mir ein paar Klamotten leihen?«

»Klar.« Santiago ging raus und kam mit einem Stapel Wäsche wieder.

Hannes hob das T-Shirt hoch. »Ramones?«

»Das Neutralste im ganzen Schrank«, sagte Santiago. Mit einem Anflug von Traurigkeit fügte er hinzu: »Die waren auch schon nicht mehr cool, als wir jung waren. Welchen armen Teufel habt ihr denn diesmal auf dem Kieker?«

Da war sie wieder, die Distanz. Santiago und er würden nie auf derselben Seite stehen. Hannes erwähnte nicht, dass der arme Teufel eine Frau war. Er hatte mit allem recht gehabt, was er vermutet hatte. Die Bundespolizei hatte Fatou Dembélé am Bahnhof in Karlsruhe aufgegriffen, beim Warten auf einen Zug Richtung Westen. Mit einer wilden Sehnsucht hoffte er, Waechter würde das anerkennen.

Fatou Dembélé beobachtete Waechter mit wachem Blick. In dem schmalen Gesicht wirkten die Augen riesig, die Wangenknochen standen schräg, sie war schön wie von einem anderen Stern. Das blaue T-Shirt von der JVA schlotterte über den Schlüsselbeinen. Ein Dolmetscher für Bambara saß neben ihr, laut Martina Jordan beherrschte sie ihre Muttersprache besser als Französisch oder Deutsch.

»Wir warten noch auf Hencke.« Hannes schaute auf die Uhr. Waechter hatte ihn dazugeholt, weil er ein bisschen Schulfranzösisch konnte. Hannes trug ein Ramones-T-Shirt und sah noch übernächtigter aus als sonst, niemand kommentierte es. Um die Zeit zu nutzen, klingelte Waechter bei Gerd Walser durch und bat den ehemaligen Drogenfahnder noch einmal um die Fallakten von Peters. Fatou Dembélé betrachtete ihn wie einen Fremden, sie ließ nicht durchblicken, ob sie ihn von ihrem kurzen Zweikampf wiedererkannte. Sämtliche Versuche, sie in ein Gespräch zu verwickeln, waren an den einsilbigen Antworten gescheitert.

»Puis-je s'il vous plaît … votre crayon«, sagte die Frau unvermittelt und zeigte auf den Schreibtisch.

Es war das erste Mal, dass Waechter ihre Stimme hörte. Er sah hilfesuchend Hannes an.

»Quoi?«, fragte Hannes.

»Un crayon.« Fatou Dembélé zeigte auf den Bleistift. *»S'il vous plaît.«*

Waechter gab ihr den Bleistift. Sie nahm ihn und schaute ihn mit großen Augen an.

»Ein Blatt?«, bot er an. Keine Reaktion.

»Feuille de papier?« Hannes hielt ihr ein paar Blätter Kopierpapier hin.

Sie kritzelte sofort drauflos, das Schaben des Bleistifts auf Papier war das einzige Geräusch im Raum. Waechter reckte den Kopf, um zu sehen, was die Zeugin mit dem Papier anstellte, aber von seiner Warte aus schraffierte sie nur dunkle und noch dunklere Schatten.

Staatsanwalt Hencke kam grußlos herein, warf seine Tasche auf den Stuhl und sagte: »Legen wir los.«

Bevor Waechter mit der Belehrung beginnen konnte, legte ihm Fatou Dembélé hin, was sie gezeichnet hatte.

»*Vous*«, sagte sie.

Waechter erkannte erst nichts als Dunkelheit. Erst auf den zweiten Blick schälte sich ein Gesicht aus der Nacht. Von tiefen Schatten gezeichnet und versteinert, mit Augen, die wild aus der Finsternis stierten.

»Lassen Sie das«, sagte er. »Hören Sie auf, Leute zu zeichnen.«

Der Dolmetscher übertrug es in Bambara, und sie nahm es ohne jede Regung hin. Seine Unfreundlichkeit tat ihm sofort leid. Sah er wirklich so aus? So?

»Sie sind in Goundam in Mali geboren«, sagte Waechter.

Sie nickte, bevor der Übersetzer losreden konnte, so weit reichte ihr Deutsch.

»Und seit vier Jahren leben Sie in Deutschland.« *Illegal,* fügte er nicht hinzu, um sie nicht schon von Anfang an einzuschüchtern. Ihre Duldung war abgelaufen.

Fatou Dembélé antwortete in einem schnellen Kauderwelsch aus Bambara und Französisch. Sie endete mit *mort.*

»Meine Eltern sind von den Ansar Dine getötet worden«, übersetzte der Dolmetscher. »Bei der Flucht in den Niger habe ich meine Schwester verloren. Ich glaube nicht, dass sie noch lebt.«

Die Frau redete weiter, immer schneller, als hätte die Geschichte nur darauf gewartet, endlich erzählt zu werden. Als befände sie sich in sicherem Fahrwasser, wenn es um ihre Vergangenheit ging.

»Ich will hierbleiben, weil ich jemandem Geld für meinen Bruder schicken muss«, sagte der Dolmetscher. »Er ist in Libyen von Männern weggebracht worden. Sie lassen ihn bei mir anrufen. Sie tun ihm weh.«

Waechter erinnerte sich an die damalige Ermittlungsakte. In Fatou Dembélés Blut hatten sich keine Spuren von Drogen gefunden. Sie war nur die Überbringerin gewesen. Das Geld, das sie sich mit dem Drogenhandel verdient hatte, hatte sie bestimmt ins Ausland überwiesen. Sie würden die Geldflüsse überprüfen müssen. Ob es mehr oder weniger geworden war, ob der Geldsegen nach dem Bruch mit Peters nachgelassen hatte.

»Wo wohnen Sie?«

»Keine Wohnung«, sagte Fatou Dembélé schnell.

Ihre Kleidung war gepflegt gewesen, sie roch nicht unangenehm, sie hatte nichts bei sich gehabt als Wechselsachen für zwei Nächte, Kleingeld, Make-up und einen unbeschrifteten Schlüssel. Und eine Rolle mit Geldscheinen, wie Hannes es vorausgesagt hatte. Wenn sie noch ein Handy gehabt hatte, dann hatte sie es vor der Festnahme verschwinden lassen. In Thalhammers Schuppen hatte nur ein Schlafsack gelegen. Irgendwo musste sie noch Sachen haben, irgendwo musste sie duschen, irgendwo musste der Schlüssel passen. Im Haus von Leos Großeltern schon mal nicht, das hatten sie überprüft.

»Erzählen Sie mir von Leo Thalhammer.«

»Kenne ich nicht.«

Waechter schob ein Foto zu ihr hin. »Ich halte der Zeugin vor: ein Foto von Leo Thalhammer. Erkennen Sie ihn jetzt?«

Sie schüttelte den Kopf und schob das Foto gegen den Widerstand seiner Finger zurück.

»Sie haben auf seinem Grundstück geschlafen.«

»Der Schuppen stand offen. Ich war dort sicher.«

»Waren Sie jemals auf dem Osterwaldgelände am Englischen Garten?«

»Ich habe keine Ahnung, wo das ist.«

»Waren Sie vor fünf Tagen dort, als Leo Thalhammer erschossen wurde?«

»Ayi – Nein.«

»Wir haben Gegenstände von Ihnen auf dem Gelände gefunden.«

»Ich weiß nicht.«

»Hatten Sie Kontakt zu anderen Polizeibeamten?«

Sie schüttelte erneut den Kopf.

Waechter fächerte einen Stapel Fotos auf und legte sie ihr eins nach dem anderen hin. Bei dreien davon schüttelte sie den Kopf oder starrte hindurch.

»Ich lege vor: ein Foto von Polizeioberkommissar Patrick Bauer.«

Fatous Blick lebte auf. Sie strich mit dem Finger über das Foto. *»Jolie«*, sagte sie kaum hörbar. Und dann, bestimmt, als würde sie sich an etwas erinnern: *»Ayi* – Nein.«

Waechter lehnte sich zurück. Sie fing an zu mauern, sie musste also Angst vor etwas haben. Vor etwas, das mit Leo Thalhammer zusammenhing. Oder sie schützte jemanden. Oder etwas. Ein System, das ihr ermöglichte, Geld ins Nichts zu schicken, um ihren Bruder lebend wiederzusehen.

»Sie haben ihn erkannt«, sagte Waechter. »Woher kennen Sie den Mann?«

»Ich kenne ihn nicht.«

Sie log ihm ins Gesicht, Waechter war sich sicher. »Ich glaube Ihnen nicht«, sagte er. »Ich glaube, dass Sie mit einem Beamten aus dieser Einheit Kontakt haben. Und dass es der Mann auf dem Foto ist.«

Fatou Dembélé schaute ihm hart und direkt in die Augen. »*Non*«, sagte sie und hielt ihm beide Handflächen entgegen, als wolle sie ihn in die Schranken weisen. »*Non.*«

Die Tür flog auf, Gerd Walser kam herein und knallte eine Akte auf den Tisch. »Sie wollten den Vorgang Peters.«

»Vor der Vernehmung, nicht während«, herrschte Waechter ihn an. »Raus.«

Gerd warf einen Blick auf die junge Frau, wischte sich den Schweiß aus dem Nacken und ging wortlos. Mit einem unterdrückten Fluch zog Waechter die Akte zu sich heran. Es war zu spät, der Name Peters war gefallen.

»*Ayi.*« Fatou Dembélé brach in Tränen aus. Von ihrem Selbstbewusstsein war nichts mehr zu spüren. »*Ayi. Ayi.*«

So viel sie auch fragten, die junge Frau sagte nichts mehr. Sie konnten nichts anderes tun, als sie in die JVA zurückbringen zu lassen.

Waechter warf noch mal einen Blick auf die Bleistiftzeichnung und knüllte sie zusammen. »Das war wohl nichts«, sagte er.

»Die Erwähnung von Peters hat sie eingeschüchtert«, sagte Hannes. »Sie muss panische Angst vor ihm haben. Wer weiß, womit er sie noch bedroht hat, nachdem sie gegen seine Leute ausgesagt hat. Niemand macht so was ungestraft.«

Waechter nahm die Fotos von den jungen Polizeibeamten in die Hand. Sechs Männer. Alle Polizisten, die auf dem

Rücken die Gruppennummer aus Leos Notizen trugen. Er zeigte auf das Bild eines jungen Mannes mit auffallend blauen Augen. »Patrick Bauer. Sie hat ihn zweifelsfrei wiedererkannt, das hat richtig geschnackelt bei ihr.«

»Was machen wir jetzt? Die Internen Ermittlungen einschalten?«

»Gott bewahre. Damit die uns den Fall auseinandernehmen.« Waechter massierte sich die Schläfen. Die Sonne neigte sich zum Fenster des Vernehmungsraums und verwandelte ihn langsam, aber sicher ins Innere eines Backofens. »Nein, wir ermitteln nicht gegen ihn, sondern brauchen ihn als Zeugen. Aber ich brauche erst genug Spuren, um ihn zum Reden zu bringen.«

»Elli könnte noch mal Sandra Benkow aushorchen«, schlug Hannes vor. »Die beiden haben einen ganz guten Draht zueinander.«

»Dann sag ihr das«, sagte Waechter, ohne ihn anzuschauen. »Große Lage nach dem Mittagessen.«

Hannes harrte noch einen Moment aus, als warte er auf etwas, dann ging er.

»Gute Idee übrigens, das mit Frankreich«, sagte Waechter. Hannes' Rücken straffte sich, er blieb für eine Millisekunde stehen, bevor er die Tür hinter sich schloss.

Der Hüter des Schweigens hielt Elli einen unbeschrifteten Umschlag hin und nickte ihr konspirativ und leicht vorwurfsvoll zu. Sie musste nicht fragen, was das war. Bevor sie sich bedanken konnte, verschwand ihr Kollege lautlos.

Ungeduldig riss sie den Umschlag auf, die Kopien verteilten sich über ihren Schreibtisch. Rasch überflog sie die ersten Seiten. Es waren Auszüge aus der Personalakte von Jonas Schwaiger.

Aus dem Dienst entfernt. Unterschlagung, Verstoß gegen das Betäubungsmittelgesetz, Verlust von Altersbezügen. Elli stieß die Luft aus, die sie gefühlt seit gestern angehalten hatte. Verglichen zu ihrer überbordenden Fantasie war seine Geschichte erbärmlich banal.

Jonas hatte nach der Rückenverletzung im Innendienst gearbeitet. Zu seinen Aufgaben hatte es gehört, Asservate ins System einzubuchen und in die Hauspost zu stecken. Im Dienst hatte er einen Stapel Blankorezepte verschwinden lassen. Dafür hatte er sich in der ganzen Stadt Schmerzmittel besorgt, verschreibungspflichtige Medikamente, die ihm sein Arzt wohl nicht mehr verordnen wollte. Tramadol. Der Betrug flog auf, als eine Apothekerin bei der Polizei anrief. Sie hatte den Stempel des Arztes wiedererkannt und »nicht schon wieder Ärger« gewollt.

Elli schob die Unterlagen auf einen Stapel. Es erklärte so vieles. Seine Prozesshanselei, die vielen Geheimnisse, die Besessenheit, mit der er sich in die Gerichtsverfahren stürzte. Die Bitterkeit, die in jedem zweiten Halbsatz durchkam.

Was sollte sie jetzt machen? Jonas damit konfrontieren? Dann müsste sie zugeben, dass sie ihm hinterherspioniert hatte. Ein Klassiker. Was war überhaupt ihr Problem? Jeder machte mal Fehler, jeder baute mal Mist im Leben, und Jonas hatte niemandem geschadet, außer seinem eigenen Körper. Er würde bis an sein Ende am Existenzminimum herumkrebsen, aber auch damit konnte sie leben. Noch einmal las sie das Gerichtsurteil über den Verlust der Altersbezüge und ließ es sinken.

Jonas hätte es ihr sagen sollen. Genau das verursachte ihr Übelkeit. Elli konnte viel verzeihen, bis auf Unehrlichkeit. Sie kannten sich lang genug, da hätte Jonas ihr schon mal gestehen können, dass er Beweismittel unterschlagen hatte und mit einem Arschtritt aus dem Dienst entfernt worden war. Er hätte sie vor die Wahl stellen können, ob sie damit leben wollte oder nicht.

Hannes riss die Tür auf, und Elli stopfte die Kopien hektisch zurück in den Umschlag, der dabei zerriss. Seine Augen waren gerötet, seine Gesichtsfarbe sah nach Gefängnis aus. »Da bist du ja«, sagte er, statt zu grüßen. »Waechter will, dass du heute noch mal zum USK rausfährst und mit Sandra Benkow redest.« Er briefte sie in knappen Worten.

»Das heißt, ich soll Sunny entlocken, was ihr bester Freund und Kollege mit einer stadtbekannten Dealerin zu tun hat«, sagte Elli. »Spinnen die jetzt alle?«

»Was meinst du damit?«, fragte Hannes.

»Ach, nur so.«

»Alles okay bei dir? Du bist so blass.«

»Was soll nicht okay sein?« Elli ließ den Umschlag in den Papierkorb fallen und musterte Hannes prüfend. Sein Gesicht trug die Spuren einer Absturznacht. »Und bei dir?«

»Passt«, sagte er und hatte sichtlich Mühe, nicht im Stehen einzuschlafen.

»Schön.«

»Schön.«

Gut, dass wir uns mal wieder angelogen haben, dachte Elli. Das hat ja schon Tradition. Sie griff zum Telefon und machte einen Termin mit der anderen Dienststelle aus, um sich gleich noch mal belügen zu lassen.

Waechter hatte dem LKA Dampf gemacht und eine Festplatte mit Dateien bekommen. Nach kurzem Nachdenken beschloss er, das in kleiner Runde zu besprechen. Mit seinem Team, Der Chefin und einem Beamer.

»Die Kollegen vom LKA haben das Handy von Leo Thalhammer ausgewertet, das wir in dem Harlachinger Haus gefunden haben«, begann er. »Aus den Fotos geht hervor, dass Thalhammer seine Informantin nicht nur geführt, sondern aktiv observiert hat.«

Der Kontakt zu Fatou Dembélé war keine reine Menschenfreundlichkeit von Leo gewesen. Er hatte sie gebraucht. Um an andere heranzukommen. Wenn er sie observiert hatte, hatte auch er mit ihr ein doppeltes Spiel getrieben. Fatou war von allen Menschen nur herumgeschoben und für ihre Pläne eingesetzt worden, wie es ihnen passte. Wieder bröckelte das Bild des netten Leo Thalhammer in Waechters Gedanken.

»Dann lass mal sehen«, sagte Die Chefin.

Waechter fuhr die Rollos herunter, der Beamer startete mit seinem einschläfernden Rauschen und warf unscharfe Fotos an die Wand, teilweise mit Blättern und Zweigen im Bild. Jeweils Fatou Dembélé mit verschiedenen Personen. Ein junger Mann mit Bürstenhaarschnitt, ein anderer, der das Gesicht unter einer Baseballmütze versteckte, zwei Frauen, halb hinter einem Geländewagen verborgen. Ein Kunde in Sandalen, der ein klappriges Fahrrad dabeihatte. Im Hintergrund war stets ein alter Bekannter zu sehen: der verlassene Sportplatz an der Osterwaldstraße. Leo hatte die Fotos an jenem Ort geschossen, an dem er auch gestorben war.

Waechter drückte auf die Fernbedienung. Auf dem nächsten Foto war nur Fatou Dembélés Gesicht zu erkennen, ein Mann drehte der Kamera den Rücken zu. Er beugte sich zu ihr, wie um ihr einen Kuss auf die Wange zu geben. Sie sagte gerade etwas, ihr Mund war zu einem O geformt. Der junge Mann trug Uniform. Auf dem Rücken standen die Buchstaben *BY* und eine vierstellige Nummer. Auf dem folgenden Bild sah man den Mann im Profil. Eine lange, leicht geschwungene Nase, goldbraune Locken, auffällig blaue Augen.

»Das war's für Patrick Bauer.«

»Wie blöd kann man sein?«, murmelte Hannes.

Waechter stimmte ihm zu. Jemand, der in Uniform Drogen kaufte, war dumm oder verzweifelt. So verzweifelt, dass er jeden Selbstschutz über Bord geworfen hatte.

»Wir müssten die Internen Ermittlungen reinholen«, sagte Die Chefin.

Das Kommissariat beim Landeskriminalamt übernahm alle Fälle, in denen Kollegen einer Straftat beschuldigt wurden.

Waechter ging hin und her, sein Schatten folgte ihm auf der Leinwand und fiel bei jeder Runde über das Paar auf dem Foto. »Ich will gar nicht gegen Patrick Bauer ermitteln. Mir ist ehrlich gesagt herzlich wurscht, ob ein kleines Polizistenwürschtl sich in der Freizeit einen Joint an der Straßenecke kauft. Oder etwas Härteres. Ich brauche ihn nur als Zeugen im Fall Thalhammer.«

»Wir werden damit nicht lange durchkommen«, wandte Die Chefin ein.

Waechter blieb stehen. Das Licht des Beamers blendete ihn, breitete das Foto des jungen Polizisten über seinen schwarzen Anzug. »Wenn ich mit Bauer durch bin, können ihn die Internen Ermittlungen gerne auseinandernehmen. Aber vorher brauche ich ihn.«

»Dann nehmen wir ihn uns heute noch vor, oder?«, sagte Elli. »Ich sollte sowieso …«

»Nein«, unterbrach Waechter sie. »Wenn wir das jetzt unvorbereitet machen, nimmt er sich einen Anwalt und sagt kein Wort. Wir haben zu wenig gegen ihn in der Hand. Wir müssen erst alles über ihn recherchieren und sein Foto noch mal Fatou Dembélé vorlegen. Erst wenn wir genügend Druckmittel haben, werden wir ihn zum Reden bringen.«

»Du willst also doch gegen ihn ermitteln«, sagte Die Chefin. »Ich warne dich, Michael. Im schlimmsten Fall machst du damit Informationen unverwertbar.«

Waechter wandte sich ihr zu. »Wir sind vorsichtig. Gib uns nur einen Tag. Danach reichen wir Bauer an die Internen weiter.«

»Was, wenn er gewarnt wird und Beweismittel auf die Seite schafft?«

»Das Risiko müssen wir eingehen.« Waechter schaltete den Beamer aus. Die Umrisse des jungen Polizisten auf seinem Körper erloschen, die Personen im Raum wurden zu dunklen Schemen, die schläfrig vom Beamergeräusch in die Lichtstreifen des Rollladens blinzelten.

»Du bekommst genau einen Tag«, sagte Die Chefin. »Mehr verantworte ich nicht.«

»Mehr wollte ich auch nicht«, sagte Waechter, der mehr bekommen hatte, als er zu träumen gewagt hatte. »Pack mer's.«

Elli und der Hüter des Schweigens mussten Sunny vom Training wegholen. Die Kameraden folgten ihnen wortlos mit den Blicken, Anspannung lag in der Luft. Die Polizei wollte keine Polizei im Haus haben.

Sunny öffnete ein leeres Gemeinschaftsbüro, wo einige der Laptops noch summten. Sie schloss die Fenster und sperrte Rufe, Motorgeräusche und Stimmen aus. »Hier stört uns keiner«, sagte sie, ohne Elli in die Augen zu schauen.

»Ich will ehrlich zu dir sein, Sandra«, begann Elli. Sie benutzte bewusst nicht den Spitznamen, schuf so ein Stück Distanz. »Ich glaube immer noch, dass du nichts falsch gemacht hast. Du wirst da in etwas hineingezogen, das eine Nummer zu groß für dich ist. Es geht um deinen Freund Patrick Bauer.«

Sunnys Muskeln zogen sich bei der Erwähnung des Namens zusammen wie eine erschrockene Schnecke.

»Wir haben Beweise, die ihn mit dem Brachgelände an der Osterwaldstraße in Verbindung bringen. Er kennt es. Ich frage dich also noch einmal. Warum warst du an dem Morgen, als du die Leiche von Leo Thalhammer entdeckt hast, auf dem Gelände?«

»Zufall.«

»Bitte lass den Zufall aus dem Spiel«, sagte Elli. »Was auch immer Patrick treibt, du stehst knöcheltief drin. Willst du auch noch deine Karriere ruinieren?«

»Meine Karriere geht euch nichts an.«

»Es war Patricks Idee, oder? … Sandra?«

»Wir wollten uns treffen«, sagte Sunny. »Der Platz war sein Vorschlag. Wir wollten einen privaten Ort. Zum Reden. Als Freunde. Hier gibt es kein bisschen Privatsphäre.«

»Wenn ich mit meinen Freunden reden will, suche ich ein nettes Café in der Stadt aus, wo es Latte und Muffins gibt«, sagte Elli.

»Ich arbeite nicht hier, weil ich Muffins esse. Patrick und ich wollten laufen gehen. Das ist eher mein Ding.«

Elli, die eine Muffinfigur hatte, ertrug den Angriff mit Würde. »Aber er ist nicht aufgetaucht.«

»Nein.«

»Vielleicht weil er wusste, was er dort vorfinden würde?« Das war zwar arg ins Blaue geschossen, aber sie wollte die Polizistin provozieren.

»Ihr seid wahnsinnig!« Es kam wie ein Schrei. »Patrick war den ganzen Abend im Einsatz! Wir mussten alle bis zum Ende dableiben, mit abbauen und den Einsatz nachbesprechen. Wie hätte er da jemanden erschießen sollen?«

»Ich habe Videos unserer Kollegen von der Demonstration gesehen«, sagte Elli. »Teilweise war es das pure Chaos. Nicht nur Demonstranten, sondern auch Polizisten waren der Pfefferspraywolke ausgesetzt, viele haben nichts mehr gesehen. Jeder könnte sich in dem Moment weggeschlichen haben. Die Demonstration ist kein Alibi. Für niemanden.«

»Patrick bringt doch keinen um«, sagte Sunny leise. »Er doch nicht. Das ist er nicht.«

»Worüber wolltet ihr so dringend reden, was ihr nicht hier oder zu Hause besprechen könnt?«

»Ist privat. Geht euch nichts an.«

Elli beschloss, die nächste Stufe zu zünden. »Patrick hatte Verbindungen zu einer Dealerin. Einer Informantin von Leo Thalhammer. Thalhammer war an Patrick dran, er hat gegen ihn ermittelt.«

Sunny zog die Knie an den Körper.

»Patrick ist auf etwas drauf, oder?«

»Er hat frei und ist zu Hause«, fauchte Sunny. »Geh doch und frag ihn selbst.«

Ihre Solidarität wankte, bemerkte Elli. »Leo Thalhammer war an Patrick nicht weiter interessiert. Sonst hätte er ihn sofort festnehmen können. Er wollte etwas Größeres aufdecken. An die Hintermänner rankommen, nicht an die kleine Dealerin, die am Rand des Parks ein paar Pillen vertickt. Auch nicht an den jungen Einsatzpolizisten, der sich für den Schichtdienst dopt. Wenn du ihn weiter deckst, schadest du ihm noch mehr.«

»Was auch immer passiert«, sagte Sunny. »Selbst wenn um uns rum alles in die Luft fliegt: Ich verrate keinen Freund. Geh jetzt. Und komm nie wieder.«

»Du hast keine Wahl«, sagte Elli. »Es ist vorbei, Sandra. Du musst dich entscheiden, auf welcher Seite du stehen willst.«

»Ich muss gar nichts«, sagte Sunny. In ihren Augen standen Tränen.

»Wenn rauskommt, dass Patrick Straftaten begangen hat und du davon wusstest, ist deine Laufbahn hier in der Einheit zu Ende«, sagte Elli. »Wir werden sein ganzes Umfeld untersuchen und kein Sandkorn auf dem anderen lassen. Du hast jetzt die Chance, vorher auszusteigen. Es ist deine letzte.«

»Ich sage nichts mehr dazu.« Im Schatten des muffigen Büros sah sie blass und spitz aus, der Puder setzte sich auf ihrer Haut ab. »Geh weg.«

Elli hielt der jungen Beamtin ihre Visitenkarte hin. »Denk nach und melde dich bei mir. Das Handy mit der Durchwahl ist an. Vierundzwanzig sieben.«

Als Sunny die Karte nicht nahm, legte Elli sie auf ihre Stuhllehne. Beim Hinausgehen sah sie, dass die junge Frau danach griff und sie in den Gummizug ihrer Trainingshose steckte, mit einer so schnellen Bewegung, als wäre es gar nicht passiert.

Sunny lief die Treppen hinunter auf Patricks Stockwerk. Der Gang war verlassen. Sie hämmerte an die Tür, bis ihr wieder einfiel, dass er freihatte. Keinen einzigen Gedanken konnte sie mehr vernünftig zu Ende denken.

Sie drückte die Klinke herunter, und die Tür ging auf. Patrick und sein Mitbewohner hatten nicht abgeschlossen. Das Zimmer war militärisch aufgeräumt, es roch nach Holz, Stinkesocken und Wurst, wie in einer Jugendherberge. Ihr fiel auf, dass sie gar nicht wusste, ob Patrick unten oder oben schlief. Unten. Er mochte keine Höhe, war als Kind einmal von einem Holzstoß gefallen. Die Stämme waren ins Rollen gekommen und hätten ihn beinahe zerquetscht. Die Angst vor dem Sturz saß tief.

Hastig durchsuchte sie sein Bett, die leichte, bucklige Matratze, Kissen, Decke, nichts. Wahllos zog sie Schubladen auf. Haargel, CDs, Unterhosen. Das hier musste Patricks Fach sein, da war ein Paar von seinen Socken, die mit dem Spiderman-Motiv. Sunny musste lächeln. Dass er die immer noch hatte. Sie drückte auf jedes der ordentlich gerollten Sockenpaare. Ganz hinten, in dem Bereich, den man nicht mehr herausziehen konnte, wurde sie fündig. Etwas Hartes steckte in der Sockenwurst. Ihre Finger waren schwitzig, sie hatte Schwierigkeiten, das Ding herauszuziehen. Eine Tablettendose. Weiß und schlicht, mit einem selbst bedruckten Etikett, wie es Apotheken benutzten. Die Aufschrift war kyrillisch, aber sie wettete, dass nicht das drin war, was draufstand. Sie drehte die Dose auf.

Schmutziggelbe große Tabletten, in die ein *C* gepresst war. Sie sahen aus, als hätte jemand sie aus Wüstensand gebacken. Sie rochen nach nichts. Sunny nahm eine der Tabletten in die Finger, befühlte sie. Nur mal eine in den Mund nehmen. Nur einmal spüren, was Patrick spürte. Sie müsste das Ding nur herunterschlucken, mit dem Rest Limonade aus ihrer Flasche …

Auf dem Flur näherten sich Schritte. Sunny stürzte zum Waschbecken, zog den Stöpsel heraus und ließ die Tabletten in den Ausguss prasseln. Wasser hinterher, lange, in einem breiten Strahl, bis sie sicher war, dass alles weg war. Die leere Dose steckte sie in eine Tasche ihrer Cargohose. Sie würde das Ding in der Stadt wegwerfen, in irgendeinen Mülleimer am Straßenrand.

Die Schritte entfernten sich wieder. Sunny atmete durch. Eine tiefe Erleichterung und Müdigkeit durchströmten sie. Vielleicht war jetzt alles vorbei.

Sie musste mit Patrick reden. Ihn warnen. An einem Ort außer Hörweite. Irgendwo musste doch noch eine Stelle sein, wo niemand ihr Telefongespräch mithören konnte. Ihr Zimmer – zwecklos. Das Bad – Heizungsrohre. Der Sportplatz – voller Leute. Ziellos wie eine Käfigmaus rannte sie über das USK-Gelände und fand endlich einen Platz bei den verwaisten Fahrradständern, voller Zigarettenkippen und mit einem in den Staub getretenen Kondom. Wieder stand sie allein in der Sonne wegen Patrick, wie an jenem schrecklichen Tag, dem Ameisentag. Sie hatte nur noch einen roten

Balken Akku. Hoffentlich reichte er. Er musste reichen. Auswendig tippte sie Patricks Nummer. Seine Frau ging dran. Es war doch sein privates Handy?

»Sunny hier. Ist Patrick da?«

»Eigentlich hat er ja frei«, sagte Janine.

Wenn eine schon Janine hieß. Sunny rollte so heftig mit den Augen, dass sie fürchtete, Patricks Frau könnte das Rollgeräusch hören.

»Hol ihn bitte. Ist wichtig. Nicht dienstlich«, fügte sie hinzu.

»Dass er nicht mal am freien Tag seine Ruhe …« Janine sagte es absichtlich so, dass Sunny es hören konnte. »Patrick! Eine Kollegin ist am Telefon!«

Es knackte, dann war Patrick dran. »Hi, Sunny, was gibt's?«

»Geh irgendwohin, wo dich niemand hören kann«, sagte Sunny. »Los.« Sie drehte sich zur Kaserne. Milan stand davor und sah sich suchend um. Vielleicht suchte er sie.

»Wo soll ich hier bitte … ? Oh fuck. Meinetwegen.«

Sunny hörte Schritte, das Knacken einer Türklinke, dann Rauschen und Kinderstimmen im Hintergrund. Sie stellte sich vor, wie Patrick in seinem Reihenhausgarten stand, umgeben von kniehohen Maschendrahtzäunen, den Blicken der Nachbarn voll ausgesetzt. Kein Platz zum Verstecken. Nirgends.

»Die Mordkommission war schon wieder da, Patrick«, sagte sie. »Die Kollegen wissen vom Sportplatz an der Osterwaldstraße. Sie wissen, dass du etwas mit so einer Frau zu tun hattest. Irgendein Junkie. Sie haben dich wegen dem Polizistenmord im Visier.«

Sie hörte Patricks Atem, aber er sagte nichts. Sunny war sicher, dass Janine hinter dem Panoramafenster aufräumte und ihn dabei im Auge behielt.

»Patrick, was hast du getan?«

»Nichts«, sagte er leise. »Glaub mir, ich hab's im Griff. Alles gut.«

»Nichts ist gut!« Sunny hatte geschrien. Hektisch schaute sie sich um, doch der Platz, den sie überblicken konnte, war leer.

»Ich hab die Tabletten in den Ausguss geschüttet«, sagte sie.

»Was hast du? Spinnst du?« Patricks Stimme explodierte ins Telefon. »Du warst an meinen Sachen?«

»Kapier es doch endlich. Wenn die was bei dir finden, verlierst du alles.«

»Du kannst doch nicht einfach meine Sachen … Ich bin im Arsch. Hast du eine Ahnung, was … was …« Patrick stockte, rang nach Worten. Als er wieder zu Atem kam, war seine Stimme leise und vollkommen ruhig. »Ruf hier nie mehr an. Lauf mir ja nicht über den Weg. Verpiss dich aus meinem Leben.«

Er legte auf. Das Hörersymbol auf dem Display erlosch. Für einen letzten Moment sah sie den dünnen roten Balken, dann war das Telefon schwarz.

Sunny ging in die Hocke. Fette, heiße Tränen rollten aus ihren Augen, ihr Körper wurde durchgeschüttelt. Sie konnte sich nicht bewegen, nicht einmal, als mehrere Männerstimmen ihren Namen riefen.

Hannes harrte im Büro aus und nutzte die Stille auf dem Flur, um sich mit Patrick Bauer zu befassen. Er entdeckte keinerlei Unregelmäßigkeiten. Keine Disziplinarverfahren, keine Straftaten, auch nicht vor der Polizeiausbildung. Patrick Bauer war der nette Bub von nebenan. Doch dann, nach der zweiten Lektüre der Personalakte, hatte Hannes zwischen den Zeilen gelesen.

Patrick hatte es gerade so ins Stammteam des Unterstützungskommandos geschafft, und das auch nur, weil zwei Anwärter es sich im letzten Moment anders überlegt hatten. Er war nicht schlecht, aber eben auch nicht gut genug. Seine Beurteilungen wimmelten von versteckten Kritikpunkten, die Hannes als Jurist alle übersetzen konnte. Ungeduldig, nachlässig, kannte weder seine Kräfte noch seine Grenzen, powerte sich zu früh aus. Patrick hatte den höchsten Krankenstand des Unterstützungskommandos München, und in einem Monat sollte er einen Verbleibtest absolvieren. Nicht mehr viel Zeit. Hannes konnte nachvollziehen, wie es sich anfühlte, sich abzustrampeln und abzustrampeln, und nie war es genug. Keiner wusste so gut wie Hannes, wie sich die Drohung anfühlte, die Stelle zu verlieren und auf einen Posten abgeschoben zu werden, den man nie gewollt hatte.

Aber all das waren keine harten Fakten. Bisher hatten sie nur ein Foto mit einer Dealerin im Park und Hinweise darauf, dass er im Job nicht die gewünschte Leistung brachte. Damit kamen sie nicht weit. Bauer musste nur behaupten, er habe die Frau noch nie zuvor gesehen, er sei aus Versehen in sie hineingerannt oder habe sie nach dem Weg gefragt. Wenn er dreist genug war, würde er behaupten, er habe ihr nur Geld für einen Blowjob gegeben. Vielleicht hatte er es ja sogar getan, in dem Verschlag hinter den demolierten Toiletten. Es war erbärmlich, aber nicht illegal.

Hannes beschloss, das Thema Bauer für diesen Tag ruhen zu lassen. Es war fünf. Wenn er sich beeilte, war er aus dem Büro, bevor jemand auf die Idee kam, noch eine Besprechung anzusetzen.

Sein Diensthandy klingelte, als er gerade den Computer heruntergefahren hatte und den Autoschlüssel in der Hand hielt.

»Eine Frau Steinert wär am Telefon«, sagte die Teamassistentin.

»Ich wollte eigentlich … Egal, stell sie durch.«

Eine müde Frauenstimme. »Sie haben mir neulich Ihre Karte gegeben.« Die Mutter von Nancy Steinert. Die Glücksfee. Im selben resignierten Ton, als würde sie ihm eine Stange Lucky Strikes verkaufen, sagte sie: »Mein Mann randaliert schon eine halbe Stunde vor der Tür. Vielleicht können Sie da was machen.«

»Bedroht er Sie?«

»Ich weiß nicht … Er schlägt halt immer an die Tür und schreit rum. Ich kann ihn nicht verstehen. Er ist wohl nicht ganz auf der Höhe.«

»Ist er bewaffnet?«

»Ich versteh nicht, was Sie meinen«, sagte sie.

»Ist Ihr Sohn in der Nähe?« Justin Steinert war am Tag zuvor aus dem Gewahrsam entlassen worden. Das Letzte, was Hannes wollte, war ein Zusammenstoß mit Steinert Junior und einer neuen Schusswaffe aus seinem Arsenal.

»Ich habe meinen Sohn seit drei Jahren nicht gesehen. Wie kommen Sie denn auf ihn?«

»Machen Sie nicht die Tür auf. Reden Sie nicht mit Ihrem Mann, und halten Sie sich in den hinteren Zimmern der

Wohnung auf. Er notierte sich die Adresse. »Ich organisiere eine Streife. In zehn bis zwanzig Minuten sind wir da. Ich rufe Sie gleich wieder an«, sagte er schon im Gehen.

Er kam gleichzeitig mit den Kollegen vom Streifendienst an. Die Polizistin warf einen Blick auf seine bandagierte Hand. »Dann wolln wa mal. Was macht das Herzchen da oben?«

»Er hämmert gegen die Tür seiner Exfrau, pöbelt herum. Möglicherweise ist er bewaffnet«, warnte Hannes die Kollegin.

»Kriegen wa hin.« Die energische Berlinerin ging voraus die Treppe hoch. »Machen kurz ne Schnur um den Kerl. Mit Schleife dran.«

Steinert stand vor der Wohnungstür. Er schwitzte, sein Hemd hing aus der Hose und gab auf einer Seite einen Streifen seines massigen Bauchs frei. »Haut ab!«, rief er. Seine Stimme war heiser gebrüllt, das Gesicht glänzte.

Im Gehen hielt Hannes seinen Ausweis hoch. »Hauptkommissar Hannes Brandl vom Kommissariat elf. Herr Steinert, was gibt's hier für ein Problem?«

»Das geht euch gar nix an. Das ist privat hier.« Steinert spuckte beim Sprechen. Die Haare klebten ihm am Kopf. Der kleine, dicke Mann stand kurz vor einem Zusammenbruch.

»Jetzt geh'n Se erst mal von der Tür zurück, ja?«, übernahm die Kollegin.

»Einen Dreck werd ich! Da hab ich jahrelang Miete bezahlt für. Ich werd ja wohl noch vor meiner eigenen Tür stehen dürfen!«

Mit sanfter Stimme frage Hannes: »Herr Steinert. Was wollen Sie denn von Ihrer Frau?«

Dem Mann blieb für einen Moment der Mund offen stehen, ungläubig, dass er tatsächlich gefragt wurde. Sein Blick fiel auf den Bluterguss in Hannes' Gesicht, und Erkennen dämmerte in seiner Miene.

»Die Fotze hat mir die Bullen auf den Hals gehetzt«, sagte er in weinerlichem Singsang. »Mir und dem Justin. Ich bin sowieso immer an allem schuld.«

»Woran sollen Sie denn schuld sein, Herr Steinert?«, fragte Hannes.

Der Mann schnappte nach Luft, aber das, was hinauswollte, konnte nicht hinaus, er keuchte in immer schnelleren Zügen. Sein Atem roch nach Alkohol und Magensäure.

»Ganz ruhig.« Hannes trat näher, streckte die Hand aus. »Jetzt kommen Sie erst mal da weg. Setzen Sie sich hin und …«

Diesmal war er vorbereitet und duckte sich zur Seite, als Steinert sich auf ihn warf. Die Berlinerin packte den Angreifer. Es dauerte nur eine Sekunde, ein kurzes Gerangel, ein unterdrücktes Ächzen, und Steinert lag auf dem Bauch, mit Kabelbinder gefesselt.

»Ist leider ein kleiner Unfall passiert, wa?«, sagte die Kollegin.

Steinerts Hose war dunkel gefärbt von Urin. Er weinte wie ein Kind.

Hannes ging vor ihm in die Hocke. »Es ist vorbei. Wir tun Ihnen nichts. Jetzt setzen Sie sich mal hin.«

Steinert richtete sich auf. In seinem Blick schimmerte so etwas wie Erleichterung darüber, ein bekanntes Gesicht zu sehen. Auch wenn es der Beamte war, der sich in seiner Wohnung eine blutige Nase geholt hatte. Hannes war in diesem Moment für ihn das am wenigsten Feindselige. Wenn er diesen verletzlichen, dünnhäutigen Moment nicht ausnutzte, würde die Tür zu Nancys Vater für immer zugehen.

»So, und jetzt erzählen Sie mir mal, warum Sie hier sind«, sagte Hannes.

»Fotze. Diese Scheißfotze.« Der Rest ging in Lallen unter.

»Wer?«, fragte Hannes.

»Die hat uns doch die Bullen auf den Hals gehetzt …« Steinert redete stockend, mit langen Pausen, in denen er nach Luft schnappte. »Sie ist ja die Heilige … damit sie unseren Justin auch noch kaputtmacht … Reicht ja nicht, dass die Nancy weg ist.« Hannes fragte sich, ob Nancys Mutter hinter der Tür stand. Betont leise sagte er: »Warum sollte Ihre Frau so was tun?«

»An allem bin ich schuld … immer ich.«

»Woran sind Sie schuld, Herr Steinert?«

Der Mann sagte etwas, aber es war nichts als unverständliches Geblubber.

»Ich hab's nicht ganz verstanden«, sagte Hannes und beugte sich nah zu dem kleinen, stinkenden Mann. »Bitte wiederholen Sie's noch mal.«

»Es war doch bloß einmal. Und ganz kurz.« Steinerts Schultern zuckten, auf Mund und Kinn glänzte Rotz. »Sie hat die ganze Zeit geschrien. Das ist doch nicht normal für ein Baby.«

»Wer hat geschrien?«, fragte Hannes.

»Ich hab sie nur ein einziges Mal geschüttelt, ganz kurz.« Steinert zog den Rotz hoch. »Nur ein einziges Mal geschüttelt.«

Das Türschloss klickte. Die Tür öffnete sich einen Spaltbreit, und Ulla Steinerts graues Gesicht erschien dahinter.

Hannes bugsierte Frau Steinert in die Küche, die peinlich aufgeräumt war, aber heruntergewohnt. Die Fronten waren verfärbt, die Wachstuchtischdecke mit dem Blumenmuster war ausgefranst. Ulla Steinert war früh gealtert. Vermutlich dachte sie, es würde die letzte Küche sein.

»Was haben Sie mit Ihrer Nase gemacht?«, fragte sie.

»Von einem Einsatz«, sagte Hannes.

Sie schaute ihn prüfend an, hakte aber nicht weiter nach.

Hannes setzte sich an den Tisch und fuhr mit den Fingern über den rauen Kunststoff. »Erzählen Sie mir von Nancy. Was war sie für ein Mädchen?«

Frau Steinert stellte zwei Gläser Mineralwasser auf den Tisch und setzte sich ihm gegenüber. »Jeder hat nur über den Beamten geredet, der sie erschossen hat. Und darüber, dass sie verrückt war. Aber das war sie nicht.«

»Was war mit Nancy los?«

»Meine Tochter hat epileptische Anfälle gehabt, schon als kleines Kind. Wir haben deswegen rund um die Uhr auf sie aufpassen müssen. Auch als der Justin da war. Wir haben gewusst, dass wir sie früh verlieren werden, dass sie früh ausziehen wird, aber nicht … so.«

Ulla Steinert rieb sich über die trockenen Augen. »Ja, und dann hat sie irgendwann mit Drogen angefangen. Weil sich das gut angefühlt hat. Sie hätte ihre Anfälle besser im Griff, hat sie gesagt. Nichts hat sie im Griff gehabt. Gar nichts. Haben Sie auch Kinder?«

»Drei. Bald vier. Ein Kleines ist unterwegs.«

»Wie alt?«

»Von null bis fünfzehn.«

»Wohnt das Älteste noch daheim?«

»Meine Tochter wohnt nicht bei mir.« Jetzt war er in der Rolle des Befragten, aber er ließ es geschehen. Sie war offen gewesen, er schuldete ihr ebenfalls Offenheit. Nancys Mutter betrachtete ihn mit unverhohlener Neugier.

»Und, machen Sie sich Sorgen um Ihre Große?«

»Jede Stunde.«

»Dann wissen Sie ja, wie es ist.«

»Oh ja.« Er dachte an all die vergeblichen Anrufe. Zum ersten Mal stellte er fest, dass er Lily vermisste. Dass es nicht die Sorgen eines Vaters waren, seiner Verantwortung nicht nachzukommen. Er wollte sein Kind sehen.

»Darf ich mir Nancys Zimmer mal anschauen?«

»Das ist eigentlich zu. Warum wollen Sie da rein?«

»Ihre Tochter hat es verdient, dass wir den Fall noch mal aufrollen.«

Ulla Steinert stand auf, ging in die Diele und nahm einen Schlüssel vom Haken. »Wenn Sie schon mal da sind«, sagte sie. »Hilft ja nix.«

Nancys Zimmer lag im oberen Teil der Maisonettewohnung. Ihre Mutter stieg ihm voraus die knarzende Holztreppe hoch und sperrte eine Tür auf. Muffige, abgestandene Luft schlug ihm entgegen, so, wie es manchmal in Museen roch. Das Bett war ungemacht, ein paar Schränke standen offen. Nancy hatte die Haut ihrer Kindheit hier abgestreift, als sie ausgezogen war: ein paar Plüschtiere, ein Poster von den Backstreet Boys an der Wand, eine rosa Kommode mit einem Frisurenkopf, der ihn hohl anstarrte. Dieser Raum war schon vorher verlassen gewesen.

»Schauen Sie sich ruhig um, ich lass Sie allein«, sagte Ulla Steinert. »Ich geh nicht mehr gern in das Zimmer.«

Hannes lauschte auf ihre Schritte auf der Treppe, dann fing er mit dem Schreibtisch an. Nur Stifte und Schulzeug. Aber wer hatte zu der Zeit schon noch Briefe geschrieben? Hier gab es kein Telefon, kein Handy, keinen Computer. Er fingerte durch die hinterlassenen Klamotten, eine Spielzeugkiste, in der nichts mehr vollständig schien, einen Koffer mit eingetrockneter Schminke. In der Schreibtischschublade entdeckte er einen Stapel Zettel und Notizen, in denen vielleicht Nachrichten steckten. Er setzte sich auf den zierlichen Bürostuhl und blätterte sie durch.

Eine Teetasse landete vor ihm auf dem Tisch, Ulla Steinert stand plötzlich neben ihm. Mit einem Schreckenslaut zuckte er zusammen.

»Ich wollte Sie nicht erschrecken.«

»Nichts passiert.« Er wandte ihr sein gesundes Ohr zu. »Auf der Seite höre ich nicht so gut.«

Sie legte ihm die Hand auf den Arm mit der Manschette, er zog ihn reflexartig weg.

»Das war aber nicht mein Mann, oder?«

»Nein. Alte Dienstverletzung.«

Sie schaute zwischen der Hand und seinem Gesicht hin und her, als suche sie eine Verbindung. »Ihr Gesicht kommt mir bekannt vor.«

Vor einem halben Jahr war ein Foto von ihm in die Zeitung gesickert, ein Pressebild aus einer vergangenen Ermittlung. Mit Sonnenbrille, unscharf, grobkörnig. Trotzdem erkannten die Leute ihn wieder. Nicht einmal der Bart half.

»Sind Sie …?«

»Ja«, sagte Hannes. »Der bin ich.«

Ulla Steinert legte noch einmal die Hand auf seinen Arm,

sanft wie ein Seidentuch. »Sie haben alles Glück dieser Welt. Haben Sie etwas gefunden?«

Er hielt die leeren Handflächen nach oben. »Nichts.«

»Kommen Sie. Ich habe etwas für Sie.«

Sie ging auf den knarrenden Treppen voraus ins Wohnzimmer, wo sie in einem Eckschrank kramte. »Da hab ich's.«

Sie hielt ihm die Hand hin. Darin lag ein Nokia-Handy mit zersprungenem Gehäuse. Das Display war zersplittert, das Akkufach leer.

»Da müssen ihre letzten Fotos drauf sein. Sie hat es an die Wand geworfen, bevor sie … Ich wollte es eigentlich nicht hergeben, sonst habe ich nichts mehr von ihr. Am Ende.«

Hannes streckte die Hand aus, aber sie drückte das Handy an die Brust. »Können Sie die Fotos für mich rausholen?«

»Sie haben mein Wort«, sagte er und versuchte, das Jagdfieber nicht aus seinem Blick springen zu lassen. Hoffte, dass sein Herzschlag nicht wie eine Basslinie durchs Zimmer wummerte. Kontakte, Nachrichten, Fotos, Spuren. Wenn er das Ding in die Finger bekam, war er im Spiel. »Ich kümmere mich persönlich drum, dass Sie es zurückbekommen. Wir machen Ihnen Abzüge von allen Fotos und geben Ihnen einen USB-Stick mit den Daten. Wir haben Leute für so was.«

Ulla Steinert legte das Gerät in seine Hand. Es wog fast nichts.

»Danke«, sagte er.

Draußen hatte sich die Wärme im Auto gefangen, Hannes ließ das Fenster herunter, um die Abendkühle reinzulassen. Er warf die Tüte mit dem Handy auf den Beifahrersitz, startete den Motor und schaltete ihn wieder aus. Eine Minute blieb er stumm sitzen, dann wählte er die Nummer von Lily. Sie ging nicht ran.

Elli klingelte. Sie hatte immer noch keinen Schlüssel für die Wohnung von Jonas. Er hatte ständig Ausreden gehabt, um es hinauszuzögern. Da waren sie wieder, die riesige Kluft, die sich zwischen ihnen auftat, und die Schwärze in ihrem Bauch. Ich hätte ein Jobangebot in der Heimat gehabt, ich hätte in die Oberpfalz gehen können, dachte sie, und der Gedanke war eigentlich schon das Ende.

Jonas machte ihr auf und schlurfte zurück in die Wohnung. Er war unrasiert, in T-Shirt und Boxershorts. Elli hatte den Verdacht, dass er schon so aus dem Bett gestiegen war. Nun denn, sie roch auch nicht viel besser, der Gestank aus dem Zellentrakt hing ihr noch in den Kleidern, und sie brauchte dringend eine Dusche.

»Ich hatte einen furchtbaren Tag«, sagte sie.

»Mhm.« Jonas setzte sich wieder an den Schreibtisch in der Flurnische und scrollte in dem Dokument, das er geöffnet hatte.

»Willst du denn gar nicht wissen, warum?«

»Moment.« Er hob die Hand, ohne sie anzuschauen. »Ich bin gerade an einer Sache dran.«

»Können wir bitte ausgehen? Ich brauche dringend ein Bier und eine Pizza. Mit extra Käse. Und den Käse mit Käse überbacken.«

»Mhm. Gib mir eine Minute.« Die Maus klickte, als er einen neuen Tab öffnete. Vor ihm lag ein Wust von ausgedruckten Dokumenten, mit Pfeilstickern und Textmarker verunstaltet. Das würde länger als eine Minute dauern. Was tat sie hier, in einer fremden Wohnung, mit einem Mann, der ihr den Rücken zukehrte? Die Haut auf seinem Nacken schimmerte golden, und sie hätte ihn so gerne berührt.

»Was ist das für eine Sache, an der du dran bist?«

»Anwaltskram.« Er wischte ihre Frage mit der Hand weg wie eine Fliege. »Geht um meine Versicherung.«

»Es geht um deine Pension, stimmt's? Du prozessierst immer noch in der höchsten Instanz, weil du aus dem Polizeidienst entfernt wurdest.«

Er wirbelte auf dem Drehstuhl herum. »Wie hast du das rausgefunden?«

»Ich bin Kriminalpolizistin. Es ist mein Job, Dinge rauszufinden.«

»Shit. Ich glaub's einfach nicht.«

»Du hättest es mir sagen sollen.«

»Das wollte ich. In meinem Tempo. Du hast alles kaputtgemacht. Wie soll ich dir noch trauen?«

»Verdrehst du die Dinge nicht gerade ein bisschen? Du bist rausgeflogen, weil du Beweise unterschlagen und dir harte Medikamente beschafft hast. Ich hätte das gerne gewusst. Ich wäre damit klargekommen. Ich komme mit jeder Menge Vergangenheit klar. Aber nicht mit Unehrlichkeit.«

Jonas wurde nicht einmal wütend. Er sah nur müde aus und entsetzlich jung. »Ich wusste nicht, wie ich es am besten rüberbringen soll. Du hast hinter meinem Rücken spioniert. Das ist ein Unterschied.«

»Können wir das bitte bei einer Pizza in Ruhe besprechen? Ich hatte wirklich einen furchtbaren Tag. Bitte, Jonas.« Sie hatte immer noch die Tasche über der Schulter, ihr war fast schlecht vor Hunger.

Jonas wandte sich wieder dem Bildschirm zu, als sei sie gar nicht da. Er hatte ihr noch nichts zu essen oder zu trinken angeboten. Wahrscheinlich hatte er selbst noch nichts gegessen. In seinen Augen stand ein fieberhaftes Flackern, sein Gesichtsausdruck war sektenhaft. Sie könnte die Wohnung einfach verlassen, er würde es nicht merken.

»Willst du denn gar nicht wissen, wie es mir geht?«

»Später …« Das blaue Licht des Monitors spiegelte sich in seinem Gesicht. »Ich bin da gerade auf was gestoßen. Ein paar Urteile aus den Niederlanden. Die könnten der Durchbruch sein.«

»Es ist immer der Durchbruch, Jonas. Verdammt! Das führt doch zu nichts! Merkst du denn nicht, dass es aussichtslos ist? Gesteh es dir endlich ein.« Sie wurde immer lauter, damit er sie endlich hörte. »Du hast silberne Löffel gestohlen!«

Der Drucker summte. Jonas beugte sich über die Unterlagen, seine Nackenmuskeln spannten sich. Inmitten der ausgeschnittenen Zeitungsartikel und Urteile saß er da wie vor seinem eigenen Hausaltar. Er hatte sie nicht gehört. Er hatte chirurgisch ausgeschnitten, was er nicht hören wollte.

»Schau mich wenigstens an.«

»Gleich, Elli. Lass mich das hier bitte noch zu Ende bringen.«

»Nein, Jonas. Hier und jetzt ist es zu Ende.«

Die Worte sagten sich einfach so, sie musste nichts tun, sie kamen aus ihr heraus, als hätten sie auf ihren Einsatz gewartet. Sie würde nicht länger zuschauen, wie er vor seinem Hausaltar im Kreis tigerte. Jonas konnte niemanden lieben.

»Elli …« Zum ersten Mal drehte er sich nach ihr um, ehrliches Erstaunen im Gesicht. »Der Prozess … Das ist gerade alles für mich. Ich muss das durchziehen.«

»Das kannst du gerne tun. Aber dann tust du es allein.« Elli schaute ihm in die Augen und sah zu, wie sein Herz brach. Dann ging sie.

Erst im Treppenhaus kamen ihr die Tränen.

Waechter bestellte sich einen Big Mac und einen schwarzen Kaffee und setzte sich auf einen Barhocker unter dem Schwarz-Weiß-Porträt des jungen David Bowie. Nachts um drei herrschte im McDonald's am Stachus jene explosive Ursuppe, aus der Schlägereien entstanden. Ein paar Clubbesucher standen in der Warteschlange, die Pupillen klein wie Stecknadelköpfe. In einer Ecke drängten sich ein paar Drogenbengel und bettelten Neuankömmlinge um einen Burger an. Vor der Tür brach ein lautstarker Streit aus, der Security-Mann straffte die Schultern und legte die Hand auf den Schlagstock. Waechter rührte Zucker in seinen Ein-Euro-Kaffee und ließ die aufgekratzten Stimmen an sich vorbeirauschen. Er war lange genug wach gewesen. Endlich war er außer Dienst.

»Ey, stalkst du mich, du perverser Sack?«

Waechter rührte zu Ende, legte das Holzstäbchen zur Seite und blickte auf. »Servus, Lily. Freut mich auch, dich zu sehen.«

Er hätte gleich am ersten Tag hierherkommen sollen. An diesem Ort endeten die Nächte, früher oder später wurden sie alle hier angespült. Lily trug ein weites T-Shirt mit künstlichen Laufmaschen, das an ihrem Knabenkörper schlotterte, und darunter nichts oder nicht viel. Ihr Gesicht war hart und angespannt, die grünen Katzenaugen glühten. Sie entwickelte sich zu einem Ebenbild ihres Vaters.

»Das ist jetzt die dritte Location, in der du mir hinterherspionierst. Was soll das? Was willst du von mir, Waechter?«

»Sichergehen, dass es dir gut geht. Dir scheint es ziemlich gut zu gehen, so wie du fluchen kannst. Mission erfüllt.«

»Schickt dich mein bescheuerter Vater?«

»Dein bescheuerter Vater schickt mich nirgendwo hin. Ich bin immer noch sein Chef.«

Lily kam ihm so nahe, dass er sie riechen konnte, Kaugummi, billiges Bonbonparfüm und Schweiß. »Und als Chef schickst du ihn allein zu Einsätzen, bei denen er elendig verreckt?«

Waechter wandte sich wieder seinem Kaffee zu. »Deandl, du bist die Letzte, mit der ich über Polizeieinsätze rede. Ich sage deinem bescheuerten Vater, dass ich dich gesund und munter angetroffen habe. Dass du ein Sonnenschein warst wie immer. Und jetzt trennen sich unsere Wege.«

Lily war nicht mehr in Waechters Wohnung gekommen, seit Hannes im Krankenhaus gelandet war. Ihre ungleiche Freundschaft war abgerissen, der Faden, an dem sie gehangen hatte, war von Anfang an zu dünn gewesen. Waechter hatte gehofft, dass sie wieder näher mit Hannes zusammenrücken würde. Aber Lily hatte sich noch weiter von ihnen allen entfernt. Wie musste es für sie gewesen sein, ihren Vater wiederzufinden und ihn kurz darauf um ein Haar wieder zu verlieren? Das Letzte, was sie in ihrem Leben brauchte, waren noch mehr Pseudo-Vaterfiguren. Vor allem keine, die sich wie Schulbuben im Hausflur um sie prügelten. Der Gedanke an die würdelose Schlägerei mit Hannes erzeugte eine Hitzewelle in seinem Kopf.

»Dein Papa macht sich Sorgen um dich«, sagte er.

Die Anspannung wich aus ihrem Gesicht. Sie musterte ihn fast neugierig. »Ihr habt über mich geredet?«

»Wir arbeiten zusammen. Schon vergessen?«

Lily setzte sich neben ihn, nahm den Big Mac und biss hinein. »Wenigftenf fwei Leute, die reden«, sagte sie und schlang sein Abendessen herunter.

Waechter warf einen bedauernden Blick in den Kaffeebecher und schob ihn ihr auch noch hin.

Lily holte ihr Handy heraus, tippte auf das Display und zeigte es Waechter. Zwölf entgangene Anrufe. *Dad.* »Ist mir gerade alles zu viel«, sagte sie.

»Es würde deinen Eltern schon reichen, wenn sie wüssten, wo du steckst und dass du gesund bist.«

»Welche Eltern?« Lily probierte seinen Kaffee und schnitt eine Grimasse. »Die waren verheiratet. Die haben ein Kind zusammen. Und was machen die? Lassen alles nur noch über den Anwalt laufen. Das ist doch krank. Wenigstens nachdem Dad fast draufgegangen ist, hätten sie doch miteinander reden können. Wie 'ne ganz normale Familie oder so.«

»Sie haben miteinander geredet.«

Lily spuckte Kaffee in den Becher zurück. »Was?«

»Deine Eltern haben sich getroffen. Unter meinem Bürofenster.«

Lilys Augen leuchteten auf wie bei einem Kind, das ein Geschenk bekam und es gierig an sich riss, bevor der Schenkende es wieder wegziehen konnte.

»Soll ich dich heimfahren?«, fragte Waechter.

Die pickligen Kapuzenjacken vor der Tür schauten alle nicht nach einer seriösen Mitfahrgelegenheit aus und auch nicht nach der Gesellschaft, die ein angetrunkenes Mädchen nach Mitternacht haben sollte.

»Okay.«

Waechter hätte schwören können, dass sie erleichtert klang.

Er griff nach dem Autoschlüssel. »Na, dann pack mer's. Adresse?«

Lily nannte ihm eine Straße in Neuhausen. Im Auto nickte sie ein, und er musste sie wecken, als das Navi die schwarz-weiße Zielfahne hisste und das Motorengeräusch in der stillen Straße erstarb. Er brachte sie vorsichtshalber noch hoch bis vor die Wohnungstür, damit sie nicht wieder abhaute.

Lily stocherte mit ihrem Wohnungsschlüssel im Schloss herum wie mit einem verbogenen Dietrich und schaffte es erst im dritten Anlauf, ihn herumzudrehen. »Danke fürs Heimfahren und so.«

Die Tür wurde von innen aufgezogen, und Lily fiel vor Schreck fast nach vorne. Eine Frau tauchte im Türrahmen auf. Lily schlüpfte an ihr vorbei und verschwand grußlos im Inneren der Wohnung.

»Und Sie sind?«, fragte die Frau. Die langen schwarzen Haare waren vom Kissen zerzaust. Sie trug nur Boxershorts und ein Hemd mit Spaghettiträgern, ihre Haut verströmte Hitze.

Waechter erkannte sie sofort. Anja Brandl, die Ex von Hannes, auf dem Papier immer noch seine Frau. »Waechter.« Er reichte ihr die Hand, die sie ignorierte. »Michael Waechter. Ich bin ein Kollege von Ihrem Mann.«

»Gott bewahre«, sagte sie. »Und warum sind Sie um diese Uhrzeit mit meiner Tochter unterwegs?«

»Lily wusste nicht, wie sie heimkommen soll. Ich habe sie schon ein paarmal gefahren, wenn ihr Vater keine Zeit hatte.«

»Soll ich gut finden, dass meine Tochter nachts mit fremden Kerlen herumfährt, die dreimal so alt sind wie sie?«

Im Hintergrund trat Lily in den Flur, die Zahnbürste im Mund. »Oh Mann, Mama. Was denkst du dir eigentlich? Der Typ ist uralt. Das ist der Chef von Papa. Igitt.«

Waechter fand, dass »uralt« und »igitt« seine Gefühle verletzten, aber er sagte nichts dazu, immerhin verteidigte Lily seine Ehre.

Anja Brandl machte die Tür weit auf. »Kommen Sie mal rein, ja?«

Ihre Stimme duldete keine Widerrede, und Waechter gehorchte. An Schlaf war in dieser Nacht sowieso nicht mehr zu denken.

In der Küche setzte er sich an den kleinen Holztisch. Lilys Mutter füllte eine *Caffettiera* mit Wasser.

»Der Chef von Hannes also«, sagte sie. »Da muss ich ja aufpassen, was ich sage.«

»Kein Problem. Wir lassen das Privatleben daheim.«

»In dem Fall frage ich mich, warum Sie nachts mit meiner Tochter durch die Gegend ziehen.«

»Ich will Lily nichts Böses«, sagte Waechter. »Ich hab schon ein paarmal ausgeholfen, es macht mir nichts aus.«

Anja Brandl schaltete den Gasherd an. »Hannes hatte schon immer ein Talent dafür, andere Leute für sich springen zu lassen, wenn er es selbst nicht hinkriegt.«

»Sie wollten doch aufpassen, was Sie sagen.«

Sie warf ihm einen amüsierten Blick über die Schulter zu.

Die braune Haut auf ihrem Rücken war von noch dunkleren Sommersprossen übersät, die sich zwischen den Schulterblättern sammelten. Das genaue Gegenteil von Hannes' blasser Freundin, die immer aussah wie eine Studentin im ersten Semester. Anja Brandl setzte sich an den Tisch und zündete sich eine Zigarette an. Waechter lehnte die dargebotene Schachtel nach einigem Zögern ab.

»Haben Sie auch Kinder?«, fragte sie. Das Feuerzeug erhellte kurz ihr Gesicht.

Waechter schüttelte den Kopf. »Es hat nicht sollen sein. Ich bin geschieden.«

»Sie klingen traurig.«

»Ist schon ewig her. Rum ums Eck.«

Lilys Mutter musterte ihn lange und zog an ihrer Zigarette. Ihre Augen waren tiefdunkel gerändert, sie musste südländische Wurzeln haben. Im blauen Licht des Morgens, das die Küche immer mehr erhellte, sah sie älter aus als im dunklen Hausflur.

»Ich glaube, Sie sind gar kein Perverser. Sie haben wirklich ein Helfersyndrom.«

Die *Caffettiera* blubberte und stieß einen dünnen Faden Wasserdampf aus. Anja Brandl stand auf und füllte zwei Espressotassen, die sie auf den Tisch stellte.

»Ich mag die Lily«, sagte Waechter. »Ein schlaues Deandl. Sie ist ungefähr so alt, wie meins jetzt wäre.«

»Sie haben ein Kind verloren?«

»Meine Frau wollte es nicht bekommen, nachdem es mit uns auseinandergegangen ist. Es war noch nicht weit. Keine große Geschichte …« Er hob die Hände und ließ sie wieder in den Schoß fallen, weil ihm die Worte ausgingen. Es fühlte sich seltsam an, dass er zum ersten Mal jemandem davon erzählte, noch dazu der Exfrau seines Kollegen, in einer verrauchten Wohnküche bei Sonnenaufgang.

Sie hatten sich darauf gefreut, eine Familie zu sein, hatten ein Zimmer eingerichtet, ein großes Auto gekauft. Kurze Zeit später war alles nur ein Traum gewesen, und er war zurück in einem Leben ohne Heizung, Licht und Farbe. Er hatte sich gut in diesem schwarz-weißen Parallelleben eingerichtet, ohne zu versuchen, sich an den Traum zu erinnern. Noch einmal alles zu verlieren, das würde er nicht überleben. Dann lieber da bleiben, wo er war.

»Das tut mir leid.« Anja Brandl trank den Kaffee in einem Zug und drückte die Zigarette in der leeren Tasse aus.

»Braucht es nicht. Ich hab's selber versaubeutelt.« Waechter stand auf und strich die Hosenbeine glatt. »Danke für den Kaffee. Ich pack's dann mal wieder.«

»Können wir uns trotz allem drauf einigen, dass Sie Lily in Zukunft nicht mehr durch die Gegend fahren? Mir ist das ein bisschen zu schräg.«

»Botschaft verstanden.« Lilys Übernachtungen auf seinem Sofa erwähnte er lieber nicht. Er wollte die Geduld der Mutter nicht über Gebühr strapazieren.

»Richten Sie meinem Mann keine Grüße aus.« In ihrem Mundwinkel zuckte ein Lächeln. Sie ging voraus und hielt ihm die Tür auf. Er musste an ihr vorbei und nahm ihren Geruch wahr, nach Schlaf und einem nicht verflogenen Rest Parfüm vom alten Tag.

»Also …«, sagte er.

»Also …«

Lily riss die Zimmertür auf wie ein Schachtelteufel.

»Mann, kann man hier nicht mal pennen? Tschüs, Waechter. Verpiss dich.«

Waechters Diensthandy klingelte. »Entschuldigung«, sagte er und drehte sich weg. »Um diese Zeit ist es nichts Gutes.«

Die Leitstelle war dran. Er sollte sofort reinkommen.

»Was?«, rief er und lief die Treppen hinunter. »In der JVA? Wieso tot?«

Vier

Die siebente Tür der JVA ging hinter Hannes zu. Für einen schrecklichen Moment war er im Zwischenraum zwischen zwei Türen einsperrt, mit Elli und einer Justizvollzugsbeamtin. Erst nachdem sich die eine Tür geschlossen hatte, öffnete sich die andere. Der durchdringende Gestank von Kot und Urin schlug ihnen entgegen. Die Tür in ihrem Rücken ging langsam wieder zu. Der gesamte Gang war geräumt worden. Die Justizvollzugsbeamtin, die für den Trakt zuständig gewesen war, wartete auf sie.

Hannes lief auf sie zu und baute sich vor ihr auf. »Das hätte nicht passieren dürfen! Wie kann es sein, dass sich eine Frau in aller Ruhe in der Zelle aufhängt, und keiner merkt was?«

»Als sie angekommen ist, war sie ganz normal«, sagte die Beamtin. »Sie wollte Papier und Bleistift zum Zeichnen. Haben wir ihr gebracht. Essen auch. Sie hat danke gesagt, als wenn nichts wäre.«

»Wie lange haben Sie sie allein gelassen? Wir haben Ihnen doch mitgeteilt, dass Suizidgefahr besteht.«

Die Frau zuckte mit den Schultern. »Wir haben zu jeder vollen Stunde Vitalitätskontrolle gemacht.«

»Sie hätten sie ständig überwachen müssen.«

Die Justizvollzugsbeamte hielt ihm einen Finger vors Gesicht. »Dann geben Sie uns das nächste Mal doch bitte eine klare richterliche Anweisung, doppelt so viel Personal und doppelt so viel Gehalt, ja?« Sie war den Tränen nahe, und Hannes wurde klar, dass er die Falsche drangsalierte.

Die Tür zu Fatou Dembélés Zelle stand offen. Von hier aus konnte Hannes ihre Beine sehen, die in die Türöffnung ragten, dürr und zerschunden. Er verspürte das irrationale Bedürfnis, sie zuzudecken, auch wenn das nicht ging.

»Wann kommt der Arzt?«, fragte Elli.

»Ist unterwegs.«

»Bis dahin rührt niemand etwas an«, sagte Elli.

Hannes lehnte sich an die Wand. Mit jedem Atemzug hatte er das Gefühl, seine Lunge mit Tod zu füllen. Geschlossene Räume mit sieben Doppeltüren waren nicht gut. Überhaupt nicht gut. Panik brandete in ihm auf und ab, jederzeit bereit, eine große Woge loszuschicken, die ihn unter Wasser zog. Die Schachtel mit Tavor lag in seiner Schreibtischschublade in der Dienststelle im Westend, unerreichbar. Elli beugte sich mit einem Seufzen über ihr Handy. Er wusste nicht, wie lange sie schon dort standen, in dem künstlichen Licht hatte er kein Zeitgefühl.

Das Funkgerät der Vollzugsbeamtin rauschte, sie drehte sich weg. »Okay«, sagte sie zu der schnarrenden Stimme am anderen Ende. »Dann bringen wir ihn rein.«

Der Ankömmling war ein Notarzt, der in der Zelle vor der Frau niederkniete. Er brauchte drei Minuten, dann ließ er den Koffer wieder zuschnappen.

»Jou«, sagte er, »die ist tot.«

Hannes reichte ihm das Clipboard mit dem Todesbericht. »Dann füllen Sie das hier bitte mal aus.«

Der Notarzt warf nicht mal einen Blick darauf. »Ich mach gar nix. Das erledigt der JVA-Arzt.«

»Der ist aber nicht im Haus.«

»Nicht mein Problem. Ich füll da nix aus. Am Ende mach ich einen Fehler, und dann komm ich in Teufels Küche.«

»Sie kommen in Teufels Küche, wenn Sie mir nicht auf der Stelle den Todesbericht ausfüllen.«

Der Notarzt war schon am Gehen, und eine der Beamtinnen öffnete ihm die Tür. »Damit werd ich fertig«, sagte er, bevor Glas und Stahl sich hinter ihm schlossen.

Hannes baute sich vor der Vollzugsbeamtin auf. »Dann holen Sie mir wenigstens den JVA-Arzt her, wo auch immer er steckt! Oder eine Vertretung!«, brüllte er, viel zu laut für den engen Raum.

Ohne Widerrede zückte sie das Telefon und verzog sich ans andere Ende des Gangs.

Hannes hielt Elli die Schachtel mit den Einweghandschuhen hin. »Nutzen wir die Zeit. Was anderes fällt mir jetzt auch nicht ein.«

Er zog selbst ein Paar heraus, streifte es über und bekreuzigte sich. Um in die Zelle zu gelangen, musste er über die Beine der Toten steigen. Er vermied es, ihr Gesicht anzuschauen. Der Gestank war in der schmalen Zelle so stark, dass er die Hand vor den Mund presste, um nicht zu würgen. Die Decke auf der kunstledernen Matratze war zerwühlt, Fatou Dembélé hatte geschlafen oder sich zumindest eingewickelt. Auf der Decke lagen Bleistiftzeichnungen. Hannes legte sie behutsam in eine Box, zusammen mit einem Stift, der Zahnbürste, Zahnpasta und einer Tube Flüssigseife. Elli hob ein herumliegendes Handtuch auf. Viel mehr gab es in der Zelle nicht.

Jetzt konnte er es nicht mehr länger hinauszögern. Hannes ging vor der Toten in die Hocke, ohne sie zu berühren.

Ihr Mund war leicht geöffnet, die Zunge schaute hervor. Das Weiße in den Augen war rot gesprenkelt. Am Oberkörper trug sie nur einen BH, um den Hals schnitt das zu einem Strick gedrehte T-Shirt in die Haut. Sie hatte die Fingerspitzen hineingekrallt. Im letzten Moment hatte sie es sich wohl anders überlegt und noch versucht, die Schlinge zu lockern, in einem unbezwingbaren Überlebenswillen.

»Sie wollte nicht sterben«, sagte er. Beim Aufstehen musste er sich am Türrahmen abstützen. »Sie hatte Angst vor etwas, das schlimmer ist als der Tod.«

Hannes ging in den Flur zurück, lehnte den Kopf an die Wand und schloss die Augen.

»Und jetzt?«

»Jetzt halten wir Totenwache für die Frau«, sagte er.

Elli telefonierte leise, während die Vollzugsbeamtin sie vom anderen Ende des Gangs aus mit brütender Abneigung beobachtete. Stille breitete sich aus. Stille, in der Hannes eine Uhr ticken hörte und ferne Schritte und Rufe.

Er wusste nicht, wie lange es dauerte, bis Schlösser klickten, automatische Türen summten und Stimmen näher kamen. Endlich ging die Tür zu ihrem Trakt auf. Waechter humpelte mit zwei Beamten herein, er stützte sich auf einen Gehstock aus Holz mit beeindruckenden Aufnaglern. Seine Miene war aus Granit. Hinter ihm kam ein Mann mit einem Koffer und der roten Jacke eines Arztes herein.

Hannes ging auf Waechter zu und hielt ihm wortlos das Clipboard hin. Waechter schaute nicht das Clipboard an, sondern ihn, mit entgeistertem Blick.

Ein roter Punkt blühte auf dem weißen Papier auf. Ein zweiter Punkt. Etwas Warmes rann Hannes über den Mund.

»Du blutest wieder«, sagte Elli, ihre Stimme klang wie von weit weg.

Waechter hielt ihm ein rot kariertes Tuch unter die Nase. Hannes drückte sich das Taschentuch ins Gesicht.

»Wisst ihr was«, presste er hervor. »Ich bin hier raus. Macht euren Scheiß alleine.«

Quälend langsam öffnete sich eine der Doppeltüren, und Elli hakte ihn unter.

Das Waschbecken in der Herrentoilette sah aus wie die Dusche aus *Psycho*. Elli hatte Hannes das letzte ihrer teuren Kosmetiktücher spendiert, und er machte wieder einen halbwegs menschlichen Eindruck.

»Scheint aufgehört zu haben«, sagte Elli. »Alles klar bei dir?«

»Es war nur Nasenbluten, verdammt.« Hannes lehnte den Kopf an die Kacheln und drückte ein nasses, zusammengeknülltes Papierhandtuch unter die Nase. »Ganz klar unser Fehler«, sagte er. »Wir hätten besser auf sie aufpassen müssen. Ich. Du. Waechter. Wir hätten eine Rund-um-die-Uhr-Bewachung anordnen müssen.«

»Du weißt, wie aufwendig das ist«, sagte Elli. »Das hätte uns niemand genehmigt. Sie hat nicht akut suizidgefährdet gewirkt. Ja, sie war aufgewühlt, natürlich. Aber das konnte doch keiner ahnen.« Der bloße Gedanke machte sie müde. All die Fragen kreisten auch in ihrem Kopf, die ganze Zeit. Zu spät, zu spät. »Nun mach dir keinen Kopf.«

»Keinen Kopf machen? Merkst du selber, oder? Die Frau war in unserer Obhut. Alles, was ihr passiert, geht auf unsere Kappe. Sie war einundzwanzig, verdammt. Hatte eine Flucht und den Drogenstrich überlebt und wir … Wir passen einfach nicht auf sie auf.«

Ein Kollege kam herein und hielt inne, als er Elli sah. »Das ist aber hier schon noch das Männerklo, oder?«

»Ich hab drei große Brüder«, sagte Elli. »Es gibt nichts, was mich noch überraschen könnte.«

Mit einem finsteren Blick verzog sich der Kollege in eine Kabine.

Hannes ließ das Taschentuch achtlos fallen, rutschte an den Kacheln herunter und legte den Kopf auf die Knie. Elli legte ihm die Hand auf die Schulter, doch er schüttelte sie mit einer aggressiven Bewegung ab. Sie hatte vergessen, wie abwehrend er seit dem Anschlag auf Berührung reagierte.

»Wir haben nichts geschafft bisher«, sagte er. »Wir richten nur Schaden an. Wir wühlen alles auf. Leute kommen in den Knast, Leute sterben. Wofür denn?«

»Für Leo vielleicht?«, sagte Elli.

»Weißt du, was?« Hannes hob den Kopf. »Mir ist scheißegal, wer Leo Thalhammer erschossen hat. Ich hab ihn nicht gekannt. Mir ist egal, ob er Polizist war, er ist einfach irgendein Typ. Ich versuche hier nur meine Arbeit zu machen und mir mein Leben zurückzuholen. Und nicht mal das schaffe ich.«

Elli wurde langsam klar, worauf Hannes zusteuerte. Er wollte hinwerfen.

»Aber Fatou Dembélé ist dir nicht scheißegal, oder? Ihr Tod geht dir an die Nieren. Gib's zu.«

»Na und? Es ist doch sinnlos. Sie ist tot. Alles, was wir jetzt noch rödeln, ist komplett sinnlos.«

Elli schwieg, als die Klospülung ging und der Kollege an

ihnen vorbeistürmte, ohne sich die Hände zu waschen. Als er außer Hörweite war, sagte sie zu Hannes: »Es war nicht allein deine Aufgabe, für ihre Sicherheit zu sorgen. Es war auch meine. Die Der Chefin. Vor allem die von Waechter.« Wir werden diese Schuld alle mitnehmen, dachte sie. Die Schuld würde verblassen und nur noch ein kleiner, peinigender Schmerz in der Erinnerung sein, aber sie würde immer da sein. »Im Grunde ist auch Fatou Dembélé umgebracht worden. Von denjenigen, die ihr Leben in eine Hölle verwandelt haben. Die müssen wir finden, die sollen dafür bluten, das ist der Sinn. Sonst machen die weiter. An der Straßenecke stehen doch schon die nächsten Kids, die weder vor noch zurück können. Die angequatscht werden, ob sie sich nicht was dazuverdienen wollen.«

»Sehr edel, hilfreich und gut, Elli«. Hannes' Stimme ätzte. »Ich frage mich nur, warum ausgerechnet ich die Welt retten soll.«

»Weil du dafür ein Beamtengehalt, Weihnachtsgeld, Urlaubsgeld und eine üppige Pension bekommst, damit du deine ständig anwachsende Kinderschar durchbringen kannst«, sagte Elli. »Jonna und du braucht dringend neue Hobbys. Wie wär's, wenn ihr euch doch mal einen Fernseher kauft?«

»Als ich das Angebot bekommen habe, in die Soko einzusteigen, war mir klar, dass es schwierig wird. Aber keiner hat mich darauf vorbereitet, dass es die Hölle wird.«

Die Tür flog auf, Waechter kam herein. Er warf ihnen nur einen müden Blick zu. »Aha. Kleine Lage.«

Hannes sprang auf, als habe Waechter ihn beim Faulenzen ertappt, und strich seine Kleidung glatt.

Waechter lehnte den Gehstock gegen die Fliesen und wusch sich ausgiebig die Hände.

»Was hast du mit deinem Bein gemacht?«, fragte Elli.

»Straßenkampf.« Waechter spritzte sich Wasser ins Gesicht. Er betrachtete sich im Spiegel, und seiner Miene nach gefiel ihm das Ergebnis nicht. »Mach mer weiter«, sagte er zu seinem Spiegelbild. »Hilft ja nix.«

Es würde eine Untersuchung von Fatou Dembélés Tod geben. Elli war klar, dass sie sich vor allem gegen Waechter als Leiter ihrer Mordkommission richten würde und dass er ohne große Worte alle Schuld auf sich nehmen würde. Er stellte sich vor seine Leute, wie er es immer getan hatte. Wenn Elli über Waechter als Vorgesetzten jammerte, dann auf hohem Niveau.

Der Hüter des Schweigens kam mit einer Plastikbox in der Hand herein und schaute sich suchend um. Sein Gesicht erhellte sich, als er seine Kollegen um die Waschbecken versammelt sah.

»Moment«, sagte Elli. »Das ist jetzt wie in der Realschule, als wir in der Pause heimlich geraucht haben.«

»Wie gern würd ich jetzt eine rauchen«, murmelte Waechter. »Ist das hier das Zeug aus der Zelle? Zeig mal.« Er nahm die Box an sich und ging die verpackten Asservate durch. »Viel ist das ja nicht.« Er schüttelte die Box und stieß einen mutlosen Seufzer aus.

»Sie hat wieder gezeichnet.« Elli holte drei Bleistiftzeichnungen aus dem Behälter und hielt sie in die Höhe. Es waren Porträts. Alle drei zeigten dieselbe Person.

Waechter riss sie ihr aus der Hand. »Was will die denn mit dem?«

»Wer soll das sein?«, fragte Elli.

»Gerd Walser. Ein Kollege von Leo Thalhammer.« Waechter betrachtete jede Bleistiftzeichnung einzeln und strich sich übers Kinn. »Sie hat ihn in ihrem Leben genau drei Sekunden lang gesehen.«

»Na, er scheint Eindruck hinterlassen zu haben.« Elli betrachtete das Gesicht mit dem mächtigen Schnauzer und den buschigen Brauen. Fatou Dembélé hatte nur wenige Bleistiftstriche verwendet, aber sie hatte die Person genau getroffen. Sie war ein Naturtalent gewesen. »Der Typ ist aber auch ein Original.«

»Trotzdem …«, sagte Hannes. »Findet ihr das nicht komisch, dass sie vor ihrem Selbstmord drei Bilder eines Polizeibeamten zeichnet, dem sie einmal zwischen Tür und Angel begegnet ist?«

Waechter streckte den Arm mit dem Porträt aus und kniff mangels Lesebrille die Augen zusammen, um es erneut zu betrachten. Dann warf er alles in die Box zurück und rammte sie dem Hüter des Schweigens zurück in die Arme. »Das stinkt«, sagte er. »Gerd Walser und Patrick Bauer. Zwei Kollegen, die in Verbindung mit Fatou Dembélé auftauchen. Sag mir keiner, dass das ein Zufall ist. Da ist irgendwo ein Nest. Auch wenn es uns keiner danken wird, wenn wir es ausheben.«

»Ist das nicht endgültig ein Fall für die Internen Ermittlungen?«, fragte Elli.

»In erster Linie ist es unsere Aufgabe herauszufinden, wer Leo Thalhammer in den Kopf geschossen hat. Und dazu knöpfe ich mir die Kameraden mal vor. Die Chefin hat uns einen Tag gegeben, und den werden wir ausnutzen. Erst den

Bauer, dann den Walser.« Waechter ließ den Blick über sein Team wandern wie ein Lehrer auf der Suche nach einem Schüler zum Abfragen, und instinktiv zogen alle die Köpfe ein. »Hannes«, sagte er schließlich und bedeutete ihm mit einer Kopfbewegung mitzukommen. »Wir besuchen Patrick Bauer.« Damit ließen sie Elli und den Hüter des Schweigens alleine.

Die Klimaanlage im Auto war auf sechzehn Grad heruntergedreht, sodass sich die Härchen auf Hannes' Arm aufstellten. Unter der Schutzweste war er dafür innerhalb von drei Minuten klatschnass. Sein Entschluss, nie mehr ohne so ein Ding ein fremdes Haus zu betreten, bröckelte.

»Du kennst ihn«, sagte Waechter zu ihm. »Jedes bisserl an Beziehung, das wir aufbauen dürfen, hilft uns. Denk dran. Wir haben nur den einen Tag.«

Als Hannes die Autotür aufschob, schwappte die Sommerluft herein, schwül, tropisch, fremd. Um sie herum wuchs ein Neubaugebiet unter einem Gewirr von Kränen, das zwischen den Häusern den Blick auf sonnenverbranntes Brachland freigab. Das Mahlen eines Betonmischers lag in der Luft. Das Haus von Patrick Bauer stand in Trudering in einer Reihe von Neubauten, die gerade fertig geworden waren.

Waechter zögerte beim Aussteigen, einen Fuß schon auf dem Asphalt, die Muskeln an seinem Stiernacken spannten sich.

»Was ist?«, fragte Hannes.

»Nichts. Nur die Hitz.« Waechter quälte sich aus dem Wagen.

Hinter ihnen parkten die Kollegen, Autotüren schlugen. Sie hatten eine Streifenwagenbesatzung mitgebracht.

Hannes ging auf das Haus zu, die Luft war schwer und träge, als müsse man sie wegschieben. Eine Fliege summte an seinem Ohr vorbei und verschwand als Punkt ins Blaue. Die Häuserzeile lag zurückgesetzt hinter einer Art künstlichem Dorfplatz. Die Häuser waren einheitlich terrakottafarben verputzt, in jeder Blumenampel baumelten fleckige Petunien. Hannes klingelte.

Eine Frau machte auf und erblickte die Streifenbeamten. Hannes schätzte sie auf höchstens fünfundzwanzig. Sie war hübsch, aber es lag etwas Scharfes, Bitteres in ihrem Gesicht.

»Ach, Kollegen«, sagte sie, sichtlich enttäuscht. Vermutlich hatten die beiden nicht viele soziale Kontakte, außer anderen Polizisten. »Ich sag dem Patrick Bescheid. Wusste gar nicht, dass er Bereitschaft hat. Wollt ihr Limo?«

Hannes setzte an: »Tut mir leid, wir sind …«

Waechter hob die Hand und schnitt ihm das Wort ab. »Ein Wasser langt auch«, sagte er und lächelte sie an. »Aber wenn ihr sowieso eine Limo da habt's, dann gern.«

»Patrick ist im Wohnzimmer.« Seine Frau zeigte auf eine Tür und ging mit wiegenden Hüften Richtung Küche. Auf dem Weg klaubte sie eine Pillendose von der Kommode und steckte sie in die Hosentasche, Hannes hatte es gesehen. Folsäure.

Er klopfte an die angelehnte Tür, sie ging langsam auf. Patrick saß mit dem Rücken zu ihnen auf dem Fußteil eines niedrigen Sofas, den Kopf dem Garten zugewandt. Draußen hingen ein paar winzige Bäume angebunden in Stützpfeilern. Kein Blatt bewegte sich.

»Darf ich reinkommen?«

Patrick neigte den schlanken Hals. Unter seinem Shirt war jeder Rückenwirbel sichtbar, die Arme bestanden nur aus Muskeln und Sehnen.

»Wir möchten mit dir reden.«

»Ich weiß, warum ihr hier seid«, sagte Patrick. »Ich geh nicht mit.«

»Wir wollen dich nicht mitnehmen«, sagte Hannes. »Nur mit dir reden. Du weißt, warum.«

»Es ist vorbei«, sagte Patrick. Er drehte sich langsam um. Etwas Schwarzes glänzte metallisch in seinen Händen. Erst konnte Hannes im Gegenlicht nicht erkennen, was es war. Patrick presste den Griff gegen seinen Körper, drückte den langen Lauf in die Kuhle unterhalb seines Kinns. Eine Maschinenpistole.

»Nein!«, rief Hannes.

Ein Ruck ging durch Patricks Arme.

Hannes stolperte rückwärts, stieß gegen jemanden, dessen Reflexe nicht so gut funktionierten wie seine. »Bringt die Frau raus!« Sie würde die Erste sein, wenn Patrick eine Geisel nehmen wollte. Da war der Türrahmen, er war in der Diele.

Waechter hatte Patricks Frau um die Taille gefasst und schob sie mit Nachdruck ins Freie. Hier drinnen war niemand sicher. Die Wände dieses Kartenhauses konnten einen menschlichen Körper nicht vor der Wucht einer Maschinenpistole beschützen. Hannes' Kopf funktionierte wie ein Uhrwerk. Überleben: jetzt. Dafür sorgen, dass die anderen überlebten: jetzt. Panik: später. Er drückte sich mit dem Rücken gegen die sonnenwarme Hauswand neben der Tür. Über

Funk gab er der Einsatzzentrale die dürren Fakten durch. Adresse, Personen, Polizeibeamter mit Heckler & Koch MP 5. Ja, seine Dienstwaffe. Nachbarhäuser räumen. SEK. Verhandlungsgruppe.

Patrick hatte die Maschinenpistole mit nach Hause genommen. Er hatte auf sie gewartet. Sie hatten keine Chance gehabt, etwas richtig zu machen.

»Hannes!« Waechters Stimme, aus Richtung der Autos. »Renn!«

Der gepflasterte Vorplatz wirkte auf einmal unendlich groß, ein Platz in voller Sichtweite und Schusslinie. Die Sonne schien ihm in die Augen, er konnte kaum die Autos erkennen. Seine Finger suchten Halt in den Vertiefungen des Putzes, er presste den Rücken gegen die Wand. Die Haustür neben ihm stand einen Spaltbreit offen. Er konnte Zugluft spüren, einen feinen Hauch am Oberarm.

Aus dem Haus kam ein menschlicher Laut, klein, wie ein Schluckauf. Dann Patricks Stimme, gequetscht und zaghaft. »Brandl?«

Hannes antwortete nicht. Er würde hier nichts alleine machen. Wenn er jetzt mit Patrick Bauer in Kontakt trat, wäre er verantwortlich für alles, was passierte. Er war kein professioneller Verhandler. Und es war unmöglich, die Verhandlungsperson zwischendurch zu wechseln.

Wieder das Schluckaufgeräusch aus dem Haus. Patrick weinte. Das schmerzhafte, erstickte Schluchzen eines Menschen, der sich gegen das Weinen wehrte.

Das SEK würde bald eintreffen. In fünfundzwanzig, dreißig Minuten. Zwei waren vielleicht schon vergangen. Er sollte besser aus der Schusslinie gehen. Doch der Gedanke, ohne

Deckung über den gepflasterten Platz zu laufen, über dem die heiße Luft flimmerte, fühlte sich absurd an.

»Brandl? Bist du noch da?«

Patrick klang betrunken. Vielleicht war er alkoholisiert, vielleicht war er bis unter die Augen zugelötet mit irgendeinem Dreck, den ihm Fatou Dembélé auf einer Schutthalde verkauft hatte. Hannes konnte sich nicht gut in andere Menschen hineinversetzen, die in einer Krise steckten. Sein Ansatz war: *Reiß dich zusammen.* Obwohl, sein Psychotherapeut hatte auch keine bessere Strategie. Hannes riss sich seit einem halben Jahr zusammen.

Patrick sagte etwas, es war kaum zu verstehen durch die beiden Türen. Noch fünfundzwanzig Minuten. Sie durften den Kerl doch keine knappe halbe Stunde mit sich alleine lassen. Und dann? Würde das SEK stürmen? Würde es einen zweiten Fall Nancy Steinert geben? Patrick hatte niemanden bedroht, gefährdete niemanden außer sich selbst. Hannes zerrte an seinem Kragen, aber die Knöpfe standen schon offen. Es gab keinen Fleck Schatten in der Nähe. Unter der Schutzweste war er nass geschwitzt.

Er konnte Patrick nicht allein lassen. Er konnte ihn nicht ignorieren, als existiere er nicht. Das war der größte Schlag, den man einem Menschen versetzen konnte.

»Ich bin noch da«, sagte er.

Ein zischendes Geräusch, wie von schwerem Atem. Hannes kniff die Augen zusammen und wartete auf den Knall.

Doch es kam keiner. Patrick zögerte immer noch. Er brauchte jemanden zum Reden, Hannes durfte es jetzt nicht versauen.

»Was ist passiert, Patrick? Erzähl es mir. Niemand hört

zu.« Als keine Antwort kam, sagte er: »Ich will's nur verstehen. Wirklich.«

»Interessiert doch eh keinen.«

»Gib mir eine Chance«, sagte Hannes. Die Kollegen hatten die Straße abgesperrt und die Autos entfernt. In der Ferne hörte er Sirenen. »Was willst du?«

Durch die zwei Türen kaum hörbar sagte Patrick: »Dass es zu Ende ist.«

»Aber nicht so, Patrick. Ich glaube nicht, dass du sterben willst. Du willst nur so nicht weiterleben. Sterben ist nicht der große Wendepunkt. Danach wird nichts besser.«

»Ich kann nicht mehr.«

»Ich hab schon auf die andere Seite geschaut«, sagte Hannes. »Glaub mir, da willst du nicht hin. Sie hat Zähne.«

Stille. Dann Schritte und das Rascheln von Kleidung. Patrick war in die Diele getreten. Er war jetzt nur noch durch die angelehnte Haustür von ihm getrennt. Adrenalin schoss Hannes in den Bauch wie ein Schwall heißes Öl. Er hätte rennen sollen.

»Wir können das Haus nicht mehr bezahlen«, sagte Patrick. Viel zu laut, viel zu nah in der Diele. Hannes drückte sich noch enger an die Hauswand. »Ohne Eigenkapital gekauft. Meiner Frau ist gekündigt worden. Bald verliere ich auch noch meinen Job. Wegen der scheiß Drogengeschichte. Ich hätte ihn so oder so verloren.«

»Warum glaubst du das?«, fragte Hannes.

»Ich hätte den Verbleibtest nicht bestanden. Egal wie hart ich trainiert habe, es war nie genug. Kannst du dir vorstellen, wie es ist, mit voller Ausrüstung zu rennen, bis du kotzen musst? Um dann zu erfahren, dass es trotzdem nicht reicht?«

»Ja«, sagte Hannes. »Kann ich.«

»Mit den Tabletten hab ich alles geschafft. Für kurze Zeit.«

»Wer möchte das nicht«, sagte Hannes. »Eine Tablette einnehmen und funktionieren. Ich glaube, wenn du in einer beliebigen Polizeidienststelle so eine Pille auf den Tisch legst und das Licht ausmachst, gibt es eine Schlägerei. Du denkst, du bist der Einzige mit solchen Problemen. Aber wenn du die Kollegen fragst, rückt jeder mit seinen Geschichten raus. Angst, Überforderung, Schuldgefühle. Du hast gesagt, es gibt Leute, die mich für einen Helden halten. Es gibt Tage, da weiß ich morgens nicht, wie ich es schaffen soll, meine Socken anzuziehen.«

Menschen brauchten Socken. Jeden Tag. Am Ende lief jede Therapie auf »Reiß dich zusammen« hinaus. Auf den Häusern gegenüber nahm er Bewegung wahr. Ohne im Gegenlicht Einzelheiten zu erkennen, wusste Hannes, dass sich dort ein Scharfschütze postierte.

»Weiß deine Frau von alldem?«, fragte er.

»Lass Janine da raus.«

»Sie ist eine, die zu dir zurückkommt. Egal was ist. Sie ist der Typ.«

»Ich sagte, lass sie …«

»Du weißt, dass sie Folsäuretabletten nimmt?«

Keine Antwort. Hannes hatte ihm mit dem Pillendöschen seiner Frau erfolgreich die Sprache verschlagen.

»Sie ist schwanger, Patrick. Dein Kind hat zwei Optionen. Es kann mit einem Vater aufwachsen, der mal mächtig Mist gebaut hat und dafür geradestehen musste. Oder ohne Vater. Dein Kind braucht dich noch.«

Hannes drehte den Kopf zur Haustür. Der rote Laserpunkt

eines Zielfernrohrs zitterte auf dem Holz. Er streckte die Hand aus und ließ den Punkt über die Finger gleiten, fast zärtlich.

»Patrick, leg das Ding weg. Und komm zu mir raus.«

Er hörte Patricks Atem durch den Türspalt. Er durfte ihn nicht vor dem Lichtpunkt warnen. Patrick durfte nicht in Panik geraten.

Die Tür ging einen Spalt auf.

»Komm zu mir raus. Ohne die Waffe.«

Die Tür bewegte sich. Oder war es eine optische Täuschung?

»Bitte, Patrick! Es hat vierzig Grad hier draußen, ich stehe in der prallen Sonne und bekomme bald einen Hitzschlag.«

Die Tür ging weiter auf. Patrick schob sich durch die Öffnung, die Maschinenpistole an die Brust gedrückt wie ein Baby, der Lauf zeigte schräg in Richtung Himmel. Sein Gesicht war geschwollen, die Pupillen verengten sich in der prallen Sonne. Der rote Lichtpunkt ruhte auf seiner Schläfe.

Hannes streckte ihm die Hand hin. »Leg sie weg«, sagte er. »Bitte.«

Patrick blieb stocksteif stehen.

Leg das Ding weg, flehte Hannes in Gedanken. *Da oben auf dem Dach sitzt ein Scharfschütze, dem das Adrenalin vor den Augen flimmert. Und der genauso viel Schiss hat wie du.*

Um den Rumpf trug er die Schutzweste, aber der Rest seines Körpers war verletzlich.

Patrick spannte die Schultern. Hannes hielt den Atem an. In einer quälend langsamen Bewegung streckte Patrick die Arme aus und legte Hannes die Waffe in die Hände, sachte, als wäre sie ein schlafendes Wesen, das man nicht wecken durfte.

Hannes ging rückwärts aus Patricks Reichweite. Binnen Sekunden wimmelte alles von Menschen in Schwarz. Sie warfen Patrick zu Boden, scharten sich um ihn wie ein Ameisenschwarm um seine Beute. Gepanzerte Rücken schoben Hannes zur Seite, jemand nahm ihm die Maschinenpistole weg. Er nestelte die Verschlüsse der Schutzweste auf, warf sie auf den Boden, das Funkgerät flog mit. Er ließ alles liegen. Sein T-Shirt klebte am Körper wie ein störrischer Duschvorhang. Es kam ihm vor, als hätte er die letzte Viertelstunde nicht geatmet.

Ein schmerzhafter Stoß traf ihn in die Brust, sodass er nach hinten stolperte. Dann noch einer.

»Bist scho a Sauhund, a verreckter«, sagte Waechter und umarmte ihn so fest, dass ihm die Luft wegblieb. Das war das größte Kompliment, das man von Waechter bekommen konnte.

Sunny nahm sich nur Obst zum Frühstück, sie wollte es auf dem Zimmer essen. Ihr Kopf war zu voll für Small Talk. Patrick hatte sich nicht mehr gemeldet, ihre Anrufe hatte er weggedrückt, auf WhatsApp hatte er sie blockiert. Wenn er sich wieder einkriegte, wollte sie allein sein. Sie steckte einen Apfel in die Tasche und musste an den anderen vorbei, um zur Tür zu kommen.

»Sind dir unsere Tischmanieren nicht mehr fein genug?«, fragte Nils. Es war kein Humor in seiner Stimme. Sunny ging weiter, ohne ihn eines Blickes zu würdigen.

»Die Dame muss wohl wieder hochwichtig mit der Kripo

telefonieren.« Bär verschränkte die Arme hinter dem Kopf, zeigte aufgepumpte Armmuskeln und haarige Achseln.

»Unsere Sunny wird noch die neue *Tatort*-Kommissarin, wirst schon sehen.«

»Dann wird sie bald genauso fett wie die Tussi von gestern. Kripo-Hippo.«

»Fickt euch doch ins Hirn. Falls ihr eins findet.« Sunny schlug die Tür hinter sich zu, ohne die Antwort abzuwarten. In ihrem Zimmer legte sie das Obst auf den Tisch und bückte sich nach ihrer Wäsche. Nach all den Sonderschichten hatte sie kein einziges sauberes Paar Socken mehr. Sie hatte gerade den Wäschekorb beherzt auf dem Boden ausgeleert, als es klopfte.

»Ja, komm rein«, sagte sie.

Nichts. Dafür klopfte es ein zweites Mal, dringlicher.

Sunny riss die Tür auf. Da stand niemand.

»Sehr witzig«, sagte sie und drehte sich um.

Jemand riss ihr die Türklinke aus der Hand und zog sie in den Flur. Sie war so überrumpelt, dass ihre antrainierten Verteidigungsreflexe versagten. Kräftige Arme umfingen sie, vor ihrem Gesicht wurde es schwarz. Sie versuchte zu schreien, aber bekam schwarzen, muffigen Stoff in den Mund und brachte nur einen Jammerlaut heraus. Jemand hatte ihre Arme gepackt und bog sie nach hinten. Etwas Schmales schnitt ihr in die Handgelenke. Kabelbinder.

Sie spuckte den schwarzen Stoff aus und rief: »Hört sofort auf mit dem Scheiß!« Die Kapuze dämpfte ihre Stimme, mehr als alles andere hatte sie Angst, keine Luft mehr zu bekommen. »Das ist nicht witzig!«

Mehrere Körper pressten sich gegen sie, männliche Körper, die Gerüche vermischten sich, sie konnte keinen davon identifizieren. Sie trat um sich und traf, jemand schrie auf. Bär? Nils? Durch den Tritt verlor sie das Gleichgewicht. Und die Orientierung. Auf einmal lag sie auf dem Boden, jemand drückte ihre Schultern herunter, ein anderer machte sich an ihren Beinen zu schaffen. Sie trat ein zweites Mal zu, aber konnte die Beine nicht mehr bewegen, ihr Gezappel ging ins Leere. Grobe Hände hoben sie hoch, trugen sie weg, taten ihr weh. Sie wand sich wie ein Fisch, aber es war zwecklos. Die waren mehr als sie.

»Lasst mich sofort los, ihr Arschlöcher!«, brüllte sie.

Keiner sagte ein Wort. Nur die Schritte der Männer hallten von den Wänden wider. Es klang nach Fliesen. Sie mussten in den Waschräumen sein. Die Griffe lockerten sich, und Sunnys Körper sackte auf den harten Boden. Sie versuchte aufzustehen, aber ihre Beine waren zusammengebunden, und sie fiel gegen die Wand.

Es zischte. Eiskaltes Wasser prasselte auf sie herab.

Innerhalb einer Sekunde tränkte der Wasserstrahl ihre Kleidung, ihre Kapuze, ihre Haut. Sie atmete Wasser ein, gurgelte. Wie eine Raupe versuchte sie wegzukriechen, doch da waren überall Kabinenwände, und sie stieß mit dem Kopf gegen Fliesen. Männerlachen gellte von den Wänden wider. Die eiskalten Wassertropfen brannten wie kochendes Öl. Erst nach Minuten merkte sie, dass sie unter der Kapuze leise weinte.

Die Stimmen entfernten sich. Sie war allein. Ihre Gelenke wurden taub und steif, sie verlor das Zeitgefühl. Sie wusste nicht, wie lange sie schon dort kauerte.

Das Rauschen verstummte so plötzlich, dass sie erschrak.

Das Wasser versiegte, die Kapuze verschwand von ihrem Kopf, es wurde hell. Wasser rann ihr über die Augen, sie konnte nichts erkennen. Jemand packte sie an den Schultern und schüttelte sie.

»Sunny … Sunny … bist du okay?«

Der Druck der Kabelbinder ließ nach. Durch den Tropfenschleier konnte sie Milans schwarze Haare erkennen.

»Wer war das?«

»Weiß nicht.« Ihr Kinn zitterte, die Zähne schlugen aufeinander.

»Das hier ist ernst, Sunny. Glaub nicht, dass du jemanden beschützen musst.«

Sunny rollte sich zu einem zitternden Ball zusammen. Sie war nicht sicher, wer alles bei dem Angriff dabei gewesen war. Und selbst wenn, sie würde keinen Kameraden verraten. Nie mehr. Sie wollte nur aufhören zu frieren.

»Jetzt komm. Wir kriegen dich erst mal wieder warm und trocken.«

Milan nahm ihre Hand und half ihr hoch. Mit geschlossenen Augen ließ sie zu, dass er sie entkleidete.

Wie ein Insekt lag Patrick auf dem Rücken und starrte an die Decke. Seine Hände waren mit Bandagen an den Gittern befestigt, zu seinem eigenen Schutz, wie der Pfleger gesagt hatte. Die Suizidgefahr sei unvermindert hoch.

Der Hüter des Schweigens lehnte sich gegen die Wand, außer Sichtweite von Hannes. Der zog einen Stuhl heran und setzte sich ans Bett. Hinter ihm ging die Zellentür zu, der Schlüssel wurde herumgedreht.

»Hau ab«, sagte Patrick, ohne ihn anzusehen.

Hannes tat so, als hätte er es nicht gehört. »Wie geht's dir?«

»Ich hätte es durchziehen sollen.« Patrick zerrte an den Fesseln, sein Gesicht wurde zur Fratze, zerfiel in hundert Fragmente. Für einen Moment löste er sich auf. »Das Haus ist weg. Mein Job ist weg. Und meine Frau wird nach der Aktion auch weg sein. Ich muss in den Bau, ich, als Polizist. Welches Leben kann noch tiefer im Arsch sein als meins?« Sein Gesicht war fahl, auf seiner Stirn stand Schweiß. Entzugserscheinungen. »Haut doch ab.«

»Ich haue nicht ab. Nicht, bevor ich Namen habe. Wer hat dich da reingeritten?«

»Du hättest mich allein lassen sollen. Wäre besser gewesen. Was hab ich davon, mit dir zu reden?«

Hannes stützte sich auf das Schutzgitter. »Ich bin nicht in der Situation, dir einen Deal anzubieten, so ehrlich will ich sein. Trotzdem: Arbeite mit uns zusammen.«

»Wegen meinem Seelenheil etwa?«, stieß Patrick hervor. »Meine Seele liegt in Fetzen auf den Fliesen, falls du sie suchst.«

»Nein. Wegen der Hintermänner, die dir die Tabletten verschafft haben. Während du als User alles verlierst, machen deine Geschäftspartner einfach weiter. Die feiern mit Koks und Nutten. Willst du das wirklich so stehen lassen?«

Der Hüter des Schweigens löste sich von der Wand, setzte sich ans Bett und griff nach Patricks zur Faust geballten Hand. Hannes nickte ihm zu und übernahm seine Position. Nach Minuten löste sich die Spannung in Patricks Fingern. Der Hüter des Schweigens saß einfach nur da und schaute Patrick an, wie eine Mutter, die hofft, dass ihr Baby endlich einschläft.

Weitere Minuten vergingen.

»Dieser Typ im Fitnessstudio«, sagte Patrick. »Er hat einen Kontakt im Kollegenkreis, hat er behauptet. Für Sachen unterm Ladentisch. Fitness, Muskelaufbau. Er hat mir gesteckt, wo ich den Typen finde und an welchen Tagen.«

»Und du bist hingegangen«, sagte Hannes.

Patrick warf den Kopf zur Seite, die Sehnen am Hals traten hervor. »Was hätte ich sonst machen sollen?«

Nach einer weiteren langen Pause, in der Hannes schon fürchtete, er würde nichts mehr sagen, fing er an zu erzählen.

Die Tür des Wettbüros fällt zu und sperrt das Motorengeräusch der Werksbusse aus, die im endlosen Schichtwechselstau stehen. Drinnen hört man nur noch die harten, klinischen Beats der Musik. Pornomusik. Patrick streicht sich die Schneeflocken aus der Frisur und schaut sich um. Er müsste auffallen in diesem Laden, zu frisch, zu glatt, zu satt, aber die Männer an der Bar wenden den Blick nicht von den Monitoren ab. In der Ecke sitzt der Mann mit dem grauen Hunnenschnauzer und dem Pferdeschwanz, seine Lederkutte hat er auf den Stuhl neben sich gelegt. Alles an ihm strahlt aus, dass er zur Einrichtung gehört.

»Ist hier noch frei?«, fragt Patrick, obwohl die anderen beiden Tische leer sind.

Der Mann mit dem Schnauzer nickt und schiebt ihm mit dem Fuß einen Stuhl hin. »Zwei Bier«, sagt er zur Bedienung.

Patrick hätte lieber einen Kaffee, aber er hält den Mund. Sie schweigen, bis die Bedienung zwei Flaschen Becks auf den Tisch stellt.

»Bist auch ein Bulle?« Der Hunne prostet ihm zu. »Riechst nach Stall.«

Patrick trinkt einen Schluck Bier. Zu warm, zu bitter, sofort im Blut.

»Streife? Oder noch Ausbildung?«

»Bereitschaftspolizei«, sagt Patrick, was die halbe Wahrheit ist.

»Und? Behandeln die euch ordentlich?«

»Geht schon.« Patrick nimmt noch einen großen Schluck von dem warmen Bier.

Der Hunne hat sich zurückgelehnt, er verströmt den beißenden Geruch von kaltem Rauch und Leder.

Patrick fängt an zu erzählen. Vom Geld, das am Ende des Monats nicht für die Raten reicht. Von der Pendelei mit der S-Bahn. Vom Training, in dem er sich immer wieder über den Milchsäureschock hinausquält, weil die anderen nicht merken dürfen, dass er es nicht packt. Von der Enge der Kaserne, dem vollständigen Verlust von Privatsphäre. Von der Schichtarbeit, den Doppelschlägen, in denen er im Dienst vor Müdigkeit fast umkippt, aber sich danach im Bett wälzt, mit der verzweifelten Dauerschleife im Kopf: Ich brauche den Schlaf. Ich brauche den Schlaf. Ich brauche den Schlaf. Ich brauche den Schlaf.

Der Hunne schweigt lange, und als er spricht, ist er über den Beats kaum zu verstehen. »Geh mal an die Bar und bestell noch zwei Bier.«

Patrick gehorcht, seine Beine sind wie aus Gummi. Als er zum Tisch zurückkehrt, sind die Stühle leer. Nur der Geruch von Rauch und Leder hängt noch in der Ecke.

Auf dem Bierdeckel des Hunnen steht eine Handynummer.

Patrick stürzt aus dem Wettbüro. Das Wummern der Werksbusse hüllt ihn ein, doch er hört es nicht, er ist von allen Hunden der Hölle gejagt.

»Du hattest auch Kontakt zu Leo Thalhammer.«

»Leo … wer?«

»Wir haben Thalhammers Telefonnummer im Speicher deines Handys gefunden. Ihr habt mehrere Male miteinander telefoniert. Bevor er erschossen wurde.«

»Ihr … Ihr spinnt doch. Auf was wollt ihr hinaus?«

Patrick versuchte, sich mit einem gewaltsamen Ruck aufzurichten. Das Bett machte einen Satz, und die Metallstangen vibrierten. Hannes zuckte zurück.

»Hat Leo gewusst, dass du Aufputschmittel kaufst? Hätte er dir gefährlich werden können?«

»Das könnt ihr mir nicht anhängen!« Patricks Gesicht war eine Maske der Verzweiflung. »Ich war das nicht! Das könnt ihr mir nicht anhängen!«

Der Schlüssel drehte sich im Schloss, die Tür flog auf. Der Pfleger ließ zwei Leute herein. Eine junge Frau und ein Mann im dunklen Anzug. Patrick reckte hilflos den Kopf nach den Besuchern.

Die Frau hielt Hannes die Hand hin und lächelte ihn mit blendend weißen Zähnen an. »Ich grüße Sie, Herr Kollege. Hauptkommissarin Helen Finck, Interne Ermittlungen. Ich darf Sie bitten, jetzt zu gehen.« Sie klang nicht einmal unfreundlich. Klinisch wie ein Automat. »Wir übernehmen ab hier.«

Waechter und Martina Jordan konfrontierten Gerd Walser in seinem Aktenkämmerchen. Er blickte hoch, ohne Überraschung in den Augen. Waechter legte das Foto von Fatou Dembélé auf den Schreibtisch. Nicht das Foto aus ihrer Strafakte, sondern das aus der Zelle.

»Was soll das sein?« Gerd schob das Bild ungeduldig weg.

»Sag du es mir«, erwiderte Waechter.

»Ich kenne die Frau nicht.«

»Aber sie hat dich gekannt.« Waechter legte Kopien der Bleistiftzeichnungen auf den Tisch. »Die Bilder hier hat Fatou gemacht. Sie kannte dich offenbar gut.«

Gerd kniff die Augen zusammen. »Ich war jahrelang in der Szene unterwegs. Mich kennt man halt.«

»Die Frau war einundzwanzig.«

Ein Zittern lief durch Gerd Walser, doch er sagte nichts.

»Was hast du uns zu sagen?«, fragte Waechter.

Mit einem Schlag wischte Gerd das Foto samt seiner Kaffeetasse vom Schreibtisch.

»Die Bilder von dir haben in ihrer Zelle gelegen. Sie ist vor Angst zusammengebrochen und hat die Aussage verweigert, nachdem du in die Vernehmung geplatzt bist. So ganz zufällig?« Waechter dachte an Gerds Auftritt, als der Hüne sich an den Hals gefasst hatte, wie um sich Schweiß aus dem Nacken zu wischen. Es war eine andere Bewegung gewesen. Er hatte den Finger an der Kehle entlanggeführt, von links nach rechts. Eine Drohung. Ab da hatte Fatou Dembélé gewusst, dass niemand sie mehr beschützte.

»Fatou hat sich in ihrer Zelle aufgehängt.«

Die Worte prallten an dem Mann ab, der die Arme verschränkte und sich zurücklehnte.

»Wir wissen, dass du damals in der Ermittlungsgruppe warst, die Fatou Dembélé in ihrem Pensionszimmer gefunden hat. Im Innendienst, aber du warst dabei. Ihr habt gegen Peters ermittelt. Seine Leute haben sie zusammengeschlagen und vergewaltigt.«

»Ich merk mir nicht jede kleine Nutte«, sagte Gerd.

»Jetzt hat sie ein neues, besseres Zimmer, sie hat Geld, sie hat neue Einnahmequellen. Neue Kunden. Neue Drogen?«

»Fängst du schon wieder mit dem Schmarrn an«, sagte Gerd.

»Ihr Zimmer wird durchsucht werden. Welche Nummern werden wir in ihrem Handy finden? Welche DNA in der Wohnung, welche Fingerabdrücke?«

»Ihr werdet gar nichts finden.« Unter Gerd Walsers Schnauzer war keine Mimik erkennbar. Ein Mann wie eine Statue.

»Ach, Gerd.« Martina Jordan setzte sich in den Besucherstuhl und fixierte den Kollegen. »Wie lange kennen wir uns jetzt? Wenn du in irgendwas reingerutscht bist, dann sag's gleich. Je früher, desto besser ist es für dich.«

»Du hast mir gar nichts mehr zu sagen. Ich bin sowieso so gut wie weg.« Gerd Walser schaute durch die jüngere Frau hindurch, die ihn auf der Karriereleiter überholt hatte.

»Jetzt komm. Du bist Polizist. Du warst immer Polizist. Benimm dich auch wie einer.«

Gerds Geruch hing dick in dem vollgestellten Raum, saurer Rauch und alter Mann. Er hatte sich in den letzten Tagen nicht mehr gepflegt. Die Haare waren strähnig und fettig. Er wandte den Blick zum offenen Fenster, durch das Stimmen hereindrangen, das Geschrei eines Kindes und eine Fahrradklingel. Die Geräusche der letzten Tage des Sommers, bevor die Party vorbei war.

Gerd nahm einen tiefen Atemzug und stieß die Luft wieder aus. »Wir müssen uns immer wie Polizisten benehmen«, sagte er. »Die dürfen alles. Wir dürfen nix. Wir haben das gottverdammte Legalitätsprinzip, bei jeder Büroklammer schaut uns die Dienstaufsicht über die Schulter. Aber die Jungs dürfen treiben, was sie wollen. Die sind uns so viele Schritte voraus, die können wir nie einholen.«

»Wir wollen sie auch gar nicht einholen«, sagte Waechter. »Nicht, wenn sie ihre Leute vor Schulhöfen postieren, nicht, wenn sie andere zu Tode foltern. Ich will diese Grenzen nicht überschreiten.«

»Wofür machen wir das alles? Ein paar Studenten jagen, die eine Cannabisstaude auf dem Balkon halten? Wir hocken hier zur beschissenen Beamtenbesoldung. Derweil fahren die einen Lastwagen durch Bulgarien und kassieren dafür ein Jahresgehalt.«

»Du wolltest auch ein Stück vom Kuchen, oder?«, sagte Waechter »Du wolltest auch mal mit den großen Jungs auf den dicken Maschinen mitfahren.«

»Wolltest du das nie?«

»Vielleicht«, sagte Waechter. »Aber ich hab's nie versucht.« Ein Satz lief in Endlosschleife durch seinen Kopf. *Nicht wie Gerd werden. Niemals wie Gerd werden.*

Er legte eine weitere Aufnahme von Fatou Dembélé auf den Tisch. Nicht die der Leiche, sondern das Foto, das bei der Festnahme geschossen wurde. Ein kindlich zartes Frauengesicht mit schimmernden Wangenknochen.

»Du wolltest sie retten, stimmt's?«

Wenn Waechters Theorie stimmte, war die junge Frau aus Mali direkt in eine neue Leibeigenschaft geraten. Sie würden ihren Ausweis bei Gerd Walser finden, davon war er überzeugt. Doch er wollte dem älteren Kollegen sein Gesicht lassen, sonst hörte er auf zu reden, bevor er angefangen hatte.

»Dachtest du, sie hätte ein besseres Leben verdient?«

Die Schultern des großen Mannes zuckten, er rieb sich ärgerlich über die Augen, Tränen rollten ihm über die Finger.

»In diesen Stunden brechen Kollegen Fatou Dembélés Apartment auf und stehen mit Festnahmeeinheiten vor den Türen der Hintermänner«, sagte Waechter. »Du kannst jetzt die Aussage verweigern und die Ermittlung unnötig rauszögern. Oder du bewahrst deinen Ruf und deine Würde und arbeitest mit uns zusammen. Komm schon, Gerd. Wir sind deine Leute.«

»Sie wollte nichts geschenkt. Sie hatte ihren Stolz.« Wieder rieb Walser sich über die Augen. »Ich hab die Frau geliebt.«

»Wo hatte sie die Medikamente her, die sie verkauft hat?«, fragte Waechter.

Gerd schnaubte und schüttelte den Kopf.

Waechters Handy klingelte. Er brummte eine Entschuldigung und ging vor die Tür. Es war Staatsanwalt Hencke.

»Sie ermitteln nicht weiter, was Hauptkommissar Walser angeht«, sagte Hencke. Im Hintergrund Stimmengemurmel, Waechter hörte die einer Frau heraus, quäkend und nasal. »Das ist Sache der Internen Ermittlungen, und das wissen Sie so gut wie ich«, fuhr Hencke fort.

»Wir ermitteln nicht gegen den Kollegen. Wir ermitteln in erster Linie gegen den Mörder von Leo Thalhammer, und da brauchen wir ihn als Zeugen.«

»Kommen Sie mir nicht mit Spitzfindigkeiten.«

»Sie grätschen hier mitten in eine Befragung. Wir hätten jetzt vielleicht schon Ergebnisse, Namen, Hintermänner …«

»Jeder Anwalt würde das vor Gericht in den Aktenschredder stecken«, sagte Hencke. In seiner Stimme war keine Spur von Dialekt mehr zu hören und auch nichts Joviales. Das hier war Business. »Ein Beamter des Polizeipräsidiums ermittelt nicht gegen einen anderen Beamten des Polizeipräsidiums. Das nennt man Rechtsstaat.«

Waechter war ein Mensch, der nachts um vier an einer roten Fußgängerampel stehen blieb. Dass Hencke ihm jetzt mangelnde Rechtsstaatlichkeit vorwarf, ließ Wut in ihm anwachsen. »Leo Thalhammer war vielleicht einem korrupten Polizeibeamten auf der Spur. Wenn Sie uns jetzt die wesentlichen Ermittlungsstränge aus der Hand nehmen …«

Wieder die Frauenstimme im Hintergrund, deren Klang in den Gehörgang schnitt wie ein Messer.

»Hauptkommissarin Finck wird vertrauensvoll mit Ihnen zusammenarbeiten, soweit es ermittlungstaktisch konform geht«, sagte Hencke. »Morgen machen wir eine ordentliche Übergabe. Sie können sich ja heute Abend schon mal kennenlernen. Inoffizielle Einsatznachbesprechung am Chinesischen Turm. Ummara sechse.« Er hatte zu seinem Musikantenstadl-Bayerisch zurückgefunden. »Und jetzt geben Sie mir die Jordan.«

Waechter öffnete die Tür und reichte das Telefon an seine Kollegin weiter. Martina Jordan hörte stumm zu und drückte den Anruf weg.

»Du bist vorläufig vom Dienst suspendiert«, sagte sie zu Gerd Walser.

Mit einem triumphierenden Lächeln sammelte Walser seine persönlichen Sachen aus der Schreibtischschublade. Es waren nicht viele.

Bei der Rückkehr in die Mordkommission wurde Hannes von Zöller abgefangen, bevor er auch nur seine Zimmertür erreicht hatte.

»Brandl, Sie kommen noch mal in mein Büro.«

Hannes wünschte sich nichts weiter, als nur für fünf Minuten zu sitzen und Ruhe zu haben und seinen kapitalen Hitzschlag mit anderthalb Litern Cola auszukurieren. »Ich wollte …«

»Es wird nicht lange dauern«, sagte Zöller und ging voraus.

Bestimmt ging es darum, was Hannes bei Patrick Bauer alles falsch gemacht hatte. Und dass Waechter und er gar nicht dort hätten sein dürfen. Hannes trottete hinter ihm her und erwartete eine verbale Abreibung und ein weiteres Disziplinarverfahren für seine Sammlung.

Zu seiner Überraschung warteten schon drei Männer in Zöllers Büro. »Darf ich vorstellen, das ist Herr Simmer vom Kommissariat Staatsschutz«, sagte Zöller.

»Wir kennen uns.« Hannes begrüßte den jüngeren Kollegen mit Handschlag. »Hallo, Schorsch.«

»Und das ist Herr Zettel.«

Ein kleiner Mann mit grauem Jackett reichte Hannes die Hand.

»Von …?«, fragte Hannes.

»Einfach nur Zettel«, sagte der Mann mit einem dünnen Lächeln.

»Sie bedienen sich«, sagte Zöller und verteilte Kaffeetassen von einem Tablett an die Plätze am Besprechungstisch. »Milch und Zucker sind hier.«

Hannes wusste, dass diese Betulichkeit dazu diente, seinen Stress ins Unermessliche zu erhöhen. Zu seinem Ärger wirkte es. »Was wollt ihr von mir«, hätte er am liebsten geschrien, doch sie waren in der Überzahl, und er musste warten, bis sie den Small Talk beendet hatten. In der Zwischenzeit ging er Minute für Minute seines Einsatzes im Geiste durch und suchte nach Verfehlungen.

»So, Herr Brandl«, sagte Zöller unvermittelt. »Sie haben sich gut eingewöhnt in den ersten Tagen?«

»Danke der Nachfrage«, sagte Hannes und fühlte sich wie in einem Sketch mit Loriot. Nur mit eingebauten Falltüren.

»Sie hatten ja gleich am ersten Tag Kontakt mit Herrn Jakob Ungerer«, sagte Zöller.

»Natürlich. Wir haben ihn als Zeugen vernommen.«

»Und das ist alles?«

»Nein, ist es nicht. Jakob Ungerer ist ein früherer Bekannter von mir. Das habe ich Der Chefin … der Kriminalrätin auch schon gesagt, weil ich keinen Ärger haben wollte. Sie hat es abgesegnet.«

Simmer schaltete sich ein. Es war seinem Gesicht abzulesen, wie unangenehm ihm das war. »Wir haben Hinweise darauf, dass ihr beiden nicht nur lose bekannt seid.«

»Welche denn?«, fragte Hannes.

»Hinweise«, sagte Zettel. Seine Stimme klang, als blättere man eine Seite in einem Leitz-Ordner um.

»Observieren Sie mich etwa?«

»Sie nicht, Herr Brandl.«

Simmer beugte sich vor. »Hannes, jetzt mal im Ernst. Was weißt du über Ungerers politische Aktivitäten?«

Hannes verstand langsam, in welche Richtung das ging. Und dass er sehr vorsichtig sein musste, wo er hintrat. »Wir haben nie über Politik diskutiert«, sagte er.

»Sie dürften einige politische Gemeinsamkeiten haben«, sagte Zöller. In seinem Ton lag unterdrückte, brodelnde Wut. Die drei spielten sich die Bälle über seinen Kopf hinweg zu, und Hannes hatte keine Chance, einen davon zu erwischen. »Ist es im Polizeidienst verboten, links zu sein?«, fragte er.

»Was weißt du über *No L. A. W.?*«, fragte Georg Simmer.

»Nichts.« Ein Stapel Flyer, achtlos im Regal deponiert, über die Santiago nicht hatte reden wollen.

»Eine lose Gruppe von Leuten, die sich gegen den Bau des neuen Justizzentrums zusammengeschlossen haben. Sie betrachten es als Machtdemonstration des Staates. Bezeichnen sich als Anarchisten, lehnen Polizei und die Autorität des Staates komplett ab.«

»Was habe ich damit zu tun? Oder San… Ungerer?«

»*No L. A. W.* betreibt einen Blog, der laut Impressum in Italien registriert ist. Wir konnten die Ursprungs-IP auf Herrn Ungerer zurückführen. Er ist der Blogbetreiber und veröffentlicht die Gastbeiträge. Wir haben also allen Grund zu der Annahme, dass er in der Gruppe ein Entscheidungsträger ist«, erklärte Georg. »Aber bei wirren politischen Schriften lassen wir noch lange nicht den Bleistift fallen. Die Gruppe hat Anschläge auf die Baustelle geplant. Im vergangenen Jahr wurde nachts ein Brandsatz über den Bauzaun geworfen.«

Ein Loch breitete sich in Hannes' Bauch aus. Er hatte gedacht, dass Santiago ein Freund sein könnte. Er hatte nicht viele Freunde. Bekannte schon, andere Eltern, Pärchen, die in seinem Haus aus und ein gingen. Aber Anschläge auf das Justizzentrum, da tat sich ein tiefer Graben auf. Das Justizzentrum sollte der neue Sitz der Staatsanwaltschaften werden, das Zentrum der Ermittlungsbehörden. Santiago stellte damit Hannes' Existenz in Frage. »Was wollen Sie von mir?«

Simmer sagte: »Wir haben aus den sozialen Netzwerken entnommen, dass *No L. A. W.* sich auch zum Brandanschlag auf den Streifenwagen auf der letzten Demonstration bekennt.«

»Ich habe Ihnen diese zweite Chance gegeben, Herr Brandl«, mischte Zöller sich ein. »Aber seien's mir nicht bös ...« Sätze, die mit »Seien's mir nicht bös« anfingen, hörten nie gut auf. Meistens damit, auf jemanden bös zu sein. »Sie sind Beamter des Freistaats Bayern, damit sind Kontakte in die linksradikale Szene indiskutabel.«

Hannes stieß ein irres »Ha!« aus. Linksradikal. Das wurde ja immer absurder. »Ich wiederhole meine Frage: Was hat das mit mir zu tun?«

»Herr Ungerer ist gut vernetzt«, sagte Georg Simmer. »Wir könnten uns vorstellen, auf einer losen Basis mit ihm zusammenzuarbeiten.«

»Ich soll ihn euch als Informanten heranziehen?«

»Wenn du das so ausdrückst.«

»Ich drücke es mal anders aus: Privatleben und Beruf sind für mich zweierlei Dinge.«

»Ist das Ihr letztes Wort?«, fragte Zöller. »Wir haben Ihnen eine Brücke gebaut. Überlegen Sie es sich gut.«

Simmer lehnte sich in seinem Stuhl zurück. Es war ihm anzusehen, dass das Gespräch nicht in die Richtung lief, die er wollte. »Wir können ja später in Ruhe noch mal drüber reden«, sagte er. »Ich will niemandem Ärger machen. Nur sichergehen, dass wir an einem Strang ziehen.«

»Erstens, wir ziehen an einem Strang. Zweitens, kein Gesprächsbedarf.«

Zettel, einfach nur Zettel, hatte die ganze Zeit über schweigend zugehört und verschmolz mit dem Hintergrund wie ein Tapetenmuster. Die Stille knisterte im Raum.

Gereizter, als er wollte, fragte Hannes: »Ist noch was?«

»Für heute wäre das alles.« Zöller schaute ihm nicht in die Augen, sein Gesicht war gerötet. Hannes musste eine rote Linie überschritten haben. Obwohl er nicht das Gefühl hatte, etwas falsch gemacht zu haben.

»Sie finden hinaus.«

Elli öffnete die Tür von Hannes' Büro. »Wir wollten schnell was essen gehen. Kommst du mit?«

Hannes war gerade dabei, seinen Platz aufzuräumen, was bedeutete, dass er den einzigen Stift in den Stiftehalter stellte. Der Schreibtisch war leer, in seinem Büro stand nichts Persönliches. Keine Fotos, keine Bilder, keine traurigen Topfpflanzen. Er könnte das Büro jederzeit an einen Nachfolger übergeben. Vielleicht wollte er das so. Gesicherter Fluchtweg.

»Wir gehen in den Biergarten«, sagte Elli. »Waechter, der Staatsanwalt und noch ein paar.«

»Ohne mich«, sagte Hannes. »Ich muss sowieso noch fahren.«

»Ach, komm. Dann trinkst du halt eine Rhabarberschorle oder so.«

»Heute wirklich nicht.«

In seinem Dutt ließen sich die ersten silbergrauen Haare sehen. Elli musste sich immer wieder in Erinnerung rufen, dass er nicht so jung war, wie er sich gab. Er lief herum wie ein hipper Isar-Surfer, aber in Wirklichkeit war er ein Beamter mittleren Alters mit fast vier Kindern und einem Hauskredit. Vermutlich musste er bald nachts raus.

»Jeder muss was essen.«

»Bei uns ist es zur Zeit ein bisschen knapp mit dem Geld. Ich kann es mir nicht leisten, ständig auswärts zu essen.«

»Aber Landrover fahren und ein goldenes iPhone.«

Er schüttelte lächelnd den Kopf. »Beim nächsten Mal, okay? Mir ist heute nicht danach.«

Elli machte sich auf seinem Schreibtisch breit und versperrte ihm mit ihrer Körpermasse den Ausweg. »Was ist? Sag es Tante Elfriede.«

»Ich habe mir in den letzten Tagen eine blutige Nase geholt, eine erhängte Frau gesehen und bin einem Wahnsinnigen mit Maschinenpistole ins Schussfeld gelaufen. Ich habe brüllende Kopfschmerzen und saß eine Stunde lang in der Einsatznachbesprechung. Wenn ich jetzt auch noch mit Hencke Bier trinken muss, entwickle ich ein Kontaktekzem. Reicht das, damit ich einfach mal früher Schluss machen darf?«

»Du hast eine Wahnsinnsleistung gebracht. Lass dich feiern.«

Hannes machte den Klettverschluss seiner Laptoptasche zu und rieb zweimal darüber. »Für mich gibt es nichts zu feiern. Der Patrick war's nicht.«

»Meinetwegen. Dann lass es halt.« Sie schluckte einen Klumpen im Hals herunter. Wenn Hannes nicht mitkam, würde sie im Biergarten ziemlich alleine dasitzen. Er war im Team immer ihr Verbündeter gewesen. Jetzt brauchte er alle seine Ressourcen für sich selbst.

»Hast du etwa geweint?«, fragte Hannes.

»Ach was.« Elli rieb sich über die Augen, die sich anfühlten wie rohes Mett.

»Sag, was ist los?«

»Auch wenn's dich nichts angeht: Liebeskummer.«

»Ich wusste gar nicht, dass du einen Freund hast.«

»Klar, rechnet keiner damit, dass die dicke Elli auch mal einen abkriegt.«

Hannes ließ die Fäuste kreisen. »Soll ich ihn verprügeln?«

»Brauchst du nicht. Ich bin die Böse, ich hab ihn abgeschossen.«

»Was hat er angestellt? Ist er fremdgegangen?«

»Nein, so ein Quatsch. Er hatte chronische Schmerzen und war verbittert. Die ganze Welt war sein Feind. Alle waren an seiner Misere schuld, außer er. Mir ist klar geworden, dass ich das nicht mittragen kann.«

»Wenn der Typ so drauf ist, wird er niemals dich meinen«, sagte Hannes. »Schmerz ist wie ein Guru. Der Schmerz will das einzig Wichtige in deinem Leben sein, dich von allem isolieren, was gut für dich ist.«

»Wow, Hannes«, sagte Elli. »Das ist das Klügste, was ich je von dir gehört habe.«

»Sechs Monate Seelenklempner. Schick die Rechnung an meine Krankenkasse.«

»Weißt du, er war selbst mal ein Cop. Ich dachte, ich hätte jemanden gefunden, der meinen Job versteht.« Elli spürte, dass ihre Augen schon wieder kurz vor dem Herausploppen waren. Jetzt bloß nicht vor Hannes heulen. »In meiner gesamten Laufbahn haben mich Leute geschlagen, getreten, begrapscht, angespuckt, als Nutte beschimpft und mit Muttermilch bespritzt.«

»Muttermilch …?«, sagte Hannes entgeistert.

»Ich will gar nicht mitzählen, wie oft ich den Witz von der groben Leberwurst schon gehört habe. Aber Muggels verstehen das nicht. Wenn ich einem Muggel von meinem Job erzähle, holt er sich sofort einen neuen Drink und kommt nie wieder.«

»Du wirst einen Muggel finden, der das aushält«, sagte Hannes. »Ganz sicher.«

»Langsam wirst du mir unheimlich. Kannst du nicht ein bisschen rumpöbeln oder auf den Drucker schießen? Ich will den alten Hannes wiederhaben.«

»Soll ich deinen Ex nicht doch verprügeln?«

»Danke, Hannes«, sagte Elli. »Wenn ich jemanden verprügelt haben will, bist du der Erste, an den ich denke.«

»Was ist mit Hannes?«, fragte Waechter in der Schlange vor der Schänke.

»Wollte nicht mitkommen.« Elli zuckte mit den Schultern. »War ziemlich fertig. Wollte früh Schluss machen.«

»Und der arme, alte Waechter ist mal wieder der Letzte, der das erfährt.« Er grunzte und stellte ein alkoholfreies Bier auf sein Tablett.

»Ach, Michi. Du weißt, dass er gerade erst mit einem Wahnsinnigen mit einer Maschinenpistole diskutiert hat. Er hat das großartig gemacht.«

»Überfordert gewesen, alle Regeln gebrochen, ohne jeden Plan in die Gefahr gerannt und trotzdem am Ende irgendwie das Schwert aus dem Feuer gezogen.«

»Yeah, so kennen wir Hannes. Großartig.«

Er musste sich eingestehen, dass Elli recht hatte. Hannes

erreichte Dinge, wenn auch in seiner speziellen, herzstoppenden Art. Was hatte er, Waechter, bis jetzt schon erreicht?

»Ich war auch fleißig«, sagte Elli und stellte sich an der Grilltheke an. »Nicht, dass ich jemandem spektakulär das Leben gerettet habe. Aber ich habe mir die Eigentumsverhältnisse von dem Apartment angeschaut, in dem Fatou Dembélé gewohnt hat. Es ist an einen gewissen Semeon Watscharow vermietet. Er selbst ist dort gar nicht gemeldet, sondern lebt in Pasing und Stara Sagora, Bulgarien. Für beide Adressen habe ich einen Durchsuchungsbeschluss beantragen lassen.« Sie nahm einen Teller mit Spareribs entgegen und nickte in Richtung Staatsanwalt Hencke. »Watscharow ist in der Drogenszene kein Unbekannter. Er ist in München öfter als Zwischenhändler aufgetreten. Er war mal Geschäftspartner von Peters, die beiden haben versucht, einen Markt für das Amphetamin Fenetyllin in München aufzubauen. Doch dann ist Watscharow in Ungnade gefallen. Das alles wissen wir, weil er vor zwölf Jahren mit einem verdeckten Ermittler zusammengearbeitet hat. Der Kollege arbeitet jetzt im Innendienst.«

»Lass mich raten«, sagte Waechter. »Unser Gerd Walser. Nur dass es uns nichts mehr hilft. Wir haben einen Maulkorb bekommen. Die Internen Ermittlungen haben Walser jetzt in der Reissn.« Die Bedienung reichte ihm einen Bratenteller mit zwei dampfenden Knödeln, und er stellte zu spät fest, dass er gar keinen Hunger hatte.

Sie balancierten die Tabletts zwischen den Bänken hindurch, bis sie den Halbschatten der Kastanien erreicht hatten. Der Biergarten war nur halb voll, als hätten die Leute den Sommer satt. Im Kies steckten Müll und Zigarettenkippen. An ihrem Tisch erzählte Staatsanwalt Hencke Helen Finck gerade eine Anekdote aus dem Jourdienst. Waechter hatte den Anfang nicht mitbekommen, aber es musste lustig sein, denn die Kommissarin von den Internen Ermittlungen quäkte vor Lachen wie eine Ente. Waechter setzte sich still dazu und säbelte an seinem Braten, quäkende junge Frauen waren nicht nach seinem Geschmack. Außer ihm und Elli war keiner mitgekommen. Die Aussicht auf Staatsanwalt Hencke hatte wohl noch mehr Kollegen in alternative Pläne getrieben.

Hencke wandte sich an ihn. »Na, Herr Waechter, heute haben wir was zu feiern, oder?«

»Nach feiern ist mir heut nicht zumute.« Eine türkis schimmernde Fliege krabbelte über Waechters Ochsenbraten, er wedelte sie weg. »Seien's mir nicht bös, aber mir steckt der Tag noch in den Knochen.« Bis jetzt hatte er den Gedanken an Patrick Bauer verdrängt, aber das blasse, verzweifelte Gesicht drängte sich immer öfter in seinen Kopf. Was wurde wohl aus dem Jungen? Es fiel ihm schwer, sich ein Danach für ihn vorzustellen.

»Darf ich Sie mit Frau Finck bekannt machen?«, fragte Hencke. »Sie hat für ihr Alter schon eine beeindruckende Karriere hingelegt.«

Die Frau reichte ihm eine Hand mit schmalen Fingern. Sie betrachtete ihn mit zusammengekniffenen Augen, als schätze sie ab, ob Waechter ihr nützen konnte.

»Sie übernehmen also die Fälle Bauer und Walser«, sagte Waechter.

»So ist es«, sagte Helen Finck. »Nicht, dass es uns Spaß macht. Am besten wäre es, wir wären arbeitslos.«

»Patrick Bauer hat Walser schwer belastet«, sagte Waechter. »Ich weiß nicht, inwieweit Sie schon gebrieft sind.«

»Sie briefen mich ja gerade«, sagte Helen Finck ohne Begeisterung.

»Bauer hat ausgesagt, dass Walser ihm den Kontakt zu Fatou Dembélé vermittelt und er bei ihr aufputschende Medikamente gekauft hat«, sagte Waechter. »Wenn das stimmt und er nicht der Einzige war, dann hat der Kollege sich einen schönen kleinen Kundenstamm aufgebaut. Ein Mittel, mit dem man Muskeln aufbaut, bessere Leistungen erzielt, und das alles unterm Ladentisch.«

»Dafür haben Sie aber noch keine Beweise, oder?«

»Bauers Aussage, außerdem Walsers Verbindung zu einer jungen Frau, Fatou Dembélé, die mit dem Medikament gehandelt hat.«

»Und das ist …«

»Eine Illegale«, mischte sich Staatsanwalt Hencke ein.

»Eine Frau ohne Aufenthaltsgenehmigung«, sagte Waechter. »Kein Mensch ist illegal.«

»Von welcher Substanz reden wir überhaupt?«, fragte die Kommissarin.

»Fenetyllin. Spielt momentan noch für den hiesigen Markt kaum eine Rolle, wird vor allem für den Nahen Osten hergestellt.«

Elli ergänzte: »Ein früherer Verbindungsmann von Gerd Walser, ein gewisser Watscharow, hatte eine Quelle, die in Bulgarien entsprang und die er aktiviert haben könnte …«

Die Augen von Helen Finck zuckten irritiert, als müsse sie die ganzen Informationen in ihrem internen Prozessor erst verarbeiten. »Da sind ja jede Menge ›könnte‹ und Theorie dabei. Am besten, Sie schicken mir einen Bericht rein, wir kümmern uns darum.« Sie hob ihr Mineralwasserglas. »Na dann, Herr Waechter, auf einen schönen Abschluss.«

»Abschluss?« Waechter schüttete Bier aufs Holz des Tisches. »Was meinen Sie damit?«

»Es bleibt nicht viel übrig von der Soko«, sagte Hencke. »Meinen Sie nicht auch? Frau Finck bekommt Patrick Bauer und Gerd Walser.«

»Oder haben Sie sonst noch eine Spur?«, fragte Helen Finck.

»Die zentralen Ermittlungen werden im Landeskriminalamt weiterlaufen«, sagte Hencke. »Natürlich bleibt ein kleines Team erhalten, das für Anfragen zur Verfügung steht.«

Waechter musste eingestehen, dass der Staatsanwalt recht hatte. Alle Spuren führten in die Reihen der Polizei. Gestern hatte er noch die Beschleunigung der Ermittlung gespürt, jetzt rauschte sie an ihm vorbei.

»Sie wirken heute nicht bei der Sache«, sagte der Psychologe zu Hannes. »Und, mit Verlaub, Sie haben zu viel Sonne abbekommen.«

»Außendienst. Ich musste mit einem bewaffneten Selbstmörder verhandeln.«

»Wie nett.« Vossius schlug die Beine übereinander und machte ein Gesicht wie eine satte Gottesanbeterin. »Die anderen Patienten erzählen mir von ihren Supermarkteinkäufen und den Telefonaten mit ihrer Mutter.«

»Ein Telefonat mit meiner Mutter wäre unheimlicher als ein Typ mit Maschinenpistole.«

»Das soll aber jetzt kein Kriseninterventionsgespräch werden, oder?« Im Gesicht des Psychologen stieg wohl dosierte Panik auf.

Hannes stieß ein bitteres Lachen aus. »Sind Sie dafür überhaupt ausgebildet?«

»Wissen Sie, die meisten meiner Patienten sind Frauen mittleren Alters mit Schilddrüsenproblemen. Ich könnte jetzt mein warmherziges Gesicht aufsetzen. Aber dafür sind Sie nicht zu mir gekommen, oder?«

»So? Wofür bin ich denn gekommen?«

»Sie schneien hier rein, können kaum laufen vor Testosteron und hauen dann mit einstudierter Beiläufigkeit Ihre Story mit dem Selbstmörder raus. Kam übrigens gut rüber.«

Hannes deutete eine barocke Verbeugung an. »Danke für das Kompliment.«

»Hat er es getan?«

»W… wer? Was?«

»Ihr Selbstmörder.«

»Nein.« Hannes rutschte in dem unbequemen Freischwingersessel herum. Er hatte immer geglaubt, dass man sich beim Psychologen auf die Couch legte. Das wäre ihm lieber gewesen, als die Stunden unter dem Blick der amüsierten Fischaugen von Vossius.

»Was haben Sie gemacht?«

»Ich weiß es selber nicht. Ich bin da reingestolpert. Für so etwas sind wir nicht ausgebildet. Ich habe ihn am Reden gehalten. Zeit geschunden. Erzählt.«

»Aha. Was haben Sie denn so erzählt?«

Hannes legte die Fingerspitzen aneinander und betrachtete den Glastisch, den Briefbeschwerer, die bescheuerte Taschentuchbox mit dem Herzchenmotiv, die er nie, nie, nie, nie benutzen würde, das hatte er sich geschworen. Er versuchte, sich an den Inhalt des Gesprächs zu erinnern, aber vor seinem inneren Auge tauchte immer nur das gleißende Sonnenlicht auf, das ihn blendete und den Blick auf das Flachdach und den Präzisionsschützen verdeckte, der dort gut verborgen lag.

»Kommen Sie schon«, forderte Vossius ihn mit unverhohlener Neugier auf.

»Na ja … ich habe versucht, mich in den Mann hineinzuversetzen. Das kenne ich alles am eigenen Leib. Dass man am Limit ist, dass man sich total hilflos fühlt. Dass man nicht weiß, wie man den nächsten Einsatz überstehen soll. Aber dass es trotzdem vorbeigeht. Immer und immer wieder.« Hannes hob den Kopf und sagte, beinahe überrascht: »Ich habe ihm von mir erzählt.«

»Sie haben ihm also ein Geschenk gemacht«, sagte Vossius. Eine kleine Uhr entsandte einen elegant gestylten Gong. »Und ab jetzt zahlt die Krankenkasse nicht mehr für Sie, also husch, husch.«

Mit größtmöglicher Erleichterung schälte Hannes sich aus dem Sessel.

»Und das nächste Mal reden wir über ihre Mutter.«

Im Gehen zeigte Hannes ihm einen Stinkefinger über die Schulter.

»Sie kommen ja doch wieder!«, rief Vossius ihm nach, bevor die Tür ins Schloss fiel.

Im Auto steckte Hannes das Headset ins Ohr und rief noch einmal seine Tochter an. Zu seiner Überraschung ging sie ran.

»Was denn?«

Die schroffe Stimme am Telefon hatte nichts mehr mit dem Kind aus Knochen und Knorpeln zu tun, das ihm den

Kopf in die Rippen drückte und sich in einen unruhigen Schlaf schnaufte. Als Kleinkind war Lily ihm lästig gewesen. »Das Kind muss ins Bett«, hatte er immer gesagt. »Wir verwöhnen sie total.« Hätte er geahnt, dass seine Frau kurze Zeit später die Schlösser an der Wohnungstür austauschte, hätte er Lily nach Strich und Faden verwöhnt. Nun fehlten ihm elf Jahre Verwöhnzeit. Er konnte keine Verbindung mehr zwischen der kantigen jungen Frau und der Vierjährigen von damals herstellen. Die alten Gefühle passten nicht mehr. Sie war eine Fremde, und er musste Vaterliebe erst wieder lernen.

»Ich wollte nur mal hören, wie's dir geht«, sagte er.

»Wie komm ich zu der Ehre?«

»Ich kann doch einfach mal so anrufen, oder?«

»Ist ein freies Land.«

Hannes wusste nicht, wie er das Gespräch anfangen sollte, ohne ihr Vorwürfe zu machen. Damit sie nicht gleich zuschnappte wie eine Mausefalle.

»Bist du daheim?«, fragte er

»Nein, ich mache eine Trekkingtour durch Malaysia von dem vielen Geld meiner reichen Eltern. Natürlich bin ich daheim.« Er hörte ihren Atem in der Leitung. »Obwohl ich lieber in Malaysia wäre.«

»So schlimm?«

»Mama hat einen neuen Lover. Oberkörper wie ein Ypsilon, dumm wie zehn Meter Tesafilm. Aber er scheint andere Qualitäten zu haben.«

Nachrichten von seiner Nochehefrau trafen ihn nach all den Jahren immer noch in den Solarplexus. *Bang*. Es würde nie aufhören.

»Echt kuschelig auf zweiundvierzig Quadratmetern mit dem Typen«, sagte Lily.

»Du weißt, dass du jederzeit bei uns wohnen kannst.«

»Dad«, sagte Lily im Ton einer Kindergärtnerin, die zum hundertsten Mal erklärt, wie man Schleife bindet. »Ein Bulle aus der Klapse, eine Langzeitstudentin mit Risikoschwangerschaft, eine bekiffte Schwiegeroma und zwei süße blonde Projektkinder aus dem Bioladen. Danke, aber nein, danke. Da hör ich lieber Mister Ypsilon beim Ficken zu.«

Hannes steckte den Tiefschlag mit der Klapse großmütig weg. »Wie gesagt, mein Angebot steht.«

»Ich könnte ja bei Waechter wohnen«, sagte Lily.

»Ist da heute jemand auf Krawall gebürstet?«

»Ist mein Ernst. Er hat sogar ein Zimmer, das er nicht braucht.«

»Waechter ist ein Messie. Du kannst nicht sicher sein, wofür er das Zimmer braucht. Vielleicht zerstückelt er da drin Leute oder so.«

»Ich könnte auf die Katze aufpassen.«

»Du hängst nicht bei älteren Kerlen rum, die Müll in ihrer Wohnung sammeln. Thema beendet.« Natürlich konnte er ihr nicht mehr vorschreiben, wo sie wohnte, sie wurde bald sechzehn. Trotzdem, ab und zu musste er klingen wie ein richtiger Vater. »Wollen wir morgen mal einen Kaffee trinken gehen?«

»Wenn du zahlst.«

Hannes griff schnell zu, bevor sie es sich anders überlegte. »Okay, im Café Kubitschek in der Gollierstraße. Um neun.«

»Okay.«

»Lily?«

»Was denn noch, ey?«

»Pass auf dich auf.«

»Das sagst ausgerechnet du mir? Pass du mal lieber auf dich auf.«

Lautlos und ohne Übergang war die Leitung tot.

Als Hannes nach Hause kam, begrüßte ihn seine Schwiegermutter mit einem knappen: »Du hast Besuch.«

Santiago saß am Küchentisch, hatte Lotta auf dem Schoß und fütterte sie mit Auberginenlasagne, während er Jonna irgendetwas über das kanadische Bienensterben erklärte.

»Ah, Hannes.« Er winkte mit seiner Gabel. »Wollte nur kurz vorbeikommen und dir was bringen.«

»Wir müssen reden«, sagte Hannes. »Kommst du bitte mal?«

»Aber …« Santiago schaute bedauernd auf die Reste der Lasagne.

»Willst du nicht erst mal was essen?«, frage Jonna. »Setz dich doch zu uns.«

»Jetzt.« Hannes wollte außer Hörweite. Mittlerweile hatte er das Gefühl, alle Wände hatten Ohren.

Santiago hob Lotta in ihren Hochstuhl, machte eine Ich-hab-keine-Ahnung-was-er-will-Geste in Richtung Jonna und folgte Hannes gehorsam.

»Weg vom Haus.« Hannes zog ihn am Arm hinunter in den Garten, in den Schutz der Bäume. Er deutete auf Santiagos T-Shirt. *»ACAB«*, sagte er.

»Was meinst du?«

»Dein Shirt. *All Cops Are Bastards.* Gute Wahl, wenn du dich bei einem Cop zum Essen einlädst.«

»Ach, das.« Santiago zupfte am Stoff. »Du bist damit nicht gemeint.«

»Aha. Ich bin wohl kein richtiger Cop.« Hannes zündete eine Zigarette an und zog mit heftigen Zügen daran.

»Wenn du's genau wissen willst, keiner von denen.«

»Hab ja nur erst vor ein paar Tagen eins in die Fresse gekriegt. Von einem Typen, der meint, wir Polizisten wären nur Deko und Deutschland wäre eine GmbH. Kämpf doch gegen diese Deppen, anstatt gegen uns. Wir halten unsere Köpfe hin und versuchen, denen die Waffenkammer aufzuräumen. Sonst bist du auch nicht besser als die.«

»Ach Gott, Hannes.« Santiago rollte mit den Augen. »Es ist einfach nur ein Spruch.«

Hannes ließ Funken ins Gras rieseln und trat sie mit der Sohle seines Stiefels aus. »Ja. Einfach nur ein Spruch. Und *No L.A.W.* ist vermutlich einfach nur ein Brettspielclub, oder?«

Santiagos Augen wurden schmal. »Das geht dich nichts an.«

»Wenn ihr Straftaten begeht, geht mich das sehr wohl was an. Von Amts wegen.« Sein Gegenüber holte Luft, aber Hannes fuhr fort: »Für eine Welt ohne Richter und Gesetze, ja?«

»Gesetze sind nichts als Papier. Wer darf sich herausnehmen, damit über andere zu bestimmen? Die Justiz dient doch nur zum Machterhalt einer bestimmten Klasse.«

»Whoa.« Hannes wedelte mit der Hand vor seinem Gesicht. »Hier ist auf einmal ganz schön heiße Luft. Du liest zu viel in deinem eigenen Blog. Und wenn dir wirklich mal was passiert? Wenn du wirklich mal verprügelt wirst? Dann rufst du am Ende doch nach Cops und Justiz, oder?«

»Dann mal ein ganz konkretes Beispiel. Ich bin in meinem Leben dreimal so richtig verprügelt worden. Immer von Polizisten. Nach jedem Mal habe ich bei eurer feinen Justiz Strafanzeige gestellt. Die Konsequenz: Gegenanzeige durch den Staatsanwalt. Dreimal durfte ich eine Geldstrafe dafür berappen, dass ich zusammengeschlagen wurde.«

»Deswegen zündet ihr Polizeiautos an, oder?«

»Ich war nicht dabei, Hannes.«

»Aber du stehst dahinter. Was ist, wenn das nächste Mal ein Beamter im Auto sitzt, weil er kurz eine Kaffeepause machen wollte? Ich bin in diesem Jahr beinahe bei lebendigem Leib abgefackelt worden, weil jemand beschlossen hat, dass ich wegmuss. Und in diesem Justizzentrum werde ich vielleicht gegen meinen Mörder aussagen müssen.«

Santiago schaute ihn nicht an. Sein Blick war nach oben gerichtet, zum Haus. Jonnas Stimme wand sich aus dem offenen Fenster wie ein dünner Luftzug. Sie sang ein Schlaflied für die Kinder.

Duerme, duerme, negrito, que tu mamá está en el campo, negrito …

»Boah, cool. Ihr singt euren Kindern Arbeiterlieder vor.«

»Woher kennt das Dezernat für Staatsschutz meinen Namen?«, fragte Hannes. Beim Gespräch mit Zöller hatte er sich darüber noch keine Gedanken gemacht. Hatte an die Allwissenheit der Behörden geglaubt. Überwachte Telefonleitungen, Observierungen. Als Mordermittler wusste er, was man alles herausfinden konnte, der normale Bürger hatte nicht einmal den Funken einer Ahnung davon. Aber Santiagos Naivität zog ihm den Boden unter den Füßen weg. Es konnte so viel einfacher sein.

»Was willst du damit andeuten?«

»Hast du irgendwo meinen Namen fallen lassen? Hast du dich irgendwo damit wichtig gemacht, jemanden bei der Kripo zu kennen?«

»N… nein. So ein Blödsinn.« Santiago drehte sich weg. »Ach, *Shit.*«

»Was ist gelaufen?«

»Ich hab dir doch die SMS geschickt. Während der Durchsuchung. Erinnerst du dich?«

Wie hätte Hannes das vergessen können. Die gesamten Ereignisse der letzten Woche waren in jedem Detail in sein Gehirn geritzt.

»Der Staatsanwalt hat mich gefragt: ›Was machen Sie da?‹ Dann hat er mir das Handy aus der Hand genommen, darauf rumgedrückt, etwas in sein Notizbuch geschrieben und es mir wiedergegeben.«

»Ich fass es nicht. Du Vollidiot.« Hannes ging auf Santiago zu, seine Haltung musste so drohend wirken, dass sein Freund automatisch zurückwich. »Ich möchte, dass du jetzt gehst.«

Er hatte noch nie eine Freundschaft aufgekündigt. Es fühlte sich ekelhaft an.

Trabajando, trabajando duramente, trabajando sí …

Santiago zog ein kleines schwarzes Buch aus der Hosentasche. »Ich wollte dir noch was schenken.« Er reichte es Hannes. »Das Mitgliederverzeichnis von damals. Mit deinem Namen drin.«

»Ein Wahnsinnsgeschenk ist das.« Hannes warf es ihm vor die Füße. »Das Ding, das mich den Job kosten kann. Findest du das witzig?« Er trat nach dem Buch wie auf eine zischende Zündschnur. »Geh endlich. Hau ab!«

Santiago rührte sich nicht. »Du hast dich verändert. Und das nicht zu deinem Vorteil.«

Hannes' Körper reagierte, bevor sein Gehirn nachdenken konnte. Er stieß Santiago mit beiden Händen von sich, traf ihn hart an der Brust. Für einen grotesken Augenblick flog Santiago durch die Luft, bevor er hart auf den Rücken knallte. Er kam sofort wieder auf die Füße und rannte davon, ohne sich umzudrehen.

»Wo ist dein Freund?«

Jonnas Gesang war schon lange verstummt, sie stand hinter ihm. Er hatte sie nicht kommen hören. Sie bewegte sich so lautlos wie eine Katze.

»Gegangen.«

»Wie kommt er denn heim? Sollten wir ihn nicht fahren?«

»Mach dir keine Sorgen.« Magensäure stieg in ihm hoch, er schluckte sie herunter. »Santiago hat noch nie in seinem Leben für eine Fahrt bezahlt.«

Jonna schaute ihn mit schmalen Augen an, wie eine Mutter, die genau wusste, wie das Bonbonpapier ins Kinderzimmer gelangt war.

»Was denn?« Hannes warf die Arme hoch. »Lasst mich doch alle in Ruhe.«

Er benahm sich wie ein Arschloch, er konnte sich selbst dabei beobachten, aber besser ging es nicht. Weggehen, Gras rauchen und etwas Lebloses finden, das er kaputtmachen konnte.

Vor Waechters Briefkasten stand ein junger Mann mit einem Klemmbrett. Seine Haare waren so kurz, dass kaum Gel hineinpasste, die schwarze Funktionsjacke so smart und gebügelt, dass sie sicher nie einen Marathon laufen würde. »Sind Sie von der Hausverwaltung Kehrer?«, fragte er, ohne von dem Klemmbrett aufzuschauen.

»Nein, tut mir leid, Waechter mein Name. Ich wohne hier.« Waechter gab dem jungen Mann seinen erprobten Import-Export-Händedruck und sah zufrieden, wie der andere das Gesicht verzerrte. »Ich mach was mit gebrauchten BMWs.« Was ja auch irgendwie stimmte.

»Tag, Herr Waechter, Kolf. Ich bin der Makler eines Kaufinteressenten. Die Firma Kehrer muss mich versetzt haben.«

»Den Kasten hier will jemand kaufen? Ha!« Waechter schaute nach oben, wo das Jugendstilgeländer sich hochschnörkelte. »Wird ja auch Zeit, dass mal jemand Ordnung in die Bruchbude bringt.«

»Bruchbude?« Der Jüngling blätterte in seinen Unterlagen. »Bei der Begehung ist uns die Bausubstanz ganz gut vorgekommen.«

»Waren Sie auch im Keller?«

»Äh, nein. Der Herr von der Hausverwaltung hatte den Schlüssel nicht zur Hand.«

»Ist auch besser so. Da fällt der Putz in Scheiben von den Wänden.« Waechter kam langsam in Fahrt. »Und die ganze Elektrik muss auch erneuert werden. Das Minutenlicht flackert jeden Tag, und im Flur haut es reihenweise die Birnen raus.«

Kolf musterte Waechter von oben bis unten. Die Frisur jenseits des Mindesthaltbarkeitsdatums, den speckigen dunklen Anzug, unter dem sich ungenutzte Muskelpakete räkelten. Waechter konnte seine Seriosität aufdrehen und hinunterregeln, wie er wollte. Im Augenblick strahlte er genau den Grad an Unterwelt aus, der für einen Immobilienmakler angemessen war.

»Da wird sich schon die Hausverwaltung drum kümmern.«

»Die Hausverwaltung? Kümmern?« Waechter lachte laut auf. »Aber einen Vorteil haben die. Die lassen einen wirklich in Ruhe, man sieht und hört nichts von denen. Wenn es nicht gerade wieder Krawall gibt.«

»Krawall?«, wiederholte der Makler wie ein Papagei.

Waechter nahm die Post aus dem Briefkasten und gab vor, die Werbung für einen neuen Feinkostladen zu studieren. »Erst neulich hatten wir hier wieder eine Schlägerei. Irgendwas mit einem minderjährigen Mädchen in der Wohnung. Sogar die Polizei war im Haus.«

»Ach, die Polizei?« Der Makler machte eine Notiz auf dem Klemmbrett.

»Freilich. Zum Glück sind nicht alle Nachbarn so. Von dem Typen mit der vermüllten Wohnung hört man gar nichts, das ist ein ganz Ruhiger.«

»Vermüllt?«, fragte der Makler.

»Die ganze Wohnung ist voll mit Gerümpel. So ein Messie, wissen Sie? Wie die Typen auf RTL 2. Zeitungen bis zur Decke, Kartons, die ganze Küche voller Essensreste. Wie es da erst riecht, das wollen Sie gar nicht wissen. Man macht sich ja Gedanken, ob man den Tierschutzverein rufen soll wegen der Katzen …«

»Ja, weiß denn die Hausverwaltung Bescheid?«

»Schon lange, aber da kann man nichts machen.« Waechter ließ die Briefkastentür zufallen. »Den kriegen die nicht so einfach raus. So eine Räumungsklage dauert Jahre. Jahre! Aber das brauche ich Ihnen nicht zu erzählen.«

Kolf nickte in stummem Grauen.

»Angeblich hat der Beziehungen«, sagte Waechter. »Ist wohl ein hohes Tier bei der Kripo.«

Der Makler klemmte seine Unterlagen unter den Arm. »Na, dann will ich Sie nicht mehr länger stören, Herr …«

»Waechter.« Er zermalmte dem armen Kerl noch einmal die Hand. »Sollten Sie mal einen gebrauchten Dreier-BMW kaufen wollen, Sie wissen Bescheid.«

Auf dem Weg nach oben hörte er, wie der Makler ins Handy zischte: »Warum erfahre ich nichts davon? Schimmel … Mietnomaden …«

Er schloss die Wohnungstür auf und nahm einen tiefen Atemzug von der Luft zwischen zweihundert Kubikmetern Sperrmüll. Endlich daheim.

Hannes schreckte aus dem Schlaf hoch. Ein Alarm hatte ihn geweckt. Im ersten Moment war er desorientiert, es war noch lange nicht Morgen. Der Himmel war mondlos und stockdunkel, ein Luftzug blähte die Vorhänge ins Zimmer. Hannes lag nur unter einem dünnen Laken, sein Körper war von einem feinen Schweißfilm bedeckt, er fror. Die Augustnächte verloren ihre Kraft.

Das Alarmsignal kam wieder, ein Summen wie eine Wespe, die gegen Glas stieß. Der Vibrationsalarm seines Handys, irgendwo vom Fußboden. Blind tastete er danach, das Summen hörte auf. Wer auch immer ihn in den kleinen Stunden anrief, konnte ihn mal kreuzweise. Er schmiegte sich wieder an Jonna und vergrub das Gesicht in ihren Haaren, die selbst nachts noch nach Sonne dufteten. Vorsichtig, ohne sie zu wecken, legte er die Hand auf ihren gewölbten Bauch. Wenn Jonna schlief, bewegte sich das Wesen in ihr und stemmte die Füße gegen die Bauchdecke.

Er war gerade weggedämmert, als das Handy wieder losging. Mit einem stummen Fluch stand er auf und suchte seine Klamotten in der Finsternis zusammen. Zuletzt fand er seine Chinos mit dem Telefon in der Hosentasche.

Entgangene Anrufe: Santiago (24)

Santiago hatte vierundzwanzigmal versucht, ihn zu erreichen. Nachts um zwei. Hatte er endgültig den Verstand verloren?

Hannes ging in den Flur, um Jonna nicht zu stören, und setzte sich auf die Treppe. Genervt tippte er auf die Home-Taste, und die vierundzwanzig Anrufe leuchteten wieder auf. Er musste das klären, und wenn es um diese Uhrzeit war. Immerhin hatte er sich wie ein Berserker aufgeführt und war auf Santiago losgegangen.

Hannes drückte auf die Rückruftaste. Freizeichen. »Jetzt geh schon ran«, murmelte er.

Etwas knackte in der Leitung, das Freizeichen endete. Eine andere Art von Stille trat ein, mit einem kaum hörbaren Rauschen im Vordergrund. Knistern. Scharren. Etwas, das sich anhörte wie ein langer Atemzug. Oder war es das Rascheln von Stoff?

»Santiago? Hallo?«

Keine Antwort. War ihm das Handy in der Tasche angegangen? Und dafür weckte es ihn um … um … Hannes hatte kein Zeitgefühl, er schaute nach der Uhrzeit. 1:27 Uhr.

»Hallo? Hallo? Santiago, jetzt sag halt was.«

Ein Rauschen wie Atemzüge, dicht am Hörer, als würde ihm jemand ins Ohr schnaufen. Etwas klapperte und knackte. Dann war die Leitung tot.

Mit einem Mal war Hannes hellwach. Er rief noch einmal an, aber es ging niemand mehr ran, nur die Mailbox sprang an. Was, wenn sein Freund hilflos in der Wohnung lag? Santiago war niemand, der sich komplett zudröhnte. Es brauchte eine Menge legaler und illegaler Substanzen, um diesen zähen kleinen Kerl umzuhauen. Aber scheinbar hatte er den ganzen Abend hart daran gearbeitet, sonst hätte er nicht vierundzwanzigmal seine Nummer gewählt. Wenn es ihm jetzt dreckig ging, war Hannes dafür verantwortlich.

Sein Herzschlag ging schneller. Eine ehrliche Entschuldigung war der größte Angstgegner. Santiago brauchte jetzt eine. Und einen Freund, der ihm den Kopf über die Kloschüssel hielt.

So leise er konnte, suchte Hannes Kapuzenjacke und Turnschuhe zusammen. Bevor er ging, griff er noch nach Waffe und Dienstausweis. Man konnte nie wissen.

Drei

Zum ersten Mal stand Elli vor Waechters Wohnungstür. Er war nicht ans Diensthandy gegangen, das war untypisch für ihn. Normalerweise meldete er sich beim ersten Freizeichen, auch nachts um halb drei. Elli drückte auf die Klingel. Waechter machte ein Riesengeheimnis um sein Privatleben. Sie trampelte über eine Grenze, was er ihr nicht so schnell verzeihen würde.

Aber das hier war ein Notfall. Sie klingelte Sturm.

Nach ein paar Minuten hörte sie schwere Schritte auf knarzenden Dielen. Der Spion leuchtete auf, verdunkelte sich kurz wieder, und die Tür öffnete sich in Waechter-Breite.

»Einsatz, Schätzchen«, sagte Elli.

»W… was?« Waechter trug Boxershorts und ein blau-weißes T-Shirt mit der Aufschrift »Obststandl Supporters«, das über dem Bauch spannte. Die Haare standen am Hinterkopf senkrecht nach oben, als sei er hinterrücks von einem Szenefriseur überfallen worden.

»Es ist was mit Hannes«, sagte Elli.

»Es ist immer was mit Hannes.« Waechter kratzte sich am Kopf und derangierte die Frisur noch mehr. Auf seinem Arm und seinem Oberschenkel zogen sich dunkellila Blutergüsse bis unter die Kleidung, es tat schon beim Hinschauen weh. Elli versuchte, an ihm vorbei in die Wohnung zu spähen, aber er verlagerte sein Gewicht und versperrte ihr den Blick.

»Hannes hat einen Schwerverletzten aufgefunden und den Notruf gewählt.«

Waechter grunzte. »Und wir sind zuständig, weil …?«

»Fremdverschulden. Schädelbruch und ausgekugelte Schulter. Wie's aussieht, liegt die Waffe noch in der Wohnung.«

»Gib mir drei Minuten.« Waechter wollte schon die Tür zumachen.

»Da ist noch was. Wir haben das Opfer im Fall Leo Thalhammer als Zeugen vernommen.«

Waechter stierte sie wild an und knallte ihr die Tür vor der Nase zu. Elli fürchtete schon, er würde nicht mehr zurückkommen, doch nach zweieinhalb Minuten ging die Tür wieder auf. Er schob sie mit seinem Körper so zur Seite, dass sie auch diesmal nicht in die Wohnung schauen konnte, und stützte sich auf seinen gruseligen Gehstock. Unter seinem Hemd schaute immer noch der blau-weiße Saum des T-Shirts heraus, seine Dienstwaffe zeichnete sich unter dem Jackett ab.

»Gemma«, sagte er.

Auf dem Bürgersteig wartete der Wagen mit Blaulicht und blinkte vor sich hin wie ein Hund, der zur Begrüßung mit dem Schwanz wedelt.

Elli hielt Waechter die Tür auf. »Warum bist du nicht ans Telefon gegangen?«, fragte sie.

»Hab geschlafen.«

»Der Verletzte heißt Jakob Ungerer.«

»Dürrer Kerl mit Ziegenbart und …« Waechter imitierte mit den Fingern eine Stachelfrisur. »War schon mal bei uns?«

»Genau der. Schädelbruch, ausgerenkte Schulter und diverse Prellungen. Im Raum lag ein Bolzenschneider mit Blutspuren an der Zange. Wir ermitteln wegen eines versuchten Tötungsdelikts. Hannes ist der Auffindungszeuge.«

Waechter klappte die Beifahrerblende mit dem daumennagelgroßen Spiegel herunter, zog einen Kamm aus der Brusttasche und fuhr sich durch die Haare. Prüfend strich er mit der Hand über die Bartstoppeln. »Geh ich halbwegs?«

»Für Moskau Inkasso ist es perfekt.«

»Halt am grünen Würfel noch mal an.«

Elli fuhr mit Blaulicht quer über den Busbahnhof und hielt vor dem hell erleuchteten Glaswürfel, der dreiundzwanzig Stunden am Tag geöffnet hatte. Der Kioskverkäufer verzog keine Miene, er war Blaulichtpublikum gewöhnt. Waechter humpelte mit zwei riesigen Bechern Kaffee zurück.

»Wir können«, sagte er. Elli bog auf die Leopoldstraße ein und ließ die Sirene aufheulen. Wenigstens waren sie jetzt nicht mehr die Einzigen, die wach waren.

Die nächtlichen Straßen waren wie leergefegt, Elli heizte mit achtzig Sachen über die Brienner Straße. Waechter schaltete kurz das Radio ein und gleich wieder aus, keiner von ihnen hatte Lust, in dieser Nacht aufgekratzte Clubhits zu hören. Vor der Wohnung des Verletzten parkte Elli energisch, kompetent und verkehrt herum ein und lief Waechter voraus die Treppen hinauf. Sie warf einen kurzen Blick durch die offene Wohnungstür.

Die Spurensicherung hatte die Wohnung des Verletzten im Griff wie den Tatort eines Mordes. Als sei er schon tot. Wenn die Typen in Weiß kamen und deine Sachen bepinselten, war es wirklich zu Ende.

Hannes saß auf den Stufen vor der Wohnung. Eine Sanitäterin drehte sich mit indigniertem Blick zu Elli um. »Er hat das Blutdruckmessgerät die Treppe runtergeworfen.«

»Gott sei Dank, er ist ganz der Alte. Alles okay, Hannes?« Sie setzte sich zu ihm.

»Ich glaub, ich muss mich gleich übergeben.«

»Die Spurensicherung wird dich lieben.« Sie hielt ihm eine Wasserflasche hin. Er trank, als wäre er in der Sahara gestrandet.

»Er war mein Freund«, sagte er. »Wir haben uns gestritten. Er hat angerufen, weil er mir dringend etwas sagen wollte. Ich hab's nicht gehört. Ich bin zu spät gekommen.«

Elli hatte kaum etwas von der Maschinengewehrsalve an Worten verstanden. »Keine Sorge, er wird schon wieder.« Schon als sie es sagte, klang es blöd. Der arme Kerl würde wahrscheinlich die Nacht nicht überstehen.

Tumblinger von der Spurensicherung baute sich mit seinen Plastikschonern vor ihnen auf. »Jetzt hockt er schon in meinem Tatort rum, und dann hockt sie sich auch noch mitten rein. Schleicht's euch.«

»Der Kollege hat einen Schock«, sagte Elli.

»Schön für ihn.« Tumblinger zeigte auf Hannes. »Ich krieg von ihm noch Jacke, Hemd, Hose, Schuhe.«

»Komm.« Elli stand auf und hielt Hannes die Hand hin. »Bevor er dir die Kleider vom Leib reißt.«

Hannes zog sich am Geländer hoch und ging mit ihr.

Das hier war keine normale Mordermittlung. Sie wusste, dass es schmutzig werden würde. Der Schwerverletzte war ein Zeuge gewesen. Er war in den Fall Thalhammer verwickelt.

Was machst du nachts in seiner Wohnung, Hannes? Was läuft hier?

Die Kollegen von der Spurensicherung hatten schon weite Teile der Wohnung abgesperrt und nötigten Waechter in einen Schutzanzug. Als ob die verbrauchte Hitze des vergangenen Tages nicht sowieso noch im Haus hing. Er zog den Reißverschluss zu, und innerhalb von einer Minute lief ihm der Schweiß die Wirbelsäule hinunter.

Jakob »Santiago« Ungerer hatte in einem Zwei-Zimmer-Apartment gehaust, chaotisch, aber sauber. Erst auf den zweiten Blick offenbarten sich die Spuren bewusster Zerstörung. Die Schubladen des Schreibtisches standen offen, der Inhalt war über den Boden verstreut. Ein verbeulter, gesplitterter Laptop lag auf dem Tisch, das Display war zerbrochen, überall flogen die Buchstaben der Tastatur herum. Der Bürostuhl lag auf dem Rücken. Die Kollegen hatten das Areal um den Schreibtisch abgesperrt, und Waechter betrachtete nachdenklich die Szenerie, wie eine Kunstinstallation, die eine Geschichte erzählt. Was, wenn der Täter es gar nicht auf Ungerer abgesehen hatte, sondern auf den Computer? Ob das LKA wohl noch etwas aus der Festplatte herausholen konnte?

In den grauen Teppichboden war Blut eingesickert. Täfelchen markierten die Stellen, wo ein Handy gelegen hatte und ein roter, blutverschmierter Bolzenschneider. Es sah fast zu perfekt aus.

Waechter drehte sich um und riss den Reißverschluss des Anzuges auf. Sonst wäre er vor Hitze geplatzt.

»Was ist?«, fragte Tumblinger von der Spurensicherung.

»Ich muss hier raus.«

»Als ob uns einer fragt, ob wir raus wollen.«

»Ist jemand von der Rechtsmedizin schon Richtung Krankenhaus unterwegs?«

»Hab ich ein Kappi auf der Stirn, auf dem *Einsatzleitung* steht?«

Waechter schälte sich aus Anzug und Überziehern und drückte das Knäuel Tumblinger in die Hand.

»Ah«, sagte der Kollege. »Ich hab ein Kappi auf der Stirn, auf dem *Depp* steht.«

»Könnt ihr bitte den Computer sichern und alle Speichermedien, die ihr findet?«

»Super Idee.« Tumblinger pfefferte das Bündel in eine Ecke. »Gut, dass er's sagt. Sonst hätten wir am Ende vergessen, den Computer einzutüten. Der Computer wär das Allerletzte, an das wir gedacht hätten. Wenn wir die Mordkommission nicht hätten.«

Waechter ließ ihn stehen, um den Einsatzleiter zu suchen und einen Wagen zu organisieren. Er musste ins Krankenhaus. Verdammt, warum hatte Hannes mal wieder die Finger im Spiel?

Endlich im Auto, startete er den Motor, setzte den Blinker und blieb einen Moment kraftlos sitzen. Er löste ruckartig die Kupplung, der BMW machte einen Satz nach vorne. Es gab einen dumpfen Schlag, und das parkende Auto vor ihm wippte auf und ab.

»Egal«, sagte er durch die Zähne, rangierte in wütenden Zügen aus der Parklücke und trat das Gaspedal durch.

Auf der Intensivstation kam er gleichzeitig mit Dr. Beck an, seinem Lieblings-Rechtsmediziner, der in heller Hose und gebügeltem Hemd aussah, als käme er vom Golfplatz und nicht aus dem Bett. Becks heitere Gelassenheit fuhr Waechters Puls wieder ein Stück herunter.

»Der Patient ist im Schockraum«, sagte die diensthabende junge Ärztin zu Waechter und dem Rechtsmediziner. Ein paar Strähnen hatten sich aus ihrem Dutt gelöst, und ihre Gesichtsfarbe kündete von Nachtschicht. »Sie können da nicht rein.«

Beck fragte: »Dürfte ich wenigstens einen Blick …«

»Nein.«

»Und ein ärztliches Gutachten …?«

»Sie sind ja lustig. Wir stabilisieren ihn erst einmal so weit, dass er die Nacht übersteht. Groß untersuchen können wir ihn wegen der Schwellung sowieso nicht.«

»Besteht die Chance, dass er aufwacht?«, fragte Waechter mit dem Mut der Verzweiflung.

Die Ärztin warf ihm einen müden Blick zu. »Sie wissen nicht zufällig, ob der Mann Organspender ist? Nein? Dann entschuldigen Sie mich.« Sie schlappte auf Birkenstocksandalen zurück in die Schlacht.

Beck gähnte und klemmte seine Arzttasche unter den Arm. »Dann werde ich noch mal ins Bett gehen. Soll ich Sie irgendwo absetzen, Herr Waechter?«

»Nein, ich bin selber mit dem Auto da.« Waechter lockerte seinen Kragen. Auch hier im Krankenhaus stand die verbrauchte Luft in den Gängen, es gab keinen Sauerstoff mehr. »Ich muss ihn befragen. Ich muss einfach. Die sollen ihn so schnell wie's geht zusammenflicken.« Am liebsten wäre er hineingelaufen und hätte ihn wachgeschüttelt. Jakob Ungerer mochte Polizeiautos anzünden, aber im Augenblick war er der Einzige, der seinen Angreifer gesehen hatte.

»Ob die uns Bescheid geben, wenn es etwas Neues gibt?« Das Gesicht des Rechtsmediziners nahm einen verträumten Ausdruck an.

»Und Sie, Herr Doktor, sind doch der Meinung, der Tod wäre das Einfachste. Dann könnten Sie ihn in aller Ruhe zu sich rollen lassen und auf Ihrem Tisch untersuchen. Stimmt's?«

»Was denken Sie von mir?« Das Gesicht des jungen Arztes wurde rot unter der Nickelbrille. Er warf einen Blick auf Waechters Stock. »Was haben Sie denn angestellt?«

»Bloß ein kleines Boandl, Prellung. Dienstunfall.«

»Sie haben das aber schon röntgen lassen?«

»Ach, die paar blauen Flecken, das vergeht schon wieder. Hören Sie, ich muss …«

»Da hinten ist ein Automat. Wollen Sie einen Kaffee, Herr Waechter?«

»Danke, aber ich muss ins Kommissariat. Ein Kollege ist in die Sache verwickelt, der Staatsanwalt ist da, bei uns brennt der Stadl.« Waechter hinkte ein paar Schritte den Gang hinunter. Auch sein Herzschlag hinkte. Lang, kurz, lang, kurz und dann auf einmal viel zu schnell. Eine eiserne Faust drückte auf seinen Brustkorb. Er stützte sich an der Wand ab. »Nur kurz … geht gleich wieder.«

Beck beugte sich über ihn. »Ihre Gesichtsfarbe gefällt mir gar nicht.«

»Ich muss wirklich schlimm ausschauen, die Rechtsmediziner kreisen schon über mir.« Waechter rieb sich mit einem Stofftaschentuch übers Gesicht. »Es ist bloß die Hitz. Die verdammte Hitz.« Seine Schulter fühlte sich pelzig an. Aber das verging schon wieder. Es war noch jedes Mal vergangen.

»So hat es bei meinem Mann auch angefangen«, sagte Beck. »Und dann, zack, mit vierzig Herzinfarkt.«

»Danke, da fühl ich mich gleich viel besser.« Waechter stützte sich auf den Stecken »Ich muss los, Herr Doktor. Mir fliegt sonst alles um die Ohren.«

»Richten Sie dem Brandl schöne Grüße aus«, rief Beck ihm hinterher. »Und viel Glück für den Wiedereinstieg.«

Waechter winkte ärgerlich ab und humpelte weiter. Nach ein paar Metern blieb er noch einmal stehen und drehte sich um. »Ich hab ganz vergessen zu fragen: Wie geht es Ihrem Mann jetzt?«

»Habe ich das nicht dazugesagt?« Der Arzt lächelte verlegen. »Es war mein erster Mann.«

Als Erstes fiel Hannes auf, dass keiner auf seiner Seite des Tisches sitzen wollte.

Ihm gegenüber nahmen Staatsanwalt Hencke und Die Chefin Platz. Waechter kam als Letzter herein und knallte wortlos den Autoschlüssel auf den Tisch. Elli war von Hencke unmissverständlich hinausgebeten worden. Sie war eine Zeugin. Draußen war der Morgen noch dunkel, und sie saßen in den Lichtinseln der Schreibtischlampen. Von irgendwoher roch es nach frischem Gebäck.

»Ich weiß, dass es spät ist. Für uns alle«, begann Die Chefin. »Fassen wir noch mal zusammen: Hannes, du bist vom Vibrationsalarm deines Handys aufgewacht. Um welche Uhrzeit?«

»Um halb zwei. Fünf vor halb zwei.«

»Halb oder fünf vor halb?«

»Ein Uhr irgendwas ...« Hannes wollte auf die Uhr schauen, aber sie war weg. Lag bei den Kollegen von der Spurensicherung. Er trug das Ramones-T-Shirt, das er im Büro gelagert hatte, um es Santiago bei Gelegenheit zurückzugeben. Langsam gingen ihm die Wechselklamotten aus. »Ich war gerade aufgewacht. Da merke ich mir so was nicht.«

Die Chefin schrieb etwas auf. In der Nachtstille kratzte der Stift auf dem Papier. »Und dann hast du die vierundzwanzig entgangenen Anrufe bemerkt.«

»Ja doch.«

»Was hast du dir dabei gedacht?«

»Ich weiß nicht … dass es was Dringendes sein muss.«

»Hattest du eine Ahnung, worum es gehen könnte?«

»Nein.«

»Aber du hast sofort zurückgerufen. Um ein Uhr irgendwas.«

»Darf ich, Frau Kriminalrätin?«, fragte Hencke in dem Ton von jemandem, der nicht das bekam, was ihm zustand. Die Chefin lehnte sich zurück und überließ ihm das Feld.

»Herr Hauptkommissar Brandl …« Hencke dehnte die Silben. Gottverdammtes Juristenfrettchen, sie hatten doch zusammen studiert. »Sie haben also die Nummer von Herrn Ungerer gewählt. Das konnten wir auf beiden Handys zurückverfolgen. Der Anruf dauerte siebenundvierzig Sekunden.«

»Wenn Sie es sagen.«

»Was genau haben Sie gehört?«

»Geräusche. Als wäre das Handy versehentlich in der Tasche angegangen.«

»Ein Handy geht nicht versehentlich in der Tasche an, wenn man angerufen wird, oder? Was haben Sie sich dabei gedacht?«, hakte der Staatsanwalt nach.

»Dass er vielleicht meine Hilfe braucht.«

»Darf ich noch mal festhalten, Herr Hauptkommissar Brandl«, Hencke schob seine Brille auf dem Nasenrücken zurecht, »Sie glauben, Ihr Freund braucht dringend Hilfe. Und da setzen Sie sich ins Auto und fahren eine geschlagene Stunde zu ihm hin. Sind Sie nicht auf die Idee gekommen, die Notrufnummer zu wählen?«

»Nein.«

»Warum nicht?«

»Weil ich nicht gedacht habe, dass es ein echter Notfall sein könnte.«

Eine Pfütze aus geronnenem Blut. Er hatte darin gekniet, als er an Santiagos Hals nach dem Puls tastete. Wenn er früher den Notruf gewählt hätte, hätte Santiago weniger Blut verloren. Die Schwellung wäre nicht so groß geworden. Weniger Gehirnsubstanz wäre zerstört worden. Wenn er. Wenn er.

»Sind Sie nicht drauf gekommen, dass jemand, der vierundzwanzigmal anruft und sich am Telefon nicht mehr artikulieren kann, ein Fall für den Notarzt ist?«

»Woher hätte ich wissen sollen, dass ihn jemand zusammengeschlagen hat? Er hätte genauso gut Liebeskummer haben können, er hätte besoffen sein und die Kloschüssel nicht mehr finden können. Was weiß ich.«

»Ist das Ihre übliche Kommunikation? Ich bekomme nie nächtliche Anrufe von Freunden, die die Kloschüssel nicht finden.«

»Dann tun Sie mir leid.«

Die Chefin klappte geräuschvoll ihren Laptop zu. »Ich denke, für heute ...«

»Ein paar Fragen hätte ich noch«, unterbrach der Staatsanwalt sie. »Herr Brandl, Sie sind momentan der Einzige, den wir spurentechnisch am Tatort verorten können.«

»Was wollen Sie damit sagen?«

»Wir haben nichts weiter als Ihre Aussage, dass Sie sich Zutritt zur Wohnung verschafft und Herrn Ungerer verletzt vorgefunden haben.«

»Auf was wollen Sie hinaus? Michi, sag du doch auch mal was.« Hannes schaute zu Waechter hinüber, aber der sprang ihm nicht bei. Waechter betrachtete ihn, als versuche er, etwas in einem dunklen See zu ergründen. Sein Gesicht war grau, der Bartschatten hob sich tiefschwarz ab.

»Herr Ungerer ist nach eigener Aussage«, Hencke malte Gänsefüßchen in der Luft, »Anarchist und bewegt sich in einem Kreis, der Anschläge auf das Strafjustizzentrum verursacht hat. Außerdem ist er Mitglied einer Partei, die vom Verfassungsschutz beobachtet wird. Sie beide sind eng befreundet, enger, als sie uns weismachen wollen. So eng, dass Sie einander die Kloschüssel suchen.« Hencke beugte sich vor, seine Augen funkelten, er genoss das, er genoss das richtig. »Ist es denkbar, dass Herr Ungerer etwas über Ihre politische Gesinnung weiß, das Ihrer Karriere schaden könnte?«

Hencke schoss bestimmt nur ins Blaue. Er musste einfach ins Blaue schießen. Hannes wollte etwas antworten, aber sein Kiefer zitterte wie bei einem dementen Greis. Als er wieder sprechen konnte, brachte er heraus: »Sie … Sie … Sie sind ja nicht ganz dicht.« Er schob seinen Stuhl zurück und sprang auf.

»Herr Brandl, wenn Sie jetzt …«

»Ich muss hier raus.«

Im Flur überfiel Hannes Schüttelfrost wie bei einer schweren Grippe. Von hundert auf null war ihm kalt, die Härchen auf seinen Armen stellten sich auf. Mit wenigen Schritten war er bei seinem Büro, stieß die Tür auf und schaffte es gerade noch bis zu seinem Schreibtischstuhl, bevor seine Beine unter ihm wegsackten.

Santiagos Schläfe ist ein Brei aus Blut und verfilzten Haaren. Ein Auge ist zugeschwollen. Aus einem Nasenloch quillt ein Bläschen aus Blut, es wird größer, kleiner, größer, kleiner im Rhythmus seiner Atemzüge. Das offene Auge verdreht sich. Sucht den Schatten, der über ihm kniet. Sucht Hannes. In seinem Blick steht Todesangst. Santiago röchelt, seine Lippen bewegen sich. Er versucht etwas zu sagen. Hannes beugt sich zu ihm hinunter.

»Stiefel«, flüstert Santiago. »Stiefel.«

Der Schüttelfrost presste ihn wie eine Druckwelle in den Stuhl. Er krallte sich in die Armlehnen, unfähig, sich zu rühren, eine Welle nach der anderen rollte über ihn hinweg.

Santiagos Bild verschwand. Ein anderer Film startete. Ein letzter klarer Erinnerungsschnipsel.

Er wird an den Füßen über den Boden gezogen, die Arme schleifen hilflos über seinem Kopf. Er ist zu Bewusstsein gekommen, wenige Sekunden nur. Ein Stück Zimmerdecke bewegt sich über ihn hinweg, mit einem gezackten Riss im Putz. Er kann sich nicht rühren. Er weiß nicht, was kommt, aber es wird schlimmer sein als die Hölle. Man hat ihn am Leben gehalten.

Immer wieder sprang der Film zurück auf Anfang, immer wieder lief der Riss an der Decke vor seinem inneren Auge vorbei, wie das Zimmer eines Besoffenen, das sich drehte und doch auf der Stelle verharrte. Er wollte Luft holen, aber da war kein Platz mehr in seiner Lunge. Er brauchte Luft. Er brauchte Hilfe.

Die Tür ging auf.

»Raus!«, stieß er hervor.

Zwei Hände packten sein Gesicht wie ein Schraubstock und hoben es an.

»Du drehst jetzt nicht durch. Hörst du mich? Du drehst jetzt nicht durch.«

Eine Hand ließ ihn kurz los, um ihm eine Ohrfeige zu verpassen, und packte ihn dann wieder. Hannes machte die Augen auf. Der Anblick von Waechters unrasiertem Gesicht in Großaufnahme war so viel Realität wie ein Eimer eiskaltes Wasser. Der Riss an der Zimmerdecke verblasste. Der Schüttelfrost ließ nach, die Umgebung wurde wieder scharf.

Waechter hielt seinen Kopf fest, Widerstand war zwecklos.

»Was ist heute Nacht wirklich passiert?«

»Ich habe euch alles erzählt. Nicht mehr. Nicht weniger.«

»Das passt doch hinten und vorne nicht zusammen.«

»Es ist die Wahrheit.«

»Dann gehen wir jetzt wieder da rein und bringen es zu Ende.«

Der Druck auf seinen Kopf ließ nach. Waechter trat einen Schritt zurück und hielt ihm die Hand hin.

Hannes schob die Hand weg und stand auf. Vor einem halben Jahr hatte er sich an Waechters Hand festgekrallt, als würde er ertrinken. Damals hatte Waechter ihn weggestoßen.

Hannes holte den Dienstausweis mit der Kripomarke hervor. Das grüne Heftchen sah nagelneu aus. Ohne Staub unter der Plastikhülle, ohne ein Eselsohr. Er legte es vor Waechter auf den Tisch. Und das Diensthandy dazu.

Waechter schüttelte den Kopf. »Nein, Hannes …«

Hannes wich vor seinen eigenen Sachen zurück. Ohne sie fühlte er sich leicht. Und frei. Und bedeutungslos, wie ein Astronaut, der das Kabel zur Raumstation gekappt hatte. »Ich bin dann weg.«

»Wo willst du hin?«

»Geht dich nichts mehr an.«

»Wenn du jetzt gehst, kann ich dir nicht mehr helfen«, sagte Waechter.

Hannes drehte sich in der Tür um. »Wann hab ich dich je darum gebeten?«

Er lief die Treppe hinunter und verließ das Gebäude durch den Hinterausgang. Mit einem Klicken fiel die Tür hinter ihm ins Schloss, unspektakulär und endgültig. Jetzt war er ein Niemand in der Nacht, unsichtbar in seiner schwarzen Kapuzenjacke. Im Vorbeigehen sah er vor dem Haupteingang ein dunkles Zivilfahrzeug ohne Blaulicht. Sein Schritt wurde schneller. Auf der Hansastraße näherten sich Scheinwerfer, und als sie fast auf seiner Höhe waren, erkannte er das gelbe Schild eines Taxis. Hannes hielt es an und ließ sich auf den Rücksitz fallen.

»Klinikum Großhadern«, sagte er, ohne nachzudenken. »Notaufnahme.«

Der Taxifahrer wünschte ihm gute Besserung, als er ihn am Ziel herausließ. Hannes sah ihn nur stumpf an und gab kein Trinkgeld. Eine einzige Amsel sang. Morgenkühle empfing ihn, der Himmel war fahl geworden, die Sterne unsichtbar.

Vor dem Krankenhauseingang standen zwei Streifenwagen und ein dunkelblaues Zivilfahrzeug im absoluten Halteverbot. Sie waren schneller gewesen als er. Hannes ging auf die Glastür zu, die Muskeln in seinen Beinen zitterten. Alle Wagentüren gingen gleichzeitig auf.

Helen Finck hatte ein Händchen für Effekte. Zwei Besatzungen, perfekt choreografiert. Die Uniformierten postierten sich ihm gegenüber, Helen Finck blieb im Hintergrund. Obwohl auch sie in dieser Nacht noch nicht geschlafen hatte, sah sie aus wie frisch geduscht.

»Herr Brandl«, sagte sie. »Ich muss Sie bitten, ins Dezernat mitzukommen.«

»Was wollt ihr von mir?« Seine Zunge gehorchte ihm nicht mehr, er lallte wie ein Betrunkener.

»Wir müssen Ihnen noch ein paar Fragen stellen.«

»Dazu müsst ihr mich schon festnehmen.«

Die Uniformierten verbreiterten ihre Formation kaum merklich und Helen Finck sagte: »Ich glaube, Sie haben mich nicht richtig verstanden.«

Die Amsel plärrte immer noch. Die Sonne ging ungerührt auf. Hannes war zweifellos wach, auch wenn sich nichts davon real anfühlte. Er war weit weg von seinem Körper und steuerte das ganze System von einem fernen Cockpit aus.

»Das ist nicht euer Ernst.«

»Händigen Sie mir bitte Ihre Dienstwaffe aus.«

»Die liegt in meinem Büro.«

Helen Finck nickte einem Kollegen zu. Der Beamte trat auf ihn zu und griff ihm grob unter die Jacke. Hannes stieß ihn zurück.

Im nächsten Moment lag er auf dem Boden, das Gesicht

auf dem Asphalt, einen Arm in einem unnatürlichen Winkel vom Körper abgespreizt. Etwas Schweres drückte ihm ins Kreuz.

»Meine Güte, Brandl«, sagte Helen Finck. Aus dem Augenwinkel sah Hannes ihre nagelneuen Sportschuhe. »Ich will Ihnen keine Handschellen anlegen müssen.«

Hände tasteten seinen Körper von oben bis unten ab. »Sauber«, sagte eine Männerstimme hinter ihm. Sein Arm kam frei, der Druck ließ nach. Er rappelte sich auf die Knie. Ein Polizist griff ihm unter den Arm, um ihn hochzuziehen, und er musste seine Abscheu unterdrücken, um ihn nicht abzuschütteln.

»Darf ich jemanden anrufen?«

»Wir sind hier nicht in einem billigen amerikanischen Cop-Thriller. Sie dürfen anrufen, wen Sie wollen.«

»Ich will meine Anwältin sprechen«, sagte Hannes.

Sunny blieb in der Tür des Mannschaftsraums stehen. Sie war nicht allein. Sie kam gerade aus dem Kraftraum, hatte nur Boxershorts und ein Sportbustier an, der Schweiß klebte auf ihrer Haut, aber Milan hätte auch nicht hochgeblickt, wenn sie nackt hereinspaziert wäre. Er saß mit dem Rücken zu ihr am Tisch, ein Video lief, eine Masse von Menschen bewegte sich darauf in einem Rauschen. Erst auf den zweiten Blick erkannte sie, dass sie selbst zu sehen waren. Es war ein Video von der Großdemo. Milan schaute wie besessen nur noch Videos an. Als könne er so herausfinden, was sie falsch gemacht hatten.

»Kann ich auch einen Kaffee haben? Riecht gut.«

»Klar, bedien dich.«

»Was machst du da, Milan?«

»Ich versuche, den Einsatz nachzubearbeiten. Das sind Videos von den Bodycams.«

Sunny beugte sich über seine Schulter. Milan startete ein neues Video. Wieder eine Masse von Leibern und Köpfen, wieder Helme, unter denen Gesichter im Schatten lagen.

»Lass es doch mal gut sein«, sagte Sunny. »Das ist Tage her. Wir haben den Einsatz längst besprochen.«

Milan blickte noch immer nicht auf. Das bewegte Monitorbild spiegelte sich in seinen Augen.

»Schalt die Kiste aus«, sagte Sunny. »Du machst dich verrückt.«

»Geh lieber früh ins Bett«, sagte Milan. »Wird ein Scheißtag morgen.«

Er fixierte das Bild wie hypnotisiert. Als Sunny nach der Maus griff, schlug er ihre Hand weg. Sie setzte sich auf den Schreibtisch, drängte sich zwischen ihn und den Laptop, um ihm die Sicht zu versperren.

»Lass es bleiben«, sagte sie.

Milan fasste sie an den Hüften, um sie wegzuschieben, und zog die Hände zurück, als er ihre nackte Haut unter den Fingern spürte. Sein Blick wurde starr. Sunnys Oberschenkel waren genau in seinem Blickfeld, nur mit kurzen Jersey-Shorts bedeckt. Er konnte die Augen nicht von dem schmalen Spalt zwischen Stoff und Haut abwenden.

Sunny nahm seine Hand und legte sie auf die Innenseite ihrer Schenkel. Er atmete schneller. Sie schob seine Hand höher, unter den Stoff, noch höher, bis zu der Stelle, an der sie den kleinen silbernen Ring trug. Sie beugte sich vor, nahm sein Gesicht in beide Hände und drehte es zu sich. Er sah ihr ins Gesicht. Zum ersten Mal fiel ihr auf, dass er bis jetzt niemandem in die Augen geschaut hatte. Sie kannte nicht einmal seine Augenfarbe, schwarz wie Kohlen.

Der Laptop klirrte gegen die Schreibtischlampe, als Milan sie packte und nach hinten drückte. Er griff unter das Bustier, umfasste ihre winzige Brust, unbeholfen, tat ihr weh. Sie ohrfeigte ihn, stieß ihn weg, zog ihn mit ihrem kräftigen Oberschenkel wieder zu sich. Seine Hände an ihrer Taille zitterten. Sunnys Shorts fielen um ihre Knöchel, während sie an seinem klemmenden Gürtel nestelte. Milan schob ihr die Zunge in den Mund, er schmeckte nach schwarzem Kaffee und seltsam vertraut. Sie spürte seine Erektion unter der Jeans, schaffte es endlich, die Hose zu öffnen, und umfing ihn mit den Fingern. Milan griff in ihre Haare und hielt ihren Blick fest, als suche er etwas in ihren Augen. Sein Gesicht war nur Zentimeter von dem ihren entfernt und doch war er unendlich weit weg. Noch in diesem Augenblick wusste sie, dass er ihr verloren ging, dass sie ihn nicht mehr erreichen konnte in seiner kühlen Schwärze.

Der Griff um Sunnys Hüften wurde schwächer. In ihrer Hand lag ein schlaffes Stück Fleisch. Milan stieß sich von ihr weg und wandte sich ab.

Schnell zog sie die Hose wieder hoch und richtete das Bustier. Milan hatte ihr den Rücken zugekehrt und machte sich an der Kaffeemaschine zu schaffen.

»Kann ich auch einen Kaffee haben?«, fragte sie. »Riecht gut.«

»Klar«, sagte Milan. »Bedien dich.«

Er setzte sich an den Laptop und bewegte die Maus. Das vielstimmige Grölen der Demonstranten drang blechern aus dem Lautsprecher. »Geh lieber früh ins Bett«, sagte er, ohne aufzublicken. »Wird ein Scheißtag morgen.«

Alles an ihr wollte heulen, ihn schütteln, ihn anschreien. Stattdessen machte sie sich einen Kaffee und lehnte sich mit der Tasse an die Theke, wie an so vielen anderen Abenden auch, an denen nichts passiert war.

Zwei

Diesmal vernahmen sie Hannes als Beschuldigten. Im Büro von Helen Finck. Es gab Kaffee, gepolsterte Stühle, und an der Wand hing ein Foto von Finck in Reitstiefeln auf einem Pferd. Nur der Beamte, der mit der Hand an der Waffe vor der Ausgangstür stand, störte die Szene. Staatsanwalt Hencke saß still an der kurzen Seite des Tisches, er machte ein Gesicht, als sei gerade ein Bus an ihm vorbeigefahren, ohne ihn mitzunehmen.

Hannes war froh, Sharon Aboudi an seiner Seite zu haben. Sie war die Tochter eines amerikanischen GIs, hatte mit Hannes studiert und war im Gegensatz zu ihm Spitzenanwältin geworden. Ihrer beeindruckenden Erscheinung nach hätte sie auch Anchorwoman einer amerikanischen Talkshow sein können. Ihre Haare hatte sie zu einem schwarzen, glänzenden Helm geglättet, ihre Oberweite drohte den Blusenknopf wegzusprengen, und der schwere Duft ihres Parfüms überlagerte alle anderen Gerüche im Raum. Niemand hatte Angst neben Sharon Aboudi.

»Sie haben gestern ausgesagt, Sie seien durch den Flur ins Wohnzimmer gegangen«, sagte Helen Finck. »Dort hätten Sie Herrn Ungerer verletzt aufgefunden.«

»Richtig.«

»Was haben Sie auf dem Weg dorthin berührt?«

»Die Türen. Den Verletzten selbst, seine Kleidung, sein Handy. Sonst nichts.«

»Sonst haben Sie keine Gegenstände angefasst?«

»Nicht, dass ich wüsste.«

Helen Finck blätterte mit einem leisen Lächeln des Triumphs in der Akte. »Am Tatort haben wir einen Gegenstand aufgefunden, dessen Form mit den Verletzungen am Kopf des Geschädigten übereinstimmen kann. Daran befinden sich Blut und Haare von Herrn Ungerer. Ist Ihnen ein solcher Gegenstand aufgefallen?«

»Nein.«

»Ihre Fingerabdrücke wurden daran gefunden. Wollen Sie Ihre Aussage vielleicht ändern?«

»Was?« Hannes drehte sich zu seiner Anwältin um. »Was denn für ein Gegenstand?«

»Das legen wir derzeit nicht offen«, sagte Helen Finck.

Hannes versuchte, sich das Zimmer in Erinnerung zu rufen. Was hatte dort herumgelegen? Er hatte sich nur auf seinen blutenden Freund am Boden konzentriert.

Santiago liegt verdreht auf dem Boden. Sein Arm ist in einem unnatürlichen Winkel nach hinten abgeknickt. Die rechte Hälfte seines Schädels ist eine undefinierbare Masse aus Blut und Haaren. Hannes kniet über ihm, legt ihm die Hand auf die Schulter. Ein Zucken läuft durch den Körper, wie von einem elektrischen Schlag. Santiagos Atem geht schneller. Sein rechtes Auge ist zugeschwollen und verkrustet, das linke starrt in die Ferne, blind, in einem Universum aus Schmerz.

»Nicht bewegen«, flüstert Hannes. »Nicht bewegen. Ich bin's.«

Santiago versucht, den Kopf zu drehen. Die Iris des unverletzten Auges zuckt, sucht nach Hannes, kann ihn jedoch nicht orten.

»Ruhig«, sagt Hannes. »Bleib bei mir. Halt jetzt bloß durch.«

Er lässt die Hand auf Santiagos Körper ruhen. Aus der Kopfwunde kommt kein Blut mehr. Die Atemzüge werden kürzer, unregelmäßiger.

Santiagos Lippen bewegen sich. Hannes beugt sich hinunter, aber es kommt kein Laut heraus. Er muss von den Lippen ablesen, was Santiago ihm sagen will.

Immer dasselbe Wort.

»Stiefel …«

Das Augenlid sinkt herunter. Hannes nimmt die kalten Finger in die Hand, knetet sie.

»Santiago, halt durch. Bleib bei mir.«

Die Wimpern zittern über dem letzten Millimeter, das Auge schließt sich.

Durch das Fenster dringt das Heulen von Sirenen.

»Darf ich mich mal mit meiner Anwältin besprechen?«

»Nur zu.« Helen Finck wedelte mit ihren langen Fingern Richtung Tür und diktierte die Unterbrechung, ohne ihn anzuschauen.

Allein mit Sharon Aboudi im Anwaltszimmer sagte Hannes: »Ich habe keine Ahnung, wovon die reden.«

»*Darling*, natürlich sind deine Fingerabdrücke in der Wohnung. Du hast Erste Hilfe geleistet. Was hast du alles angefasst?«

Im Geiste ging Hannes noch einmal die Räume durch. Die Haustür. Die Diele. Die angelehnte Wohnungstür, er hatte sie mit dem Arm aufgeschoben. Sein Polizisteninstinkt hatte sich unbewusst eingeklinkt, er hatte nichts berührt.

»Ich weiß es nicht.« Er wurde laut. »Ich weiß es nicht!«

»Nicht durchdrehen, *love*«, sagte Sharon. »Deine Kollegen

haben Informationen, die wir nicht haben und auch nicht bekommen. So lange das so ist, hältst du den Mund und lässt Sharon Aboudi machen. Jetzt setzt du dich wieder hin und gibst mir eine Erklärung dafür, warum deine Fingerabdrücke in Santiagos Wohnung am Tatwerkzeug sind. Und sie muss *fucking awesome* sein.«

»Vertraust du mir?«

Sharon legte ihm ihre Pranke auf den Arm. »Mein Vertrauen ist das Teuerste, das du kriegen kannst. Damit musst du zufrieden sein.«

»Du musst noch was für mich tun. Geh bitte zu Hauptkommissar Waechter vom Kommissariat elf. Vor zwei Tagen habe ich ein Handy zur Kriminaltechnik gebracht, das ich von einer Zeugin bekommen habe. Es ist alles ordentlich dokumentiert, Waechter müsste darauf Zugriff haben. Es besteht die Chance, dass auf dem Handy Fotos sind, die mit der Soko Osterwald zu tun haben. Waechter soll dem LKA Dampf machen und die Fotos und die Daten abrufen.«

Sharon machte sich eine Notiz im Handy. »Wird erledigt.«

»Noch was: Die Zeugin braucht das Handy zurück, außerdem Ausdrucke der Fotos. Es sind Erinnerungen an ihre verstorbene Tochter.«

»Was hat das alles mit Santiago Ungerer zu tun, *darling?*«

»Nichts«, sagte Hannes. »Oder alles.«

Waechter telefonierte sich im Besprechungsraum das Ohr wund, in dem Aberglauben, dass ihn niemand suspendieren konnte, wenn er die Leitung nicht frei machte. Keine Neuigkeiten von Hannes. Am Nachmittag stand der Haftprüfungstermin an, bei dem Hannes voraussichtlich nach Hause geschickt werden würde, aber die Vorwürfe waren damit nicht vom Tisch. Elli und der Hüter des Schweigens arbeiteten verbissen neben ihm her oder taten zumindest so. Der schweigsame Kollege stand vor der Großaufnahme von Leos Gesicht mit den Ameisenaugen und sah aus wie in einen stillen Dialog versunken. Auf dem Tisch lag eine Tüte mit Tankstellenbrezen.

»Wir sollten jetzt als Kollegen zusammenhalten«, sagte Elli.

»Was wir alles sollten.« Waechter nahm eine trockene Breze aus der Tüte, roch daran und warf sie zurück. Dass der Tag einmal kommen sollte, an dem er keinen Appetit hatte.

»Wie geht's Hannes jetzt?«, fragte Elli.

»Bin ich für ihn verantwortlich?«

»Bist du nicht für ihn verantwortlich?« Eine untypische Schärfe kroch in ihre Stimme. »Immerhin bist du unser Vorgesetzter.« Sie stand auf und machte energisch die Tür zum Gang zu. »Hannes war's nicht. Da bin ich mir sicher. Wie sollen wir noch Polizisten sein, wenn wir uns da nicht mehr sicher sein können?«

Der Hüter des Schweigens drehte sich um, griff nach ihrer Hand und drückte sie.

»Michael?«, fragte Elli.

Waechter schaute aus dem Fenster.

»Michael?«

Er kannte Hannes besser als alle anderen. Hatte schon die nackte, weiß glühende Wut in seinem Gesicht gesehen. Wusste, dass seine erste Ehe an einem Gewaltausbruch gescheitert war. Er konnte sich Hannes mit einem Bolzenschneider in der Hand vorstellen, wie er immer und immer wieder zuschlug. Das Bild bereitete ihm keine Mühe.

»Was ist, Michael?« In Ellis Stimme lag ein Flehen.

Er stand auf und strich sein Jackett glatt. »Ich schiebe noch ungefähr fünfeinhalb Jahre Resturlaub vor mir her. Bevor mich jemand suspendiert, werde ich die nehmen.«

»Bevor du hier irgendwas hinschmeißt, machen wir zwei einen Ausflug«, sagte Elli.

»Was hast du vor?«, fragte Waechter.

»Etwas, das wir längst hätten tun sollen«, antwortete Elli und stand auf. »Wir fragen Leo Thalhammer selbst.«

Zu seiner Überraschung steuerte Elli das Landeskriminalamt an, wo sie Waechter zielsicher in den Keller und durch mehrere düster beleuchtete Gänge führte, bis ein Schild die »Raumschießanlage« ankündigte. Unterwegs erklärte sie ihm ihren Plan. Mit jeder Feuerschutztür, die sie durchschritten, gefiel er ihm besser.

Der diensthabende Beamte hatte sich schon in Telekom-Shirt und Radlerhose geworfen und packte gerade isotonische Drinks in seinen Rucksack. »Ihr habt's aber keinen Termin«, sagte er zu Waechter und Elli. »Oder hab ich was durcheinandergebracht?«

»Kein Termin«, bestätigte Waechter. »Wir bräuchten mal kurz die Schießanlage, wenn's geht.«

»Vergesst es, ich hab Schichtende und muss hier alles runterfahren.« Der Beamte drehte sich zu den Bildschirmen um und drückte einige Knöpfe am Regiepult. In dem engen Vorraum roch es nach Maschinenöl, hier drinnen war es unvorstellbar, dass draußen die Sonne schien.

»Wir versprechen, dass wir nicht lange brauchen«, sagte Elli.

»Ich darf euch gar nicht reinlassen. Außerdem muss ich los, die Frau wollt zur Kugler-Alm radeln.«

»Die Kugler-Alm steht eine halbe Stunde später auch noch. Wir müssen was nachstellen, ist wegen der Soko Osterwald. Jetzt komm«, sagte Waechter.

»Die Frau bringt mich um.«

»Dafür gibt's ja die Mordkommission. Tragl Bier?«

Der Kollege drehte sich mit dem Stuhl herum. »Du machst mal wieder Angebote, die ich nicht ablehnen kann. Ihr schickt's euch, gell?«

»Kannst du uns Licht und Klima noch kleiner machen?«

»Klima runterdrehen? Der Raum war den ganzen Tag voll, da drin stinkt's wie im Katzenpuff.« Der Trainer bediente einen Regler, und das Brausen der Klimaanlage wurde leiser. Die Bildschirme am Ende des Raums erloschen, nur noch ein paar vereinzelte Neonröhren tauchten die Anlage in Dämmerlicht. »Jetzt würd's mich aber schon mal interessieren, was ihr da veranstaltet. Schwarze Messen?«

»So ähnlich.« Waechter schob Elli in den abgedunkelten Raum. Er zog das Jackett aus und öffnete die obersten Hemdknöpfe. Katzenpuff war für den Gestank hier unten gar kein Ausdruck. Ruß lag in der Luft.

Waechter stellte sich in der Mitte des Raums auf und positionierte Elli mit Handzeichen zwei Meter von ihm entfernt. »Ich bin jetzt der Täter«, sagte er. »Und du bist das Opfer.«

»Menno, warum muss ich das Opfer sein. Warum nicht der Täter?«

»Wir spielen hier nicht Vater-Mutter-Kind.« Waechter

reichte ihr eine Pistole in der Größe einer Baby Glock. »Verborgen tragen.«

Sie zwängte die Waffe in den Hosenbund ihrer Röhrenjeans. »Gut, dass die nicht geladen ist. Sonst hätte ich Angst, mir die Mimi wegzuschießen.« Sie trat ein paar Schritte zurück und klatschte in die Hände. »Was passiert jetzt? Oh …«

Sie blickte in den Lauf einer Pistole. Waechter zielte mit der P7 auf sie, genau auf ihre Stirn. »Das ist deine Dienstwaffe. Hast du nicht gemerkt, dass ich sie dir aus dem Holster gezogen habe?«

»Äh … nein.«

»Weil ich darin geübt bin. Ich habe die Bewegung trainiert.« Er dachte an das unwürdige Geballer bei seinem letzten Einsatztraining. An den stechenden Schmerz in seinem Arm. »Unzählige Male trainiert. Ich kenne die Waffe, ich kenne das Holster.«

»Scheiße«, flüsterte Elli. »Ich hatte ja keine Ahnung, wie sich das anfühlt, in so ein Ding reinzuschauen.«

»Ich schon«, sagte Waechter. »Und, was machst du jetzt?«

»Natürlich mit dir reden.«

»Leg los.«

Elli hob die Hände. »Ähm … ähm … scheiße, Mann ey!«

»Peng«, sagte Waechter, ohne die Position des Laufs zu verändern.

»Ich kann das nicht auf Befehl.«

»Im Ernstfall musst du es auch können.«

»Okay.« Elli tänzelte wie ein Boxer. »Ein Leben weg, eine Waffe weg. Level noch mal von vorn. Was willst du von mir?«

»Dich töten.«

»Das willst du nicht. Dann hättest du mich in den Hinterkopf geschossen, nachdem du mir die Waffe geklaut hast. Was soll ich machen? Was kann ich dir geben?«

Elli hatte recht. Der Mörder hätte Gelegenheit gehabt, sofort zu schießen. Aber er hatte gewartet, bis Leo sich in Todesangst auf den Beifahrersitz geworfen hatte. Bis er ihm in die Augen geschaut hatte. Leo musste reagiert haben, noch etwas gesagt haben. Was würde Waechter für Leos letzte Worte geben.

Mit unvermittelter Klarheit wusste er, was der Täter gewollt hatte.

»Angst«, sagte er. »Ich will die Todesangst in deinen Augen sehen. Ich will, dass du dir in die Hosen scheißt. Will Macht über dich haben. Ich fühle mich grandios. So lange Zeit habe ich dir nachgestellt, und jetzt hab ich dich endlich hier. Ich kann dich tanzen lassen.« Es ging um Macht. Am Ende ging es immer um Macht.

»Was willst du von mir?«, fragte Elli. »Was soll ich tun?«

Hinter seiner klaren Vision war ein Abgrund. Es gab nichts mehr zu wollen. »Du kannst nichts tun«, sagte er. »Es ist das Ende der Dinge.«

Er zielte immer noch mit der Pistole zwischen Ellis Augen, aber sie lächelte. Als hätte sie Spaß. »Was willst du?«, wiederholte sie.

»Dass dieser Albtraum endlich aufhört.«

Dass wir uns gegenseitig bespitzeln. Dass wir gute Leute verhaften, dass wir niemandem mehr vertrauen können.

Nicht einmal dieser Frau, die vor ihm stand und die Hände lässig auf den Hüften ruhen ließ wie ein Cowgirl.

»Was würdest du machen …?« Er umklammerte den Griff fester. »Was würdest du machen, wenn verhandeln nicht mehr hilft? Wenn ich jede Sekunde eine größere Stinkwut kriege?« Er wurde laut, seine Stimme gellte durch die Halle. »Wenn ich nimmer mag?«

»Gut so. Du schüttest mir dein Herz aus, ich baue eine Beziehung zu dir auf. Damit bin ich keine Unbekannte mehr für dich«, sagte Elli. »Was willst du?«

»Ich will, dass du auch mal in einen solchen Lauf schaust. Dass du dich fühlst, wie … wie …« Er stand kurz davor. Nur noch durch einen dünnen Schleier von der Lösung getrennt. »Bettel um dein Leben. Los.«

»Den Gefallen tu ich dir nicht.« Elli hatte die Baby Glock in der Hand, er hatte sie nicht ziehen sehen, so schnell war sie. Lucky Elli. Das Loch des Laufs starrte ihn an wie eine leere Augenhöhle. »Und jetzt?«

Waechter drückte ab.

Ein blecherner Schuss hallte von den Wänden wider.

Elli kniff kurz die Augen zusammen, öffnete sie und sagte: »Peng.«

Waechter ließ die Laserpistole sinken. »So könnt's gewesen sein, oder?«

»Wenn's so war, dann suchen wir einen Menschen, der noch eine Rechnung mit Thalhammer offen hatte.«

Er klopfte ihr auf die Schulter und folgte ihr in den Regieraum. Obwohl die verbrauchte Kellerluft hier ebenfalls stand, atmete er tief durch.

»Wenn ich … wenn Leo die zweite Pistole nicht gehabt hätte, wäre er noch am Leben, oder?«, sagte Elli. »Wer eine Waffe führt, muss damit rechnen, dass sie abgefeuert wird.«

Der Beamte blickte hoch. »Ihr seid's so weit?«

»Du kannst in die Sonne radeln«, sagte Waechter. Draußen war noch immer schönes Wetter. Auf jeden Fall vermutete er das.

Zurück in seinem Büro, riss er alle Fenster auf und warf seine persönlichen Gegenstände in die Aktentasche. Wer wusste schon, ob er als Vorgesetzter von Hannes zwangsbeurlaubt wurde. Immer wieder klingelte ein Handy in einem der Nachbarbüros.

»Geh endlich ran, du Depp«, murmelte er. »Das ist der Sinn von Handys. Dass man rangeht.« Es gab ja immer wieder mal Kollegen, die man so gut wie nie erreichte. Bei denen ständig der Akku leer war oder die im Funkloch waren oder …

Er hob den Kopf und lauschte. Das Klingeln kam aus dem Nebenzimmer. Aus dem Büro von Hannes.

Waechter ging hinüber und drückte die Tür auf. Auf dem leeren Schreibtisch lagen immer noch der Polizeiausweis und das Diensthandy, das empört leuchtend über den Tisch tanzte. Er schlug mit der Hand darauf, und es gab Ruhe wie ein erschlagenes Insekt. Dann studierte er das Display.

Entgangene Anrufe: Lily (9)

Das Handy prustete und spuckte eine SMS aus.

»Wo bleibst du, Dad? Sitze seit 1 Stunde im Kubitschek. Wenn du jetzt nicht kommst, brauchst du gar nicht mehr kommen. Never ever. Fck u.«

Waechter steckte das Handy in die Tasche und sprintete Richtung Tiefgarage.

An der nächsten roten Ampel tippte er: »*Bleib, wo du bist.*« Ohne Unterschrift.

Waechter hielt vor dem Café in einer Feuerwehreinfahrt

und ließ das Blaulicht laufen. Die Tische an der Straße waren alle mit Fremden besetzt. Er schob die Tür zum Innenraum auf. Über der Bar lief ein Fernseher, Lokalnachrichten. Ein Kellner putzte gelangweilt die Espressomaschine.

Lily schaute zum Bildschirm hoch, unter ihrem ausrasierten Nacken stand Wirbel für Wirbel hervor. Das Trägertop schlotterte um ihre Schulterblätter. Im Fernsehen lief eine endlose Kette von Börsenkursen unter den Lokalnachrichten. Ein Mann stieg gerade aus einem Streifenwagen, flankiert von zwei Uniformierten. Er hatte die Kapuze seines Hoodies über den Kopf gezogen und hielt die Hände vors Gesicht. Aber welches Mädchen erkannte den eigenen Vater nicht? Selbst in Handschellen?

»Komm, Deandl.« Waechter legte den Arm um Lilys Schulter und wollte sie mit sich ziehen. Sie blieb stehen wie ein Stein und starrte immer noch nach oben. Das Bild hatte längst gewechselt, eine Wetterkarte wurde eingeblendet. Dreimal Sonne.

»Komm.« Er zog stärker, sie wurde weich in seinem Arm und folgte ihm. »Ich fahr dich zu deiner Mama. Wo du hingehörst.«

Elli kam ins Büro des Hüters des Schweigens und war überrascht, dort eine Kollegin aus der IT-Abteilung vorzufinden. Sie hatte rote Haare, trug Doc Martens unter dem Minirock, und der Hüter des Schweigens sah verliebt aus.

»Was macht ihr da?«, fragte Elli.

»Ihr Kollege will wissen, welche Computerarbeitsplätze sich für die Daten von Jakob Ungerer interessiert haben«, sagte die Frau. »Für mich sind das nur zwei Mausklicks.«

Der Hüter des Schweigens wandte den Blick nicht vom Monitor. Er war mit etwas beschäftigt, was er U-Boot-Ermittlung nannte. Helen Finck hatte angekündigt, die Internen Ermittlungen würden auf die Mordkommission zurückkommen, wenn sie Fragen im Fall Jakob Ungerer hätten. Aber er konnte die Fragen ja schon beantworten, bevor sie auftauchten.

»Wir sind erst mal die Social-Media-Accounts von Ungerer durchgegangen«, sagte die IT-lerin, als wäre sie bereits Hauptkommissarin bei der Mordkommission. »Er hat auch nach der Demo noch fleißig unter dem Hashtag *#blockupyschwabing* getwittert.« Sie hatte ein paar Tweets zusammengetragen.

Santiago *@scheissediebullen – 25. Aug.*
sichte videos von #blockupyschwabing.
alle videos zu mir per dm.

Santiago *@scheissediebullen – 26. Aug.*
keine videos von gesichtern ins netz.
schickt sie per dm für prozessbeobachtung.
#blockupyschwabing

Santiago *@scheissediebullen – 26. Aug.*
videoabend. interessant, wo sich die
cops so rumtreiben.
#blockupyschwabing

»Hm.« Elli rieb sich das Kinn. »Möglicherweise hat sich noch jemand für die Videos interessiert. Das Videomaterial wäre doch Gold für uns. Wer Ungerer nicht kannte, musste nur herausfinden, wer sich hinter ›Santiago‹ verbirgt.«

»Er könnte die üblichen Verdächtigen im Kriminalaktennachweis durchgehen, nach Delikten sortiert. Wir können erkennen, welche Sachbearbeiter welche Akte aus dem Kriminalregister KAN betrachtet haben. Und wie lange sie darin verweilt haben«, sagte die junge Frau von der IT.

Der Hüter des Schweigens warf ihr einen anbetenden Blick zu. Wenn man bedachte, dass sich der Kollege vor zwei Jahren noch geweigert hatte, seine elektrische Schreibmaschine abzugeben, war er ein echter Computerfreak geworden.

Der Bildschirm füllte sich mit Buchstaben. Etliche Kollegen hatten sich für den Datensatz von Jakob »Santiago« Ungerer interessiert. Elli war nicht überrascht, den Staatsschutz vorzufinden, außerdem das Rauschgiftdezernat. Doch sie interessierte sich nur für die neueren Zugriffe. Ihre eigene Abteilung hatte Jakob Ungerer mehrmals aufgerufen. Und eine Abteilung, die sie bisher überhaupt nicht auf dem Schirm gehabt hatte.

Sie hielt das Blatt der IT-Frau vor die Nase. »Können Sie die elektronischen Bewegungen dieses Sachbearbeiters hier abrufen? Welche Akten hat er eingesehen, wofür hat er sich besonders interessiert?«

»Natürlich.« Die Kollegin setzte sich an den Computer des Hüters und fing an zu tippen.

Elli beugte sich über den Monitor.

»Da war aber jemand neugierig«, sagte sie. Von einem Polizeicomputer aus waren systematisch diverse KAN-Dateien von Beteiligten der Ermittlung durchsucht worden. Bei Jakob Ungerer hatte der Suchende verharrt. Und die Datei heruntergeladen. »Können Sie mir das ausdrucken?«

Mit dem Blatt in der Hand ging Elli nachdenklich in ihr Büro. »Was zum Teufel haben diese Kameraden in der Ermittlung zu suchen?«, sagte sie halblaut. Das Datenblatt ließ keinen Zweifel offen. Die Anfrage über Jakob Ungerer ging zurück auf einen Computer im Unterstützungskommando München.

Patrick Bauer, dachte sie. Bauer war die Verbindung zu Leo Thalhammer. Er war auf der Demo im Einsatz gewesen, bei der Jakob Ungerer festgenommen wurde. Bei dem jungen Polizisten liefen alle Fäden zusammen.

Aber Patrick Bauer saß in der forensischen Psychiatrie und wartete auf eine Anklage, für welches Delikt auch immer. Der Zugriff auf Jakob Ungerers Daten war erfolgt, nachdem sie Bauer aus dem Verkehr gezogen hatten.

Wer dann? Sunny Benkow? Die immer wieder Teil der Ermittlung gewesen war, die viel geredet und doch nichts preisgegeben hatte? Hatte sie Patrick Bauer schützen wollen? Oder irgendjemand anderen? Oder hatte sie sich selbst für Ungerer interessiert? Die Spezialpolizistin und Langstreckenläuferin konnte ohne Weiteres einem Mann mit einem Schlag den Schädel zertrümmern. Nur warum?

Elli setzte sich an den Computer und schickte das Ergebnis der Auswertung an Waechter, Die Chefin und vorsichtshalber auch noch an ihre private Mailadresse, damit es auf keinen Fall verloren ging. Keine Ahnung, wem man überhaupt noch trauen durfte.

Sharon hatte Hannes heimgefahren, und nun stand er mit einer speckigen Sporttasche vor der Tür. Drinnen war alles still. Es dämmerte schon, im Küchenfenster brannte Licht.

Er griff in die Jackentasche, aber die Schlüssel waren nicht am gewohnten Platz, und er konnte sich nicht erinnern, wo er die Tüte mit den Wertsachen hingesteckt hatte. Also musste er an seinem eigenen Haus klingeln.

Schnelle Schritte näherten sich, die Tür wurde aufgerissen, und Rasmus wirbelte schon wieder durch die Diele davon. »Der Papa!«, rief er, bevor er die Treppe hinaufpolterte. Als wäre Hannes nur mal eben im Baumarkt gewesen.

Jonna saß am Küchentisch und wartete auf ihn. Vielleicht hatte sie die ganze Zeit da gesessen.

»Sie haben das Haus durchsucht«, sagte sie, ohne ihn anzusehen. Hannes hatte sie selten wütend erlebt.

»Ich weiß«, sagte er. Hoffentlich waren sie nicht im Tischlerschuppen gewesen.

»Was haben sie denn gesucht?«, fragte Jonna.

»Keine Ahnung.« Hannes zuckte mit den Schultern.

Jonna griff in den Stoff ihres Schwangerschaftsgurtes, zog ein schwarzes Notizbuch mit Kunstlederhülle hervor und hielt es hoch. »Nicht zufällig das hier?«

»Wo hast du das gefunden?« Hannes riss es ihr aus der Hand.

»Es lag im Garten. Nachdem du dich mit deinem Freund geprügelt hast. Deine Kollegen waren so anständig, einer Schwangeren nicht in die Bauchbinde zu greifen.« Sie hielt seinen Blick fest. »Was ist das?«

»Lange Geschichte.« Hannes machte ein paar Schritte rückwärts, bis er an den Türrahmen stieß, drehte sich um und flüchtete.

Brandl, Johannes
Oktober

2 DM

Zwei Mark Monatsbeitrag für die Mitgliedschaft in einer Partei, die vom Verfassungsschutz beobachtet wurde. Der Beweis, dass er bei der Aufnahme in den Staatsdienst gelogen hatte. Ganz egal, was heute noch passierte, zuerst musste das Buch weg. Unten im Obstgarten stand noch der Feuerkorb, bis zum Rand gefüllt mit Scheiten.

»Hannes?«

»Ich muss noch was erledigen.«

Schon als er die Tür hinter sich zuwarf, war ihm klar, dass er sich nicht immer umdrehen und abhauen konnte. Aber es kostete so viel Kraft, stehen zu bleiben, jemandem in die Augen zu schauen und seine Seele zu öffnen. Hannes erinnerte sich daran, was Vossius gesagt hatte, der Psychologe mit dem Gesicht eines missgünstigen Fischs. Dem anderen ein Geschenk machen. Wenn man etwas verschenkte, verlor man zugleich selbst etwas.

Hannes trat an den Feuerkorb, riss ein paar Seiten aus Santiagos Buch, zerknüllte sie und legte sie zwischen das Holz. Sie nahmen die Flamme des Feuerzeugs sofort an. Seite für Seite riss Hannes aus dem schwarzen Büchlein und warf sie ins Feuer. Die trockenen Scheite im Korb knackten, kühler Wind war aufgekommen, fachte sie immer neu an. Glutfäden kräuselten sich um die Papierbälle, fraßen sich in die krakelige Handschrift von Santiago, bevor sie das Papier zu schwarzen Klumpen verschmorten. Fetzen sausten in die Höhe wie Feuerwerkskörper und zerfielen in Funkenregen. Vorbei, vorbei, vorbei. Es fühlte sich schrecklich an. Und friedlich.

Hinter ihm knackten Zweige. Jonna stand zwischen den

Bäumen, aus dem Nichts aufgetaucht wie ein Fuchs in der Nacht.

»Was machst du da?«

»Ich nehme Abschied von meiner Jugend.«

»Du musst ganz schön sauer auf deine Jugend sein.«

»Wie gesagt, ist 'ne lange Geschichte.« Das Buch war leer. Als Letztes warf Hannes die Kunstlederhülle ins Feuer. Sie schmolz zu einem stinkenden Klumpen zusammen. Dann war das Buch verschwunden, als wäre es nie da gewesen.

Er drehte sich um. Jonna hatte sich in eine Strickjacke gewickelt, die über ihrem Kugelbauch nicht mehr zuging, so sehr sie auch am Stoff zerrte.

»Soll ich sie dir erzählen?«

Jonna nickte und hielt ihm die Hand hin. Hannes ließ sich von ihr ins Haus ziehen.

Obwohl es schon zehn war, kochte Waechter sich noch einen Kaffee. Das Röcheln der Kaffeemaschine und die Abenddämmerung sorgten für eine eigentümliche Morgenstimmung, als sei der Tag noch unverbraucht. An solchen Höllentagen kam der ganze Ablauf durcheinander. Ermittlungs-Jetlag. Das Telefon bewies auch keinen Rhythmus, es klingelte.

»Waechter?«

»Beck hier, von der Rechtsmedizin. Ich wollte fragen, ob Sie noch eine Weile da sind.«

»Auf d'Nacht erledige ich immer den Papierkram, weil das Telefon dann nicht so oft läutet.«

»Botschaft angekommen, Herr Kommissar. Kann ich kurz bei Ihnen vorbeischauen? Es geht um den Fall Ungerer.«

Jetzt wäre der richtige Zeitpunkt gewesen, Beck mitzuteilen, dass Waechter gar nicht im Fall Ungerer ermitteln durfte. Aber es war zugleich ein guter Zeitpunkt, um den Zeitpunkt verstreichen zu lassen.

»Ich hab eh grad Kaffee gemacht.«

»Himmlisch.« Becks Stimme klang fröhlich. Er liebte seinen Beruf, seine Toten und den Kaffee anderer Leute.

Eine halbe Stunde später saß der junge Arzt in Waechters Büro und hatte sogar Brezen mitgebracht. »Ich hatte Gelegenheit, noch mal bei Herrn Ungerer im Krankenhaus vorbeizuschauen«, sagte er, und strich Butter auf ein Stück Breze. »Er ist ein bisschen stabiler, die Schwellungen gehen langsam zurück.«

»Wird er wieder aufwachen?«, fragte Waechter.

»Man weiß es nicht. Es ist noch zu früh für ein aussagekräftiges EEG. Die Ärzte wissen nicht, wie viel noch da ist von … na ja, von Jakob Ungerer. Aber warum ich hergekommen bin …« Er trank einen großen Schluck von Waechters Nachtschichtkaffee und seufzte beglückt. »Bei einem Verbandswechsel haben mir die Ärzte erlaubt, die Verletzungen genauer zu untersuchen. Bisher ging das ja nicht, die Kollegen haben um Leben und Tod gekämpft. Ich durfte zumindest die äußeren Verletzungen vermessen und dokumentieren. Als ich das Ganze mit meinen Daten verglichen habe, ist mir etwas aufgefallen.« Beck legte die Breze beiseite und zog ein Tablet aus der Tasche. Der Bildschirm füllte sich mit Mustern in Lila und Rosa, Waechter beugte sich über Becks Schulter, konnte jedoch nichts erkennen.

»Die Blutergüsse des Verletzten auf der Schulter und an der Schläfe stimmen nicht mit der angeblichen Tatwaffe überein. Der Bolzenschneider ist deutlich schmaler als die Blutergüsse und die Schädelverletzung.«

Nun erkannte auch Waechter, dass die Fotos Wunden zeigten, in Nahaufnahme.

»Wenn ich rein von den äußerlichen Verletzungen ausgehe, würde ich sagen, sie stammen von einem stumpfen, länglichen Gegenstand, dreiundzwanzig bis achtundzwanzig Millimeter Durchmesser, gerade. Ein Stock. Wie ein Besenstiel. Auf keinen Fall die schmale Metallklinge eines Bolzenschneiders.«

»Was könnte es denn sonst noch sein?«, fragte Waechter.

»Bringen Sie mir einen Gegenstand, und ich sage Ihnen, ob er passt.« Beck grinste spitzbübisch.

Waechter ging im Büro hin und her. Ein Stock, länglich. Dick wie ein Besenstiel, ohne scharfe Kanten. Was hatte der Verletzte noch mal gesagt? Was hatte Hannes ihm erzählt, bevor das LKA die Ermittlung und damit das Vernehmungsprotokoll übernommen hatte?

Stiefel.

Ungerer musste die Füße des Angreifers gesehen haben, als er auf dem Boden lag. Schuhe direkt vor seinen Augen. Waren es auffällige Stiefel gewesen?

»Sekunde bitte«, sagte Waechter zu Beck und rief das alte Vernehmungsprotokoll von Ungerer auf. Gott sei Dank hatte er darauf Zugriff. Noch. Bevor ihm alles durch die Finger rann.

Bei der Demonstration in der Nacht von Leos Tod hatte Ungerer angegeben, er sei gewaltsam zu Boden geworfen und misshandelt worden. Ein Polizist hatte ihm angeblich seinen Stiefel in den Nacken gestellt. Ein USK-Polizist.

GSG-9-Stiefel.

Ein Mann, der GSG-9-Stiefel trug. Der zum Polizeiapparat gehörte. Der einen Tonfa im Rucksack hatte, den speziellen Schlagstock mit dem seitlichen Griff, der im Schwung eine tödliche Geschwindigkeit erreichte.

»Darf ich Ihnen mal was zeigen?«

Ohne die Antwort abzuwarten, knöpfte Waechter sein Hemd auf. In Becks Gesicht machte sich Überforderung breit. Waechter zog den Ärmel auf einer Seite herunter und hielt seinem Gegenüber den Oberarm hin.

Beck pfiff durch die Zähne. »Das sieht böse aus. Hat sich das mal ein Arzt angeschaut?«

»Sie sind doch gerade dabei.«

»Darf ich?« Beck nahm sein Tablet und machte Fotos. Mit Blitz und ohne, Nahaufnahmen. Aus der Hemdtasche holte er ein Maßband und vermaß die Blutergüsse auf Waechters Arm. Ähnliche Flecken hatte Waechter auf dem Oberschenkel, aber er wollte vor Beck nicht auch noch die Hose runterlassen.

»Wo haben Sie das her?«, fragte der Arzt.

»War zur falschen Zeit am falschen Ort. Kann das die gleiche Waffe sein?«

»Möglich.«

»Können Sie es rauskriegen?«

»Wenn Sie mir den Gegenstand liefern, der das verursacht hat.«

Waechter rief eine Seite auf und drehte den Monitor zu Beck um. Das Bild eines Mehrzweckeinsatzstocks erschien. Tonfa. »Lassen Sie sich einen davon geben.«

»Bis wann brauchen Sie das Ergebnis?«

Das mochte Waechter an Beck. Er sagte nie *vielleicht*. »Gestern wäre optimal.«

Waechter knöpfte das Hemd zu. »Ich weiß, es ist spät«, sagte er zu Beck. »Aber könnten Sie das, was wir gerade besprochen haben, noch heute in einem Bericht zusammenfassen und an Helen Finck vom LKA schicken?«

»An die Internen Ermittlungen?«

»Und in Blindkopie an mich«, sagte Waechter.

Beck blies Luft durch die Lippen und überlegte kurz. Waechter erwartete, dass er die Frage stellte, ob er die Ergebnisse Waechter überhaupt geben dürfe. Aber er fragte nicht, sondern nickte nur, und in seinem Lächeln lag etwas Verschwörerisches.

»Danke«, sagte Waechter. »Sie waren bei Ungerer. Was sagt ihr Instinkt? Ist er über den Berg?«

»Der Chefarzt sagt, er hat noch selten jemanden erlebt, der so hartnäckig am Leben hängt«, sagte Beck. »Ungerer wird es schaffen.«

Waechter stieß erleichtert die Luft aus. Die Nacht war mit einem Mal nicht mehr so dunkel. Hoffentlich waren die Internen so gescheit und machten aus Becks Informationen das Richtige. »Ich habe das Gefühl, dass der Angriff auf Santiago Ungerer mit der Soko Osterwald zusammenhängt. Dass in beiden Fällen ein Kollege verwickelt ist. Und das gefällt mir gar nicht.«

Elli hatte sich gerade mit Rotwein, Nachos und dem Fernseher auf dem Bettsofa eingerichtet, als ihre Mitbewohnerin anklopfte.

»Da steht ein Typ für dich vor der Tür.«

»Wer ist es denn?«, rief Elli.

»Keine Ahnung.«

»Wie sieht er aus?«

»Gut«, sagte Nina. »Wenn du ihn nicht willst, nehme ich ihn.«

Es musste Jonas sein. Alles würde ihm leidtun, er würde bereit sein, sich zu ändern, seine ganzen Gerichtsakten in der Badewanne verbrennen und nach vorne schauen, da er nicht ohne sie leben konnte. In Serien auf Netflix lief das auf jeden Fall so.

Sie trug ein ausrangiertes Trainingsshirt von den *Ju-Jutsu-Tigers SV Kümmersbruck* und eine Einhorn-Jogginghose, auf die hintenrum jede Menge Einhörner drauf passten. Und wenn schon. Sie machte die Zimmertür auf. Nina ließ den Besucher in den Flur.

»Ach, du bist's nur«, sagte Elli.

»Ja«, sagte Hannes. »Nur ich.«

»Na, dann komm«, sagte Elli und ging voraus in ihr Zimmer.

»Coole Hose. Jede Menge Einhörner.«

»Fick dich, Brandl. Rotwein?«

»Was fragst du überhaupt.« Hannes stellte sich ans offene Fenster und zündete eine Zigarette an. Außer Ellis Bettsofa gab es keine Sitzgelegenheiten.

Elli schenkte ein zweites Glas Rotwein gut voll und reichte es ihm. »Du solltest nicht hier sein.«

»Ich weiß.« Er schaute nach draußen. Noch immer strömten Menschen die Landwehrstraße entlang. Ein Laden bot Abendkleider mit oscarverdächtigem Glitzer an, ein Gemüsehändler zog seine Stände in den Laden, vor einer Dönerbude drängte sich eine Traube Menschen unter einem Schild mit arabischen Schriftzeichen.

Elli öffnete eine goldene Schachtel und bot sie ihm an. »Nimm eins.« Baklava mit leuchtend grünen Pistazien, die süßen Duft verströmten.

»Die sind gut. Danke.«

»Ein paar Häuser weiter gibt es einen damaszenischen Zuckerbäcker. Was glaubst du, warum ich so ausschaue, wie ich ausschaue?« Sie plumpste aufs Bett und starrte auf das Standbild im Fernseher. »Was willst du?«

»Ich muss wissen, wie ihr zu mir steht.«

Elli musterte ihn eingehend, versuchte in seinem Blick zu lesen. Ob er ehrlich war oder ob er sie manipulierte. Hannes konnte andere manipulieren, er konnte lügen, er konnte sich aus Dingen herauswinden. In all den Jahren hatte sie ein Bauchgefühl dafür entwickelt, wann er versuchte, sie um den Finger zu wickeln.

»Ich glaub nicht, dass du's warst«, sagte sie.

»Der Hüter des Schweigens?«

»Der glaubt an dich. Der ist zu gut für diese Welt.«

Hannes machte eine Pause, bevor er fragte: »Waechter?«

»Der will Urlaub nehmen.«

»Ach du Scheiße.« Hannes ließ die Zigarette aus dem Fenster fallen und setzte sich zu ihr aufs Sofa. »Er nimmt nie Urlaub.«

»Weiß Waechter etwas über dich, das wir nicht wissen?«

»Sagen wir's mal so. Er kennt mich recht gut.« Hannes trank einen großen Schluck Rotwein. Sofort rötete sich sein Gesicht vom Alkohol.

»Wenn ich an dir zweifeln würde, würde ich es dir nicht

auf die Nase binden, solange wir alleine in einem Raum sind. Großer Anfängerfehler von Frauen.« Obwohl sie keine gewöhnliche Frau war. Im Kampfsport hatte sie ihn noch jedes Mal besiegt.

»Ich würde es mir zutrauen, jemandem den Schädel einzuschlagen. Ich bin gut im Ausrasten. So viel habe ich mittlerweile begriffen. Keine Ahnung, wozu ich noch fähig bin.«

Er leerte sein Glas, und Elli schenkte nach. Es gab Taxis.

»Aber … wenn ich so was machen würde, dann würde ich verdammt noch mal dazu stehen. Dann würde ich die Kollegen rufen, ihnen die Hände hinhalten und sagen: ›Ich hab gerade meinen Freund ins Koma geprügelt. Nehmt mich fest‹.« Seine Stimme leierte. Elli vermutete, dass der Alkohol ungebremst auf ein verschreibungspflichtiges Medikament knallte.

»Ihr müsst was für mich tun«, sagte Hannes.

»War ja so klar.«

»Ich habe am Abend vor meiner Festnahme ein Handy zum LKA gebracht. Das Telefon von Nancy Steinert. Mit Fotos, Nachrichten und Adressbuch. Alles in der Akte dokumentiert. Bitte macht dem LKA Dampf, damit sie die Daten aus dem Handy holen. Wertet alles aus.« Seine Stimme überschlug sich. »Sucht einen Kreuztreffer. Irgendeine Person, die im Zusammenhang mit Leo Thalhammer wieder aufgetaucht ist.«

Totes Gleis, dachte Elli. Aber wie erklärte man das jemandem, dessen letzter Hoffnungsfaden an dieser Sache baumelte? »Ich kümmere mich drum«, sagte sie. »Noch Wein?«

»Ja … ja gern. Wow. Du hast Netflix.«

»Was wollen wir schauen? *Breaking Bad?*«

»Das ist nicht witzig.«

»How to Get Away with Murder?«

Hannes schlug ihr ein Sofakissen auf den Kopf.

»Wir schauen *Dr. Who*«, sagte Elli.

»Dr. Who ist immer gut.«

Die Augen von Hannes waren kurz vor dem Zufallen. Nach einer halben Folge konnte sie gerade noch das Weinglas retten, bevor es ihm aus der Hand kippte. Seine Atemzüge wurden gleichmäßig.

Elli schaute noch drei Folgen *Dr. Who,* dann warf sie eine karierte Decke über Hannes und blies sich die Gästematratze auf.

Vor der Damentoilette standen Nils, Bär und Stefan, wie zufällig. Sie machten sich breit im Gang, als Sunny auf die Gruppe zukam. Bär versperrte ihr den Weg.

»Wir gehen kickern«, sagte er.

»Schön für euch.« Sunny versuchte, sich an ihm vorbeizuschieben, aber er rückte keinen Zentimeter zur Seite. »Auf was wartet ihr noch?«

»Auf dich«, sagte Nils.

Sie ließen Sunny nicht aus den Augen. Als befinde sie sich in U-Haft oder auf einer Quarantänestation. »Ohne mich. Ich muss aufs Klo.«

»Grüß schön«, sagte Bär. Mit einem Grinsen gab er den Weg frei, gerade so, dass sie sich an seinem massigen Körper vorbeiquetschen musste, mit seinem Geruch nach Schweiß und Männerdeo. Damit sie es nicht vergessen konnte. Die schwarze Kapuze, die Hände an ihrem Körper, der Schock des eiskalten Wassers.

Sunny zog die Tür zur Damentoilette hinter sich zu. Zumindest hier drinnen konnten sie ihr nicht hinterherkommen. Ihr eigenes Spiegelbild lief an ihr vorbei, blass und schmallippig, das Make-up eine körnige Schicht auf der Haut. Sie lehnte sich gegen die Kacheln, an der Stelle, wo sie noch vor wenigen Tagen mit Patrick gelehnt hatte, wo sie noch Hoffnung gehabt hatte, ihn durch ihre Freundschaft retten zu können.

Sie sitzen zusammen im Zug, so wie sie alles zusammen gemacht haben während ihrer Ausbildung. Die großen Seesäcke und Reisetaschen haben sie über ihren Köpfen verstaut. Zwischen ihren Knien stehen die Rucksäcke mit Schrippen und Cola-Flaschen. Und den Dosen mit warmem Bier, die sie aufmachen wollen, sobald sie den Bahnsteig hinter sich gelassen haben. Draußen winken ihre Eltern und machen frenetische Handzeichen, die niemand versteht. Patrick sieht noch kantig und bartflaumig aus und unmöglich jung, seine Augen leuchten. Endlich frei, endlich erwachsen, endlich eine Ausbildung in einer Spezialeinheit.

Sie trinken das Bier nie. Die ausgelassene Stimmung ist verflogen, kaum dass der Zug die Vororte hinter sich gelassen hat und die weiten Felder vor dem Fenster vorbeiziehen.

Sunny hatte wie immer alle Kabinen für sich und nahm die einzige, in der noch Klopapier war. Ihre Hose schlotterte, sie hatte abgenommen. Wenigstens ein Vorteil. Sie hatte gedacht, die Verhaftung von Patrick wäre eine Erleichterung, das Ende der Heimlichkeiten, endlich Hilfe für ihn. Stattdessen wurde sie noch mehr belauert als sonst. Jeder Satz eine Mine. Milan hatte sich von der Truppe zurückgezogen, er bekam nicht mehr mit, was zwischen ihnen lief, hockte nur noch bis in die Nacht vor dem PC.

Erst als ihr die Füße einschliefen, drückte sie die Spülung. Ein hohles Gurgeln, ein dünnes Rinnsal, mehr nicht. Sie drückte noch einmal. Das Klopapier drehte ein paar müde Pirouetten und kam wieder zur Ruhe. Im Spülkasten klapperte etwas, vielleicht war ein Rohr lose, das sie mit einem Handgriff reparieren konnte. Sunny rüttelte mit beiden Händen am Spülkasten, zog den Deckel ab und schaute hinein.

Sofort drückte sie ihn wieder zu. Sie stützte sich mit beiden Händen auf und atmete schwer.

Das habe ich nicht gesehen. Das habe ich nicht gesehen. Wenn ich es nicht gesehen habe, existiert es nicht.

Schweiß quoll aus ihren Poren. Die anderen draußen würden ihn sicher riechen. Der Spülkasten sah aus wie ein weißer, desinfizierter Sarg.

Sunny lehnte sich an die Wand, bis ihr keuchender Atem ruhiger wurde. Sie musste es jemandem sagen. Nur wem? Milan? Keine Chance. Er schaute ihr seit dem Abend in der Kaffeeküche nicht mehr in die Augen. Sie war sich nicht einmal sicher, ob er dabei gewesen war, als die Jungs sie in der Dusche drangsaliert hatten.

Am Waschbecken spritzte sie sich Wasser ins Gesicht, rubbelte die Haut trocken und machte die Tür zum Gang auf.

Die anderen standen immer noch wie zufällig da, ihr Gespräch versiegte.

»Bist du reingefallen?«, fragte Bär.

»Sorry, Jungs, ich bin platt. Ich geh aufs Zimmer und zocke noch ein bisschen. Gute Nacht.«

»Na, hoffentlich kannst du schlafen«, sagte Nils. »Und ja

nicht nachts durch die Gänge tigern. Nicht, dass jemand auf falsche Gedanken kommt.«

Demonstrativ ließ Bär sie warten, bevor er den Arm wegnahm und sie durchließ.

Zum ersten Mal schloss Sunny ihr Zimmer ab. Vor dem Hinlegen legte sie den Tonfa unter ihr Kopfkissen. Doch sie konnte nicht einschlafen. Immer wenn sie die Augen schloss, flimmerte das Bild vor ihren Augen.

Die Pistole, die im Spülkasten unter Wasser lag.

Eins

Elli schwänzte die Morgenbesprechung, setzte sich an Waechters Schreibtisch und nervte das Landeskriminalamt mit den Daten aus Nancy Steinerts Handy. Versprochen war versprochen. »Ja, ein Nokia mit SIM-Karte ... Ja, das Aktenzeichen habe ich dem Kollegen schon ... Ein Stick reicht nicht, bitte per Mail, es ist eilig ... Ja, dann geben Sie mir mal den Sachbearbeiter.« Schließlich hatte sie eine junge Frau an der Strippe, die nicht nur das Aktenzeichen auf Anhieb kannte, sondern ihr zusagte, innerhalb von zwanzig Minuten mehrere Mails mit den Userdaten des Handys rüberzuschicken.

»Mailen Sie's bitte direkt an meinen Boss«, sagte Elli und beschloss insgeheim, der LKA-Beamtin eine Tafel Schokolade in die Hauspost zu stecken.

Waechter war gerade von der Besprechung zurückgekommen, als sie in sein Büro platzte. »Du hast eine neue Mail«, sagte sie.

»Woher willst du das wissen?« Er beugte sich über den Computer und öffnete das Mailprogramm. »Pfeilgrad«, sagte er.

Elli setzte sich auf seinen Stuhl, schnappte sich die Maus und machte die Anhänge auf. Sie hatte noch nie ein Problem damit gehabt, fremde Arbeitsplätze zu kapern. Waechter beugte sich über ihre Schulter und stützte sich auf die

Tischplatte. Sie konnte seine Körperwärme spüren und fragte sich, was anders war als sonst. Natürlich. Er stank nicht mehr nach Zigarillos. Nur nach einem altmodischen Rasierwasser, wie sie in der untersten Regalreihe im Drogeriemarkt standen, mit Segelschiffen drauf. Und darunter ein bisschen nach Waechter. Es war ihr nicht unangenehm.

»Zuerst das Adressbuch«, sagte er.

Elli suchte es heraus. Nancy hatte die meisten Freunde unter Spitznamen gespeichert: *Jacky, Cora, Sanna, Landi. Mama.* Keinen einzigen Namen erkannte sie wieder. Sie glich die Telefonnummern mit der Spurendokumentation ab. Keine Treffer. Nach neun Jahren hatten alle ihre Nummern vermutlich schon dreimal geändert.

Die SMS waren zerschossen. Unwiederbringlicher Zeichensalat.

»Jetzt die Fotos«, sagte Waechter dicht an ihrem Ohr.

Elli öffnete die ZIP-Datei mit dem Fotoalbum und klickte die Aufnahmen durch, allesamt verpixelt und überbelichtet, wie Handyfotos vor neun Jahren eben ausgesehen hatten.

Nancy mit einer Freundin, Nancy mit Victory-Zeichen vor einem Hochhaus, Nancy mit glitzerndem Trägertop und rot glühenden Augen. Die meisten Bilder waren Selfies. Nancy war für immer als junges Mädchen eingefroren mit ihrem schwarzen Pony und den Audrey-Hepburn-Augen.

Ein Gruppenfoto füllte den Bildschirm.

»Jetzt wird's interessant«, sagte Elli.

Fünf Köpfe drängten sich ins Bild wie die olympischen Ringe, um alle aufs Foto zu passen. Die Fotografierten hielten Gläser in die Höhe, lachten. Nur einer nicht. Ein junger Mann stand am Rand, ein bisschen weiter weg von den anderen, wie nachträglich hineinkopiert. Sein Gesicht war ausdruckslos. Er schaute nicht in die Kamera, stattdessen ruhte sein Blick auf Nancy, wie eine Hand, die man jemandem sanft auf die Schulter legt.

Waechter tippte mit dem Finger auf den Bildschirm und hinterließ Abdrücke darauf. »Der da.« Er schlug auf den Tisch. »Wir haben ihn.«

Elli brauchte einen Moment, um im Geiste neun Jahre auf das junge Gesicht draufzurechnen. Dann fiel das Zehnerl. Der junge Mann auf dem Foto war Polizist. Einer von den stillen, einer, der nie auf irgendeinem Schirm auftauchte. Er war an dem Abend, als Leo Thalhammer erschossen wurde, in der Nähe des Tatorts gewesen.

»Das ist unser Mann«, sagte sie, und Adrenalin schoss durch ihre Blutbahnen wie ein Lebenselixier. Sie hatten ihn. Sie hatten ihn. Das Bild zeigte Thalhammers Mörder. Sie mussten nur noch …

Das Jagdfieber flaute ab wie ein angestochener Ballon. Sie mussten gar nichts. Sie durften nicht einmal.

»Der läuft jetzt da draußen rum«, sagte Waechter. »Militärisch bewaffnet und unter Ermittlungsdruck.«

»Wir können die Info nur weitergeben«, sagte Elli, »und hoffen, er merkt nicht, dass er gejagt wird. Sonst … sonst …«

»… können wir für nichts garantieren«, beendete Waechter den Satz.

Waechter wartete auf Helen Finck in der Lobby der Internen Ermittlungen. Der Pförtner hatte ihn nicht durchgelassen.

»Ich hab noch nie einen Kollegen erlebt, der darum gebettelt hat, hier rein zu dürfen«, hatte er gesagt.

Endlich öffneten sich die Türen, und Helen Finck kam mit klackernden Absätzen durch die Eingangshalle auf ihn zu, eine dicke Aktentasche unter dem Arm. Waechter ging auf sie zu.

»Herr Waechter«, sagte Finck mit ihrer nasalen Stimme. »Was kann ich für Sie tun?«

»Ich muss mit Ihnen reden.«

»Falls Sie wegen Herrn Brandl kommen: Gegen ihn ist ein Haftbefehl erlassen worden, aber er ist außer Vollzug gesetzt, weil keine Fluchtgefahr besteht. Brandl ist bis auf Weiteres zu Hause. Wir haben die Lage im Griff.«

»Das glaube ich Ihnen gern, aber um den Kollegen Brandl geht es ausnahmsweise mal nicht«, sagte Waechter. »Ich weiß, wer der Mörder von Leo Thalhammer und der Angreifer in Sachen Jakob Ungerer ist. Er ist Polizist. Es handelt sich übrigens weder um Patrick Bauer noch um Hannes Brandl.«

Helen Finck drückte den Knopf des gläsernen Aufzugs. Die Gewichte schwangen nach oben, die Kabine senkte sich zu ihnen herab. Fast lautlos gingen die Türen auf, und sie trat hinein.

»Fünfter Stock«, sagte sie und winkte Waechter zu sich. »Sie haben Zeit, bis wir oben sind.«

Waechter war nicht unvorbereitet gekommen. Er hatte drei schmale Schnellhefter unter dem Arm und hielt ihr den obersten hin.

»Erstens zu Herrn Ungerer: Die Polizeiakte des Opfers ist von einem Computer in der USK-Zentrale aus aufgerufen worden. Der Benutzer ist auf der Seite mit Ungerers persönlichen Daten und Adresse verweilt und hat sie heruntergeladen.«

»Okay.« Sie griff mit ihren langen Fingern nach der Akte. »Gibt's ein Zweitens?«

»Zweitens zu Ungerer: Ein Gutachten des Rechtsmediziners Beck besagt, dass der Bolzenschneider nicht zu der Kopfwunde passt. Die Wunde und die Blutergüsse korrespondieren mit den Maßen eines Schlagstocks, der vom USK eingesetzt wird. Beck hat meine eigenen Blutergüsse zum Vergleich herangezogen.«

»Ich kann mich nicht erinnern, dass ich Fotos Ihrer Gliedmaßen auf meinem Schreibtisch haben wollte«, sagte Helen Finck. »Etwas zu viel Information für meinen Geschmack. Weiter?«

Der Aufzug bremste. Die Bewegung kribbelte in Waechters Kopfhaut. Rasch drückte er ihr den letzten Schnellhefter in die Hand.

»Thalhammer hat vor Jahren eine junge Frau in Notwehr erschossen, Nancy Steinert. Mehrere Fotos aus ihrem privaten Handy weisen darauf hin, dass sie zu der Zeit mit einem jungen Mann liiert war, der später USK-Beamter ...«

Der Aufzug hielt mit einem leisen *Ping*. Die Türen gingen auf.

»Sehr schön, danke für Ihren Input.« Helen Finck trat hinaus, ohne sich noch einmal umzudrehen.

»Stiefel!«, rief er ihr hinterher. »Ungerers letztes Wort war Stiefel!«

Die Türen schlossen sich vor seiner Nase, und der gläserne Sarg transportierte ihn unerbittlich wieder nach unten.

Sunny packte. Sie wollte nach Hause. Das Bett war abgezogen und zeigte die graue Matratze. Sie stopfte ihre Sachen in die Sporttasche, der Schweißgeruch der Wäsche kam ihr entgegen, und sie knüllte sie wütend zusammen.

»Wir müssen heute Abend noch mal ausrücken.«

Milan stand hinter ihr, er war so leise ins Zimmer gekommen, dass ihr der Schreck wie ein elektrischer Schlag in die Magengrube fuhr. Seit sie die Pistole im Spülkasten entdeckt hatte, ging sie durch die Kaserne wie durch ein Computerspiel. Hinter jeder Tür konnte etwas in die Luft fliegen, jeder konnte ein Feind sein. Ihre Nerven waren bis aufs Metall durchgewetzt.

»Nicht dein Ernst«, sagte sie.

»Eine Fliegerbombe unter der Baustelle an der Mandlstraße. Wir sollen helfen, das Viertel zu räumen. In zwanzig Minuten fahren wir ab.«

Sunny lachte laut auf.

»Was ist daran so lustig?«, fragte Milan.

»Ich hab nichts anzuziehen.« Sie wühlte in der Tasche. Nicht ein Stück saubere Wäsche mehr. Sie hatte sich die Sachen bis zum Ende ihres Bereitschaftsdiensts eingeteilt, genau wie ihre Kraft. Ihr ganzer Körper war voll blauer Flecken. Nackt sah sie aus wie verprügelt.

»Milan …«

»Ja?«

»Was passiert mit … Wie geht es weiter?«

Milan machte sich stocksteif. »Was meinst du?«

»Wegen der anderen. Ich will sie anzeigen.«

»Warte noch damit«, sagte Milan. Er schaute über sie hinweg. »Das besprechen wir nach dem Einsatz. Wir regeln das intern. Disziplinarisch.«

»Ich will das nicht intern regeln, verdammt! Ich will Anzeige wegen Körperverletzung und Nötigung erstatten! Und ich will, dass eine ordentliche Ermittlung stattfindet!«

Milan wich mit angeekeltem Gesicht zurück. So als könne er es nicht ertragen, wenn jemand laut wurde. Erst jetzt fiel ihr auf, dass er sie nie angeschrien hatte. Keinen aus der Gruppe.

»Du bist weit gekommen, Sandra, und du willst doch sicher noch weiter kommen«, sagte er. »Überleg es dir gut. Du wirst dir mit der Anzeige keinen Gefallen tun.«

»Willst du mir drohen?«

Milan schüttelte kaum merklich den Kopf.

Sunny kramte in ihrer Tasche, bis sie merkte, dass Milan verschwunden war, so leise, wie er gekommen war, als wäre ein Geist durch die Türen gegangen. Sie erinnerte sich an seine schwarzen, undurchdringlichen Augen und an seine Hand auf der weichen Stelle an ihrem Oberschenkel. Daran, wie er sich von ihr abwandte. Ein trostloses Verlustgefühl durchfuhr sie. Sie wusste genau, dass sie nach diesem Einsatz nie wieder mit Milan zusammenarbeiten würde. Das hier war für sie das Ende. Sie würde heimgehen. Richtig heim. Sie würde Patricks Eltern treffen und ihnen erklären müssen, warum sie ihn nicht heil zurückgebracht hatte.

Tränen tropften in ihre Sporttasche. Sie konnte nichts dagegen tun, und es gab niemanden, der sie trösten würde.

Waechters Büro war zur inoffiziellen Einsatzzentrale für ihn, Elli und den Hüter des Schweigens geworden. Hier betrieben sie den Rest der Soko Osterwald im Stillen weiter. Jede Minute konnten sie wegen Hannes suspendiert werden, und Waechter wollte nicht, dass ihnen jemand auf die

Bildschirme schaute. Trotz der Gluthitze des Nachmittags lief die Kaffeemaschine auf Hochtouren, und die offenen Fenster ließen den typischen Geruch von Waechters Büro nach draußen, der etwas von einem schlecht geführten Trödelladen hatte. Im Hintergrund lief das Radio, Lokalnachrichten.

»*… eine Fliegerbombe aus dem Zweiten Weltkrieg gefunden. Die gesamte Umgebung wird derzeit evakuiert. Die Polizei bittet die Bewohner, Türen und Fenster geschlossen zu halten und auf weitere Anweisungen zu warten.*«

Waechter brütete am Schreibtisch über den ausgedruckten Fotos. Er hatte schon fünf Tassen Kaffee getrunken und würde es die ganze Nacht auf verschiedenste Weise bereuen.

»*… handelt es sich um einen chemisch-mechanischen Zünder, der extrem schwer zu entschärfen ist*«, schnarrte es aus dem Radio. »*Die kleinste Erschütterung kann zu einer Explosion führen. Die Bombe wird daher in den Abendstunden kontrolliert gesprengt werden.*«

»Ich habe den Internen Ermittlungen unser ganzes Material serviert«, sagte Waechter. »Die Fotos von dem USK-Beamten, die Computerausdrucke, das Gutachten aus der Rechtsmedizin. Ob sie was damit anfangen?«

»Wie kriegen wir das raus?«, fragte Elli.

»Gar nicht«, erwiderte Waechter. »Die lassen sich von uns nicht in die Karten schauen. Wir sind zu nah an Hannes dran.«

»Entweder Helen Finck will schnelle Ergebnisse«, sagte Elli. »Dann wird sie die Fälle für Patrick Bauer und Hannes möglichst schnell wasserdicht anklagereif machen. Oder …«

»Oder sie arbeitet sehr gründlich und nimmt unsere Hinweise ernst«, sagte Waechter. »Sie hat sich die Ermittlungsergebnisse zumindest angehört. Ich glaube ja immer noch an das Gute im Menschen, sogar an das Gute in Helen Finck.«

»Uns bleibt nichts anderes übrig. Wir können jetzt nicht einfach hingehen und die komplette Truppe vom Unterstützungskommando zur Vernehmung vorladen. Das dürfen wir gar nicht. Damit legen wir Feuer an die Ermittlung.«

»Aber wir können zumindest rausbekommen, ob sich die Kollegen schon für die Truppe interessiert haben und die Kameraden ein bisschen nervös machen.«

Waechter griff zum Hörer und rief in der Dienststelle der USK an. Nicht beim Dienststellenleiter, sondern an der Pforte. Noch während des Freizeichens hatte er den Impuls, wieder aufzulegen, auf einmal kam es ihm vor wie blinder Aktionismus, der mehr schadete als nützte. Als jemand abhob, war es zu spät, und seine ersten Worte fühlten sich an, wie das Zischen einer Zündschnur. »Grüß Gott, hier Hauptkommissar Waechter von der KPI München. Wir wollen die Soko-Akte im Fall Thalhammer zumachen und bräuchten noch ein paar Unterschriften. Könnt ich mal die Frau Benkow sprechen?«

»Die ist im Außendienst.«

»Dann jemand aus ihrer Gruppe. Oder ihren Chef, den Kollegen Tabor.«

»Die sind heut alle bei der Fliegerbombe, Häuser evakuieren. Großlage. Da erwischen's keinen.«

Schon wieder eine Fliegerbombe, dachte Waechter. Von denen würden sie noch ein paar hundert Jahre was haben. Sprengstoff wurde nicht schlecht. Aber es gab ja Leute, die unbedingt wieder Krieg wollten.

»Sagen's mal, die Kollegen vom LKA wollten sich doch bei Ihnen rühren. Haben die Sie schon erreicht?«

»LKA? Da hat sich noch keiner gemeldet.«

Waechter warf Elli einen betrübten Blick zu und hielt den Daumen nach unten. Er hatte Helen Finck und seinen Einfluss auf sie überschätzt. »Wann ist denn wieder einer vom Unterstützungskommando zu sprechen?«

»Das kann dauern. Probiern's es einfach später noch einmal. Soll ich was ausrichten?«

»Nix«, sagte Waechter. »Nix können's ausrichten. Dank schön erst mal.«

Er legte auf. »Nix können wir ausrichten«, murmelte er.

»… besetzte Gelände in der Mandlstraße, das vor vier Tagen geräumt wurde. Bei den ersten Aushubarbeiten im Innenhof stießen die Bauarbeiter auf die Fliegerbombe.«

»Horch.« Waechter hob die Hand. »Das ist gleich ums Eck von meiner Wohnung. Beim besetzten Haus.«

»… bitte achten Sie auch auf die Lautsprecherdurchsagen. Und jetzt zu Münchens bestem Lieblingswetter …«

Mit einem Knall schlug Waechter das Bürofenster zu. »Eine Fliegerbombe, der Hauptverdächtige in Sachen Thalhammer und meine Wohnung auf einem Haufen. Ihr lästert's ja immer über mein Bauchgefühl. Aber mein Bauchgefühl sagt mir definitiv, ich sollte mir jetzt nicht länger im Büro den Hintern platt hocken, sondern in Schwabing sein.«

»Ich dachte, wir sollen uns nicht einmischen.«

»Ein schwer bewaffneter und in die Enge getriebener Mörder in der Nähe einer Weltkriegsbombe und einer Menge Passanten. Wann sollen wir uns eigentlich einmischen, wenn nicht jetzt? Sollen wir warten, bis wir eine Amoklage haben?

Danach können sie mich gerne rausschmeißen, aber ich fahr jetzt da hin. Ihr organisiert derweil Verstärkung. Wie ihr das hinkriegt, ist mir wurscht.«

»HDS, du hältst die Stellung«, sagte Elli. »Ich komme mit.«

»Keine Angst, das Ding ist seit siebzig Jahren nicht hochgegangen, da passiert es heute auch nicht«, sagte Sunny zu einer alten Dame und führte sie Stufe um Stufe die Treppe hinunter. »Die Bombe ist gar nicht gefährlich.« Es kam heraus als »gor ni gefährlich«, im Stress brach ihr Dialekt wieder durch.

»Sie sind aber auch nicht von hier?«, sagte die Frau.

»Aufbauhilfe Ost«, sagte Sunny und zwang sich zu einem Lächeln, um ihr Heimweh zu überspielen.

Nach und nach leerte sich die Katholische Akademie. Nils und Bär führten die Gäste in die Turnhalle der nahe gelegenen Grundschule. Es gab zwei Ringe der Evakuierung: Im inneren Ring mussten alle Personen die Gebäude verlassen. Im äußeren Ring durften sie in den Häusern bleiben, mussten aber Türen und Fenster geschlossen halten. Die Katholische Akademie gehörte zum inneren Ring, und es war ihre Aufgabe sicherzustellen, dass niemand mehr im Gebäude war. Die Bombe sollte so schnell wie möglich gesprengt werden. Eine Gewitterfront zog von Westen her auf, und der Räumdienst wollte die Entschärfung vorher hinter sich bringen. Je mehr sich die Straßen von zivilen Personen leerten, desto mehr Feuerwehrmänner und Polizisten schwärmten herum. Der Schweiß lief Sunny den Rücken hinunter, Wirbel für Wirbel. In der Luft war kaum mehr Sauerstoff. Ihre Limonade war leer, sie hatte einen Schluck aus einer der kleinen blauen Mineralwasserflaschen getrunken, aber es hatte nicht gereicht. Das Akademiegebäude war verlassen. Nur noch sie, Milan und Stefan waren im Haus.

Sie hatte es satt, immer die Letzte zu sein. Als Einzige noch an der Stelle zu stehen, wo es knallte, wenn alle anderen längst evakuiert waren.

Nach uns kommt nichts mehr.

»Gehen wir«, sagte Stefan und zog sie am Ärmel.

»Wo ist Milan?«

»Keine Ahnung, eben stand er noch hinter mir und hat telefoniert. Findest du nicht auch, dass er in letzter Zeit komisch drauf ist?«

Sunny zuckte mit den Schultern. »Er ist immer komisch drauf. Oh …« Sie hatte einen Anruf auf dem Headset. »Kleinen Moment … ja?«

Es war die Zentrale vom USK.

»Da stehen ein paar Herrschaften von den Internen Ermittlungen vor mir«, sagte der Pförtner. »Ich hab's deinem Gruppenführer, dem Tabor, schon gesagt: Ihr sollt umgehend zurückkommen, weil die euch sprechen wollen. Sie haben einen Durchsuchungsbeschluss fürs ganze Haus.«

Das war es, dachte Sunny, und die Endgültigkeit zog ihr fast die Beine unter dem Körper weg. Das war's für Patrick. Sie würden die Pistole finden und vielleicht noch mehr Pillen in seinem Zimmer. Sie bemühte sich, normal zu klingen, trotzdem klang ihre Stimme eine Oktave höher. »Haben die gesagt, worum es geht?«

»Nein«, antwortete der Pförtner. »Eure ganze Gruppe soll zurückfahren.« Mit diesen Worten legte er auf.

»Feierabend«, sagte Sunny zu Stefan, so leicht es ging. »Wir können zurückfahren, die brauchen uns hier nicht mehr.«

»Wir müssen noch Milan finden«, sagte Stefan. »Wo ist er?«

Eben hatte er noch mit ihnen im Gang gestanden. Jetzt war er verschwunden.

»Milan!«, rief Sunny. Sie funkte ihn an. Keine Reaktion.

In den Nebenzimmern war keine Spur von ihm. Sie lief die Treppe hinauf. Leere Stehtische mit Gläsern und Wasserflecken standen auf dem Treppenabsatz. Sie riss weitere Türen auf. Ein Seminarraum, noch ein Seminarraum, alle leer. Milan war nicht im ersten Stock. Bei seinem Diensthandy ging die Mailbox ran.

»Milan!« Sunny durchsuchte den Keller, die Toiletten, jede einzelne Kabine. »Milan!« Stefan polterte durchs Obergeschoss, rief nach ihm. Sie trafen sich wieder im Erdgeschoss, im Speisesaal, wo es nach Braten und Fonduepaste roch.

»Nichts«, sagte Stefan.

»Er wird doch nicht draußen rumlaufen? In dem Chaos finden wir ihn nie. Außerdem hat er den Schlüssel für den Bus. Ich probier's noch mal über Funk.«

Der Analogfunk war das Einzige, was hier im Gebäude zuverlässig funktionierte. Sunny funkte ihren Gruppenführer an. Ein statisches Rauschen. Ein Knacken. Keine Antwort. Mit dem Funkgerät in der Hand ging Sunny durch eine Tür Richtung Haupteingang. Mitten im Foyer plätscherte ein bunt verglaster Springbrunnen im Stil der Sechzigerjahre. Das Haus war eine einzige Zeitreise.

»Da ist er.« Sunny fasste Stefan am Arm.

Milan stand vor der riesigen Glasscheibe, die die Eingangshalle von der Straße trennte, und schaute nach draußen.

Stefan ging auf ihn zu. »Endlich. Wo hast du gesteckt? Wir müssen zurück.«

»Fahrt schon mal voraus.« Milan drehte sich nicht einmal nach ihnen um, sondern starrte weiter aus dem Fenster.

Hinter der Scheibe parkten ein paar vergessene Autos. Auf der anderen Straßenseite klaffte eine Baulücke, Schutt und Erde waren aufgewühlt, gelbe Kabel führten auf das Gelände. Hinter der Mauer konnte Sunny Strohballen und Autoreifen erkennen. Sie standen genau gegenüber der Fliegerbombe.

»Wir sollen alle zurück, Milan. Hast du den Anruf nicht gekriegt?«

»Doch«, sagte er mit dürrer Stimme.

»Na, dann komm.«

»Habt ihr nicht gehört? Raus hier.« Seine Augen wirkten unendlich müde. »Das ist das Letzte, was ich euch als Gruppenführer sage.«

»Wir gehen nicht ohne dich«, sagte Sunny.

Milan hob die Hand. Sunny schaute in den Lauf einer Pistole. »Geht«, sagte er. »Geht endlich.«

Sunny stolperte ein paar Schritte rückwärts und stieß gegen Stefan. Er sollte Verstärkung rufen. Verdammt, er sollte etwas tun. Doch Stefan stand nur mit offenem Mund da. Sie musste raus, aus der Schusslinie, und Stefan auch. Alles andere war ihr im Angesicht der Pistolenmündung egal. Sie hatte alles Mögliche in Milan hineininterpretiert, in den Geheimnisvollen, den großen Schweiger, der in Wirklichkeit nur voller Asche war. Milan war auch nur ein Narzisst. Wie alle anderen.

Aber so elend sollte er nicht verrecken. Das hatte niemand

verdient. Obwohl sie es nicht wollte, schossen ihr Tränen in die Augen, Tränen der Demütigung und der Wut.

Der lang gestreckte Raum schien kein Ende nehmen zu wollen. Sunny stieß mit der Schulter gegen eine Wand. Hatte keine Ahnung, wo der rettende Korridor hinter ihr war, wollte Milan nicht den Rücken zudrehen. Stefan stand immer noch in Schockstarre mitten im Raum.

»Stefan«, zischte sie.

Alle seine Reflexe schienen bei Todesangst außer Kraft gesetzt zu sein.

Sie tastete nach ihrem Handy, aber sie stand in voller Sichtweite von Milan. Rückwärts schob sie sich an der Wand entlang und versuchte, in Milans Augen zu schauen, statt in die Mündung der Pistole. Sie sah nur Dunkelheit. Endlich fand sie das Handy in ihrer Tasche, umschloss das Glas des Displays. Sie dachte, Milan hätte es nicht bemerkt, aber seine Augen weiteten sich.

Mündungsfeuer blitzte. Ein Schlag wie von einer Faust traf sie in den Bauch und schleuderte sie zu Boden.

Waechter erfuhr vom Einsatzleiter, dass das USK in der Katholischen Akademie bei der Evakuierung half. »Aber da ist keiner mehr, die sind inzwischen alle im Ausweichquartier«, hatte der Kollege gesagt.

Die Evakuierten aus der Sperrzone wurden in der nahen Grundschule versorgt, die trutzig wie eine Burg den Himmel verdunkelte. Das Tor bewachten zwei Ritter mit Knüppeln, das Deckengemälde in der Eingangshalle zeigte zwei Faune, die ein Kind mit der Rute verprügelten. Darüber hing der Schriftzug: »Aller Anfang ist schwer.«

Mit Mühe drückte Waechter die Eingangspforte auf, an der bestimmt so mancher Erstklässler scheiterte. In der Schulturnhalle hing der typische Geruch von Gummimatten und Kinderfüßen, an diesem Abend zusätzlich untermalt von Früchtetee. Wie viele Schrecken der Kindheit wohl auf einmal in eine einzige Nase passten? Waechter und Elli drängten sich durch die Menschen und fanden zwei Beamte in den nachtblauen Overalls des USK, die Feldbetten aufstellten. Der große Polizist mit dem kahl rasierten Kopf erkannte Waechter und kam auf ihn zu. Schweiß glänzte auf seinem Schädel.

»Ist eigentlich nicht unsere Aufgabe«, sagte er wie zur Entschuldigung. »Aber wenn was anliegt, packen wir halt an. Was gibt's denn?«

»Sind die Kollegen aus Ihrer Gruppe auch da?«

»Die machen drüben in der Akademie den Abbau und holen uns dann ab.«

»Wer ist denn noch dort?«

»Sunny Benkow, Milan Tabor und …« Er rief zu seinem Kollegen hinüber: »War der Stefan vorhin auch noch drüben?«

Der andere nickte.

»Waren Sie die Letzten, die die Akademie verlassen haben?«, fragte Waechter.

Der Polizist zeigte auf eine Gruppe, die sich Feldbetten zusammengeschoben hatte. »Die Leute da sind zum Schluss gekommen.«

Waechter ging zu einem gedrungenen Mann in dunklem Talar, der auf der Liege saß und seine Sockenfüße baumeln ließ. Er stellte sich respektvoll vor.

»Sind Sie und Ihre Begleitung als Letzte aus der Akademie gegangen?«

»Ein Kapitän verlässt niemals das sinkende Schiff.« Der Mann hielt ihm einen Pappbecher hin. »Wir konnten einen astreinen Metternich retten. Wollen Sie einen Schluck?«

»Leider hab ich's sehr eilig. Wer war denn nach Ihnen noch auf dem Gelände?«

»Niemand. Die drei Polizisten haben uns hinauseskortiert.«

»Welche Polizisten?«

»Zwei Männer und eine nette junge Frau. Uniform, so wie die da.« Der Priester deutete auf den kahlköpfigen Beamten.

»Waren sonst noch Einsatzkräfte im Haus?«

Der Geistliche überlegte. »Wenn ich drüber nachdenke … nur die drei. Aber sicher bin ich mir nicht.«

»Danke. Sie haben uns sehr geholfen, Herr … Herr Kardinal.«

Ellis Handy klingelte. »Entschuldigung«, sagte sie und drehte sich weg.

Waechter konnte im Stimmengewirr nicht hören, was sie sagte, doch ihr Nacken spannte sich, während sie zuhörte. Als sie sich nach ihm umdrehte, stand ihr die schlechte Nachricht ins Gesicht geschrieben.

»Wir müssen rüber in die Katholische Akademie«, sagte sie. »Es gibt eine Geiselnahme. Und wir brauchen einen Krankenwagen.«

Elli lief durch den Hintereingang in den Hof der Katholischen Akademie und rief von unterwegs die Einsatzzentrale an, um Verstärkung anzufordern. Im Hof standen noch die traurigen Überreste eines Festes, der aufkeimende Wind zerrte die weiß-blauen Papierdecken von den Biertischen. Das Gebläse einer Hüpfburg wummerte verlassen vor sich hin, von irgendwoher roch es nach Ponys.

Waechter zog sie auf dem Weg zum Eingang in den Schatten des Gebäudes. Drinnen blieb Elli desorientiert stehen und drückte sich, die Hand an der Waffe, an eine Mauer. Sie hatten keinen Lageplan des Gebäudes und mussten sich vorerst selbst absichern, bevor die Experten kamen. Aber jemand war verletzt, und sie konnten es sich nicht leisten Zeit zu verlieren.

In der Mitte der Eingangshalle stand ein raumgroßer Brunnen, von Wänden aus Glas umgeben. Elli schob sich an der Wand entlang darauf zu und versuchte, dahinter etwas zu erkennen. Waechter blieb in ihrer Nähe. Sie sah nur Schemen. Erst erkannte sie nicht, dass hinter der doppelten Verglasung des Brunnens ein Fenster war, das Tageslicht hereinließ. Die Sonne hatte sich verdunkelt, Wolken waren aufgezogen und hatten den Himmel eingetrübt. Ein Stöhnen kam aus dem Flur herüber. Wenn hier doch nur nicht alle Wände durchsichtig wären, sie musste durch den Korridor, ohne in eine Schusslinie zu geraten. Unter einem Treppenaufgang lag ein zusammengekauerter Körper. Elli bückte sich zu der Person. Es war Sunny. Sie hatte sich zusammengerollt und atmete schwer.

Zusammen mit Waechter drehte Elli die Frau auf den Rücken.

»Ruhig, Mädel«, sagte Elli. »Ruhig. Ich helf dir. Alles gut.«

Sie nestelte an den Verschlüssen der Schutzweste. Das

Material war am Bauch zerfetzt, es roch nach verbranntem Kunststoff. Sunny würgte und bäumte sich auf. Sie bekam keine Luft. Mit zitternden Fingern schaffte Elli es, die Verschlüsse zu öffnen und die Weste aufzuklappen. Das T-Shirt darunter war nass. Sie schob den Stoff hoch bis zu Sunnys Hals und tastete sie ab. Die glatte, heiße Haut am Bauch war unversehrt, die Bauchmuskeln zuckten zurück, als Elli sie berührte. Vom Druck der Schutzweste befreit, lief die Haut sofort rot an.

»Alles gut. Hörst du? Du bist nicht verletzt. Die Weste hat gehalten.«

Sunny verdrehte die Augen und trat mit den Füßen ins Leere. Elli ohrfeigte sie so kräftig wie möglich. Sofort sog Sunny scharf die Luft ein und hustete.

»Atmen, Mädel. Atmen.«

Gott sei Dank. Sie schnappte nach Luft.

»Alles gut«, wiederholte Elli. »Alles gut.«

Sie strich Sunny die Haare aus dem Gesicht. Der Bluterguss auf dem Bauch der Polizistin hatte eine tiefrote Farbe angenommen und breitete sich ringförmig aus. Gut möglich, dass eine Rippe gebrochen war oder sie innere Verletzungen hatte. Auch wenn die Kugel nicht in sie eingedrungen war, so war sie dennoch mit fünfhundert Metern pro Sekunde gegen ihren Bauch geprallt. Elli tastete mit einer Hand nach ihrem Handy und wählte die Nummer der Einsatzleitung. Rettungswagen waren bestimmt genug vor Ort.

»Er hat auf mich geschossen.« Eine Träne rollte aus Sunnys Augenwinkel ihre Schläfe hinunter. »Dieses Schwein hat auf mich geschossen. Wir … wir haben …«

»Wir?« Elli ließ die Hand auf Sunnys Brustkorb ruhen.

Mit der anderen hielt sie das Handy ans Ohr, das immer noch versuchte, eine Verbindung aufzubauen.

»Milan …«

»Wo ist er jetzt?«, fragte Waechter.

»Im Vorraum.« Sunny wies mit der Hand hinter sich. »Stefan ist noch da drin. Bitte tut was.«

Waechter richtete sich auf und ging auf den Vorraum zu.

»Michi!«, rief Elli. »Du machst nichts allein, sondern wartest …« In ihrem Ohr tutete es. Besetzt. Elli drückte auf Wahlwiederholung. »Kannst du laufen, Sunny?«, fragte sie. »Wir müssen hier raus. Du kannst dich auf mich stützen.«

Sunny antwortete nicht, ihr Atem rasselte. Sie warf sich auf die Seite, ein Schwall Erbrochenes lief aus ihrem Mund.

Endlich hatte Elli jemanden in der Leitung. Sie stand auf und gab in abgehackten Sätzen Lage und Standort durch. »Eine verletzte Person. Sie müssen die Sprengung ab… Sunny? Sunny, nein!«

Elli war nur kurz abgelenkt gewesen, während Sunny sich hochgerappelt hatte. Die Schutzweste glitt zu Boden, sie taumelte mit unsicheren Schritten auf den Korridor zu.

Mit der Waffe in der Hand und dem Rücken zur Glaswand stand Waechter da, als wäre Glas eine Alternative, die ihm Sichtschutz oder Feuerschutz gäbe. Er hatte den irrationalen Gedanken: besser als gar nichts.

Warten war unmöglich. Tabor hatte noch immer einen jungen Polizeibeamten in seiner Gewalt. Der Kerl sollte nicht die Chance bekommen, ein zweites Mal zu schießen. Zumindest musste Waechter sich einen Überblick verschaffen, wie es da drinnen aussah. Er fuhr herum, die Waffe im Anschlag, und ging mit raschen Schritten in den Raum. Selbstmordkommando.

Der Vorraum der Akademie war eine lang gezogene Lobby. Die beiden Polizisten standen vor dem riesigen Fenster, das den Blick über den Vorplatz, die Straße und das Gelände auf der anderen Seite freigab. Waechter erkannte sofort, was Milan vorgehabt hatte. Er hatte das Gebäude durch die Glastür verlassen und mit der Fliegerbombe in Flammen aufgehen wollen. Wie ein gottverdammter, armseliger Märtyrer. Seine Kollegen hatten ihm den Plan zunichte gemacht, und nun hatte er keine Hemmungen mehr, sie mitzunehmen.

Die Männer standen so nah beieinander, als wären sie in eine Unterhaltung vertieft, wäre nicht die Pistole in Tabors Hand gewesen. Als er Waechter bemerkte, legte er mit einer fast zärtlichen Geste den Arm um den Jüngeren und hielt ihm den Lauf an die Schläfe.

»Legen Sie die Waffe weg«, sagte Waechter. »Legen Sie sie weg.«

Tabor ging ein paar Schritte zurück und zog den anderen Polizisten mit sich.

»Legen … Sie … die … Waffe … weg.«

»Raus«, sagte Tabor nur. »Lassen Sie mich in Ruhe.«

»Ich gehe«, sagte Waechter, »wenn der Junge mit mir geht.« Er wandte sich an die Geisel. »Wie heißen Sie?«

Der junge Polizist war außer sich vor Angst, seine Augen starrten in die Ferne.

»Stefan«, erwiderte Tabor statt seiner.

»Hören Sie zu, Stefan«, sagte Waechter. »Bleiben Sie ganz ruhig. Ich bin jetzt da. Es wird gut ausgehen.«

Tabor drückte die Geisel fester an sich. »Lassen Sie das.«

»Was kann ich machen, Tabor?«, fragte Waechter mit sanfter Stimme. »Was wollen Sie? Helfen Sie mir.«

»Lassen Sie mich in Ruhe. Raus.«

»Stefan geht mit mir«, sagte Waechter. Die Hand, in der er die Pistole hielt, zitterte nicht. Sein Herz schlug vollkommen ruhig. Als wäre er am Ende der Straße angekommen, jenem Ende, vor dem das Herz ihn immer hatte warnen wollen. Sämtliche Warnungen kamen nun zu spät.

»Die Sprengung wird gestoppt, Tabor. Die Fliegerbombe wird heute nicht mehr explodieren. Es ist vorbei. Legen Sie die Waffe weg.«

In aufkeimender Panik dachte er daran, dass er wirklich nichts für den Mann tun konnte. Er konnte ihm nichts anbieten. Tabor hatte sterben wollen, und selbst das war vereitelt worden. Er war über das Ende der Straße hinaus. Im freien Fall.

Waechter konnte Tabor nur noch am Reden halten und den Sturz verlangsamen, um die Geisel heil aus der Sache herauszubekommen.

»Was hat Ihnen Angst gemacht, Tabor? Waren es die Videos von Jakob Ungerer?«

»Ich habe keine Angst«, sagte Tabor.

»Dann können wir offen reden. Sie denken, dass Sie und Leo Thalhammer auf einem der Videos drauf sind?«

Milan schwieg. Waechter konnte an den starren Gesichtszügen seines Gegenübers nicht erkennen, ob er ins Schwarze getroffen hatte.

»Wir haben die Videos, Tabor. Wenn Sie und Thalhammer darauf zu sehen sind, dann werden wir Sie finden. Warum? Warum Thalhammer?«

»Wir haben auf der Demonstration ein paar Worte gewechselt, aber er hat mich nicht erkannt«, sagte Tabor. »Es hat mir keine Ruhe gelassen. Ich wollte ihn noch einmal im Gewühl finden, wollte, dass er mir in die Augen sieht. Nur, dass er mir in die Augen sieht. Ich wollte nicht …« Er brach ab.

Milan Tabor sollte reden, reden. Solange er erzählte, konnte er kein weiteres Unheil anrichten. Waechter musste ihm die Chance geben, sein Gesicht zu wahren.

»Ich glaube Ihnen, dass Sie kein Killer sind«, sagte er. »Sie haben Thalhammer wiedergefunden, oder? Was ist passiert?«

»Es ist alles schiefgelaufen«, sagte Milan. »Fürchterlich schiefgelaufen.«

Er kann sich nicht konzentrieren, hält ständig Ausschau nach Leo Thalhammer. Als hätte Leo ein Stück von Nancy zurückgebracht. Ein paar Minuten aus der Zeit, als sie noch gelebt hat. Als sie beide noch gelebt haben. Die anderen merken nicht, dass er nicht bei der Sache ist, sein äußeres Ich arbeitet einfach weiter. Er wirkt immer cool nach außen. Teilnahmslos. Während die andere, die lebendige Kreatur, die in ihm tobt, nach Leo sucht.

Er trifft ihn im Toilettenwagen wieder. Leo Thalhammer wäscht sich die Hände.

»Hi«, sagt Milan.

Leo schaut erst vage durch ihn hindurch, bevor er ihn wiedererkennt. Da ist etwas in Milans Gesicht, das andere ihn vergessen lässt. Etwas, das Licht verschluckt wie schwarzer Samt.

»Oh, ja. Hi.«

Milan beugt sich über das Waschbecken. Es ist schwierig, sich mit voller Ausrüstung in dem engen Kasten zu bewegen. Das Tankwasser des Toilettenwagens ist lauwarm und riecht komisch.

Der schwitzige Dreck des Tages will sich einfach nicht von den Fingern lösen, egal wie lange er das Wasser laufen lässt.

»Ich weiß, wer du bist«, sagt er, ohne aufzusehen.

Leo gibt ein amüsiertes »Ha!« von sich. »Was wird das? Ein Quiz?«

»Nancy Steinert.«

Der Name wischt Leo das Lächeln aus dem Gesicht. Er dreht sich um, lässt das Wasser laufen. »Was ist mit ihr?«

»Du bist der Letzte, der sie lebend gesehen hat.«

»Der sie erschossen hat, meinst du.«

Die Worte schlagen in Milan ein wie Projektile. »Ich muss mit dir reden«, sagt er. Es bereitet ihm Mühe.

»Ich rede nicht gern drüber.«

»Es ist wichtig.«

»Ich sag dir mal was, Kamerad. Ich war ein paar Jahre in Therapie wegen der Geschichte. Ich konnte nicht mehr schlafen, ich hab fast meinen Job verloren. Und dann kommst du einfach daher und willst drüber reden. Ich musste mein Leben zurückbekommen.«

»Da geht es dir besser als Nancy. Du hast dein Leben zurück. Sie nicht.«

Energisch dreht Leo den Hahn zu. Das Plätschern des Wasserstrahls versiegt, und das Rauschen der Demonstration dringt herein. Stimmen, Trommeln. Musik.

»Was willst du wissen?«

»Wie … es war. Wie es ihr … was sie noch gesagt hat.« Milan ringt um Worte. »Wir waren damals zusammen.«

Leo lässt theatralisch den Kopf hängen. »Okay«, sagt er. »Fünf Minuten. Jetzt.«

»Ich kann hier nicht weg, ich bin mitten im Einsatz. Wann …«

»Kein Wann. Entweder wir bringen es sofort hinter uns, oder du lässt mich in Ruhe.«

In der Enge des Wagens stehen die beiden Männer zu nahe beieinander. Milan kann die Körperwärme spüren, die von Leo ausgeht. Fünf Minuten. Er hat sich zum Pinkeln abgemeldet. Er könnte sich schnell davonstehlen und wiederkommen.

»Nicht hier«, sagt er.

»Gut, gehen wir zu meinem Auto.« Leos Mund ist ein dünner Strich. Er sieht älter aus, hager. »Ist nicht weit.«

Milan kann weder das Gelände noch seine Gruppe verlassen. Auch nicht für wenige Minuten. Damit riskiert er ein Disziplinarverfahren. Was soll er Nancys Mörder überhaupt fragen? Wie haben ihre Augen dreingeblickt? Hatte sie Angst? Hat sie an mich gedacht?

War es seine Schuld?

Ihr Mörder kann ihm keine einzige Antwort darauf geben. Leo hält ihm die Tür auf. »Was ist?«, sagt er. »Jetzt. Oder gar nicht.«

Milan folgt ihm. Leos offenes Hemd gibt den Blick auf die Pistole an seinem Gürtel frei, sie schwingt lässig bei jedem Schritt.

Erst jetzt merkt Milan, dass er die Hände zu Fäusten geballt hat.

»Sie sind oft auf Nancys Fotos«, sagte Waechter, als der Strom der Erzählung versiegt. »Zwei Wochen vor ihrem Tod gibt es keine Fotos mehr. Auch keine SMS. Ab dem Zeitpunkt werden ihre Nachrichten weniger und wirrer. Sie wird instabil, psychotisch. Sie haben mit ihr Schluss gemacht, oder? Sie haben aufgegeben?«

Er durfte Tabor nicht provozieren, um die Geisel nicht zu gefährden. Selbst wenn er ihn am liebsten schütteln würde, um ihn aus dem verdammten Selbstmitleid herauszuholen. Er war es gewesen, der Nancy Steinert im Stich gelassen hatte, als sie einen Freund gebraucht hätte, um sich an der Realität festzuklammern. Das hatte Tabor die ganze Zeit verfolgt. Nicht Leo.

»Lassen Sie Ihren Kollegen gehen. Er kann nichts dafür. Er ist bloß zur falschen Zeit am falschen Ort.«

Tabors Kinn zitterte, sein Gesicht verzerrte sich für einen Moment. Er brach auseinander. Es erforderte Kraft, um einen Menschen in den Kopf zu schießen, und er verlor sie Minute für Minute.

Mit einem Ruck stieß Tabor den jungen Mann auf die Knie, hielt ihm den Lauf der Pistole an den Hinterkopf, sein schneller Atem zischte. Waechter drückte den Sicherungshebel der P7 nach innen, geräuschlos. Milans Gesicht war nun voll in seiner Schusslinie, er hätte schießen können, jeder Anwalt hätte ihn herausgehauen. Aber er konnte nicht. Er hatte noch nie auf jemanden geschossen. Stefan hob die Hände über den Kopf, er murmelte etwas. Er betete.

»Legen Sie die Waffe hin«, sagte Waechter. »Legen Sie sie hin. Kommen Sie. Legen Sie das Ding einfach hin.«

Tabors Brust hob und senkte sich. Seine Augen waren schwarze Schlitze.

»Ich tue Ihnen den Gefallen nicht«, sagte Waechter. »Dafür bin ich nicht da.« *Ich will Ihnen helfen,* wollte er lehrbuchmäßig hinzufügen, aber das klang falsch, schrecklich herablassend.

»Milan, nein!«

Aus dem Augenwinkel nahm Waechter wahr, das Sandra Benkow in den Raum gerannt war. Elli hielt sie zurück.

»Raus!«, rief er, ohne den Blick von Milan zu nehmen.

Tabor beachtete die beiden Frauen nicht. »Es war ein Unfall«, sagte er. »Ich hab das nicht gewollt. Er sollte nur einmal das spüren, was Nancy empfunden hat. Ich wollte einmal die Todesangst in seinen Augen sehen. Auf einmal hatte er die Pistole in der Hand. Meine Reflexe sind schnell. Ich hab das trainiert, ich hab das verdammt noch mal jeden verschissenen Tag trainiert. Wissen Sie, was Thalhammer zu mir gesagt hat? ›Jeder kriegt, was er braucht‹«, sagte Tabor. »Als wäre Nancy selbst schuld gewesen.«

»Er hat nicht Nancy gemeint.« In dem Moment, als Waechter das sagte, wurde es ihm klar, seine Gedanken liefen mit den Worten um die Wette. »Er hat sich selbst gemeint. Er war nach dem Schuss ein Getriebener, wollte als Polizist alles richtig machen. Koste es, was es wolle.«

»Es war Notwehr. Thalhammer hat auf mich gezielt.«

»Und Ungerer«, fragte Waechter, »war das auch Notwehr?«

»Ich … ich wollte bloß die verdammten Dateien. Ihn bedrohen, ihm wehtun. Auf einmal hat er angefangen zu schreien. Ich wollte nur, dass er aufhört.«

Ich wollte, ich wollte, ich wollte. Ich, ich, ich. Ein biblischer Zorn wallte in Waechter hoch, ein Zorn, der das Meer teilen und es aus dem Himmel hinabdonnern lassen konnte.

»Jakob Ungerer lebt noch«, sagte er.

Sandra Benkow schluchzte. Milan Tabor senkte den Kopf, und als er ihn wieder hob, schaute er die Frauen an.

»Sunny … es tut mir leid.«

Tabor stieß Stefan zu Boden, der mit einem Stöhnen in sich zusammensackte. »Bitte …«, sagte er und richtete die Pistole auf Waechters Gesicht. »Bitte …«

Mehrere Schüsse krachten auf einmal, ließen den Boden erzittern. Ein scharfer metallischer Knall raubte Waechter für einen Moment das Gehör, gleißendes Licht erhellte den Raum. Eine Druckwelle warf ihn gegen die Wand. Die Glasscheibe zerbarst, Millionen winziger Splitter flogen ihm entgegen, und seine Welt explodierte in Schreie.

Null

Polizei München *@PolizeiMUC (v) 1 Std.*
Die #Fliegerbombe in #Schwabing ist
entschärft, die Evakuierung aufgehoben.
Bewohner können in die Häuser zurück.
#Muenchen

Polizei München *@PolizeiMUC (v) 16 Min.*
Wegen eines Polizeieinsatzes ist der Bereich
Mandlstraße/Felilitzschstraße weiterhin gesperrt.
#Fliegerbombe #Muenchen

Waechter saß auf einem Strohballen in einem Meer von Scherben und wartete. Der Boden glitzerte von den Splittern eingedrückter Autoscheiben, die Häuserwände waren verrußt, ein Baum streckte die verbliebenen schwarzen Äste in die Luft. Überall lag verbranntes Stroh.

Sie hatten seine Waffe beschlagnahmt und sein Sakko, sie hatten ihm den Dienstausweis abgenommen und ihn höflich und unauffällig durchsucht. Genauso höflich und unauffällig hatten sie ihn gebeten, sich Blut abnehmen und die Hände untersuchen zu lassen. Genauso höflich und unauffällig hatten sie Elli von ihm getrennt und weggefahren. Helen Finck hatte von ihm wissen wollen, was passiert sei, aber er hatte nur gefragt: »Wer hat denn jetzt eigentlich geschossen?«

Helen Finck hatte behauptet, er selbst sei das gewesen, aber das musste ein riesengroßer Irrtum sein. Es hatte an allen Stellen gleichzeitig geknallt, und nun saß er auf einem Strohballen und hatte die vage Hoffnung, dass sich dieser Irrtum bald aufklären würde. Die Finck hatte es irgendwann aufgegeben und mit ihrer Entenstimme den Fernsehkrimisatz losgelassen, den sie bestimmt immer schon mal hatte sagen wollen: »Halten Sie sich zu unserer Verfügung.«

Nachdem Kollegen mit höheren Diensträngen am Tatort aufgetaucht waren, hatten sie Waechter irgendwie vergessen.

Er schaute nach oben. Der Himmel wurde von Osten her langsam dunkelblau. Ein ungewohnt kühler Wind trieb Strohbüschel über den Bombenkrater, und Waechter war froh über die Decke des Sanitäters, die um seine Schultern lag und penetrant nach Hygienespüler roch. Wenn er die Augen zumachte, hatte er das Bild der jungen Frau vor sich, die Milan Tabors toten Körper in den Armen wiegte und schrie. Die beiden würden für den Rest seines Lebens stumme Begleiter sein. Wie so viele. Die Armee der Stummen wurde immer größer.

Als er die Augen wieder öffnete, stand Hannes vor ihm. Bestimmt auch nur einer der Stummen. Doch Hannes war real.

»Wir zwei wieder«, sagte er.

»Warum haben die dich reingelassen?«, fragte Waechter.

»Die wussten noch nicht, dass ich ein böser Junge bin.« Hannes zog einen versengten Strohballen heran und setzte sich zu Waechter. »Das Leben ist ein Ponyhof, hm?«

Er hielt Waechter eine Schachtel Zigaretten mit Indianermotiv hin, aber der schüttelte den Kopf. Hannes schnippte sein Feuerzeug an und schützte es mit der Hand, ein Windstoß zerrte an der Flamme. Dunkle Wolken zogen sich über der Straßenschlucht zusammen, als wollten sie nachschauen, warum da unten so viel Blaulicht war. Hannes rauchte hektisch, als müsse er eine lästige Arbeit hinter sich bringen. Das kam von jahrelangen, zu kurzen Raucherpausen mit einem protestantischen Vorgesetzten. Die Haare hatte er nicht zusammengebunden, und sie hingen als ungebärdige Mähne auf die Schultern. Er sah wölfisch aus, wie jemand, den man im Wald vergessen hatte.

»Hat er gestanden?«

Waechter nickte.

Hannes atmete tief durch. Die Anspannung floss sichtbar aus seinem Rücken, und er rauchte schweigend.

Waechter blieb allein mit dem Gedanken an Milan. An das Gesicht, das ihn um Erlösung anflehte. Die Erkenntnis dämmerte in ihm herauf, dass Helen Finck doch recht hatte. Er hatte Milan Tabor erschossen. Er hatte einen Menschen getötet. Es war kein Schock, nur eine Information, die die ganze Zeit schon da gewesen war und nun mit einem fast lautlosen Einrasten an ihren Platz fiel.

Ob er seinen Hacklstecken wiederbekam? Der lag noch irgendwo in der Akademie. Im Augenblick war das das wichtigere und ärgerlichere Problem.

Hannes hob den Kopf und blinzelte in die Morgendämmerung. »Du wohnst doch ums Eck?«

Waechter grunzte.

Hannes trat die Zigarettenkippe in die Scherben. »Wir könnten beide einen Kaffee gebrauchen.«

»Ich kann hier nicht weg«, sagte Waechter.

Hannes wies mit der Hand auf das blau flackernde Ballett der Einsatzkräfte und Räumtrupps. »Schaut nicht so aus, als ob sich jemand für dich interessiert.«

Halten Sie sich zu unserer Verfügung. Auf einmal musste Waechter über diesen total irren Blödsinnssatz lachen. Es kam von ganz unten herauf und schüttelte ihn. Er wischte sich eine Träne aus dem Augenwinkel, wo auch immer die hergekommen war.

Vom Horizont her grollte Donner, ein Himmelsgrunzen wie ein typischer Waechter-Grunzer. Fette Wassertropfen platschten auf den Boden, eine Böe riss Waechter die Decke von den Schultern. Hannes stand auf und hielt ihm die Hand hin.

»Komm.«

Das Lächeln sprang Hannes bis in die Augen, und da war sie wieder, seine wilde Energie. Da war er wieder, der schöne, kaputte Himmelhund, in dem tief drin eine Blackbox tickte, die jeden Crash unbeschadet überstanden hatte. Die unzerstörbar war.

»Komm schon«, sagte Hannes, »Herr Kollege.«

Waechter packte seine Hand und ließ sich hochziehen.

Nachwort

Die Orte, Personen und Ereignisse aus dem Roman sind wie immer frei erfunden, auch wenn die Realität sich manchmal mit dem Manuskript Wettrennen liefert. Anstelle des besetzten Hauses steht in Wirklichkeit ein reizender Kiosk, an dem Kommissar Waechter sicher gerne sein Weißbier trinkt.

Kein Buch endet, ohne dass ich mit vollen Händen Dankeschöns wie Glitzer verstreue. Auch diesmal gibt es viele Menschen, ohne die dieses Buch nicht existieren würde. Meine Lektorinnen Anna-Lisa Hollerbach vom Blanvalet Verlag, die diesem Roman wieder ein großartiges Zuhause gibt, und Angela Troni, ohne deren Scharfblick ich allein auf hoher See wäre und die selbst zauberhafte Bücher schreibt. Danke an meinen Agenten Joachim Jessen von der Agentur Schlück, der mich tatkräftig unterstützt und bei jedem Problem für mich da ist.

Herr Kriminaloberrat Markus Kraus stand mir auch bei diesem Buch wieder mit Rat und Tat über die Arbeit der Münchner Mordkommission zur Seite. Mein Dank gebührt außerdem Ludwig Waldinger, dem Pressesprecher des Landeskriminalamts, der mir einen Einblick in die Raumschießanlage und die Waffenkammer der Polizei gab. Und das Münchner Institut für Rechtsmedizin hat einem meiner Protagonisten das Leben gerettet – na, wenn das nicht schön ist. Last but not least ein dickes Dankeschön an Thomas Occupy, den Pressesprecher von Blockupy, von dem ich interessante Informationen über das Spannungsfeld zwischen Polizei und Demonstranten bekam.

Der Text aus dem Eingangszitat stammt aus dem Song »Kalte Sterne«, Text Copyright Blixa Bargeld; Erstveröffentlichung: Einstürzende Neubauten – Kalte Sterne, Early Recordings, ZickZack 1981. Herzlichen Dank für die freundliche Genehmigung an Blixa Bargeld und Herrn Fischer von Bargeld Entertainment, c/o Einstürzende Neubauten, Beusselstraße 88, 10335 Berlin.

Glitzer und Danke auch an die Mörderischen Schwestern, die Schreibcamperinnen und die Kolleginnen und Kollegen, die mich wie eine Familie unterstützen. Anni Bürkl, Nika Sachs, Julia von Rein-Hrubesch, Annette Warsönke und Gisa Klönne und die vielen anderen, die bei jeder Schreib- und Sinnkrise mit der Taschentuchbox bereitstehen – ein Danke und eine Umarmung für Euch. Alleine kann man keine Bücher schreiben. Wir sind eine große Bürogemeinschaft mit Gruppenkuscheln.

Danke an Euch Leserinnen und Leser, die ihr Kommissar Waechter und seinem Team die Treue haltet, meine Schreibfortschritte online verfolgt, Waechters Zimmer aufräumen wollt und immer wieder vehement Nachschub verlangt. Ihr seid eine richtige Community geworden. Mehr Motivation zum Weiterschreiben geht nicht.

Dieses Buch ist meinem Mann Lucas und meinen Töchtern gewidmet, die mit einer Engelsgeduld ertragen, dass ich in meinem Kopf so viele Leben führe. Am Ende zählt nur Ihr.